슬픔과 기쁨

슬픔과 기쁨

SORROW AND BLISS
by Meg Mason

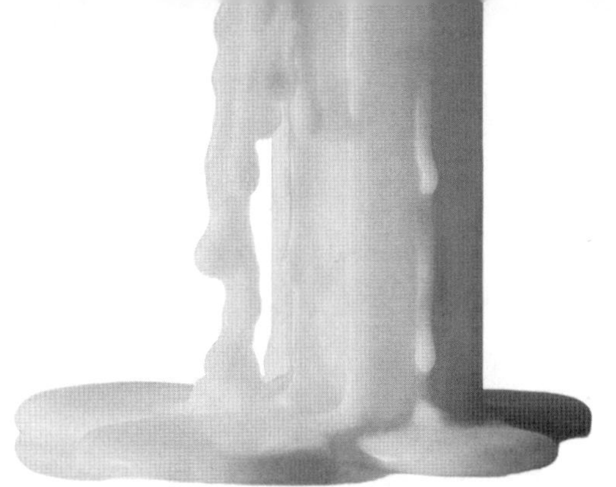

Sorrow and Bliss

슬픔과 기쁨

멕 메이슨 장편소설

이은선 옮김

문학동네

일러두기

1. 주석은 모두 옮긴이주다.
2. 본문 중 볼드체는 원서에서 이탤릭체 등으로 강조한 부분이다.
3. 장편 문학작품 및 기타 단행본은 『 』, 단편 문학작품 및 시는 「 」, 연속간행물·영화·TV 방송명·곡명 등은 〈 〉로 구분했다.

부모님 그리고 남편에게

우리 결혼식 직후에 참석한 어느 결혼식에서 나는 패트릭을 따라 피로연장을 빼곡히 메운 하객을 헤치고 혼자 서 있는 여자에게 다가갔다.

패트릭은 내게 오 분마다 그 여자 쪽을 보며 슬퍼하지 말고, 그냥 가서 모자가 예쁘다는 칭찬을 건네보라고 했다.

"내가 보기에는 별로여도?"

마사, 그는 단호하게 말했다. "당신은 좋아하는 게 아무것도 없잖아. 가자."

그녀가 우리를 발견한 순간, 여자는 웨이터가 권한 카나페를 받아들었다. 그걸 한입에 먹을 수 없다는 사실을 깨달은 것도 바로 그 순간이었다. 우리가 다가가는 동안 그녀는 고개를 숙이고 다른 손에 쥐고 있던 빈 잔과 칵테일 냅킨으로 애써 가리며 카나페를 입에 한 번에 넣으려다가 도로 뱉어내고 말았다. 패트릭이 자신을 소개했지만 그녀의 대답은 우리 둘 다 알아들을 수 없었다. 그녀가 너무 당황한 것 같아서 나는 일 분 동안 여자들의 모자라는 주제로 말해야 하는 사람처럼 떠들어대기 시작했다.

여자는 연달아 고개를 끄덕이다가 말을 할 수 있게 되자마자 우리에게 어디에 사는지, 무슨 일을 하는지, 자기가 짐작한 것처럼 결혼한 사이라면 결혼한 지 얼마나 되었고 첫만남은 어땠는지 물었다. 손바닥 위 기름 묻은 냅킨에 뱉은 카나페에서 다른 데로 관심을 돌리기 위해 그렇게 많은 질문을 빠르게 던지는 것 같았다. 내가 대답하는 동안 그녀는 카나페를 처분할 데를 찾느라 내 뒤편을 힐끔거렸다. 내 대답이 끝나자 그녀는 패트릭과 나는 만났다기보다 그가 '항상 곁에 있었다'는 게 무슨 뜻인지 잘 모르겠다고 했다.

나는 잔에 든 뭔지 모를 것을 한 손가락으로 건져내려고 애쓰는 남편을 돌아보았다가 다시 여자에게로 고개를 돌리고 패트릭은 어릴 때 살던 집의 소파와 같은 존재라고 말했다. "존재 자체가 그냥 기정사실이었어요. 소파를 보면서 그게 어디서 났는지 궁금해하지는 않잖아요, 없었던 때가 떠오르지 않으니까요. 지금도 소파가 그 자리를 지키고 있다 한들 그걸 의식하는 사람은 없죠."

"하지만," 여자가 대꾸할 기미가 없어 나는 말을 이었다. "누가 집요하게 물어보면 소파의 결점을 하나부터 열까지 빠짐없이 나열할 수 있어요. 그 이유까지도."

패트릭은 안타깝게도 그 말이 맞다고 했다. "마사는 내 단점을 조목조목 나열할 수 있을 거예요."

여자는 웃음을 터뜨리더니, 수납용품으로서 장점을 따져보기라도 하듯 팔에 걸고 있던 짧은 끈이 달린 핸드백을 흘끗 쳐다보았다.

"자, 한잔 더 하실 분?" 패트릭은 양쪽 검지로 날 겨누며 엄지로 보이지 않는 방아쇠를 당겼다. "마사, 너는 사양하지 않겠지." 패트릭이 여자가 들고 있던 유리잔을 가리키자 그녀는 순순히 내줬다. 그가 이어서 물었다. "그것도 치워드릴까요?" 그녀는 미소 짓더니 그가 카나페를 가져가주자 당장이라도 눈물을 흘릴 것 같은 표정이 되었다.

그가 자리를 떠나자 여자가 말했다. "저런 남자와 결혼하다니 정말 행운이네요." 나는 그렇다고 대답하고는 모두가 착하다고 하는 사람과 결혼했을 때 뒤따르는 문제점에 대해 설명할까 고민하다가, 그 예쁜 모자는 어디서 샀느냐고 묻고 패트릭이 돌아오길 기다렸다.

이후로 둘이 어떻게 만났느냐는 질문을 들을 때마다 우리는 정답처럼 소파 이야기로 답했다. 팔 년 동안 거의 똑같은 말을 반복했다. 사람들은 항상 웃음을 터뜨렸다.

‘술 한잔 더 하겠느냐고 케이트에게 묻는 윌리엄 왕자’라는 제목의 동영상이 있다. 동생이 문자로 보내주며 “웃겨 죽겠어!!!!”라고 했었다. 그들은 어느 연회장에 있다. 윌리엄은 턱시도를 입고 있다. 연회장 맞은편에 있는 케이트를 향해 손을 흔들고 잔을 꺾는 시늉을 한 다음, 한 손가락으로 그녀를 가리킨다.

“손가락으로 가리키는 거 말이야.” 여동생이 말했다. “그야말로 패트릭이지 머야.”

나는 답문을 보냈다. “은근히 패트릭이지 머야.”

그녀는 눈을 굴리는 이모티콘과 샴페인잔, 가리키는 손가락 모양 이모티콘을 보냈다.

부모님 집으로 되돌아간 날 나는 그 동영상을 다시 찾았다. 지금까지 오천 번쯤 돌려보았다.

✦

내 동생 이름은 잉그리드다. 나보다 십오 개월 늦게 태어났고, 어느 집 문 앞에서 발이 걸려 넘어졌는데 그때 마침 쓰레기를 버리러 나와 있던 그 집 남자와 결혼했다. 넷째를 임신중인데, 또 아들이라고 문자를 보내면서 가지와 체리, 벌어진 가위 이모티콘을 덧붙였다. "해미시는 이번엔 진짜 정관수술을 받을 거야."

어렸을 때 우리는 쌍둥이로 오해를 많이 받았다. 우리는 옷을 똑같이 입고 싶어했지만 어머니가 안 된다고 했다. 잉그리드가 물었다. "왜 안 되는데요?"

"다들 내가 그렇게 입힌 줄 알 거 아니니—" 어머니는 우리와 함께 있던 방안을 이리저리 둘러보았다. "여기에 내 생각이 들어간 건 하나도 없는데."

나중에 우리 둘 다 한창 사춘기였을 때 어머니는 잉그리드가 가슴을 전부 가져가버린 게 분명하니 나는 머리가 좋길 바라는 수밖에 없다고 했다. 우리는 둘 중 어느 쪽이 낫냐고 물었다. 그녀는 둘 다 있거나 둘 다 없는 게 낫다고 했다. 둘 중 하나만 있으면 항상 치명적이라면서.

잉그리드와 나는 지금도 닮았다. 둘 다 턱이 매우 각진데, 어머니의 말에 따르면 어찌어찌 잘 감추며 살고 있다. 머리카락도 제멋대로 자라는 편이고, 대체로 긴 편이며, 똑같이 금발에 가깝다. 서른아홉 살이 됐을 때 어느 날 아침 마흔이라는 나이를 막을 수 없다는 생각이 들기 전까지는 그랬다. 그날 오후 나는 지나치게 각진 턱선에 맞춰 머리를 자르고 마트에서 산 염색약으로 탈색했다. 그때 마침 우리집에 들른 잉그리드가 남은 약을 썼다. 그 머리를 관리하느라 둘 다 애를 먹었다. 잉그리드는 애를 하나 더 낳는 게 덜 수고롭겠다고 했다.

나는 우리가 많이 닮기는 했지만 사람들이 잉그리드가 더 예
쁘다고 생각한다는 걸 어렸을 때부터 알았다. 아버지에게 이
얘기를 한 적이 있었다. 그랬더니 아버지는 말했다. "네 동생
이 먼저 눈에 들어올 수는 있겠지만, 사람들이 좀더 오래 보고
싶어하는 쪽은 너일 거다."

+

패트릭과 참석한 마지막 파티가 끝나고 집으로 돌아오는 차
안에서 나는 말했다. "네가 그렇게 손가락질을 하면 진짜 총
으로 널 쏴버리고 싶어." 나는 건조하고 못된 목소리로 말했
고 나는 그게 싫었다—그리고 아무 감정 없이 "대단하네, 고마
워"라고 말하는 패트릭도 싫었다.

"얼굴에 대고 쏘겠다는 건 아니야. 경고하는 뜻에서 무릎 같
은 데를 쏘겠다는 거지. 그래야 일도 계속할 수 있을 테니까."

그는 알려줘서 고맙다고 하곤 구글 지도에 우리집 주소를 입
력했다.

우리는 옥스퍼드의 그 집에서 칠 년째 살고 있었다. 나는 그
사실을 지적했다. 그는 아무 말도 하지 않았고, 나는 운전석에
앉은 그를 바라보며 차량 행렬에 끼어들 틈이 생기길 차분히
기다렸다. "또 턱으로 그러네."

"있잖아, 마사. 집에 도착할 때까지 아무 말도 하지 않으면

안 될까?" 그는 거치대에 꽂았던 전화기를 빼내 조용히 차의 앞좌석 보관함에 넣었다.

나는 다른 말을 하고는 앞으로 몸을 숙여 히터를 최대한 세게 틀었다. 차 안이 답답해지자 곧장 히터를 끄고 창문을 끝까지 내렸다. 창문에 성에가 껴서 긁히는 소리가 났다.

나는 뭐든 극단적이고 그는 일평생 중간지점을 벗어나지 않는 것이 우리 사이의 오랜 농담이었다. 나는 차에서 내리기 전에 말했다. "주황색 경고등이 아직 켜져 있어." 패트릭은 내일 기름을 넣을 거라고 말하며 시동을 끄고 먼저 집으로 들어가버렸다.

✢

일이 잘 안 풀리거나 내가 런던으로 돌아가고 싶을 때를 대비해 우리는 그 집에서 단기임대로 살았다. 패트릭이 옥스퍼드를 제안한 이유는 자기가 대학을 다닌 지역이자, 런던 주변의 다른 베드타운에 비해 내가 쉽게 친구를 사귈 수 있는 곳이라고 생각했기 때문이었다. 우리는 당장이라도 일이 잘못될 것처럼 여섯 달짜리 계약을 열네 번이나 했다.

부동산중개인은 고급주택단지에 있는 고급주택이라 우리에게 딱이라고 했다—우리 둘 다 특별한 인물은 아니었음에도 말이다. 한 명은 집중치료실 전문의이고, 다른 한 명은 잡지 〈웨이트로즈〉*에 유쾌한 음식 칼럼을 기고하는데, 남편이 일하는 동안 프라이어리 클리닉**의 하루 입원비를 검색한 전적이 있다.

이 집의 특별함은 물질적인 면에서는 널따란 회갈색 카펫과 수많은 비규격 콘센트를 통해 구현되었고, 개인적인 방면에서는 혼자 있을 때마다 끊임없이 느껴지는 불안감을 통해 드러났다. 내 뒤에 누가 있는 것 같은 느낌이 들지 않는 곳은 꼭대기 층의 골방뿐이었는데, 크기가 작고 창밖에 플라타너스가 있기 때문이었다. 여름이면 그 나무에 가려 막다른 골목 맞은편에 있는 똑같이 생긴 다른 고급주택들이 보이지 않았다. 가을이면 낙엽이 안으로 날려 들어와 카펫을 덮었다. 사회에서 만난 생면부지의 사람들이 종종 상기시켜줬듯 글은 어디서나 쓸 수 있는 것이지만, 그 골방은 내 작업실이기도 했다.

내 유쾌한 음식 칼럼의 편집자는 '출처 불분명'이나 '가능하면 표현 수정 바람' 같은 메모를 보냈다. 그는 변경 내용 추적 기능을 사용했다. 나는 수락, 수락, 수락 버튼을 눌렀다. 그가 유쾌한 부분을 모두 제거하자, 그냥 음식 칼럼이 되었다. 링크드인에 따르면 내 담당 편집자는 1995년생이었다.

---

* 영국의 프랜차이즈 마트 웨이트로즈에서 발행하는 라이프스타일·요리 잡지.
** 영국 런던 소재의 정신건강 및 중독 치료 기관.

우리가 참석한 파티는 내 마흔번째 생일 파티였다. 패트릭이 그 파티를 준비한 이유는 내가 생일을 또 챙길 기분이 아니라고 했기 때문이다.

그가 말했다. "그날을 제대로 공격해야지."

"그래?"

전에 열차에서 헤드폰 하나로 팟캐스트를 같이 들은 적이 있었다. 패트릭이 스웨터를 베개처럼 접어 내가 그의 어깨에 머리를 기댈 수 있게 해줬다. 〈데저트 아일랜드 디스크스〉에 캔터베리 대주교가 출연했는데, 그는 오래전 교통사고로 첫아이를 잃은 이야기를 꺼냈다.

진행자가 지금은 그 일을 어떻게 감당하느냐고 물었다. 그는 기념일이나 크리스마스나 딸아이의 생일이 되면 그날을 공격하게 됐다고, "그래야 그날의 공격을 막을 수 있다"고 했다.

패트릭은 그 원칙에 꽂혔다. 그 말을 입에 달고 다니기 시작했다. 파티를 앞두고 셔츠를 다릴 때도 그 말을 했다. 나는 전에 본 적 있는 〈베이크 오프〉*의 한 에피소드를 침대에서 노트북으로 보고 있었다. 한 참가자가 다른 참가자가 만든 베이크드 알래스카**를 냉장고에서 꺼내 금속 용기 안에서 녹아내리게

---

* 영국의 제빵 서바이벌 프로그램.

** 스펀지케이크 위에 아이스크림을 얹고 머랭으로 감싸 오븐에서 살짝 구운 디저트.

했다. 이 일은 '〈베이크 오프〉 텐트에서 벌어진 방해 공작'이라
며 여러 신문의 1면을 장식하기도 했다.

그 에피소드가 맨 처음 방송됐을 때 잉그리드는 내게 문자
를 보냈다. 자기는 죽을 때까지 그 베이크드 알래스카를 일부
러 꺼내놓았다고 생각할 거라고 했다. 나는 중립을 지키겠다
고 했다. 그녀는 온갖 케이크 이모티콘과 경찰차 이모티콘을
보냈다.

다림질을 마치고 패트릭은 방으로 들어와 내 옆에 엉거주춤
앉아서 방송을 보는 나를 지켜보았다. "이 날을—"

나는 스페이스 바를 눌렀다. "패트릭, 그 대주교가 한 말을
여기에 적용하는 건 좀 아닌 것 같아. 내 생일일 뿐이잖아. 누
가 죽은 것도 아니고."

"나는 긍정적으로 행동하려고 했을 뿐이야."

"알았어." 나는 스페이스 바를 다시 눌렀다.

잠시 후 그가 거의 십오 분밖에 남지 않았다고 했다. "이제
그만 준비하는 게 어때? 남들보다 먼저 가 있고 싶은데, 마사."

나는 노트북을 닫았다. "지금 차림 그대로 가면 안 돼?" 레
깅스, 페어아일 카디건, 그리고 그 속에는 뭘 입었는지 기억이
나지 않는다. 나는 그를 올려다보았고, 그가 나 때문에 상처받
았음을 알아차렸다. "미안, 미안, 미안. 갈아입을게."

패트릭은 우리 단골 술집의 이층을 통째로 빌렸다. 나는 남
들보다 먼저 가서 사람들을 기다리는 동안 앉아 있어야 할지,

서 있어야 할지 고민하고 누가 오긴 할지 궁금해하다가 일등으로 도착한 불운의 주인공을 대신해 민망해하고 싶지 않았다. 패트릭에게 어머니는 초대하지 말라고 했으니 그녀를 볼 일이 없다는 건 알았다.

마흔네 사람이 두 명씩 짝을 지어서 왔다. 서른 살 이후로는 항상 짝수다. 11월이고 혹한이었다. 다들 한참이 지나도록 외투를 벗지 못했다. 대부분 패트릭의 친구였다. 나는 학교와 대학, 직장에서 만난 친구들과 하나둘씩 연락이 끊겼다. 친구들은 아이가 있는데 나는 없으니 공통의 화제가 없었다. 파티장으로 가면서 패트릭은 내게 누가 아이 얘기를 꺼내면 관심을 보이는 척이라도 하는 게 어떻겠냐고 했다.

손님들은 우두커니 서서 네그로니 칵테일을 마시고—2017년은 '네그로니의 해'였다—아주 시끄럽게 웃었고, 각 무리의 대표처럼 한 사람씩 나와 즉흥적으로 한마디씩 했다. 나는 장애인용 화장실을 찾아 들어가 그 안에서 울었다.

잉그리드는 프라가파네포비아가 생일 공포증이라고 알려줬다. 생리대 접착띠에 적혀 있던 재미있는 상식이라는데, 요즘은 뭘 읽을 수 있는 짬이 날 때가 그때뿐이라 주로 거기에서 지적 자극을 얻는다고 했다. 그녀는 발언 도중에 말했다. "우리 모두 알다시피 마사는 잘 듣는 사람이죠. 본인이 하는 얘기일 땐 특히 더 그렇고요." 패트릭은 메모 카드에 뭘 써 왔다.

내가 지금과 같은 아내가 된 결정적 순간이 있었던 건 아니지만, 그래도 한순간을 꼽으라면 파티장을 가로질러 가서 남편에게 카드에 뭐라고 적었든 읽지 말아달라고 했던 때를 후보로 꼽을 수 있다.

우리 결혼생활을 지켜본 사람이 있다면 내가 좋은 아내 또는 좀더 훌륭한 아내가 되려고 노력한 적이 없다고 생각할 것이다. 혹은 그날 밤 나를 보았다면 내가 진작에 이쪽으로 마음을 정하고 몇 년간 집중적으로 노력한 끝에 목표를 달성했다고 생각할 것이다. 내가 성인이 된 이후의 삶 대부분, 그리고 결혼생활 내내 본래 나와 전혀 다른 사람이 되려고 애써왔다는 건 모를 것이다.

✛

다음날 아침, 나는 패트릭에게 전부 미안하다고 말했다. 그는 커피를 끓여 거실로 들고 갔지만 가보니 커피는 입에 대지도 않은 채였다. 그는 소파 한쪽 끝에 앉아 있었다. 나는 소파에 앉아 무릎을 꿇고 앉았다. 그런 자세로 그를 마주보려니 애원하는 것처럼 느껴져 한쪽 다리를 내렸다.

"일부러 이러는 건 아니야." 나는 그의 손을 잡았다. 의도적으로 그를 만진 건 다섯 달 만이었다. "패트릭, 정말 나도 나를 어쩌지 못하겠어."

"그런데도 동생한테는 그렇게 잘할 수 있잖아." 그는 내 손을 뿌리치고 신문을 사러 나가겠다고 했다. 그러고는 다섯 시간 동안 돌아오지 않았다.

나는 아직 마흔 살이다. 지금은 2018년의 겨울 끝자락이고, 네그로니의 해는 끝났다. 패트릭은 파티가 끝나고 이틀 뒤 나를 떠났다.

내 아버지는 퍼거스 러셀이라는 이름의 시인이다. 열아홉 살 때 첫 시가 〈뉴요커〉에 실렸다. 멸종 위기에 처한 새에 관한 시였다. 시가 발표된 후에 그를 남자 실비아 플라스라고 평한 사람이 있었다. 아버지는 상당한 선금을 받고 첫 시집을 계약했다. 당시 여자친구였던 어머니는 이렇게 말했다고 한다. "남자 실비아 플라스가 필요할까?" 어머니는 그런 말을 한 적이 없다고 하지만 우리 가족 사이에서는 이미 정설이 되었다. 그 정설은 맨 처음 쓰인 후로 아무도 손을 대지 않았다. 그 시는 아버지가 발표한 마지막 작품이기도 했다. 아버지는 어머니가 저주를 걸었다고 말한다. 어머니는 그것도 부인한다. 시집은 출간 예정 상태로 남았다. 선금은 어찌됐는지 모르겠다.

어머니는 조각가 실리아 배리다. 재활용한 재료로 무시무시하고 큼지막한 새를 만든다. 갈퀴의 머리 부분이나 가전제품의 모터, 생활용품. 한번은 그녀의 전시회에서 패트릭이 이렇게 말했다. "솔직히 너희 어머니가 재활용하지 못할 물건을 본 적이 있을까 싶어." 빈정대는 말이 아니었다. 우리 부모님의 집에는 원래 기능대로 쓰이는 물건이 거의 없었다.

어렸을 때 어머니가 누군가에게 "나는 조각가예요"라고 말하는 걸 들을 때마다 잉그리드는 엘튼 존의 노래 가사를 입 모양으로 벙긋거리곤 했다.* 그러면 나는 웃음을 터뜨렸고, 잉그리드는 내가 참지 못하고 방을 나갈 때까지 눈을 감은 채 주먹을 가슴에 대고 계속 벙긋거렸다. 언제나 웃음이 떠나지 않았다.

〈타임스〉에 따르면 어머니는 미미한 영향력이 있는 인물이다. 그 기사가 실린 날, 패트릭과 나는 서재 정리에 나선 아버지를 돕고 있었다. 우리 세 사람에게 기사를 읽어주던 어머니는 '미미한'이라는 대목에서 쓸쓸하게 웃었다. 그러자 아버지는 요즘 같은 때에 어느 정도가 됐든 영향력이 있다면 자신은 좋을 것 같다고 했다. "게다가 당신 이름 앞에 정관사를 붙였잖아. 조각가 실리아 배리. 우리 같은 부정관사도 생각해줘." 나중에 아버지는 그 기사를 오려서 냉장고에 붙여두었다. 결혼생활에서 아버지에게 주어진 역할은 가차없는 자기희생이다.

---

* 엘튼 존의 〈유어 송〉에는 '내가 만일 조각가였다면(If I was a sculptor)'이라는 가사가 있다.

가끔 잉그리드가 자기 아이 중 한 명에게 나와 통화하라고 시킬 때가 있다. 아이들이 나와 아주 친하게 지내길 바라는데다 말 그대로 오 초 동안은 숨을 돌릴 수 있기 때문이라고 한다. 한번은 첫째 아들이 내게 전화해 우체국에 뚱뚱한 아줌마가 있고 자기가 제일 좋아하는 치즈는 봉지에 들어 있는 약간 하얀 거라고 말했다. 잉그리드가 나중에 문자로 알려줬다. "체더치즈를 말하는 거야."

그 아이가 언제까지 나를 마파 이모라고 부를지 모르겠다. 계속 그렇게 불러주면 좋겠다.

우리 부모님은 여전히 셰퍼즈 부시의 골드호크 로드에 산다. 남자 실비아 플라스 대신 돈과 결혼한 윈섬 이모에게 빌린 돈으로 내가 열 살이 된 해에 산 집이다. 어머니의 표현에 따르면 어렸을 때 어머니와 이모는 "우울한 어머니가 사는 바닷가 우울한 마을"의 열쇳가게 이층에 살았다. 이모는 우리 어머니보다 일곱 살 많다. 할머니가 알 수 없는 암으로 갑자기 세상을 떠나고 할아버지가 세상 모든 일에, 특히 딸들에게 관심을 잃자 이모는 왕립음악대학을 중퇴하고 고향으로 돌아와 당시 열세 살이었던 어머니를 돌봤다. 직업은 한 번도 가진 적이 없다. 어머니는 미미한 영향력이 있는 인물이다.

✦

골드호크 로드의 그 집을 찾아 원래 가격보다 싸게 살 수 있도록 주선해준 사람은 이모였다. 사람이 죽어나간 집이었고, 어머니 말로는 카펫 아래 어딘가에 여전히 시신이 묻혀 있는지 역한 냄새가 났기 때문이라고 한다.

우리가 이사하던 날, 이모가 와서 주방 청소를 도왔다. 나는 뭔가를 가지러 들어갔다가 어머니는 식탁에 앉아서 와인을 마시고 이모는 앞치마 차림으로 고무장갑을 끼고 사다리 맨 위에 서서 찬장을 닦는 광경을 보았다.

두 사람은 대화를 멈추었다가 내가 나가자 다시 이야기를 시작했다. 나는 문밖에 서서 이모가 어머니에게 조각가와 시를 전혀 쓰지 않는 시인에게 과분한 집을 갖게 되었으니 고마워하는 척이라도 해야 하지 않느냐고 말하는 소리를 들었다. 어머니는 여덟 달 동안 이모와 연락하지 않았다.

그때도 지금도 어머니는 그 집이 좁고 어두컴컴해서 싫어한다. 하나뿐인 화장실이 주방과 칸살 문으로 연결되어 있어서 누구라도 화장실에 들어가려면 라디오4를 크게 틀어야 하기 때문이기도 하다. 각 층에 방이 하나뿐이고 계단이 아주 가

파르다는 이유도 있다. 어머니는 평생을 그 계단에서 보낸다며 언젠가 죽음도 그 계단에서 맞이할 거라고 한다.

어머니가 그 집을 싫어하는 이유는 이모가 벨그레이비아의 타운하우스에 살기 때문이기도 하다. 조지왕조풍의 광장에 있는 대저택으로, 이모는 그 집이 오후까지 햇볕이 들고 입주민 전용 정원의 풍경도 더 근사하다고 말한다. 롤런드 이모부가 부모님께 결혼 선물로 받아서 이사하기 일 년 전에 리모델링을 했고, 그후로도 꾸준히 손보고 있다. 어머니의 주장에 따르면 검은돈으로 말이다.

이모부는 매우 검소하지만, 단지 취미 삼아─그는 일할 필요가 전혀 없었다─자질구레한 부분에서만 돈을 아낀다. 비누가 조각이 되면 새 비누에 붙여서 쓰지만, 이모는 한번 리모델링을 할 때 카라라 대리석에만 25만 파운드를 쓰고 경매 카탈로그에 '고가'라고 소개된 가구를 산다.

＋

오로지 뼈대를 기준으로 우리가 살 집을 골랐을 때─어머니는 카펫을 들추었을 때 맞닥뜨릴 유골이 아니라 건물 골조를 뜻한다고 했다─이모는 우리가 이 집을 조금씩 고쳐가며 살길 바랐다. 하지만 인테리어에 대한 어머니의 관심은 현재 상태에 대해 불평을 늘어놓는 수준에 머물렀다. 우리는 멀리 떨어진 근교의 임대아파트에서 살다가 이사한 것이라 일층 위에 넣을 가구가 없었다. 어머니는 가구를 더 들일 생각이 없어 이층의 다른 방들은 한참 동안 비어 있었는데, 어느 날 아버지가 승합차를 빌려 조립형 책꽂이, 갈색 코듀로이 커버를 씌운 작은 소파, 자작나무 탁자를 싣고 왔다. 아버지는 어머니가 이를 탐탁잖게 여길 걸 알았지만 시집을 출간해 인세가 밀려들어올 때까지 임시로 쓸 것들이라고 했다. 어머니가 우리 가족의 유일한 진짜 골동품이라고 부르는 탁자를 포함해, 그 가구 대부분이 아직까지 남아 있다. 이 방 저 방 옮겨다니며 여러 기능을 하던 탁자는 현재 아버지의 책상으로 쓰이고 있다. "아마," 어머니는 말한다. "내 임종을 앞두고 마지막으로 눈을 뜨면 그 탁자 위에 누워 있다는 걸 알게 되겠지."

이후 아버지는 이모의 응원을 받아 움브리아 선라이즈라는 이름의 적갈색으로 일층을 칠해나갔다. 붓 하나로 벽, 걸레받이, 창틀, 전등 스위치, 전기 콘센트, 문, 경첩에 손잡이까지 모두 칠했기 때문에 처음에는 작업 속도가 빨랐다. 하지만 어머니가 집안일에 관한 한 자신은 양심적 병역 거부자라고 설명하기 시작했다. 결국 아버지가 청소와 요리와 빨래를 전적으로 도맡게 되는 바람에 페인트칠을 끝내지 못했다. 지금도 골드호크 로드의 집은 복도 중간까지만 적갈색 터널이다. 주방은 세 면만 적갈색이다. 거실은 군데군데 허리 높이까지만 적갈색이다.

어렸을 때 잉그리드는 그 집의 상태에 나보다 관심이 많았다. 하지만 우리 둘 다 무신경한 편이라 고장난 물건은 절대 고치지 않았고, 축축한 수건을 쓰고 또 썼다. 아버지는 매일 저녁 전날 썼던 은박지 위에 새 은박지를 깔고 그릴에 고기를 구웠기 때문에 오븐 바닥은 점점 기름과 은박지로 이뤄진 밀푀유가 되었다. 어머니가 어쩌다 요리를 할 때면 자기만의 레시피로 이국적인 음식을 만들었는데, 타진과 라타투유의 차이라고는 토마토맛이 쌉쌀하게 나는 액체 위에 떠다니는 고추 조각뿐이었다. 한 입 삼킬 때마다 나는 눈을 감고 식탁 아래에서 발을 서로 비벼야 했다.

+

패트릭과 나는 서로의 어린 시절의 일부였다. 그래서 연인이 된 후에 어렸을 때 이야기를 시시콜콜 공유할 필요가 없었다. 대신 우리는 지칠 줄 모르는 경쟁을 벌였다. 누구의 어린 시절이 더 끔찍했을까?

내가 생일 파티에서 항상 제일 늦게까지 남아 있는 아이였다고 고백한 적이 있었다. 하도 늦게까지 데리러 오는 사람이 없어서 집에 연락해보라고 할 정도였다고. 친구 어머니는 몇 분 간격으로 수화기를 내려놓으며 걱정 말라고, 이따 다시 전화해보자고 말하곤 했다. 나는 그 집 식구들과 함께 자리를 정리하고, 같이 저녁식사를 하고, 남은 케이크를 먹었다. 얼마나 괴로웠는지 몰라, 나는 패트릭에게 말했다. 내 생일 파티 때는 어머니가 술을 마셨다.

그는 몸을 푸는 척하며 기지개를 켰다. "나는 일곱 살부터 열여덟 살까지 해마다 학교에서 생일 파티를 열었어. 교장선생님이 주관했지. 케이크는 연극부 소품 창고에서 들고 왔어. 석고 케이크였고." 하지만 좋은 시간이었어, 그는 말했다.

+

잉그리드는 대개 아이들을 차에 태우고 이동하는 동안 내게 전화한다. 아이들이 모두 묶여 있을 때만 대화다운 대화를 나눌 수 있고, 잠까지 가면 완벽하기 때문이라고 한다. 이런 경우 차는 거대한 유아차가 된다. 얼마 전에는 내게 전화해 남편과 헤어지고 아이들을 공동 양육한다는 여자를 방금 공원에서 만났다고 했다. 주말 중 하루는 혼자 보낼 수 있게 매주 일요일 아침에 아이들을 맡긴다고 했다. 여자는 토요일 밤에 혼자 영화를 보러 다니기 시작했는데, 전남편은 일요일 밤에 혼자 영화를 보러 간다는 걸 얼마 전에 알게 됐다고 했다. 둘이 같은 영화를 보는 경우도 종종 있었다. 잉그리드 말이, 가장 최근에 각자 본 영화는 〈엑스맨: 퍼스트 클래스〉라고 했다. "언니, 이보다 더 우울한 얘기 들어본 적 있어? 아니, 그냥 같이 가서 보면 되잖아. 어차피 곧 죽을 인생인데."

어린 시절 내내 부모님은 반년에 한 번꼴로 별거를 했다. 하룻밤 사이 달라진 분위기로 상황을 감지할 수 있었는데, 잉그리드와 나는 어쩌다 그렇게 됐는지는 몰라도 아버지가 옷과 타자기를 빨래바구니에 챙겨서 골드호크 로드 끝의 올림피아 호텔로 옮길 때까지 큰 소리로 얘기하거나 뭘 물어보거나 삐걱거리는 마룻장을 밟으면 안 된다는 건 본능적으로 알았다. 올림피아호텔은 조식을 제공하는 아담한 호텔이었다.

그럴 때면 어머니는 마당 끝에 있는 헛간을 개조해 만든 작업실에 밤낮으로 틀어박혀 지냈고, 잉그리드와 나 둘이서 집을 지켰다. 첫날 밤에 잉그리드가 침구를 들고 내 방으로 건너오면, 우리는 머리맡을 반대로 하고 서로 거꾸로 누워 열어놓은 창문 틈새로 들려오는 철체 공구가 콘크리트 바닥에 떨어지는 소리, 어머니가 틀어놓은 귀에 거슬리는 포크송 소리에 뜬눈으로 밤을 지새우곤 했다.

어머니는 잉그리드와 내게 옮겨달라고 한 갈색 소파에서 낮동안 잠을 청했다. 처음부터 그럴 의도로 옮겨달라고 한 것이었다. 문에는 '딸들아, 노크하기 전에 스스로에게 물어보렴─어디 불이라도 났는지'라고 적힌 종이가 계속 붙어 있었지만, 나는 등교하기 전에 작업실에 들어가 사용한 접시와 컵을 수거하고, 점점 늘어나는 빈 술병도 잉그리드가 보지 못하게 치웠다. 꽤 오랫동안 나는 내가 워낙 조용히 움직여서 어머니가 깨지 않는 줄 알았다.

우리가 겁에 질렸던 건지, 이번에는 진짜로 아버지가 돌아오지 않을 거라고 생각했던 건지, 크리스마스를 두 번 지낼 수 있어서 좋다는 반 친구들처럼 아무렇지 않게 '엄마의 남자친구'나 '아빠네 집에 두고 왔다' 같은 말을 하게 될 거라고 생각했는지는 기억나지 않는다. 우리 둘 다 불안하다고 실토하지 않았다. 그저 기다렸다. 좀더 나이를 먹은 뒤에는 그 기간을 '잠시 떠남'이라고 부르기 시작했다.

결국은 어머니가 우리 둘 중 한 명을 호텔로 보내 아버지를 데려오게 했다. 항상 본인 때문에 벌어진 일인데도 이 무슨 어처구니없는 일이냐고 하면서 말이다. 어머니는 아버지가 돌아오면 싱크대 앞에 선 그에게 키스를 퍼붓고, 동생과 내가 당황한 표정으로 지켜보는 가운데 아버지의 등을 손으로 더듬어 올라가곤 했다. 이후에는 농담조가 아닌 이상 그 일에 대해 언급하지 않았다. 그러고는 파티를 벌였다.

✛

패트릭의 스웨터는 산 지 얼마 안 된 것까지 모두 팔꿈치에 구멍이 나 있다. 셔츠의 칼라 한쪽은 항상 안으로 말려들어가 있고 다른 쪽은 밖으로 나와 있으며, 아랫단은 몇 번을 집어넣어도 계속 허리춤에서 삐져나온다. 머리는 자른 지 사흘이 지나면 지저분해진다. 손은 내가 지금까지 보았던 어느 누구의 손보다 예쁘다.

+

아버지를 주기적으로 내쫓는 것 외에 어머니가 우리집에서 주로 담당한 분야는 파티였고, 그 사실만으로도 우리는 다른 어머니들에 비해 부족한 그녀를 기꺼이 용서할 수 있었다. 우리집을 가득 채운 손님들은 금요일 밤부터 일요일 아침까지 부어라 마셔라 했다. 어머니는 그들 대부분이 웨스트 런던의 예술계 주요 인사라고 했지만 예술과 모호한 연관이 있고 마리화나를 용인하며 악기를 소지하고 있으면 참석이 가능한 것 같았다.

창문을 모두 열어둔 겨울날에도 집안은 후끈하게 달아올랐고, 들썩거리고 달짝지근한 연기로 가득찼다. 아무도 잉그리드와 나를 쫓아내거나 들어가서 자라고 하지 않았다. 우리는 밤새 이 방 저 방 들락거리며 사람들 사이를 헤집고 다녔다—긴 부츠를 신거나 점프수트 차림에 여자 액세서리를 단 남자들, 후줄근한 청바지 위에 드레스 대신 페티코트를 입고 닥터마틴 워커를 신은 여자들을. 우리는 목적지가 있었다기보다 그들 곁에 최대한 가까이 있고 싶었다.

그들이 와서 같이 이야기하자고 하면 우리는 분위기를 띄워보려고 애썼다. 우리를 어른처럼 대하는 이들도 있었고, 우리가 웃기려 하지도 않았는데 웃는 이들도 있었다. 그들이 재떨이나 술을 찾으면, 새벽 세시에 계란프라이를 먹겠다며 프라이팬을 찾으면 잉그리드와 나는 서로 심부름을 하려고 싸웠다.

그러다 결국 잉그리드와 나는 항상 잠들었다. 침대가 아닌 다른 데서 같이 잠들었다가 깨어보면 움브리아 선라이즈로 칠하지 않은 벽에 누군가가 즉흥적으로 그린 벽화와 난장판이 우리를 맞아주었다. 마지막 작품이 아직까지도 욕실 벽에 남아 있는데, 희미해지긴 했어도 샤워기 앞에 서면 정중앙에 그려진 누드화의 짤막한 왼팔을 유심히 들여다보게 된다. 맨 처음 보았을 때 잉그리드와 나는 그 그림이 어머니의 실제 모습일까봐 걱정했다.

파티가 열리는 밤이면 어머니는 와인을 병째 마시고, 남이 물고 있던 담배를 가로채고, 천장을 향해 연기를 내뿜고, 고개를 뒤로 젖히며 웃고, 혼자서 춤을 추었다. 그때도 긴 머리에 염색을 하지 않았고, 살은 찌기 전이었다. 슬립 위에 털이 듬성듬성 빠진 여우 모피를 걸치고 검은색 스타킹을 신고 신발은 벗은 채였다. 실크 터번도 잠깐 등장했다.

대체로 아버지는 방 한구석에서 누군가를 붙잡고 이야기를 나누었다. 가끔은 뭔가 담긴 잔을 들고 진가를 알아보는 몇 안 되는 사람들 앞에서 「노수부의 노래」를 여러 지역 억양으로 낭독하기도 했다. 어느 쪽이 됐건 어머니가 춤을 추기 시작하면 아버지는 하던 걸 멈추고 같이 춤을 추었는데, 그럴 때까지 어머니가 아버지를 계속 불렀기 때문이었다.

아버지는 어머니의 리드를 따르려 애썼고, 어머니가 너무 심하게 돌다가 휘청거리면 잡아줬다. 아버지는 어머니보다 키가 훨씬 컸다—내 기억 속의 아버지는 키가 어마어마하게 컸다.

어머니가 어때 보였는지, 당시 내 눈에 어떻게 비쳤는지 설명할 방법은 없었다. 어머니가 유명한 사람인지만 궁금했다. 두 팔로 자기 몸을 감싸고 빙글빙글 돌거나 해초의 움직임을 흉내내는 사람처럼 머리 위로 손을 흔들어댈 뿐이었는데도 사람들은 어머니의 춤을 보려고 뒤로 물러났다.

그러다 지치면 어머니는 아버지의 품에 풀썩 안겼다가도 동그랗게 에워싼 사람들 끝자락에 있는 우리를 보면 다시 신이 난 목소리로 "얘들아! 얘들아, 이리 와!" 하고 외쳤다. 잉그리드와 나는 딱 한 번만 거절했다. 같이 춤추다보면 키가 큰 아버지와 유쾌하고 자꾸 넘어지는 어머니에게 사랑받는 느낌을 받았고, 우리 넷을 바라보는 사람들의 애정도 느낄 수 있었기 때문이다. 그들이 누군지도 몰랐지만 상관없었다.

이제 와 생각해보면 어머니도 그들이 누군지 몰랐을 것 같다—어머니가 벌인 파티의 목적은 특별하고 낯선 사람들로 집안을 가득 채우는 것, 그들 앞에서 특별한 인물이 되는 것, 열쇠가게 이층에 살았던 사람처럼 보이지 않는 것이었으니까. 우리 셋의 눈에 특별해 보이는 것으로는 부족했다.

옥스퍼드에 사는 동안, 어머니가 제목 없는 짧은 이메일을 내게 보내던 때가 있었다. 마지막 이메일에는 이렇게 적혀 있었다. "테이트미술관에서 나한테 눈독을 들이고 있어." 내가 집을 떠난 뒤로 아버지는 다른 사람이 쓴 글을 복사해서 보내주고 있다. 책을 펼쳐서 복사기에 대고 누른 페이지는 회색 나비의 날개 같고, 중앙의 시커먼 그림자는 나비 몸통 같다. 나는 그 글을 전부 보관하고 있다.

아버지가 보내준 마지막 글은 랠프 엘리슨이 쓴 것이었다. 아버지는 "끝은 시작에, 그리고 저 멀리 있다"*라는 문장에 색연필로 줄을 그어 강조했다. 그리고 옆의 여백에 조그맣게 적었다. "마사, 어쩌면 네게 필요한 말일지도 모르겠구나." 패트릭이 떠난 직후였다. 나는 위쪽 여백에 "끝은 지금이고 시작은 기억나지 않는다는 게 문제예요"라고 써서 다시 보냈다.

며칠 뒤에 그 복사본이 돌아왔다. 이 말만 추가된 채로. "그래도 시도해보지 않겠니?"

---

* 랠프 앨리슨의 『보이지 않는 인간』에 나오는 문장이다.

패트릭을 처음 만났을 때 나는 열여섯 살이었다. 1977+16
=1993. 크리스마스였다. 패트릭은 교복을 갖추어 입고 더플백
을 든 채 이모네 집의 흑백 체크무늬 현관 앞에 이모의 둘째 아
들인 올리버와 함께 서 있었다. 나는 막 샤워를 마치고 교회를
가기 전에 식탁에 음식 차리는 걸 도우려고 내려온 참이었다.

우리 가족은 벨그레이비아가 아닌 다른 곳에서 크리스마스
를 보낸 적이 없었다. 이모는 그래야 크리스마스 분위기가 난
다며 꼭 크리스마스이브에 와서 자고 가게 했다. 그렇게 말은
하지 않았지만, 그래야 당일에 늦지 않을 것이기 때문이기도
했다—우리 넷은 아침 여덟시에 모이기로 한 아침식사 약속에
열한시 반에 도착하는 사람들이었다. 어머니의 표현을 빌리자

면 그것이 BST, 즉 '벨그레이비아 표준 시간'이었다.

잉그리드와 나는 사촌 제서민의 방 바닥에서 잤다. 그녀는 이모의 늦둥이 딸로, 올리버보다 다섯 살 어렸다. 올리버는 어른이 없는 자리에서는 제서민을 '사고'라고 불렀고, 어른들이 있을 때는 WS, 즉 '뜻밖의 선물wonderful surprise'이라고 불렀다. 하지만 그것도 어느 정도 나이를 먹어 자기 역시 선물이라는 걸 깨닫기 전까지였다—그의 형 니컬러스가 입양아였던 것이다. 결혼하고 사 년이 지나도록 이모가 그토록 원하던 아이를 낳지 않은 이유는 아무도 얘기한 적이 없고, 아마 원인도 몰랐을 것이다. 어머니는 그 이유가 뭐든 간에 그 정도 기간이 지나면 침대에서 고생하느니 차라리 복잡한 절차를 거치더라도 입양하는 게 두 사람 모두에게 더 나은 선택이라고 했다.

나와 동갑인 니컬러스는 입양 당시 다른 이름으로 불렸고, 출신에 대해서는 입양아라는 사실 말고는 한 번도 화제에 오른 적이 없었다. 하지만 나는 이모부가 아들이 듣는 데서 영국에서는 아이를 입양할 때 갈색 톤이기만 하면 어떤 피부색이든 괜찮다고 말하는 걸 들은 적이 있다. 또 니컬러스가 아버지 면전에서 "두 분이 좀더 오랫동안 애썼다면 흰 애 둘만 키울 수도 있었을 텐데요"라고 말하는 것도 들은 적이 있다. 패트릭이 처음 우리와 크리스마스를 함께 보낸 해에 니컬러스는 이미 삐딱선을 타기 시작해 다시는 원래 궤도로 돌아오지 않았다.

올리버와 패트릭은 둘 다 열세 살로, 스코틀랜드에 있는 기숙학교에 다녔다. 패트릭은 일곱 살 때부터 그 학교에 다녔다. 한 학기를 다닌 올리버는 크리스마스이브에 도착할 예정이었지만 비행기를 놓치는 바람에 야간 기차를 탔다. 이모부는 우리 어머니가 꼴불견이라고 부르는 검은색 다임러를 몰고 패딩턴역으로 가서 그 둘을 태워 왔다.

계단을 내려가다가 이모부를 보았는데, 외투도 벗지 않은 채 아들에게 빌어먹을 크리스마스에 빌어먹을 말도 없이 친구를 데려왔다며 호통을 치고 있었다. 나는 중간에 멈춰 서서 지켜보았다. 패트릭은 이모부가 말하는 동안 자기 스웨터 밑단을 잡고 말았다 풀었다 했었다.

올리버가 말했다. "말씀드렸잖아요. 얘네 아버지가 집에 가는 표를 깜빡하고 예약 못했다고요. 그럼 어떻게 해요, 교장이랑 같이 학교에 두고 와요?"

이모부는 작게 쏘아붙이더니 패트릭을 돌아보았다. "세상에 어떤 아버지가 크리스마스에 아들 비행기표 예약하는 걸 잊어버릴 수 있는지 궁금하구나. 그것도 빌어먹을 싱가포르인데."

올리버가 빌어먹을 홍콩이라고 정정했다.

이모부는 못 들은 체했다. "너희 어머니는?"

"안 계세요." 올리버는 아무 말도 못하고 스웨터만 만지작거리는 패트릭을 쳐다보았다.

이모부는 천천히 목도리를 풀어서 옷걸이에 걸고는 올리버에게 그의 어머니는 주방에 있다고 말했다. "가서 도울 일 없는지 물어봐라. 그리고"—패트릭을 돌아보며—"너는 이름이 뭐랬지?"

"패트릭 프리엘입니다." 그는 마치 질문하듯 대답했다.

"그래 너, 패트릭 프리엘입니다는 여기 왔으니 눈물 질질 짜는 건 생략해도 된다. 그리고 빌어먹을 가방은 내려놔라." 그는 패트릭에게 자기와 올리버의 어머니를 각각 길홀리 아저씨, 길홀리 부인이라 부르면 된다고 알려준 뒤 성큼성큼 사라졌다.

나는 다시 계단을 내려가기 시작했다. 올리버와 패트릭이 동시에 나를 올려다보았다. 올리버가 "얘는 내 사촌 마사 어쩌고 저쩌고"라고 하면서 패트릭의 소매를 잡고 주방으로 내려가는 계단을 향해 끌고 갔다.

+

몇 달 전 마거릿 대처가 광장 건너편의 타운하우스로 이사했다. 이모는 대화할 때마다 그 사실을 자연스럽게 또는 부자연스럽게 언급했고, 크리스마스 당일에는 아침식사 자리에서 두 번, 광장의 위쪽 모퉁이에 있어서 총리의 집보다 이모네에서 더 가까운 교회에 걸어갈 준비를 하는 동안 다시 한번 말했다.

사람들이 이모에 대해 의식하다가 결국에는 의식하지 않게 되는 부분이 있는데, 바로 중요한 이야기를 할 때마다 그녀가 턱을 치켜들고 눈을 감는다는 점이다. 그러다 가장 중요한 부분에서는 놀라서 깨어난 사람처럼 눈을 번쩍 뜨고 뒤룩거린다. 이야기의 막바지에 이르면 벌어진 콧구멍으로 숨을 들이마시고는 걱정될 정도로 참았다가 천천히 내뱉는다. 마거릿 대처 이야기를 할 때는 우리의 여성 총리가 광장의 '덜 바람직한 쪽'을 선택했다는 대목에서 항상 눈을 떴다. 어머니는 교회에 그냥 직진해서 가면 될 것을 왜 광장의 세 면을 돌아가는지 모르겠다고 큰 소리로 투덜거리며 씩씩댔다.

어머니는 집으로 돌아오자마자 마거릿 대처의 집 앞을 지키는 경찰들에게 주려고 민스파이를 가지고 나갔다가 빈 접시를 들고 돌아왔다. 이모는 4월에 민스파이에 넣을 고기를 직접 만드는데, 경찰들이 파이를 받을 수 없다고 해 오는 길에 쓰레기통에 전부 버렸다는 어머니의 얘기를 들으며 미소를 짓고 또 지었다.

+

나는 점심을 먹기 전에 미키마우스 스웨트셔츠와 검은색 바이크 쇼츠로 갈아입고 맨발로 식당에 들어갔다―어느 자리에 앉으면 되는지 찾는 동안 이모가 쫄쫄이는 크리스마스 식사 자리에 알맞은 복장이 아니라며 아직 시간이 있으니 이층에 가서 갈아입으라고, 간 김에 신발도 신었으면 좋겠다고 말했기 때문에 기억한다. 그 말을 듣고 어머니가 말했다. "그래, 마사. 우리가 이런 얘기를 나누는 동안 덜 바람직한 쪽에 사는 대처 부인이 건너올 수도 있잖아. 그럼 어떻게 되겠니?" 그러고는 이모부가 건넨 와인잔을 받아들었다.

어머니가 잔을 단숨에 비우는 것을 보고 이모부가 말했다. "맙소사, 실리아. 무슨 빌어먹을 약도 아니고. 음미하는 척이라도 해야지."

어머니는 그 순간을 음미하고 있었다. 잉그리드와 나는 아니었다. 집에서 파티가 열렸을 때는 술에 취한 어머니를 보는 게 재미있었다. 하지만 우리가 나이를 먹고 어머니도 나이를 먹으면서 점점 재미가 없어졌다. 어머니는 집에 흥미로운 사람이나 손님이 없어도 술을 마셨기 때문이다. 벨그레이비아에서는 이런 재미가 있었던 적이 없었다. 이모부와 이모는 분위기가 바뀔 정도로 술을 마시지 않았고, 잉그리드와 나는 와인병을 다시 마개로 막아서 치워도 되고 술잔을 반드시 비우지 않아도 된다는 것을 그 집에서 배웠다. 그날은 결국 이모가 어머니의 의자 옆에서 무릎을 꿇고 카펫에 묻은 와인을 닦게 되었는데, 우리는 그 상황이 창피했다. 어머니 때문에 창피했다.

모두 자리에 앉자 이모가 관례대로 왼쪽으로 접시를 돌리기 시작했고, 어른 중에서 맨 끝자리에 앉은 이모부가 아이들 중에서 맨 끝자리에 앉은 패트릭에게 혹시 소수 인종이냐고 물었다.

올리버가 말했다. "아빠, 그런 건 물어보면 안 돼요."

이모부는 "왜 안 되냐, 나처럼 이렇게 물어보면 되지"라고 대답하고는 다시 패트릭을 매섭게 쳐다보았다. 패트릭은 아버지는 미국에서 태어났지만 사실 스코틀랜드 사람이고 어머니는—이 지점에서 목소리가 흔들렸다—영국계 인도인이라고 순순히 대답했다.

이모부는 그렇다면 부모님이 모두 영국인이 아닌 셈인데 자기 아들들보다 억양이 훨씬 고급스럽다며 특이하다고 했다. 니컬러스가 숨죽여 맙소사라고 중얼거렸고, 나가라는 소리를 듣고도 꿈쩍하지 않았다. 어머니는 이모와 이모부가 중요한 시기에 큰아들 교육을 제대로 시키지 못했다고 말한 적이 있었다. 우리를 훈육해본 적도 없는 어머니가 그런 입장을 취하다니 잉그리드와 나로서는 놀라울 따름이었다.

이모는 애써 명랑한 목소리로 패트릭에게 부모님 성함을 물었다. 패트릭은 아버지 성함은 크리스토퍼 프리얼이며 어머니 성함은 니나라고 거의 들리지도 않게 대답했다. 이모부는 이모가 접시에 덜어준 칠면조 껍질을 벗겨 발치에 앉아 있는 휘핏*에게 한 조각씩 주었다. 몇 주 전에 데려와서 바그너라고 이름을 지어준 개였다.** 안타깝게도 사람들은 독일식 발음과 영어 철자 중에 고민하게 만드는 이름이라고 설명해야만 숨겨진 웃음 포인트를 알아차렸다. 이모부는 종종 이름을 써서 보여줘

---

* 그레이하운드 계통의 작은 개로, 원산지는 영국이다.
** 'Wagner'를 독일어로 읽으면 '바그너'다.

야 했다. 그날 아침을 먹으러 나온 어머니는 밤새 개가 이동장 안에서 낑낑대는 소리보다는 초보 바이올리니스트가 연주하는 〈니벨룽겐의 반지〉 전곡을 듣는 게 낫겠다고 했다.

아버지가 무슨 일을 하시느냐는 이모부의 다음 질문에 패트릭은 유럽 은행에서 일하시는데 어느 은행인지는 기억나지 않는다고, 죄송하다고 했다. 이모부는 잔에 담긴 뭔지 모를 음료를 벌컥벌컥 마시고는 말했다. "그럼 너희 어머니께는 무슨 일이 생기신 건지 얘기해봐라."

접시는 모두 제 주인을 찾아갔지만 식탁 양끝에서 대화가 오가고 있었기 때문에 아무도 식사를 시작하지 않았다. 패트릭은 울지 않으려고 애쓰며 어머니는 그가 일곱 살 때 호텔 수영장에 빠져 돌아가셨다고 설명했다. 이모부는 운이 없었구나, 하고는 냅킨을 흔들어 펼쳤다. 면접이 끝났다는 뜻이었다. 올리버와 니컬러스는 곧장 포크와 나이프를 집어들더니 출발 총성이 울린 것처럼 고개를 숙이고는, 누가 훔쳐갈까 지키려는 듯이 왼팔로 접시를 감싸더니 오른손에 쥔 포크로 음식을 떠서 게걸스럽게 입안에 쓸어 넣기 시작했다. 패트릭도 똑같이 했다.

어머니의 장례식이 끝나고 일주일 뒤에 패트릭은 기숙학교로 보내졌다. 그런 아버지였으니 아들이 돌아올 비행기표 예약도 깜빡한 것이다.

몇 분 뒤 어른들의 대화가 잦아들자 패트릭이 게걸스럽게 먹다 말고 고개를 들더니 말했다. "저희 어머니는 의사셨어요."

그때도 그전에도 아무도 물어본 적 없었다. 그는 깜빡했다가 방금 전에 생각난 것처럼 말했다.

이모부가 어머니 얘기를 다시 시작하거나 더 끔찍한 화제를 꺼내지 못하게 하려는 의도였던 것 같다. 아버지는 테이블에 앉은 모든 사람에게 테세우스의 역설을 설명하기 시작했다. 아버지의 설명에 따르면 테세우스의 역설은 1세기 무렵의 철학적 난제였다. 항해중 목선의 나무를 전부 교체했다면, 목적지에 도착했을 때 과연 그 배가 출항했을 때와 같은 배라고 할 수 있을까? 아무도 무슨 말인지 이해하지 못하자, 아버지는 다른 말로 설명해보겠다며 계속했다. "롤런드가 지금 쓰는 비누는 1980년에 산 것과 같은 것일까, 아니면 전혀 다른 것일까?" 우리 어머니가 열어둔 술병을 집으려고 아버지를 가로질러 손을 뻗으며 말했다. "임페리얼 레더의 역설이네."

✛

점심식사를 끝내고 이모는 우리에게 '살짝 개봉'하러 거실로 자리를 옮기자고 했다. 잉그리드와 내게는 우리가 먹고사는 데 쓰는 돈이 부모님에게서 나오는 게 아니라는 사실을 살짝 알게 되는 시간이기도 했다.

당시에 우리 둘은 사립 선발제 여학교에 다니고 있었다. 나는 장학금을 받았는데, 입학 첫날 선배에게 들은 바에 따르면 내 시험 성적은 2등이었지만 1등이 방학 때 죽었기 때문이었다.

준비해야 하는 교복의 목록만 양면으로 다섯 장이었다. 어머니가 식탁에서 목록을 읽으며 불안하게 웃었다. "교표가 새겨진 겨울용 양말. 교표가 새겨진 여름용 양말. 교표가 새겨진 운동용 양말. 교표가 새겨진 수영복. 교표가 새겨진 수영모. 교표가 새겨진 생리대." 어머니는 목록을 찬장으로 내던지며 말했다. "마사, 그런 표정 지을 것 없어. 농담이야. 생리대는 아무거나 써도 돼."

잉그리드는 장학금을 받지 못했기 때문에 부모님은 학비가 무료이고 집 근처에 있는 남녀공학 학교에 입학신청서를 넣었다. 그 학교에는 여학생을 위한 교복이 두 종류 있었는데, 잉그리드의 말이 하나는 일반용이고 하나는 임부용이라고 했다. 그러나 막판에 부모님이 생각을 바꿔 잉그리드도 우리 학교에 입학했다. 어머니는 작품을 하나 팔았다고 했다. 잉그리드와 나는 케이크를 만들었다.

그해 크리스마스이브에 벨그레이비아로 가는 차 안에서 우리는 어머니에게 왜 이모를 싫어하느냐고 물었다. 그날도 아버지가 재촉할 때마다 안 가겠다며 매년 하는 협박을 남발했고, 준비하기 싫다며 몇 시간을 버티다가 아버지가 한참 애걸복걸한 끝에 겨우 따라나선 길이었다. 어머니는 이모가 남을 통제하려 하고 겉모습에 집착하며, 언니이거나 말거나 취미가 리모델링과 성대한 손님 접대인 사람과는 공감대를 형성할 수 없기 때문이라고 했다.

그럼에도 어머니는 항상 화려한 선물을 했다— 모두에게 그
랬지만, 선물을 받으면 뭐가 들었는지 확인할 수 있는 정도만
열어본 다음 너무 과하다며 테이프를 다시 붙이려는 이모에게
는 특히 더 그랬다. 어머니는 항상 화를 내며 자리에서 벌떡 일
어나 밖으로 나가버렸고, 잉그리드가 웃긴 말로 분위기를 풀었
다. 그런데 그해에는 어머니가 자리에 그대로 앉은 채 두 손을
번쩍 들었다. "왜 그래, 언니? 왜 언니는 내가 사주는 걸 단 한
번도 고맙게 받질 않아?"

이모는 몹시 당황하며 시선을 피하려고 눈을 이리저리 굴렸
다. 전통에 따라 20파운드 상당의 마크스 앤드 스펜서스 상품
권을 선물한 이모부가 말했다. "그야 빌어먹을 우리 돈이기 때
문이지, 실리아."

같은 안락의자에 앉아 있던 잉그리드와 나는 서로의 손을 잡
았다. 내 손을 부여잡은 그녀의 손이 뜨끈뜨끈했다. 우리가 지
켜보는 가운데 어머니는 어렵사리 자리에서 일어나며 말했다.
"형부, 돈은 벌 때도 있고 잃을 때도 있는 거 아닌가요." 어머
니는 문 앞까지 가는 내내 자기가 한 농담*에 계속 웃었다.

우리는 어느 정도 나이를 먹었지만, 시상이 떠오르지 않는

---

* '벌 때도 있고 잃을 때도 있다'는 문장의 원문은 'win some, lose some'으로, 언
니의 이름 '윈섬'과 '돈을 벌다'라는 뜻의 'win some'의 발음이 유사한 것에 착안
한 농담이다.

시인과 아직은 미미한 영향력이 있는 수준인 조각가는 돈을 벌수 없으며 다른 모든 것처럼 교표가 새겨진 수영복 역시 이모와 이모부의 돈으로 샀을 거라는 생각을 전혀 하지 못했다. 어머니가 밖으로 나가자 잉그리드가 이모에게 물었다. "선물이 뭐예요? 조각품만 아니면 저 주세요." 이로써 모든 게 괜찮아졌다.

✢

아이들은 가장 어린 사람부터 나이 순서대로 선물을 열어보는 것이 벨그레이비아의 규칙이었다. 제서민이 일등이었고, 니컬러스와 내가 맨 마지막이었다. 올리버의 차례가 다가오자 이모가 잠시 사라졌다가 선물을 들고 와서 트리 아래에 놓았다. 나를 빼고는 아무도 눈치채지 못했다. 잠시 후에 이모가 그 선물을 다시 집으며 "이건 네 거야, 패트릭" 하고 말했다. 그는 깜짝 놀란 표정이었다. 만화에서나 볼 수 있는 표정이었다. 잉그리드는 선물을 열어보고 "실망이네"라고 속삭였지만 나는 선물을 풀어본 뒤에 감사 인사를 하려고 고개를 들고 누구보다 열심히 미소 짓고 있는 소년 패트릭을 보았다.

그는 자기가 오는 줄 아무도 몰랐는데 어떻게 자기 이름이 적힌 선물이 거기 있었는지 내내 궁금해하다가 몇 년이 지나서야 알게 되었다. 옥스퍼드로 이사하려고 짐을 쌀 때였다. 패트릭은 책꽂이에서 어떤 책을 발견하고는 나에게 기억하느냐고 물었다. "내가 어렸을 때 받은 선물 중에 최고였어. 너희 이모가 어떻게 내 선물을 준비하셨을까?"

"비상 선물을 넣어두는 벽장에서 가져온 거야, 패트릭."

그는 기운이 빠진 듯한 표정을 희미하게 지었지만 "그래도" 라고 말하고는 내가 그의 손에서 책을 빼앗을 때까지 계속 서서 그 책을 읽었다.

+

패트릭과 처음 만난 해에 나는 하이드파크까지 걸어가 켄싱턴 가든스를 한 바퀴 도는 동안 그와 딱 한 번 대화를 나누었다. 우리는 이모부가 적당한 평화로움 속에 여왕의 대국민 담화를 들을 수 있도록 오후에는 항상 다 같이 산책을 나섰다. 여기서 '적당한'이라고 말한 이유는 윈저성의 공중촬영 화면이 비치자마자 어머니는 군주제의 부당함을 토로하기 시작해 여왕의 담화 내내 계속할 테고, 그동안 아버지는 크리스마스를 맞아 스스로에게 선물한 책을 큰 소리로 낭독할 게 뻔했기 때문이다.

잉그리드와 나는 패트릭 바로 뒤에서 걸었는데, 그는 브로드워크 북쪽에서 갑자기 걸음을 멈추더니 올리버가 자신에게 던진 테니스공을 향해 달려들었다. 제때 걸음을 멈추지 못한 잉그리드는 그가 뻗은 팔에 가슴을 세게 얻어맞고 말았다. 그녀는 욕을 하며 패트릭에게 가슴을 그렇게 아프게 때리면 어떡하느냐고 했다. 패트릭은 어쩔 줄 몰라하며 미안하다고 했다. 나는 그에게 걱정하지 말라고, 잉그리드의 가슴을 치지 않기란 어렵다고 했다. 그는 그것에 대해서도 사과하고 앞으로 달려갔다.

✢

패트릭은 다음해에도 왔다. 이번에는 아버지가 재혼해서—신시아라는 중국계 미국인 소송 전문 변호사와—신혼여행을 떠난 터라 이모에게 미리 허락을 받았다. 나는 열일곱 살이었다. 패트릭은 열네 살이었다. 그가 올리버와 함께 주방에 들어오자 나는 인사를 건넸다. 내 사촌이 주방에 뭘 찾으러 들어왔는지 몰라도 그걸 찾는 동안 패트릭은 문가에 서서 예전처럼 스웨터 밑단을 돌돌 말았다 풀었다 했다.

그날 우리는 다 같이 제서민의 방으로 몰려가 이불을 개지 않은 에어매트리스에 올라가 앉았다. 니컬러스만 창문 앞으로 걸어가 주머니에서 담배를 꺼냈는데, 직접 말아서 피우는 담배라 다 풀린 채였다. 그가 담배에 불을 붙이려 하자 아홉 살이던 제서민이 두 손을 퍼덕이며 울음을 터뜨렸다.

잉그리드가 "아무도 오빠가 멋지다고 생각하지 않아"라고 말하며 제서민을 우리 둘 사이에 앉혔다. "티백을 휴지에 싼 것처럼 보여."

나는 니컬러스에게 나가서 접착테이프를 찾아주겠다고 한 다음 제서민에게 마술을 보고 싶은지 물었다. 그녀는 고개를 끄덕였고 잉그리드가 소매로 얼굴을 닦아주는 동안 가만히 있었다. 나는 그때 치아교정을 하고 있었는데, 모두가 지켜보는 앞에서 혀로 뺨 안쪽을 더듬었다. 그런 다음 입을 동그랗게 오므리자 고무줄 하나가 튕겨나왔다. 그 고무줄은 패트릭의 손등에 떨어졌다. 그는 머뭇거리며 잠깐 쳐다보다가 조심스럽게 손으로 고무줄을 집어들었다.

집으로 돌아온 뒤에 잉그리드는 내 방에 와서 선물을 바닥에 늘어놓고 누가 더 많이 받았는지 확인하고는 마음에 드는 선물과 그렇지 않은 선물로 나눴다. 둘 다 그럴 나이가 지났는데도 말이다. 그녀는 패트릭이 고무줄을 몰래 주머니에 챙기는 걸 보았다고 했다. "언니를 사랑하기 때문이지."

나는 그런 징그러운 소리는 하지도 말라고 했다. "걔는 어린 애잖아."

"언니가 결혼할 나이가 되면 그 정도 나이 차는 아무것도 아닐걸?"

나는 토하는 척했다.

"패트릭은 마사를 사랑한대요." 잉그리드가 말하고는 내가 마음에 들지 않는다고 분류해놓은 선물 무더기에서 '1993년 핫트랙'CD를 집어 내 CD플레이어에 넣었다.

그때가 내 머릿속에서 조그만 폭탄이 터지기 전에 보낸 마지막 크리스마스였다. 시작 안에 숨겨진 끝이었다. 패트릭은 해마다 왔다.

프랑스어 A레벨 시험*이 있는 날 아침에 눈을 떠보니 손과 팔에 아무 느낌이 없었다. 똑바로 누워 있는데 눈물이 눈가를 타고 관자놀이를 거쳐 머리카락 속으로 흘러내리고 있었다. 일어나서 욕실에 들어가 거울을 보니 입 주변이 멍든 것처럼 동그랗게 짙은 자주색으로 변해 있었다. 온몸이 계속 떨렸다.

나는 시험장에서도 시험지를 읽을 수가 없어서 끝날 때까지 아무것도 쓰지 않은 채 첫 페이지만 뚫어져라 보았다. 집에 돌아가자마자 나는 이층으로 올라가서 책상 아래로 기어들어가 살날이 얼마 남지 않았다는 걸 본능적으로 아는 조그만 동물처

---

* 영국에서 대입 준비생들이 치르는 학력평가 시험.

럼 가만히 앉아 있었다.

며칠 동안 거기 틀어박혀서 배가 고프거나 화장실에 갈 때만 일층에 내려갔고, 마지막에는 화장실에 갈 때만 내려갔다. 밤에는 잠을 잘 수 없었고 낮에는 깨어 있을 수 없었다. 눈에 보이지 않는 뭔가가 내 몸 위로 기어다녔다. 소음에 대한 공포가 생겼다. 잉그리드가 자꾸 찾아와서 이상한 짓 좀 그만하라고 애원했다. 나는 제발, 제발 나가달라고 했다. 그러면 잠시 후에 복도에서 그녀가 외치는 소리가 들리곤 했다. "엄마, 언니가 다시 책상 밑으로 들어갔어요."

처음에 어머니는 안쓰러워하며 마실 물을 가져다주고 책상 밖으로 나를 끌어내려 다방면으로 애썼다. 그러다 짜증을 내기 시작하더니 그후론 잉그리드가 소리치면 이렇게 대꾸했다. "나오고 싶으면 제 발로 나오겠지." 어머니는 더이상 내 방에 들어오지 않았는데, 딱 한 번 청소기를 들고 온 적이 있었다. 나를 못 본 척했지만 일부러 내 발 주변을 청소했다. 어머니가 어떤 형태로든 청소를 했던 기억은 그때뿐이다.

✦

골드호크 로드에서 열기로 했던 파티는 아버지의 요청으로 잠시 중단됐다. 아버지는 어머니에게 내 상태가 나아질 때까지 기다리자고 했다. 어머니는 "그러게, 누가 이런 때 놀고 싶겠어”라고 말했고, 머리를 아주 짧게 자르더니 자연에서는 볼 수 없는 색으로 염색하기 시작했다.

어머니가 살찐 이유도 내 병으로 스트레스를 받았기 때문이라고 했다. 잉그리드는 그 말이 사실이라면 어머니가 부대 자루처럼 통이 넓은 원피스를 입기 시작한 것도 나 때문일 거라고 했다. 허리선은 없고 모슬린이나 리넨 소재에, 언제나 자주색인 원피스를 겹쳐 입었는데, 울퉁불퉁한 치맛단이 식탁보 모서리처럼 발목 언저리에서 찰랑거리도록 한 것이었다. 어머니는 지금도 그 스타일을 고수하고 있다. 몸무게가 5킬로그램 늘 때마다 한 겹씩 추가될 뿐이다. 어머니는 이제 새장 위에 담요를 마구 걸쳐놓은 것처럼 기본적으로 둥그레 보인다.

내가 아프기 전에 어머니는 나를 ‘허밍’이라고 불렀는데, 어렸을 때 나는 잠에서 깨자마자 음도 안 맞는 노래를 즉흥적으로 흥얼거리기 시작해 그만하라는 소리를 들을 때까지 계속했기 때문이다. 이런 기억은 대부분 남에게서 들은 것이다—차를 타고 콘윌까지 가는 여섯 시간 내내 복숭아 통조림에 대한 애정을 노래했다는 것, 어미 없는 개나 잃어버린 사인펜에 대한 노래에 감정이 북받쳐서 목놓아 울다가 욕조에 토했다는 것.

유일하게 내가 기억하고 있는 것은 어머니의 작업실 앞을 무성하게 덮은 풀밭에 앉아 내 발에 가시가 박혔다고 노래하자 작업실에서 어머니의 노랫소리가 흘러나왔던 장면이다. “이리 들어오려무나 허밍, 엄마가 가시 뽑아줄게.” 내가 병에 걸리자

어머니는 나를 허밍이 아니라 '우리집 붙박이 트집쟁이'라고
부르기 시작했다.

잉그리드는 어머니에게 못된 구석이 있었지만 그걸 본격적
으로 끄집어낸 사람은 나라고 한다.

✛

작년에 나는 필요하지도 않은 안경을 샀다. 검안사가 내 시
력검사를 하다가 의자에서 굴러떨어졌기 때문이다. 하도 무안
해하는 것처럼 보여서 나는 일부러 글자를 틀리게 읽기 시작했
다. 그 안경은 안경집에 담겨 앞좌석 콘솔박스 안에 있다.

✛

아버지는 처음부터 바닥에 앉아 침대에 기댄 채 밤새 내 곁
을 지켰다. 시를 읽어주겠다고 했다가 내가 싫다고 하면 아무
대답도 바라지 않고 별 상관 없는 이야기들을 소곤소곤 늘어놓
곤 했다. 아버지는 한 번도 잠옷 차림이었던 적은 없었는데, 옷
을 갈아입지 않으면 아직 저녁이고 둘이서 평범한 시간을 보내
는 척할 수 있었기 때문이었던 것 같다.

하지만 나는 아버지가 걱정한다는 걸 알았고 내가 하는 짓이
너무 부끄러웠지만 한 달이 지나도록 이런 행동을 멈출 방법을

몰랐기에 아버지가 병원에 가자고 했을 때 순순히 따라나섰다. 병원에 가는 내내 나는 뒷자리에 누워 있었다.

의사는 옆에 앉아서 바닥만 내려다보는 나를 두고 아버지에게 몇 가지 질문을 하더니, 피로도가 높고 안색이 창백하며 우울감을 느끼는 것으로 보았을 때 전염 단핵구증일 거라며 혈액검사를 할 필요도 없다고 했다. 또한 자기가 해줄 수 있는 건 아무것도 없지만—전염 단핵구증은 나을 때까지 기다리는 수밖에 없기 때문에—뭐라도 먹길 바라는 여학생들도 있어서 그런 경우 철분제를 처방한다고 했다. 그는 자기 허벅지를 때리더니 자리에서 일어났다. 문 앞에서 그는 내 쪽으로 고개를 까닥하며 아버지에게 말했다. "남자애들과 키스하고 다녔던 모양이에요."*

집으로 돌아가는 길에 아버지가 아이스크림을 사줬지만 내가 도통 먹질 못해서 아버지는 운전하는 내내 녹아 흘러내리는 콘을 든 손을 창밖으로 내밀고 있어야 했다. 현관문 앞에서 아버지는 걸음을 멈추고 방으로 곧장 가기 싫으면 언제든 서재에 와서 쉬어도 된다고 했다. 서재는 문에서 제일 가까운 방이었다. 가끔 환경의 변화를 주는 것도 좋지 않겠냐고 했고, 그 환경은 내 책상 밑을 뜻하는 것이었지만 말로 하지는 않았다. 그러면서 자기는 할일이 있다고 했다—대화를 나눌 필요가 없었

---

* 전염 단핵구증은 주로 침을 통해 전염되어 '키스병'이라고 부르기도 한다.

다. 나는 좋다고 했다. 그게 아버지가 듣고 싶은 대답이라는 걸 알았고, 방금 집 앞길에서 계단 여섯 개를 올라온 참이라 내 방까지 계단을 올라가기 전에 앉아서 쉬어야 했기 때문이다.

아버지가 다시 안으로 들여놓은 갈색 소파에서 책과 종이 더미를 치우고 정면 창문 아래의 벽으로 소파를 미는 동안 나는 문 앞에서 기다렸다. 너무 오래 걸리면 내 마음이 바뀔지도 모른다 싶었는지 후다닥 해치우느라 아버지의 겨드랑이에서 뭐가 자꾸 삐져나왔다. 그때까지만 해도 나는 그 방은 들어가면 안 되는 곳이라고 생각했는데, 문 앞에서 기다리는 동안 내가 그렇게 생각했던 이유를 깨달았다. 들어갈 필요가 없는데 거길 왜 들어가고 싶어하겠냐고 했던 어머니의 말 때문이었다. 어머니는 그 집에 있는 모든 방을 통틀어 서재를 제일 싫어했다. 어머니의 표현에 따르면 비생산적인 분위기를 풍기기 때문이었다.

아버지가 정리를 끝낸 뒤 나는 서재로 들어가 야트막한 팔걸이를 베고 옆으로 누워 책상을 마주보았다. 아버지는 책상을 빙 돌아 의자에 가서 앉더니 타자기에 꽂혀 있던 종이를 바로잡고 손바닥을 마주 비볐다. 전에는 집안의 다른 곳에서, 혹은 외출하러 가는 길에 닫혀 있는 이 방문 앞을 지나면서 타자 소리가 들리면 괴로워하는 아버지의 모습을 상상했다. 식사 준비를 하러 나올 때면 항상 진이 빠진 표정이었으니 그럴 만도 했다. 하지만 아버지는 양쪽 검지로 자판을 두드리기 시작하자마자 혼자 지극한 행복을 느끼는 듯한 표정을 지었다. 순식간에 내가 옆에 있는 것조차 잊은 듯했다. 나는 누워서 아버지를 지켜보았다—한 행이 끝날 때마다 타자로 입력한 내용을 혼자 소리 없이 읽었는데, 대체로 미소 짓고 있었다. 그런 다음 왼손으로 레버를 밀어서 캐리지가 다시 끝에 오게 하고, 양손을 비빈 다음 새로운 행을 타이핑했다. 아버지의 타자기 자판에서는 날카롭게 깨지는 소리가 아닌, 둔탁하게 두드리는 소리가 났다. 나는 그 소리가 전혀 거슬리지 않았고, 오히려 반복적인 과정과 아버지라는 존재—진심으로 살아 있고자 하는 사람과 한 방에 있다는 느낌에 마음이 평온해져 졸음이 쏟아질 정도였다.

+

나는 날마다 그 방에서 시간을 보내기 시작했다. 시간이 좀 지나자 더이상 소파에 누워 있지 않고 일어나 앉아 거리를 내다보았다. 하루는 시트 쿠션 사이에서 펜을 찾아서 무심하게 내 팔에 그림을 그렸는데, 아버지가 보더니 자리에서 일어나 종이와 옥스퍼드 소사전을 들고 내 쪽으로 왔다. 잠시 내 옆에 앉아 종이 왼쪽에 알파벳을 적더니 나에게 알파벳 순서대로 단어를 써서 한 문장짜리 이야기를 완성해보라고 했다. 사전은 그냥 받침대라고 하고는 다시 자리로 돌아갔다.

나는 그런 문장을 수백 개나 완성했다. 지금도 어느 상자에

들어 있을 텐데, 내가 유일하게 기억하는 건 그걸 다 썼을 때
아버지가 언젠가는 모든 작품을 통틀어 최고 걸작으로 꼽힐 거
라고 했던 문장뿐이다.

After

Barbara's

Contentious

Divorce,

Everyone

Felt

Genuinely

Hurt,

Including

Justifiably

Kin

Left

Melancholically

Noting

Or

Perhaps

Questioning

Rumours

Suggesting

That,

Unannounced,

Vincent'd

Wed an

uXorious

Young

Zimbabwean.*

나는 요즘도 잠이 안 오면 속으로 이 게임을 한다. K가 가장
어렵다.

+

내가 거기 있는 동안 한 번 놀러왔던 잉그리드의 친구가 헤
드스페이스 앱이 자기 인생을 바꿨다고 한 적이 있었다. 나는
그 친구의 인생이 전에는 어땠고 지금은 어떤지 묻고 싶었다.

---

* 쟁점이 많았던 바버라의 이혼 후에 모두가 진심으로 상처받았다. 뒤에 남겨진 빈
센트가 짐바브웨 출신의 젊은 애처가와 말도 없이 결혼했다는 소문에 우울하게 주
목하거나 어쩌면 의문을 제기하는 친척들도 그중 일부였다.

9월이 되자 몸이 괜찮아진 것 같았다. 나는 아버지와 의논해 대학에 가기로 결정했다. 하지만 나는 그 방에서 아버지와 함께 있을 때만 괜찮았다. 첫 학기부터 강의를 끝까지 들을 수가 없었다. 수업을 하루 통째로 빼먹다가 나중에는 한 주를 몽땅 빠졌다. 집에 오면 다시 책상 밑으로 들어가기 시작했다. 학기 말이 되자 학과장이 학사경고 처분을 내렸다. 스트레스 관리법이 담긴 소책자를 주며 1월에 다시 학교로 돌아오고 싶으면 시험을 잘 봐야 한다고 했다. 방학 동안 진지하게 고민해야 했다. 나를 문밖으로 배웅하며 그가 말했다. "모든 집단에 자네 같은 사람이 있네." 그러고는 즐거운 크리스마스를 보내길 바란다고 했다.

＋

골드호크 로드 집의 꼭대기층에는 철제 발코니가 있다. 녹슬고 헐거워져 벽에서 떨어져나온 상태라 아무도 올라가지 않았다. 방학을 보내던 어느 날 밤, 나는 발코니로 나가 맨발로 철제 바닥을 밟고 서서 난간 너머로 네 층 아래에 있는 시커멓고 길쭉한 직사각형의 앞마당을 내려다보았다.

모든 게 괴로웠다. 발바닥, 가슴, 심장, 폐, 두피, 손마디, 광대뼈. 말을 하는 것도, 숨을 쉬는 것도, 우는 것도, 먹는 것도, 글을 읽는 것도, 음악을 듣는 것도, 다른 사람과 한 방에 있는 것도, 나 혼자 있는 것도 괴로웠다. 바람이 불면 발코니가 흔들리는 것을 느끼며 그곳에 한참 동안 서 있었다.

평범한 사람들은 말한다. 진심으로 죽고 싶을 만큼 우울한 게 어떤 건지 상상이 되지 않는다고. 애써 설명할 생각은 없지만, 나는 죽고 싶은 게 아니다. 뼛속 깊이 스며드는 피로, 극심한 공포로 인한 피로를 느끼며 나는 살아 있으면 안 된다는 사실을 깨닫는 것이다. 살아 있다는 비정상적인 상황이야말로 바로잡아야 하는 문제라는 사실을 깨닫는 것이다.

┼

패트릭이 내게 했던 최악의 말은 이것이다. "가끔은 당신이 사실 이런 상태를 즐기는 게 아닐까 하는 생각이 들어."

┼

내가 책상 밑으로 다시 들어간 데는 여러 이유가 있다. 사람들 눈에 아버지가 자격 없는 부모로 비치길 원하지 않았다. 잉그리드가 시험을 망치길 원하지 않았다. 어머니가 언젠가 이걸로 작품을 만들길 원하지 않았다.

하지만 가장 큰 이유는 내게서 나온 최악의 발상이었기 때문에 이를 아는 사람은 패트릭뿐이었다. 내가 그 안으로 다시 들어간 건, 당시부터 나는 너무 똑똑하고 특별하며 내가 하는 일에 관한 한은 누구보다도 우월해서 스스로를 모든 집단마다 있는 그런 사람이 아니라고 생각했기 때문이다. 내가 그 안으로 다시 들어간 건 너무 오만했기 때문이다.

유쾌한 음식 칼럼에서 파르마 햄이 식상해졌다고 쓴 적이 있었다. 잡지가 발행된 뒤에 한 독자가 이메일을 보내왔는데, 내가 불쾌하게 남을 내려다보는 것처럼 느껴졌다며 자기는 계속 파르마 햄을 맛있게 먹을 거라고 했다. 나는 그 이메일을 출력해 패트릭에게 보여줬다. 그는 한쪽 팔로 내 어깨를 감싼 채 서서 읽다가 나를 끌어당겨 내 정수리로 고개를 숙이고 말했다. "기쁘다."

나는 말했다. "이 여자가 햄을 포기하지 않겠다는 게?"

"당신이 불쾌하게 남을 내려다볼 수 있다는 게." 패트릭은 그게 내가 살아 있는 이유라는 뜻에서 한 말이었다.

어쩌면 그게 내 최악의 발상은 아니었을지도 모른다. 하지만 100위 안에는 든다.

+

잉그리드가 내게 했던 가장 잔인한 말은 이것이다. "언니는 기본적으로 엄마처럼 되어가고 있어."

✦

몇 달 전에 잉그리드가 전화해 얼굴에 생긴 기미를 없애려고 쓰기 시작한 일종의 미백크림에 대해 이야기했다. 튜브 뒷면에 대부분의 문제 부위에 발라도 된다고 적혀 있었다고.

나는 내 성격에도 효과가 있을 것 같냐고 물었다.

그녀는 그럴지도 모른다고 했다. "하지만 완전히 없애주지는 못할 거야."

✦

나는 발코니에 나갔던 그날 밤 이후 아버지에게 다른 병원에 가봐도 되느냐고 물었다. 무슨 일이 있었는지 말했다. 주방에서 삶은 달걀을 먹고 있던 아버지가 벌떡 일어나는 바람에 의자가 뒤로 넘어졌다. 나는 꽤 길게 느껴지는 시간 동안 아버지 품에 몸을 맡겼다. 잠시 후 아버지가 다른 병원 목록을 적어놓은 메모지가 서재 어딘가에 있을 테니 찾는 동안 잠깐 기다리라고 말했다.

유일한 여자라 우리가 선택한 의사는 서류함에서 코팅된 질문지를 꺼내 빨간색 보드 마커를 손에 들고 질문을 읽기 시작했다. 다른 사람들의 답을 썼다 지웠다 해서 질문지가 불그스름했다. "아무 이유 없이 슬플 때가 얼마나 자주 있나요, 마사? 항상, 가끔, 거의 없다, 전혀 없다." 그녀는 "그렇군요, 항상"이라고 하고는 이후에 내가 답을 할 때마다 이렇게 말했다. "그래요, 이번에도 항상이군요. 저것도 항상. 어디 보자, 이번에도 항상이겠죠?"

결국 그녀는 "음, 점수를 합산할 필요도 없겠어요. 제 생각에는……"이라며 항우울제 처방전을 써주며 여드름 연고라도 되는 양 "청소년을 위해 특별 제조된" 약이라고 말했다.

아버지는 성인용과 정확히 어떻게 다른지 자세히 설명해달라고 했다. 의사는 의자 바퀴를 굴려 아버지에게 몇 걸음 다가가더니 목소리를 낮췄다. "성욕에 영향을 덜 미쳐요."

아버지는 언짢은 표정으로 말했다. "아."

계속 아버지를 쳐다보며 의사가 말했다. "따님이 성생활을 하겠죠?"

의사가 앞서 언급한 것처럼 성욕에는 영향이 없겠지만 처방약이 태아 발달을 저해하기 때문에 계획에 없는 임신을 하지 않도록 평소보다 피임에 만전을 기해야 한다고 조용히 설명을 이어가자 나는 밖으로 뛰쳐나가고 싶었다. 그녀는 그 부분을 아주 분명히 짚고 넘어가려 했다.

아버지가 고개를 끄덕이자 의사는 "좋습니다"라고 말했고, 의자를 내 쪽으로 끌고 와 조금 전에 자기가 한 말을 내가 못

들었을 거라 여기는 척하느라 부자연스럽게 목소리를 높여 말했다. 이 주 정도는 두통이 있을 것이고 입이 마를 수 있지만 몇 주 지나면 예전의 마사로 돌아간 기분일 거라고 했다.

그녀는 처방전을 아버지에게 건넸고, 우리가 자리에서 일어나자 크리스마스 쇼핑은 전부 마쳤느냐고 물었다. 자기는 아직 시작조차 못했다고, 해마다 크리스마스가 더 빨리 찾아오는 것처럼 느껴진다고 했다.

차를 타고 집으로 돌아오는 길에 아버지는 내게 평소처럼 그냥 우는 건지 아니면 특별한 이유가 있어서 우는 건지 물었다.

나는 말했다. "태아라는 단어 때문에요."

"나도 짚고 넘어가야겠구나." 아버지는 손마디가 하얘지도록 핸들을 꽉 쥐고 있었다. "의사가 짐작한 것이 맞다면, 너는 사실—"

"아니에요."

아버지는 약국 앞에 차를 대고 잠깐이면 되니까 나는 내릴 필요 없다고 했다.

✢

캡슐은 옅은 갈색과 짙은 갈색이고 저용량이라 하루에 여섯 알씩 먹어야 했지만 이 주에 걸쳐 복용량을 천천히 늘려야 했다. 의사는 그 부분도 분명히 짚어줬다. 하지만 나는 중간 단계를 건너뛰기로 마음먹고 집에 도착하자마자 욕실로 들어갔다. 잉그리드가 앞머리를 자르고 있었는데, 캡슐 여섯 개를 한꺼번에 입안에 넣으려는 나를 보고 잠시 멈췄다. 약이 전부 떨어지자 그녀가 말했다. "뭐야, 언니가 옛날에 좋아했던 쿠키 몬스터 같네." 그러고는 "나, 쿠키"*라는 말을 하고 또 하며 약을 다시 입안에 쑤셔넣는 척했다.

캡슐은 플라스틱 같았고, 샴푸 맛 같은 게 맴돌았다. 나는 세면대에 약을 뱉고 나가려 했지만 잉그리드가 붙잡았다. 우리는 빈 욕조에 들어가 맞은편 끝에 누워서 서로의 옆구리에 다리를 끼웠다. 그녀는 일상적인 얘기를 하고 어머니 흉내를 냈다. 내가 웃지 않자 잉그리드가 너무도 속상해해서 웃어주고 싶었다. 결국 그녀는 앞머리가 어떤지 거울을 봐야겠다며 욕조 밖으로 나가더니 말했다. "세상에, 벌써 자라기 시작했어."

나는 요즘도 알약을 삼킬 때마다 "나, 쿠키"를 생각한다.

✦

나는 잉그리드의 아들들 중에 둘째를 가장 좋아한다. 숫기가 없고 겁이 많아서 걷기 시작한 후로 늘 뭐든 붙잡고 다니기 때문이다—엄마의 치맛자락, 형의 다리, 테이블 모서리. 나는 그

아이가 제 아버지와 나란히 걸을 때 아버지 한 걸음에 자신은 두 걸음씩 발을 떼며 손을 위로 뻗어 해미시의 주머니에 손끝을 걸치는 모습도 본 적이 있다.

한번은 그 아이를 재우며 왜 뭐든 잡고 있는 걸 좋아하느냐고 물어봤었다. 그때 아이는 잘 때 꼭 쥐고 자는 플란넬조각을 잡고 있었다.

아이가 말했다. "좋아서 그러는 거 아니에요."

나는 그럼 왜 그러느냐고 물었다.

"그래야 가라앉지 않으니까요." 아이는 내가 웃음을 터뜨릴까봐 불안해하는 표정으로 나를 보았다. "그럼 엄마가 나를 못 찾을 거 아녜요."

나는 그게 어떤 느낌인지 안다고 말했다. 아이는 플란넬조각을 내밀며 내게 필요하냐고 물었다. 그럼 가져도 된다고 했다.

"그래, 하지만 괜찮아. 고맙구나. 네가 아끼는 건데."

아이는 천을 손에 쥔 채 가만히 손을 내밀어 내 머리카락 끝을 잡고 내 얼굴이 자기 얼굴과 거의 맞닿도록 당기더니 속삭였다. "사실 똑같은 게 두 개 더 있어요." 그러니까 생각이 바뀌면 얘기해달라고 했다. 아이는 옆으로 돌아누워 다른 손으로 내 엄지손가락을 감싸쥐고 잠이 들었다.

이 주 동안 머리가 아팠고 입이 마르는 것도 같았다. 크리스마스이브까지 두통이 낫지 않아서 어머니에게 몸이 좋지 않아 벨그레이비아에서 밤을 보내지 못하겠다고, 그 다음날에도 거기에 가고 싶지 않다고 말했다.

그때 우리 네 식구는 주방에 있었다. 우리는 이미 늦었고, 그 김에 아버지는 〈타임스 리터러리 서플리먼트〉를 바닥에 펼쳐 놓고 구두—신고 가려던 구두가 아니라 모든 구두—에 광을 내려고 했고, 어머니는 갑자기 목욕을 하겠다며 옆방의 욕조에 물을 콸콸 틀었다. 어머니는 자꾸 여밈이 벌어지는 낡은 실크 기모노를 입고 있었다. 옷이 벌어질 때마다 식탁 앞에 서서 선물을 성의 없이 빠르게 포장하던 잉그리드는 두 손으로 눈을 가리고 공장 폭발사고로 막 앞을 못 보게 된 사람처럼 무음으로 비명을 질렀다. 나는 한구석에 놓인 사다리에 앉아 그들을 구경하는 것 외에는 아무것도 하지 않았다.

어머니가 욕실에 들어가 빨래바구니를 들고 나왔다. 나는 어머니가 선물을 거기에 담기 시작하는 걸 지켜보았다. 내킬 때만 벨그레이비아에 갔다면 자기는 지금까지 딱 한 번밖에 가지 않았을 거라고 어머니가 말하는 소리가 희미하게 들렸다. 나는 빨래바구니에 정신이 팔렸다. 아버지가 짐을 싸서 올림피아호텔로 갈 때 쓰는 물건이었기 때문이다.

검은색 구두에 갈색 광택제를 발라 키친타월로 닦는 아버지를 흘긋 바라보았다. 집밖에 나가는 일이 워낙 없다보니 외출 준비를 하는 아버지의 모습이 어색하게 느껴졌다. 심지어 어머니가 좀 나가라고 해도, 잉그리드가 차를 좀 태워달라고 애원해도 아버지는 꿈쩍하지 않았다. 거부하는 이유—편집자 전화를 기다리는 중이다, 면허증을 어디 뒀는지 모르겠다, 등기우편을 핑계 삼은 천 가지 변명—를 듣고 어머니는 아주 그럴듯하지만, 자기에게 우리를 떠넘기려는 수작이 분명하다고 했다.

어머니가 마사 하고 불렀다. 나는 다시 어머니를 보며 눈을 깜박였다. "내가 한 얘기 들었니?"

"집에 혼자 있을 수 있어요."

"아, 우리도 집에 혼자 있고 싶지." 어머니는 혼자 있는 즐거움을 몇 달째 거부당하고 있다며 아버지를 잠시 흘겨보았다.

나는 그제야 발코니에 나갔던 그날 밤 이후로 아버지가 나를 절대 혼자 두지 않으려 한다는 걸 알아차렸다.

아버지는 극도로 피곤해 보였다. 어머니는 와인 한 병을 따서 들고 욕실로 향하는 길에 라디오를 켰다.

✦

몇 시간 뒤 우리는 차를 타고 벨그레이비아로 향했다. 잉그리드의 무릎 위에는 선물이 가득 담긴 빨래바구니가, 그녀의 어깨 위에는 내 머리가 놓여 있었다. 그때까지 자지 않고 우리를 기다린 사람은 이모뿐이었다. 이모는 너무 화가 나서 어머니를 알은체하지도 않고 아버지에게 무뚝뚝하게 고개를 한 번 끄덕인 게 다였다. 나와 잉그리드에게는 입을 맞췄고, 내게 작은방 소파에 이불을 깔아뒀다고 했다. 사촌들은 주방 가까이에 있는 지하 TV 방을 '작은방'이라고 불러야 했다. 이모가 말했다. "네 아버지가 오늘 아침에 전화해서 네가 몸이 안 좋아 다른 애들이랑 같이 자지 않으면 좋겠다고 했단다." 그러면서 지금 보니 정말 핼쑥해 보인다고 했다.

나는 아침에 그 방에서 나오지 않았다. 아무도 나를 굳이 끌어내려 하지 않았다. 잉그리드는 내가 먹지 않을 걸 알면서도 아침을 갖다줬다. 차는 마셔야 한다고 하면서.

나는 일어난 지 몇 시간이 지나도록 의식보다 먼저 찾아오는 공포감도, 몇 개월째 거기에 수반되는 지독한 슬픔도 느끼지 못했다. 어두컴컴한 방안에 가만히 누워서 그것이 오기를 기다리며 혹시 그것이 다른 방에서 깨어난 건 아닐까 생각했다.

잉그리드가 나가고 나는 일어나 앉아 주방에서 새어나오는 말소리, 라디오에서 흘러나오는 캐럴, 사촌들이 계단을 요란하게 오르내리는 소리, 이모부가 문 앞을 지나며 비브라토로 휘파람을 부는 소리를 들으며 그 소음에서 공포 대신 위안을 느꼈다. 심지어 머리 위에서 문이 세게 닫히며 내는 날카로운 소리와 바그너가 미친듯이 짖는 소리에서도 말이다. 어쩌면 몸이 괜찮아졌을지도 모른다고 생각하며 차를 마셨다.

아홉시가 가까워지자 소음이 현관에서 모이더니 고함소리가 절정에 달하고, 그러고는 집안이 거의 완벽한 정적에 휩싸였다. 나 말고도 교회에 가지 않은 사람이 딱 한 명 있었는데, 라디오에서 흘러나오던 캐럴이 어떤 남자의 연극 낭송 같은 것으로 바뀌는 걸 듣고 누군지 알아챘다. 아버지였다.

✛

그들이 모두 돌아오는 소리가 들리자마자 제서민이 방문을 두드렸다. 열 살인 그녀는 여왕의 손녀처럼 차려입었다. 점심이 준비되었는데 먹기 싫으면 나오지 않아도 된다는 말을 전하러 온 것이었다.

"아니면"—그녀는 타이츠를 긁적였다—"여기서 먹고 싶으면 그래도 된대. 가져다준다고."

나는 아무것도 먹지 않겠다고 했다. 제서민은 미친 거 아니냐는 뜻으로 사팔눈을 뜨더니 문을 열어놓은 채 나갔다.

나는 문을 닫으려고 일어났다. 패트릭이 문 바로 앞에서 얼쩡거리고 있었다. 지난해에 비해 키가 30센티미터 정도 자랐고, 생각지도 못했던 목소리로 인사를 건네는 바람에 나는 웃음을 터뜨리고 말았다.

그는 당황하며 눈을 내리깔았다. 나는 여기 올 때 입은 그대로 운동복 바지에 스웨트셔츠 차림이었는데, 브래지어를 입지 않았다는 사실이 갑자기 생각났다. 그래서 가슴 앞으로 팔짱을 끼고 그에게 무슨 일이냐고 물었다. 그는 양쪽 소맷동을 번갈아 만지작거리며 아버지에게 전화해야겠다고 하자 롤런드 아저씨가 작은방에 있는 전화기를 쓰라고 했는데, 제서민에게 내가 이 방에 있다는 얘기를 방금 전에 들은 참이라고 했다.

"내가 나가 있을게."

패트릭은 괜찮다고, 다른 전화기를 쓰겠다고 하면서도 이모부가 당장 나타나기라도 할 것처럼 좌우를 잽싸게 살폈다. 내가 옆으로 반 발짝 비켜서자 그는 얼른 안으로 들어왔다.

패트릭은 아버지와 단답형으로 일이 분 통화했다. 나는 마지막 인사를 하는 소리가 들릴 때까지 문 밖에서 기다렸다. 그는 전화기가 놓인 테이블 옆에 서서 위쪽에 걸린 그림을 멍하니 쳐다보았다. 사자가 말을 공격하는 그림이었다. 그는 어느 정도 시간이 지나서야 나를 알아차리고 너무 오래 통화해서 미안하다고 사과했다. 그러고서 나갈 줄 알았지만, 소파로 돌아가 이불 위에 책상다리를 하고 가슴 앞으로 쿠션을 끌어안은 후 다시 누울 수 있도록 그만 나가줬으면 속으로 비는 동안에도 그는 계속 그 자리에 서 있었다. 그 자리에서 꼼짝하지 않았다. 나는 달리 할말이 생각나지 않아서 이렇게 물었다. "학교는 어때?"

"좋아." 그는 몸을 돌렸다가 멈추고 말했다. "아프다니 마음이 좀 그렇다."

나는 어깨를 으쓱하고 쿠션 지퍼에서 삐져나온 실을 뽑았다. 그와 크리스마스를 함께 보낸 지 삼 년이 되었지만, 시간을 물어보거나 그가 주방으로 가져온 접시를 어디에 두면 되는지 알려줄 때 말고는 개인적으로 대화를 나눈 기억이 없었다. 하지만 그가 나가지 않고 계속 머뭇거리자 나는 말했다. "아빠 보고 싶겠다."

그는 웃으며 고개를 끄덕였지만 누가 봐도 보고 싶지 않은 눈치였다.

"엄마도 보고 싶어?" 내가 그렇게 묻자마자 그의 표정이 달라졌다. 내가 지칭할 수 있는 어떤 감정이 드러났다기보다 모든 감정이 사라진 쪽에 가까웠다. 그는 창문 앞으로 가서 두 손을 옆으로 늘어뜨리고 나를 등진 채 아무 말 없이 한참을 서 있다가 마침내 "응"이라고 했지만, 별 뜻 없이 하는 대답인 것 같았다. 그가 큰 숨을 내쉬자 어깨가 올라갔다 내려왔다. 해마다 피 한 방울 안 섞인 유일한 사람으로서 남의 가족과 크리스마스를 보내는 건 본인이 원하던 일이 아니라 창피한 일이었을 텐데, 그가 얼마나 외로웠을지 미처 생각 못했다는 데 죄책감이 들었다.

나는 자세를 살짝 바꾸고 물었다. "어떤 분이셨어?"

그는 계속 창가에 있었다. "정말 좋은 분이었어."

"어머니에 대해서 특별히 기억나는 거 있어? 그때 일곱 살이긴 했지만."

"아니."

나는 쿠션에서 실을 한 올 더 뽑았다. "슬프다."

마침내 패트릭이 몸을 돌리더니 조용히 말했다. 사진을 보고 알게 된 것 말고 머릿속에 남은 기억이 딱 하나 있는데, 어머니가 돌아가시기 전에 살았던 집 주방에서 그가 사과를 달라고 하자 어머니가 건네주며 내가 먼저 한입 먹고 줄까, 라고 했다는 것이었다.

"왜 그러셨는지 모르겠어."

"너 그때 몇 살이었는데?"

"다섯 살이나 그쯤."

나는 말했다. "앞니가 빠져서 그랬던 거 아닐까?"

그때 그의 표정에 드러난 감정은 뭐라고 이름 붙일 수가 없다. 모든 감정이 섞여 있었다. 잠시 후 패트릭은 방에서 나갔다.

✦

고급주택에서 일이 분 거리에 내가 매일 아침 가던 카페가 있었다. 바리스타가 아주 젊었고, 누군지 모를 유명인을 닮았다. 하루는 그가 내 커피 뚜껑을 닫을 때 내가 농담처럼 그 말을 건넸다. 실망스럽게도 그는 경박스러운 대답을 했고, 그 주 주말이 되자 나는 그와 의무적으로 농담을 주고받는 사이가 되었다. 금세 부담스러워져서 나는 훨씬 멀리 있는 카페로 가기 시작했다. 커피맛은 덜했지만 말을 할 필요가 없었다.

✦

다시 혼자가 된 나는 소파에서 일어나 읽을거리를 찾아봤다. 커피테이블에는 〈라디오 타임스〉와 『휘핏의 모든 것』 전면 개정판뿐이었고, 이모의 책상에는 악보만 몇 장 놓여 있었다.

나는 이모가 '열여섯 살이라는 어린 나이에' 왕립음악대학에 입학했다는 사실을 이미 알고 있었는데, 어머니에 따르면 이모가 아기 침대에 누워 있는 내게 그 사실을 속삭였기 때문이다. 그럴지도 모르지만, 대단하다고 여긴 적은 없었다. 바닷가에 사는 우울한 어머니와 별 볼 일 없는 아버지 밑에서 돈도 없이 무슨 수로 입학했을까 생각해본 적도 없었다. 그런데 악보를 집어들고 뒤적이다 빽빽하게 적힌 음표를 보고 놀란 순간, 이모의 연주를 들은 기억이 없다는 사실을 깨달았다. 거실에 있는 그랜드피아노는 내게 음료나 다른 축축한 걸 올려놓으면 안 되는 것, 그뿐이었다.

내가 거기 서 있는데 문이 반쯤 열리더니 이모가 쟁반을 들고 주춤주춤 들어왔다. 설거지하다 물에 젖은 앞치마를 두른 채였다. 나는 악보를 내려놓고 사과했지만 이모는 내가 뭘 들고 있었는지 알아차리자마자 기쁜 표정을 지었다. 나는 이렇게 복잡한 악보는 처음 본다고 말했다. 이모는 예전에 치던 바흐 악보라고 대답했고, 내가 더 할말이 없어 보이자 마지못해 쟁반과 거기 담긴 음식으로 화제를 돌렸다.

나는 소파로 돌아가 앉았다. 이모는 남은 음식을 조금 들고 왔다고 했지만 내 무릎 위에 내려놓은 쟁반을 보니 양만 조금 줄인 크리스마스 점심식사를 고스란히 앙트레 접시에 담은 것이었고, 은색 고리에 끼운 냅킨과 탄산 포도주스가 담긴 크리스털잔까지 있었다. 내 눈에는 눈물이 고였다. 그러자마자 이모가 먹고 싶지 않으면 먹지 않아도 된다고 말했다. 여름부터 음식을 보는 것 자체가 힘겹게 느껴지긴 했지만, 그래서 빤히 본 건 아니었다. 이모의 손길에 담긴 정성과 정물화 같은 아름다움 때문이었고, 지금 생각해보니 어린애가 한입에 먹을 수 있는 크기로 자른 음식을 보고 뇌에서 안전하다는 감각을 느꼈기 때문인 것도 같다.

이모는 알겠다고—이따 다시 오겠다고—말한 뒤 나가려고 했다.

이모가 문 앞에 다다랐을 때 이렇게 말하는 내 목소리가 들렸다. "가지 마세요."

이모가 어머니는 아니었지만 엄마 같았고—우리 어머니는 절대 그렇지 않았다—그래서 나는 이모를 붙잡고 싶었다. 이모는 더 필요한 게 있느냐고 물었다.

나는 천천히 아니라고 대답하며 이모를 붙잡을 만한 핑계를 열심히 궁리했다. "궁금했던 게 있어요—이모가 들어오기 전에, 이모가 대학에 다녔던 것에 대해 생각하고 있었거든요. 누구 도움을 받았는지 궁금했어요."

이모는 "누구의 도움도 받지 않았지!"라고 했고, 내가 작은 포크로 조그만 감자를 찌르며 그렇다면 어떻게 대학을 다녔느냐고 묻자 조심스럽게 방안으로 다시 들어왔다. 그러고는 내가 애써 내어준 자리에 앉아 이야기를 시작했는데, 내가 아이스크림을 먹듯이 감자를 포크 끝에 찍어서 먹는데도 전혀 신경쓰지 않았다. 자기 아이들 같으면 혼냈을 텐데 말이다.

이모는 학교 강당에서 피아노를 독학했다고 말했다. 누가 건반에 연필로 계이름을 적어놓은 덕분에 이모는 열두 살 즈음 도서관에 있는 교재를 전부 끝내고 우편으로 악보를 주문하기 시작했다. 모든 악보의 뒷면에 '왕립음악대학'이라는 이름과

'프린스 컨소트 로드, 런던 SW'라고 주소가 적혀 있었기에 그녀는 시간이 흐를수록 악보의 근원지에 직접 가보고 싶은 마음이 간절해졌다. 열다섯 살에 이모는 돌아오는 열차 시간이 될 때까지 학교 건물 앞에 서 있기만 할 작정으로 혼자 런던에 갔다. 하지만 검은색 옷차림에 악기 케이스를 들고 드나드는 학생들을 보자 속이 울렁거릴 정도로 질투가 나서 어떻게든 용기를 내어 안으로 들어가 안내데스크 직원에게 누구나 이 학교에 지원할 수 있느냐고 물었다. 지원서를 받아온 이모는 그날 저녁 집에서 먼저 연필로, 그 위에 볼펜으로 지원서를 써내려갔고, 이 주 뒤에 오디션을 보러 오라는 공문을 받았다.

나는 중간에 끼어들어 시험도 안 봤는데 어떤 수준인지 무슨 수로 증명했느냐고 물었다.

이모는 눈을 감고 턱을 치켜들며 숨을 깊게 들이마시더니 눈을 번쩍 뜨고 말했다. "거짓말을 했지." 그러고는 장엄하게 숨을 내쉬었다.

오디션 당일 이모는 완벽한 연주를 선보였다. 하지만 이후에 심사위원들이 증서를 요구하자 이모는 솔직히 털어놓았다. "경찰서로 끌려갈 줄 알았는데 그 자리에서 곧바로 입학 허가를 내줬어. 한 번도 레슨을 받은 적이 없다는 내 말을 듣자마자 말이야." 이모는 두 손을 모아 무릎 위에 포갰다.

나는 포크를 내려놓았다. "제가 이 방에서 나가면 연주를 들려주실 수 있나요?"

　이모는 실력이 너무 녹슬었을 거라면서도 소파에서 벌떡 일어나 내 무릎에 놓여 있던 쟁반을 잽싸게 들었다.

　나도 따라 일어서며 책상에 있는 악보가 필요하냐고 물었다. 이모는 웃음을 터뜨리더니 나를 밖으로 데리고 나갔다.

✢

　나는 이모가 정해준 자리에 앉아서 그녀가 피아노 뚜껑을 열고 의자 위치를 조절한 뒤 부드러운 손목을 손가락보다 먼저 올리며 손을 잠깐 들고 있다가 건반 위로 떨어뜨리는 모습을 지켜보았다. 무슨 곡인지는 모르지만 어마어마하게 충격적인 첫 소절을 연주하자마자 다른 사람들도 한 명씩 그 방으로 들어오기 시작했다. 남자아이들도, 심지어 우리 어머니까지도.

　아무도 아무 말을 하지 않았다. 압도적인 연주였다. 상처 위로 따뜻한 물을 부은 것처럼 괴로운 동시에 깨끗하게 씻기며 치유되는 느낌이 몸으로 다가왔다. 잉그리드가 들어와 내 의자에 끼여 앉았고, 그사이 이모의 연주는 점점 더 빨라지는 구간으로 진입해 음악이 저절로 흘러나오는 것처럼 느껴질 정도였다. 동생이 미쳤다고 했다. 격한 화음이 이어지다 갑자기 속도가 느려져서 이제 끝인가 했는데, 이모는 연주를 마치는 대신 마지막 소절을 〈거룩한 밤〉의 도입부와 연결했다.

　나는 어머니의 관점에서 이모를 인식하고 있었다―나이가

많고 까다로우며 내면의 삶이나 그럴듯한 열정은 없는 사람이
라고 생각했다. 내 눈으로 이모를 바라본 건 그때가 처음이었
다. 이모는 어른이었다. 책임지는 사람, 체계적이고 아름다운
것을 사랑하고 다른 사람들을 위해 그런 걸 창조하고자 애쓰는
사람이었다. 이모가 눈을 들어 천장을 바라보며 미소 지었다.
여전히 축축한 앞치마를 입은 채였다.

맨 처음 큰 소리로 말을 꺼낸 사람은 이모부였다. 이모부는
마지막에 들어와 전신 초상화 모델이라도 되는 양 벽난로 선반
에 팔꿈치를 얹고 서 있었다. 그가 좀더 유쾌한 곡을 들려달라
고 외치자 이모는 바로 곡을 바꿔 〈기쁘다 구주 오셨네〉를 연
주했다.

어머니가 중간에 끼어들어 노래를 불렀다―즉석에서 만들
어낸 다른 노래라 이모가 반주를 할 수 없었다. 어머니의 음성
이 점점 고음으로 치닫자 이모는 결국 즉흥적으로 마무리를 짓
고 피아노에서 손을 거두며 여왕의 시간이 된 것 같다고 말했
다. 그러자 어머니가 다 같이 재밌게 즐기고 있지 않느냐고 했
다. "그리고 이 자리에 있는 모두에게 밝히자면, 언니는 십대
시절 자기가 유명해질 거라 철석같이 믿고 옆을 보며 피아노
연습을 했답니다―그렇지, 위니?―수많은 청중을 보며 피아
노를 쳐야 할 때를 대비해서요." 이모는 웃어넘기려 했지만 이
모부가 맞장구를 치며 대관식 이후에 태어난 사람은 모두 나가
라고 했다. 어머니의 연설이 이어지는 동안 잉그리드와 사촌들

과 패트릭이 하나둘씩 빠져나가기 시작했으니 하나 마나 한 소리였다. 나도 의자에서 일어나 문 쪽으로 갔다. 이모에게 사과하고 싶었지만 바닥만 내려다보며 이모 옆을 지나 지하의 작은 방으로 돌아갔다. 그리고 집에 갈 때까지 거기 틀어박혀 있었다. 차 뒷자리에서 잉그리드가 내 선물을 대신 열어봤다고 했다. "마음에 안 드는 선물 쪽이 수북이 쌓이겠더라."

내 상태는 좋아지지 않았다. 크리스마스에 한숨 돌렸을 뿐이었다. 그다음 벨그레이비아에 갔을 땐 피아노 뚜껑이 닫히고 커버가 씌워져 있었다.

✛

나는 1월에 학교로 돌아가 시험을 봤다. '철학의 기초 1' 시험은 대체 과제로 진행되었다. 나는 아버지의 서재 바닥에서 옥스퍼드 소사전을 아래에 받치고 답안지를 작성했다.

답안지를 돌려받았을 때 맨 아래에 코멘트가 적혀 있었다. "문장은 유려하지만 내용은 거의 없음." 아버지가 답안지를 읽어보더니 말했다. "그러게. 네 능력에 비해 너무 몸을 사렸네."

능력에 비해 너무 몸을 사렸던
마사 줄리엣 러셀 여기 잠들다
1977년 11월 25일~추후 확정

약을 복용하고 한 달이 지난 뒤부터 효과가 나타났지만 예전의 마사로 돌아간 느낌은 들지 않았다. 더는 우울하지 않았다. 시종일관 행복했다. 아무것도 두렵지 않았다. 모든 게 재미있었다. 두번째 학기를 시작하고 같이 수업을 듣는 사람들 모두와 억지로 친구가 되었다. 한 여학생이 말했다. "네가 이렇게 재미있는 애라니 신기하다. 다들 네가 재수없는 애인 줄 알았거든." 옆에 있던 남학생이 말했다. "애네가 그렇게 생각했다는 거야—우리는 네가 그냥 차가운 성격인 줄 알았어.""중요한 건 말이지." 그 여학생이 말했다. "네가 1학기 때는 한 학기 내내 아무하고도 말하지 않았다는 거야." 잉그리드는 내가 책상 밑으로 들어갔을 때가 덜 이상했다고 말했다.

+

나는 학사경고가 철회됐을 때 "구멍난 부분이 있으면 메우라"며 학과장이 배정해준 박사과정생에게 순결을 잃었다. 나는 일을 치르자마자 그의 집에서 나왔다. 오후였지만 아직 겨울이라 벌써 어두컴컴했다. 길거리에는 유아차를 끌고 나온 엄마들밖에 없었다. 여러 방향에서 모여드는 퍼레이드 같았다. 가로등 아래를 지나가는 아기들의 얼굴이 주황빛을 띠는 달처럼 창백해 보였다. 아기들은 울며 몸을 비틀었지만 끈으로 묶여 있어 부질없었다. 부츠* 매장에 들어가 사후피임약을 달라고 하자 약사는 못마땅한 표정으로 처방전을 받아오라고, 두통약처럼 그냥 살 수 있는 게 아니라고 했다. 조금만 더 걸어가면 예약 없이 진료받을 수 있는 병원이 나온다며, 자기라면 지금 당장 다녀오겠다고 했다.

나는 한참을 기다린 뒤에야 나와 나이가 비슷해 보이는 의사를 만날 수 있었다. 그녀는 내게 기회의 창이 활짝 열려 있다고—'비유하자면' 그렇다고 말하며 키득거렸다.

그날 밤, 나는 약을 먹지 않았다. 다음날도 그다음날도 먹지 않다가, 아예 끊어버렸다. 그 약을 처방한 의사는 부작용에 대해 구체적으로 설명하지 않았고, 얼마나 오래 '체내에 남아 있을지' 확언하지 못했다. 하지만 내 머릿속에는 그녀가 어떤 식으로 태아라는 단어를 속삭였는지만 떠올랐다.

그래서 나는 다음 월경이 시작될 때까지 매일 임신 테스트를 했다. 일을 치르는 동안, 그리고 이후에 조치를 취했음에도, 테스트를 할 때마다 음성이 나왔음에도 달덩이 같은 얼굴의 아기가 뱃속에 꿈틀대고 있다고 굳게 믿었다. 월경이 시작된 날 아침 나는 욕조 가장자리에 걸터앉아 안도감으로 울렁대는 속을 달랬다.

---

* 영국의 약국 브랜드 이름.

약을 끊자 더는 행복하지 않았다. 예전의 나도, 새로운 나도 우울하지 않았다. 그냥 그랬다.

✛

잉그리드에게 박사과정생과 잤다고 말하며, 그녀가 깔깔대며 피해망상이냐고 할까봐 그후에 있었던 일은 얘기하지 않았다. 와, 그녀가 말했다. "구멍난 부분을 잘 찾아서 메웠네." 잉그리드가 첫 경험이 어땠냐고 물어봤고, 나는 근사하게 포장해서 들려줬다. 그녀가 자기도 구멍을 메우려고 적극적으로 노력하는 중이라고 했기 때문이다.

✛

나는 뒤늦게 대학교를 졸업하고 보그에 취직했다. 그들은 홈페이지를 개설할 예정이었는데, 내가 입사지원서에 철학과 졸업생인 동시에 인터넷에 정통하다고 적었기 때문이다. 잉그리드는 내가 키가 커서 취직이 된 거라고 했다.

첫 출근 전날, 켄싱턴 하이 스트리트에 있는 워터스톤스 서점에 가서 HTML에 대한 책을 찾아 통로에 서서 읽었다. 표지가 눈에 거슬리는 노란색이라 사고 싶지는 않았다. 내용이 매우 어려워서 나는 씩씩대며 서점을 나왔다.

우리—나와 다른 홈페이지 담당자—는 잡지 담당자들과 멀찌감치 떨어져 있었지만 조립형 선반으로 만든 칸막이 자리에 이상할 정도로 서로 가까이 붙어앉았다. 우리 둘 다 서로의 신경을 건드리지 않으려고 애썼다. 내가 아무 소리도 내지 않고 사과 먹는 법을 터득한 이유도—16등분해서 입에 넣고 웨이퍼처럼 녹여 먹었다—그녀가 자기 자리에서 전화가 울리면 벨소리가 더는 들리지 않도록 바로 달려들어 수화기를 살짝 들었다가 곧장 내려놓은 이유도 그 때문이었다. 우리가 거기서 근무 중이라는 사실을 아는 사람이 아무도 없으니 우리를 찾는 전화일 리 없었다. 우리는 그곳을 닭장이라고 부르기 시작했다.

나는 일을 시작한 지 여섯 달 만에 체중이 10킬로그램 넘게 빠졌다. 잉그리드는 나더러 멋진 해골 같아 보인다며 자기도 거기에 취직할 수 있게 도와줄 수 있느냐고 말했다. 일부러 살을 뺀 건 아니었다—어느 날 출근하니 용인된 치수의 여자들만 통과할 수 있도록 문이 개조될 것에 무의식적으로 대비라도 하듯 모든 직원에게 벌어지는 현상이라고 주변에서 말해줬다. 공항의 수화물 크기 측정기처럼, 기내에 반입 가능하도록 맞춰야 한다는 듯이 말이다.

나는 그곳이 좋았다. 하지만 내가 인터넷에 정통하지 않다는 사실이 들통나자 아래층의 월드 오브 인테리어 부서로 재배치되어 그곳에서 문장은 유려하지만 내용은 거의 없는 의자에 대한 기사를 썼다. 잉그리드는 내가 그후에 직장에서 꾸준히 내

리막길을 걸은 이유가 근면한 자세와 불굴의 의지 덕분이라고
한다.

잉그리드는 A레벨 시험을 치고 지방대학에서 일 년 동안 마
케팅을 전공하다가 본인 말로는 공부하기 전보다 더 멍청해진
상태로 런던으로 돌아와 모델 에이전트가 되었다. 아이가 생기
자마자 사표를 쓰고 다시는 복직하지 않았는데, 돈을 주고 가
사도우미까지 고용하면서 하루 아홉 시간 동안 체질량지수가
기준 미달인 동유럽의 열여섯 살짜리를 살피고 싶지는 않기 때
문이라고 한다.

✛

어느 해 연휴에 마틴 에이미스가 쓴 『머니』를 30쪽까지 읽다
가 나는 그를 이해하지 못한다는 사실을 기억해냈다. 이 소설
의 주인공은 골초인데, 이런 말을 한다. "나는 담배를 한 대 더
피우기 시작했어. 특별히 아니라고 말하지 않는 이상, 나는 항
상 담배를 한 대 더 꺼내서 피우고 있다고 보면 돼."

특별히 아니라고 말하지 않는 이상 나는 이십대 내내, 그리
고 삼십대의 거의 대부분을 가볍거나, 적당하거나, 심한 우울
증을 주기적으로 겪었다. 한 주, 두 주, 반년, 일 년 내내.

나는 스물한번째 생일에 일기를 쓰기 시작했다. 당시에는 주
로 내 인생에 대해 쓰고 있다고 생각했다. 지금도 그 일기장을

가지고 있는데, 정신과의사의 권유로 언제 우울하고 언제 우울에서 빠져나오며 언제 우울증이 시작될 조짐이 느껴지는지 기록하는 차원에서 쓴 것 같다. 나는 항상 그랬다. 내가 일기장에 적은 거라고는 우울증에 대한 얘기뿐이었다. 하지만 일기 사이에 어느 정도 간격이 있어서, 내용마다 각기 다른 정황적 요인이 있는 별개의 사건처럼 느껴졌다. 아무리 애를 써도 그 요인이 무엇인지는 알 수 없는 경우가 대부분이었지만.

이후에는 이런 일이 다시 일어나지 않을 줄 알았다. 다시 발병했을 때 나는 다른 의사를 찾아가 전 과정을 시도해보려는 듯이 증상들을 수집했다. 처방약은 전문의가 개발한 복합제로 바뀌었다. 그들은 수정과 조절을 운운했고, '시행착오'라는 단어가 엄청난 유행어가 되었다. 주방에서 아침을 준비하던 잉그리드가 어마어마하게 많은 알약과 캡슐을 그릇에 담는 나를 보더니 "포만감이 느껴진다"며 그 위에 우유를 부어줄까 하고 물은 적도 있었다.

나는 그 조합이 무서웠다. 욕실 수납장에 쌓인 각종 상자, 싱크대에 떨어져 있는 구겨진 알약 포장지과 포일 조각, 목에서 캡슐이 녹지 않는 느낌이 싫었다. 하지만 병원에서 주는 약을 모두 먹었다. 그리고 상태가 더 나빠지거나 호전되면 끊었다. 대개는 먹어도 별다른 변화가 없었다.

이것이 내가 결국에는 모든 약을 끊고, 수많은 의사를 찾아다니다 한참 동안 병원에 가지 않고, 결국에는 모두가—부모

님, 잉그리드 그리고 나중에는 패트릭까지―스스로를 까다롭
고 너무 예민하다고 진단한 나에게 동의하고, 일기장의 사건들
이 긴 줄에 꿰어진 서로 다른 구슬일지 모른다는 생각을 아무
도 하지 못한 이유다.

나는 조너선 스트롱이라는 남자와 첫 결혼을 했다. 목가적인 작품을 소수 상류층에 판매하는 미술상이었다. 그를 처음 만났을 때 나는 스물다섯 살이었고, 보그에 다니던 시절의 몸무게였다. 육십대에 백발이며 옷은 벨벳 소재를 편애했던 〈월드 오브 인테리어〉의 발행인이 주최한 여름 파티에서 만났는데, 그 발행인의 이름은 페리그린이었다. 회사 직원들의 증언에 따르면 〈태틀러〉 사회면에 그의 이름이 자주 등장해서 그 잡지사의 모든 컴퓨터 키보드에는 '페리그린'이 단축키로 저장되어 있었다. 그는 내 어머니가 조각가 실리아 배리라는 사실을 알자마자 나를 점심에 초대했다. 가끔 격한 반감이라면 모를까, 자신은 그녀의 작품에서 별 감흥을 느끼지 못했지만 예술가와 예술과 아름다움과 광기를 사랑하고 내가 이 네 가지 주제 모두와 관련해 흥미진진한 인물일 거라고 짐작했기 때문이라고 말했다.

페리그린이 굴을 다 먹기도 전에 내 밑천이 드러났지만, 그는 그다음주도 나를 점심식사에 초대했고 그후로 매주 그랬다. 내 어린 시절 이야기에 매료됐기 때문이라고 했다―파티, 창작에서나 집안일에서나 고전한 아버지, 미완으로 남은 움브리아 선라이즈 페인트칠, 그리고 은박지 밀푀유까지. 무엇보다도 그는 정신이상의 경계를 넘나들었던 내 이야기에 열광했다. 그는 신경증을―최소한 한 번도―경험해본 적이 없는 사람은 신뢰하지 않는다며, 유감스럽게도 그의 신경증은 삼십 년 전의 일이고 그 원인은 식상하게도 이혼이었다고 했다.

나는 그에게 아버지의 알파벳 게임을 알려줬다. 페리그린은 그 자리에서 당장 해보고 싶어했다. 이후 그가 메뉴를 주문하고 나면 그가 상의 주머니에서 꺼낸 명함에 문장을 적는 것이 우리의 관행이 되었다.

내가 '드가의 동상이 유발하는 감정은A Bronze-Cast Degas Excites Feeling'으로 시작하는 문장을 만든 날―내가 만든 문장을 다 기억하지는 못하지만―페리그린은 딸이 둘이나 있는데도 내게서 한 번도 가져보지 못한 딸 같은 느낌을 받게 되었다고 말했다. 그들은 그의 바람과 달리 예술가가 되지 않고 둘 다 회계를 전공했다고도 덧붙였다. 그의 표현에 따르면 "아버지의 상심에도 불구하고". 몇 년이 지난 지금도 그는 서리의 삭막한 지역, 그것도 한쪽 벽이 옆집과 붙어 있는 집에서 남편과 살며 마트에서 장을 보는 그들의 생활방식을 이해하지 못했다. 첼시의 뮤즈*에서 자기보다 나이가 많은 제러미라는 남자와 같이 살며 장은 포트넘**에서만 보는 것이 페리그린의 생활방식이었다.

이야기가 끝나고 나는 그에게 뭐라고 썼는지 물어봤다. 그가 말했다. "내가 쓸 수 있는 최선은 아니지만 그래도 자네가 궁금하다고 하니. 버나드가 쉽게 소화할 수 있는 건 프랑스식 개먼뿐이다. 그의 장액이All Bernard Can Digest Easily, French Gammon. His Intestinal Juices —" 여기까지 읽었을 때 그가 주문한 굴이 나왔다.

✢

잉그리드의 맏아들은 가짜 메뉴판을 만드는 시기를 거쳤다. 사진을 찍어서 문자로 보내준 메뉴판 중에는 이런 것도 있었다.

1. 래드아인 20

2. 하이트아인 20

3. 모든 아인 섞어서 10

---

* 런던 첼시 지역의 고급 주택가. 마구간으로 사용되던 건물을 개조한 주택이 늘어서 있다.
** 영국의 고급 식료품 백화점.

잉그리드는 3번을 왕창 주문했다며, 그게 가정교육의 기본이라고 했다.

✛

여름 파티에서 조너선을 지목한 사람은 다름 아닌 페리그린이었다. 그러고는 일 년 뒤 "자네의 처참한 파드되 안무를 짜는 실수를 부지불식간에 범했다"고 말하며 나의 용서를 구했다.

조너선은 파티장 한가운데에 서서 똑같이 찍어낸 것 같은 옷을 입은 금발 여자 세 사람과 대화를 나누고 있었다. 페리그린은 셋 다 큰일났다고, 유혹당하거나 끔찍한 풍경화를 사게 생겼다고 하더니 가서 재미없는 사람에게 인사를 해야겠다고, 나 혼자 두고 가서 미안하다고 말했다.

나는 테라스로 가는 길에 조너선 옆을 지나쳤고, 문 앞에 다다를 때까지 고개를 돌려 나를 지켜보는 그의 시선을 느꼈다. 내가 다시 안으로 들어와 페리그린과 함께 서 있던 자리로 돌아가자 조너선이 무리에서 빠져나왔다. 나는 그가 사람들을 거침없이 헤치며 내 쪽으로 걸어오는 동안 그를 혐오하기로 마음을 굳혔는데, 젖지 않았는데도 머리카락이 축축해 보였고 지나가던 웨이터의 쟁반에서 샴페인 두 잔을 낚아채며 그를 무시했기 때문이었다. 그가 잔 하나를 내 손에 쥐여줬다. 그러자 디너 재킷의 소매가 올라가며 크기가 벽시계만한 손목시계가 드러났다.

그가 내 앞으로 몇 인치 간격만 두고 바짝 다가섰기 때문에 잔을 살짝만 기울였는데도 내 잔에 닿았다. 그가 말했다. "조너선 스트롱이라고 합니다. 하지만 당신이 누구인지에 훨씬 더 관심이 있어요."

나는 눈 깜빡할 사이 그에게 넘어갔다. 그는 자신에게 생기를 부여하고, 그와 대화를 나누거나 그의 미모를 칭송하는 농담에 동참한 모든 사람을 마비시킬 만큼 에너지가 어마어마했다. 꼭 그날 밤 성홍열로 죽을 빅토리아시대의 아이처럼 눈이 반짝인다고 하자 그는 과하게 폭소를 터뜨렸다.

거기에 대응해 그가 한 말은 지극히 평범했다—그런 드레스를 입고 있으니 1930년대 영화배우처럼 보인다고 했다—나는 농담인 줄 알았다. 조너선은 농담이라고는 모르는 성격이었지만 나는 한참 동안 그 사실을 몰랐다.

그때는 약을 먹던 중이라 술을 마시면 금세 취기가 돌았다. 나는 조너선이 건넨 샴페인잔을 비우기도 전에 취해버렸다. 우리 사이의 간격은 대화를 나누는 동안 점점 줄어들었고, 마침내 간격이 없어져 그가 내 얼굴에 대고 속삭이는 상황이 되자 그의 키스를 허락하는 것이 서로 가까워지는 과정인 것처럼 느껴졌다. 그에게 내 전화번호를 알려주는 것도, 다음날 저녁을 같이 먹는 것도.

그는 나를 첼시의 어느 스시 전문점으로 데려갔다. 한때는 온 마음을 다해 사랑했던 곳인데, 조그만 벨트를 타고 끝도 없이 돌아가는 접시가 어느 순간 못 견딜 정도로 유치하게 느껴졌다고 했다. 나는 같이 자리에 앉자마자 그를 혐오하기로 다짐했던 기억을 다시금 떠올려놓고도 그날 밤을 같이 보냈다.

그것이 우리를 결혼으로 이끈 거대한 착각의 핵심이었다. 그는 나를 자유분방하고 재미있고 패션에 관심이 있으며 잡지사 파티에 참석하는 깡마른 여자인 줄 알았고, 나는 그가 코카인을 엄청나게 해대는 줄 몰랐다.

+

저녁을 먹던 도중에 조녀선이 정신질환과 그걸 앓기로 선택한 사람들을 주제로 논평을 늘어놓았다. 그전까지 나누던 대화와 전혀 상관없는 주제였다. 그의 경험상, 정신적 장애가 있다고 떠들어대는 사람들은 재미있는 사람처럼 보이고 싶어서 안달이 난 경우, 혹은 사람들에게 열심히 늘어놓는 어린 시절의 상처 때문이 아니라 어쩌면 자기 손으로, 그것도 아주 평범하게 자기 인생을 망쳤다는 사실을 받아들일 수 없는 경우 둘 중 하나에 해당한다고 했다.

나는 조녀선이 얘기하며 컨베이어벨트에서 생선회 접시를 들어올려 뚜껑을 열고 젓가락으로 반을 잘라 음식을 먹은 다음, 인상을 쓰며 남은 걸 접시에 도로 내려놓고 뚜껑을 덮은 뒤 다시 벨트 위에 올려놓는 모습에 주의가 산만해져 아무 말도 하지 않았다.

요즘엔 너 나 할 것 없이 이런저런 약을 먹는데 무슨 소용인지 모르겠다고―일반 대중은 예나 지금이나 똑같이 불행해 보인다고 그는 말을 이었다.

나는 다른 손님들 앞을 지나며 계속 돌아가는 그 접시에서 눈을 뗄 수 없었다. 그가 말하는 소리가 멀리서 들렸다. "나아질지도 모른다는 애매한 희망을 품고 견과류 안주인 양 약을 우적우적 씹어먹을 게 아니라 강인해질 방법을 고민해야죠."

나는 거절하는데도 그가 따라준 사케를 한 모금 마신 뒤, 조금 떨어진 곳에 앉은 남자가 조너선이 먹다 남긴 접시를 집어 아내에게 건네는 걸 그의 어깨 너머로 보았다. 그녀가 젓가락을 들어 반 토막만 남은 회를 집으려 했다. 내 이름을 부르며 이렇게 묻는 조너선 덕분에 그녀가 먹는 모습을 지켜보는 고역은 면할 수 있었다. "내 말이 맞지 않아요?"

나는 웃음을 터뜨렸다. "조너선, 당신 참 재밌는 사람이에요." 그는 씩 웃으며 내 술잔을 다시 채웠다. 몇 주 뒤 그가 정신건강에 대한 논평을 다시 늘어놓았을 때도, 나는 그와 사랑에 빠져 있었고 여전히 그가 하는 말이 농담인 줄로만 알았다.

페리그린에게 조너선과 만나기 시작했다고 알리자 그는 유혹에 넘어가 잠자리를 같이 하느니 차라리 끔찍한 그림을 사길 바란다고 했다.

같은 해 여름 이모가 벨그레이비아에서 잉그리드를 위해 생일 파티를 열어줬는데, 그녀는 파티에 가는 길에 해미시를 만났다. 잉그리드가 인도에서 넘어지자마자 해미시는 들고 있던 쓰레기통을 대문 앞에 내동댕이치고 그녀가 괜찮은지 살펴보러 달려갔다. 그는 그녀를 부축해 일으켰고, 여기저기서 피를 흘리는 걸 보더니 어디 가는지 모르겠지만 자기가 차로 데려다주겠다고 했다. 잉그리드에 따르면 "나 끔찍한 살인범 아니에요"라는 말과 함께. 그녀는 아주 훌륭한 살인범이라는 뜻이라면 차를 타겠다고 대답했다.

집 앞에 도착하자 해미시는 같이 들어가서 뭐라도 한잔 하기로 했다. 오는 내내 잉그리드가 거의 쉴새없이 떠들어댄 이야기가 재미있었기 때문이다. 나는 먼저 도착해 있었는데, 잉그리드가 양쪽 소개를 마치자 그가 내 직업을 물었다. 그러고는 잡지사에서 일하다니 재미있겠다고, 자기는 공무원인데 너무 따분해서 얘기할 게 없을 정도라고 했다. 잉그리드는 방금 직접 겪은 사람으로서 아니라고는 못하겠다고 했다. 나는 그날 파티가 끝나기도 전에 둘이 결혼할 거라 직감했다. 그는 저녁 내내 잉그리드의 곁을 지키면서도 그녀가 늘어놓는 이야기에 단 한 번도 반대 의견을 내지 않았다. 그녀의 이야기는 항상 과장과 거짓말과 부정확한 진실의 삼중 세트였는데도 말이다.

둘이 만난 지 삼 년이 됐을 때, 1월이라 인적이 없는 도싯의 해변에서 해미시가 청혼했다. 나중에 잉그리드가 말하길, 바람이 거칠게 불어서 모래가 사선으로 그들을 때려대는 탓에 해미시는 프러포즈하는 내내 눈을 뜨지 못했다.

✦

조녀선은 만난 지 몇 주 만에 프러포즈할 목적으로 마련한 저녁식사 자리에서 결혼하자고 했다. 그는 유일하게 연락을 하고 있는 이복 여동생과 우리 가족을 그 자리에 초대했다. 부모님과 잉그리드, 잉그리드와 함께 온 해미시, 이모부, 이모, 올리버, 제서민, 그리고 니컬러스를 대신해 패트릭이 참석했다—니컬러스는 미국의 무슨 특별한 농장에 갔다고 했다.

그는 전에 그들을 만난 적이 없었고, 사람이 많은 곳에서 그렇게 사적인 일이 벌어지면 내가 열네 살에 아이스링크에서 초경이 시작됐을 때 들었던 기분을 똑같이 느낀다는 걸 알 만큼 나를 오래 알고 지내지도 않았다. 나는 프러포즈를 원했지만, 그런 분위기에서는 아니었다. 조너선에게는 관객이 필요했다는 걸 나중에야 알았다.

그의 아파트는 콘셉트를 공격적으로 내세운 서더크의 글라스타워 고층에 있었다. 계획 단계에서부터 지역사회의 격한 반대에 부딪혀온 건물이었다. 내부의 모든 요소는 의도적으로 배치된 뭔가에 의해 감춰지거나 움푹 들어가거나 위장되거나 교묘하게 가려졌는데, 이는 다른 곳으로 시선을 분산하기 위함이었다. 나는 수많은 패널을 밀며 엉뚱한 걸 발견하거나 보면 안 되는 것들, 텅 빈 공간을 맞닥뜨리는 과정을 거치고 나서야 뭐가 어디에 있는지 파악할 수 있었다.

의자를 소개하는 기자의 연봉은 다섯 자리 숫자 중에서도 낮은 축에 속했기에 나는 조너선을 만났을 때도, 저녁식사 도중 프러포즈를 받았을 때도 부모님과 같이 살고 있었다. 거의 사귀기 시작하자마자 그는 동거를 제안했지만, 사면이 거대하고 밀폐된 유리창으로 둘러싸인 고층아파트에 있으면 숨이 막혔다. 나는 몇 시간 버티지 못하고 초고속 저소음 엘리베이터를 타고 일층으로 내려가 인도에 서서 명상이라기엔 조금 빠른 속도로 한동안 숨을 들이쉬고 내쉬어야 했다. 그래서 그날 저녁 부모님과 함께 그 아파트에 도착했을 때 은은한 조명이 비치는 현관에서 부모님을 조너선에게 소개했다. 그는 네이비블루 정장에 오픈셔츠를 입어서 잘나가는 부동산중개인처럼 보였다. 반대로, 갈색 바지에 갈색 스웨터를 입은 아버지는 이동도서관 운전자 같았다.

그들은 극적인 대조를 똑같이 감지했지만 조너선이 앞으로 다가와 아버지의 손을 잡으며 "시인이시죠!"라고 외쳤다. 두 사람 모두를 구원한 이 한마디가 내게는 간절할 정도로 매혹이었다. 그런 다음 그는 고개를 돌려 어머니를 빠르게 훑어보더니 말했다. "어머님은 오늘 어떤 분으로 오신 건가요?" 어머니는 조각가로 왔다. 조너선은 어머니의 옷차림을 해체해서 분석하려면 시간이 좀 걸리겠다고 했다. 놀리는 투였지만 어머니는 그가 자기를 붙잡고 빙그르르 돌려도 개의치 않았다.

현관에서 인사를 나누는 동안 다른 사람들도 도착했다. 내가 그들의 이름을 알려주면 조너선은 외국어의 주요 단어를 외우 듯 따라서 중얼거리며 조금 과하다 싶을 만큼 오래 악수를 나 누었다.

내가 마지막으로 패트릭을 소개하자 조너선은 "아, 아, 그 학창시절 친구?" 하고는 우리 둘만 남겨두고 다른 사람들을 아 파트의 광활한 접대용 공간으로 안내했다.

그는 좋아 보였다―나도 좋아 보였다. 그 이상 대화를 발전 시키지 못했을 때 조너선이 종종걸음으로 돌아왔다. "거기 두 사람, 패트릭, 들어와요, 들어와.”

✛

조너선은 그날 저녁 딱 한 번 잉그리드와 대화를 나누었는데, 궁금해하지도 않는 그녀에게 사람들은 자기가 이름을 외우는 데 천부적인 재능이 있는 줄 알지만 실은 처음 만난 사람과 악수하는 동안 외모의 어떤 부분과 이름을 연결하는 기발한 연상법을 동원하는 거라고 설명했다. 잉그리드가 오랫동안 그를 '더럽게 짜증나는 얼굴의 조너선'이라고 부른 이유는 그 때문이었다.

잉그리드는 조너선을 싫어했다. 만나기 전에는 이론상으로, 만난 뒤에는 감정적으로. 그의 영향력이 통하지 않은 사람은 잉그리드뿐이었는데, 나중에서야 그녀는 맞은편에서 중앙분리대를 향해 미끄러지고 있는 차 두 대를 충돌하는 순간까지 지켜볼 수밖에 없는 심정으로 사랑에 빠진 우리를 바라보았다고 말했다—그날 밤부터—영수증 뒷면에 '조너선이 치명적인 무기인 이유'를 하나씩 적기 시작했다고도 했다.

✛

나는 조너선이 저녁식사 자리에서 청혼할 예정이었던 것도,

그 시점까지 우리의 관계를 기록한 슬라이드 쇼의 정점에 프러포즈가 자리하게 될 줄도 몰랐다. 사진은 대부분 그의 멋진 카메라로 그가 찍은 내 독사진 아니면 내가 찍은 그의 독사진이었다.

천장의 보이지 않는 우묵한 홈에서 내려온 스크린에 사진이 뜨다가 스크린이 조용히 다시 올라가자 조너선은 나에게 자기 옆으로 와서 서달라고 했다.

나는 자리에서 천천히 일어났다. 나를 돕고 싶은 마음에 비해 항상 능력이 모자라 힘없이 미소 짓고 있는 아버지, 두 팔로 해미시의 목을 감싸고 그의 무릎에 앉아 있는 단계였던 잉그리드를 바라보았다. 식탁 반대편 끝에서 다정하게 대화를 나누는 이모부와 이모와 사촌들을 바라보았고, 같은 자리에 있으면서도 혼자인 듯한 패트릭을 지나, 샴페인을 자기 잔과 그 주변에 콸콸 붓고 있는 어머니에게로 시선을 돌렸다. 어머니는 커다란 물건을 건네받으려는 사람처럼 두 팔을 벌리고 서 있는 조너선에게 애정이 듬뿍 담긴 시선을 고정하고 있었다. 나는 다른 사람이 되고 싶었다. 다른 사람의 연인이 되고 싶었다. 모든 게 지금과 달랐으면 했다. 그가 프러포즈를 하며 내 가족 앞에서 무릎을 꿇고, 내가 좋다고 대답하기 전에.

강렬한 정적이 일 초 정도 이어졌을 때 아버지가 클래식에 이제 막 입문해서 악장과 악장 사이에 박수를 쳐도 되는지 잘 모르는 사람처럼 박수를 치기 시작했다. 그러자 다른 사람들도 합세했고, 잉그리드만 나와 조너선을 번갈아 노려보았다. 잠시 후 어머니가—그녀 옆에서—소리를 질렀다. "야호, 마사가 임신했대요." 그러자 잉그리드가 어머니를 홱 돌아보며 "뭐라고요? 아니에요" 하고는 다시 내게 물었다. "언니, 아니지? 그렇지?"

내가 아니라고 하자 잉그리드는 어머니가 따려는 술병의 목을 잡고 비틀어 빼앗았다. 그걸 해미시에게 건네고 그의 무릎에서 일어나 조너선과 내가 서 있는 곳으로 다가오더니 어찌어찌 그를 밀치고는 나를 끌어안았다. 그를 무시한 채.

자리에 앉아 그런 우리를 지켜본 사람들은 두 자매가 축하하는 뜻에서 포옹한다고 생각했을 것이다. 한쪽이 다른 쪽의 귀에 대고 조용히 "걱정 마, 취해서 그래, 엄마는 바보야"라고 속삭이며 위로하는 줄은, 다른 쪽은 너무 창피해서 밖으로 뛰쳐나가고 싶지만 꾹 참고 그 자리에 서 있는 줄은 몰랐을 것이다. 하지만 그 창피함의 원인은 어머니가 아니었다. 그때는 잉그리드에게 말할 수 없었지만, 어머니의 선언을 듣고 경악하는 척하며 아버지를 돌아보고 이를 악문 채 "그게 사실이면 큰일인데요!"라고 말한 조너선 때문이었다. 아버지가 웃지 않자 조너선은 이모부를 쳐다보며 똑같은 말을 반복했고, 이모부가 폭소를 터뜨리자 테이블을 따라 웃음소리가 번졌다.

찰나에 불과했지만 웃음소리가 점점 커지는 동안 나는 시선을 어디로 돌려야 할지 몰라 계속 조너선을 보았다. 그도 웃고 있었지만 이마에 진짜로 땀이 맺혔다.

그는 아이를 원하지 않았다. 스시 전문점에서 이미 못을 박았다. 나도 마찬가지라고 하자 그는 잔을 들더니 "오, 완벽한 여자네요"라고 했다. 애초부터 결정되어 있었던 느낌이었고, 번복할 필요도 없었다. 나는 기뻤지만 행복하지는 않았다. 임신했다는 게 웃을 일은 아닌데 사람들은 웃었다. 나도 엄마가 되고 싶진 않았지만 엄마가 될지도 모른다는 발상이, 혹은 조만간 엄마가 된다는 상상이 그들에게는 배꼽 잡을 일인 모양이었다.

패트릭만 정색하고 앉아 있었다. 웃음소리가 계속 이어지는 동안 내가 눈을 맞추자 그는 동정어린 미소를 지었다—무엇에 대한 동정인지는 알 수 없었다—하지만 나는 완전한 굴욕감을 느꼈다. 학창시절 친구가 나를 안쓰럽게 여기다니.

나는 포옹을 풀기 전에 잉그리드에게 고맙다며 "사랑해" 인사하고는 나를 바라보고 있을지도 모를 사람들을 위해 환하게 미소 지으며 고개를 들었다.

다들 자리에서 일어났다. 조녀선과 나는 그들의 축하 속에서 다시 하나가 되었다. 그가 말했다. "여러분, 감사합니다. 솔직히 털어놓자면 지금까지 사는 동안 지금보다 행복했던 순간이 있었나 싶네요. 아니, 이 여자를 보세요." 그는 내 손을 들어 입을 맞췄다.

나는 기회가 오자마자 안방 욕실로 도망쳤고, 거울에 비친

낯선 내 모습에 충격을 받았다. 커다란 눈을 하고는, 그런 얼굴로 죽어서 뻣뻣하게 굳은 사람처럼 미소 짓고 있었다. 나는 뺨에 두 손을 대고 그 표정이 사라질 때까지 입을 벌렸다 닫았다 했다. 그러고는 밖으로 나와보니 잉그리드가 집에 가고 없었다.

✛

그날 밤늦게 나는 택시를 타고 골드호크 로드로 돌아갔다. 조녀선은 미안하지만 같이 치우지 못하겠다고, 자러 들어가야겠다고 했다. 야심차게 준비한 낭만적인 계획이 그렇게 진을 뺄 줄 몰랐던 것이다.

택시를 타고 복스홀 다리를 지나는데 잉그리드가 전화해 그와 결혼하면 안 된다고 생각하는 여러 이유가 있으니 들어달라고 했다. "심지어 이것 말고도 더 있는데, 조녀선은 절대 '응'이라고 하지 않아. 항상 '100퍼센트'라고 하지. 그가 가장 좋아하는 것 중에 커피와 음악이 있어. 자신에 대해 이야기할 때 항상 '솔직히 털어놓자면'이라고 해—대개는 따분한 얘기인데, 예를 들면 자기는 커피를 좋아한다, 뭐 그런 거야. 슬라이드 쇼의 사진도 대부분 자기 독사진이었어. 언니한테—다른 누구도 아닌 언니한테—남들 다 있는 앞에서 자기랑 결혼해달라고 했지."

나는 그만하라고 했다.

"그는 언니를 몰라."

나는 제발 그만하라고 했다.

"언니도 그를 사랑하지 않아—마음속으로는 말이야. 그냥 좀 이성을 잃은 거지."

나는 말했다. "잉그리드, 입다물어. 나도 내가 뭘 하는지는 알고 있고, 어쨌거나 올리버가 너보다 선수 쳐서 말했어. 네 이유까지 듣고 싶지 않아."

"하지만 아이 얘기가 나오니까 조녀선이 하, 하, 하 하면서 그게 사실이면 큰일이라고 한 건?"

나는 그가 웃기려고 그런 거라고 했다. "그냥 원래 성격이 그래. 속은 정말 다정해. 그 직후에 그가 뭐라고 했는지 들었지? 아니, 이 여자를 보세요!"

잉그리드는 다정한 말이나 행동만으로 조녀선을 용서할 수 있다니 놀랍다고 했다.

"나도 알아." 나는 전화를 끊으며 놀랍다는 말을 대단하다는 뜻으로 해석하기로 했다.

이후 몇 주 동안 용서해야 할 일이 생길 때마다 그를 더 사랑하게 된 것 역시 잉그리드에게는 놀라운 일이었고, 결국은 나에게도 놀라운 일이 되었다.

저녁식사를 한 다음날 아침 아버지에게 조너선이 마음에 드
는지 묻자, 아버지는 내 딸이 좋다면 나도 좋다고 했다. 어머니
는 내가 그런 남자를 선택할 줄은 꿈에도 몰랐다고, 그래서 무
척 마음에 든다고 했다. 나는 몰랐다고, 우리가 현관에 전부 둘
러서서 작별인사를 하려는데 어머니가 조너선의 목을 끌어안
고 춤추려 하고, 그가 뺨에 입을 맞추려고 허리를 숙였는데 각
도가 맞지 않아 서로의 입가에 입술이 닿자 어머니가 그렇게
히스테릭하게 웃었으니 알 도리가 있었겠느냐고 했다.
　그다음 주말 나는 그의 아파트로 들어갔다.

✦

　잉그리드의 아이들은 잉그리드를 닮았고, 나도 닮았다. 길
가다 마주친 사람들—나를 붙잡아 세우고 너무 정신없겠다고,
아니면 그렇게 큰 애를 유아차에 태우느냐고 참견하는 할머니
들—은 내가 엄마가 아니라고 해도 믿지 않는다. 그래서 나는
그냥 오해하게 두고 갈 길을 간다.

조녀선의 침실에는 욕실이 두 개인데, 일요일 오전에 내가 손에 약을 꺼내는 순간 그가 내 욕실로 들어와 심심하다고 내가 침대에서 일어난 순간부터 보고 싶었다고 했다.

그전까지 우리는 침대에 누워 있었다. 조녀선은 전날의 약혼식을 기념해 스스로에게 선물한 비싼 커피머신으로 아주 작은 잔에 내린 에스프레소를 마시고, 나는 그가 집에 오는 길에 샀다며 방금 전 끼워준 약혼반지를 들여다보았다. 하도 커서 손가락에 쑥 들어갔다.

이제 욕실에서 그는 세면대에 놓인 뭔가를 집어들다가 내 손에 있는 약을 보고 뭐냐고 물었다. 나는 피임약이라 대답하고 제발 나가달라고 했다. 조녀선은 상처받은 척하며 나갔다. 나는 약을 삼키고 약봉지를 화장품 가방 속 안주머니에 넣었다.

나오니 그가 다시 침대에 올라가 정사각형 베개를 등에 받치고 있었는데, 누가 봐도 퍼뜩 깨달음을 얻고 괴로워하는 표정을 짓고 있었다. 그가 자기 옆자리를 손으로 두드렸다. 내가 그 자리로 올라가기도 전에 그는 내 손을 잡더니 침대 위로 끌어당겼다.

"그거 알아, 마사? 피임은 집어치워. 우리 아이 낳자."

내가 말했다. "나는 낳고 싶지 않은데."

"그냥 아이가 아니고—우리 아이. 상상해봐. 내 외모와 당신의 머리. 기대되지 않아?"

"아니. 나는 아이 원한 적 없어. 당신도 마찬가지잖아."

"그래도 낳으면 어떨까 싶은데."

"당신이 그랬잖아." 그가 귀를 닫고 있기에 나는 그의 이름을 불렀다. "두번째 만남에서 아이는 낳고 싶지 않다고 했잖아."

조녀선은 웃음을 터뜨렸다. "내가 선수 친 거야, 마사. 당신이 꼭 애를 낳고 싶어하는 그런 여자일까봐―" 그는 자기 말을 스스로 잘랐다. "딸이라고 상상해봐. 내가 딸이랑, 그것도 딸한 부대랑 있는 장면을. 경이로울 거야."

조녀선은 이미 그 생각에 사로잡혔다. 대학 친구가 전화해 당장 스키를 타러 일본에 가자고 하거나 같이 배를 한 척 사자고 할 때나 가질 열의였다. 그는 이불을 걷어차고 침대에서 벌떡 일어나 나를 설득할 수 있을 거라 확신한다고, 운동하러 나가기 전에 한 명 만들 수도 있다고 했다.

나는 웃었다. 그는 진심이라고 말하며 거울로 된 벽처럼 생긴 본인의 옷장 앞으로 갔다.

열려 있는 내 캐리어가 그의 앞을 가로막았다. 안에는 아무것도 없었지만 이 집으로 들어온 날 꺼내서 아직 정리중인 옷들이 주변에 널려 있었다. 그는 자기가 외출한 동안 옷을 정리해달라고, 사방이 TK 맥스 세일 코너처럼 보이기 시작했다고 말했다.

"TK 맥스에 들어가본 적이나 있어, 조녀선?"

"들어보긴 했어."

그는 옷장 문을 열고 옷을 입으며 말했다. "내 딸도 지저분한 아이로 자랄 가능성이 있긴 하지만, 당신은 멋진 엄마가 될 거야. 아주 멋진." 그는 종종걸음으로 침대로 돌아와 내게 입을 맞추고 말했다. "빌어먹게 멋진 엄마가."

그가 나간 뒤, 나는 욕실로 다시 들어가 욕조에 물을 받기 시작했다.

내가 조녀선과 약혼한 밤은 패트릭이 1994년부터 나를 좋아했다는 사실을 한 줄로 늘어선 업소용 쓰레기통 옆에서 알게 된 밤이기도 했다.

잉그리드가 아직 밖에 있길 바라며 내려갔었다. 거리에는 아무도 없었다. 나는 길을 건너가 어느 가게의 차양 아래에 섰다. 위층으로 돌아갈 마음의 준비가 되지 않았다. 비가 내리고 있었고, 빗물은 차양 양옆으로 장막처럼 떨어지며 인도 위로 요란하게 쏟아졌다. 몇 분쯤 그렇게 서 있는데 올리버와 패트릭이 로비에서 나왔다. 나를 보더니 쌩하니 달려와 양옆에 바짝 붙었다. 올리버가 재킷 주머니에서 담배를 꺼내 손으로 가리고 불을 붙이더니 내게 뭐하고 있었느냐고 물었다.

나는 아무 생각 없이 숨을 쉬고 있었다고 대답했다. 그는 "혹시 필요하면"이라고 말하며 내 입에 담배를 물렸다. 나는 담배를 빨아들이고 최대한 오래 연기를 머금고 있었다. 패트릭이 빗소리보다 큰 소리로 축하한다고 말했다.

올리버가 나를 곁눈질했다. "그러게. 제기랄. 후딱도 해치우더라."

그러게, 나는 연기를 뱉고 말했다. 모퉁이를 돌아 나온 택시가 고인 빗물을 튀기며 우리 쪽으로 달려왔다. 패트릭은 집에 가려고 나왔다며 택시를 잡아야겠다고 했다. 그는 칼라를 세우고 달려나갔다.

올리버가 담배를 다시 가져갔고, 나는 그의 어깨에 머리를 기댔다. 안으로 다시 들어가 사람들과 대화를 나눌 생각을 하니 피곤했다.

그는 내가 그대로 기대도록 두었다가 잠시 후에 말했다. "조녀선이라는 사람이랑 결혼하는 거에 확신이 있어? 아무리 봐도—"

나는 고개를 들고 미간을 찌푸리며 그를 올려다보았다. "아무리 봐도 뭐?"

"누나 타입이 아닌데."

나는 조녀선을 만난 지 두 시간 반밖에 안 된 사람의 의견에는 딱히 관심 없다고 말했다. 그가 다시 담배를 내밀었을 때 나는 받아들었다. 그가 한 말에 짜증이 났고, 내 대답이 뚱하게 들린 건 더 짜증이 났다.

패트릭은 그 택시를 잡지 않고 도로 맞은편에서 비를 맞으며 다른 택시를 기다렸다. 나는 담배를 피우며 앞을 물끄러미 바라보았다. 나를 지켜보는 올리버의 시선이 느껴졌다. 잠시 후 그가 말했다. "그러니까 애가 생긴 건 아니란 거잖아. 그런데 이렇게 서두르는 이유가 뭐야?"

나는 서두르면 안 될 이유가 없기 때문이라고 대답하려다 신물이 올라와 사레가 드는 바람에 멈췄다.

괴로워하며 몇 번 침을 삼킨 뒤에 나는 말했다. "나를 사랑하니까."

올리버는 꽁초로 변한 담배를 가져가 입가에 물며 말했다. "하지만 그게 엄청난 뉴스는 아니지. 십 년쯤 됐으니까."

나는 그게 무슨 소리냐고 물었다. "방금 조너선 얘기를 한 건데."

그가 말했다. "이런, 미안. 패트릭 애긴 줄 알았어. 누나가 아는 줄 알았는데, 이제 보니 몰랐던 것 같네."

나는 고개를 돌려 올리버를 똑바로 쳐다보았다. "패트릭은 나를 사랑하지 않아, 올리버. 말도 안 되는 소리야."

그는 빤한 사실을 어린애한테 설명하려 애쓰는 사람처럼 천천히 또박또박 말했다. "아니, 패트릭은 누나를 사랑해."

"네가 어떻게 알아?"

"어떻게 모를 수가 있어? 다른 사람들도 다 아는데."

나는 그 다른 사람들이 누군지 물었다.

"우리 다. 누나네 가족. 우리 가족. 러셀 길홀리 집안에 내려오는 얘기인데."

"패트릭이 너한테 언제 그런 얘기를 했는데?"

"얘기를 들을 필요도 없었어."

아, 그렇구나, 나는 말했다. "그러니까 패트릭이 직접 얘기한 적은 없다는 말이네. 네가 그냥 넘겨짚은 거네."

그는 아니라고 했다. "하지만—"

"올리버, 걔는 내 사촌이나 다름없어. 그리고 나는 스물다섯 살이야. 패트릭은 어쨌거나 열아홉 살이고."

"스물두 살이야. 그리고 어느 기준으로 보나 사촌은 아니지."

나는 다시 도로를 바라보았다. 패트릭은 포기하고 고개를 숙인 채 비를 맞으며 우리 반대편으로 걸어갔다.

그의 습관이나 신체적 특징을 의식하고 살펴본 적이 한 번도 없었는데, 그 순간 그의 모든 것—어깨너비, 등의 모양, 팔을 일자로 펴고 팔꿈치 안쪽이 앞을 보도록 주머니 깊숙이 손을 넣고 걷는 모습—이 주지의 사실처럼, 혹은 평생 알아왔던 사람처럼 익숙하게 느껴졌다.

도로 끝에 다다르자 패트릭은 어깨 너머로 흘긋 돌아보며 잠깐 손을 흔들었다. 날이 이미 어둑해서 얼굴은 제대로 보이지 않았지만, 모퉁이를 돌아 사라지기 직전 찰나의 순간에 그가 나만 바라보는 듯한 느낌이 들었다. 그 순간 나는 그 말—패트릭이 나를 사랑한다—이 사실이라는 걸, 그다음 순간에는 내가 오래전부터 그 사실을 알고 있었다는 걸 깨달았다. 조금 전 테이블에서 그가 지었던 표정은 동정이 아니었고, 내가 견딜 수 없었던 이유도 그 때문이었다. 다들 나를 보며 웃는 동안 한 사람은 사랑을 전했던 것이다.

조녀선을 사랑하기 때문에 그러거나 말거나 상관없다는 내 말을 듣고 올리버는 한쪽 눈썹을 치켜올릴 뿐 아무 말도 하지 않았다. 나는 빗속을 뚫고 다시 위층으로 올라갔다.

나와 조녀선의 결혼식에는 7만 파운드가 들었다. 그가 전액을 지불했다. 나는 여러 자리에서 자신을 그의 이복 여동생이라고 밝힌 여자에게 결혼식 준비를 일임했고, 그녀는 여세를 몰아붙이는 데 오빠만큼 일가견이 있었다. 그녀는 대문자를 하나도 쓰지 않은 이메일에서 자기가 소호 하우스*나 W1 지구의 모든 호텔에 아는 사람이 백만 명쯤 된다며 한 달 안으로 결혼식 날짜를 잡을 수 있다고 했다. 그뿐 아니라 내가 어느 브랜드를 선호하는지 모르겠지만 자신은 알렉산더 매퀸의 수위와 아는 사이이며 클로에 직원 대부분과 동창이고, 내가 구하기 힘

---

* 미디어, 예술, 패션업계 종사자가 주축인 멤버십 클럽.

든 꽃을 원하더라도 (아래 첨부한) 명단의 꽃집이라면 어디에
서든지 서민처럼 예약할 필요 없이 들어가서 삼십 분 안에 일
을 처리할 수 있다고 했다.

　나는 알아서 해달라고 했다. 소호 하우스에서 클로에를 입고
어딘가에서 공수한 은방울꽃을 들고서, 나는 조너선에게 너무
행복해서 약에 취한 기분이라고 말했다. 그는 자기도 기뻐서
어쩔 줄 모르겠다고, 실은 진짜 약에 취했다고 말했다.

✛

　패트릭은 내 결혼식 초대에 응했다. 제러미와 함께 산티아고
순례길 도보 여행을 떠난 페리그린은 깊은 유감과 함께 고풍스
러운 굴 까는 칼을 보냈다.

✛

　우리는 이비사로 신혼여행을 떠났다. 우리 결혼생활에 걸맞
게 짧고 굵은 여행이었다. 조너선은 자기가 전 세계에서 가장
좋아하는 곳에 아직까지 나를 데려가지 않았다니 범죄행위나
다름없다며, 명성만큼 그렇게 으리으리하지는 않다고 했다. 나
는 모든 것으로부터 떨어져 지낼 수만 있다면 어디든 상관없다
고 했다.

나는 공항 라운지에서 비행기를 기다리다가 조너선에게 생각이 바뀌었다고 말했다. 그는 푹신한 안락의자에 앉아서 앞에 놓인 낮은 테이블에 발을 올리고 주말판 〈파이낸셜 타임스〉를 보고 있었다.

"너무 늦었어. 이십 분 뒤면 탑승 시작인데."

나는 그게 아니라고 했다. "아이 문제 말이야."

그는 맨 처음 그 얘기를 꺼낸 이후로 육 주 동안 쉼없이 캠페인을 벌였고, 나를 이렇게 금세 무너뜨렸다는 데 놀라지 않은 눈치였다. 그렇다면 런던으로 돌아올 무렵에는 기진맥진할 각오를 하라고 그는 말했다. 내 생각을 바꾸려고 그렇게 열심히 노력할 필요가 없었다는 걸 모르고 하는 말이었다. 나는 그가 운동을 하러 간 사이 피임약이라고 했던 약과 진짜 피임약을 변기에 버리고 물을 내렸다.

의도한 바는 아니었지만, 욕조에 물을 받는 동안 거울을 보다가 조너선의 아파트에서 다 같이 저녁을 먹은 날 내가 지었던 일그러진 미소가 떠올랐다. 그에게 프러포즈를 받은 뒤, 내가 엄마가 된다는 발상에 계속해서 웃어대는 우리 가족 앞에서 있었던 순간이 생각났다. 조너선은 이제 그 발상이 우습다고 생각하지 않았다. 나에게 빌어먹게 멋진 엄마가 될 거라고 했다. 나는 변기 앞에 서서 약을 하나씩 눌러 빠뜨렸다. 안 보이게 감추어진 레버를 누르기도 전에 물속에서 약이 이미 녹고 있었다.

조녀선이 다시 신문으로 관심을 돌리자 나는 잠깐 라운지를 둘러보다가 마실 거리를 가져오려고 일어났다. 배가 어마어마하게 나온 임신부가 조그만 샌드위치 접시를 배 위에 얹고 우리 옆자리에 앉아 있었다. 나는 그 앞을 지나며 얼굴을 가리려고 양쪽 머리를 동시에 귀 뒤로 넘겼다. 미친 사람처럼 보이는 미소를 짓고 있었기 때문이다.

조녀선과 나는 비즈니스석을 타고 갔다. 작은 플라스틱 잔에 든 샴페인을 마셨다. 알고 보니 내 남편은 지난번에 탔던 비행기에서 챙긴 게 아니라 매장에서 정식으로 산 안대를 가지고 있었다. 나는 목적지로 가는 내내 아이 생각을 했다.

✛

우리는 이른 오후 별장에 도착했다. 조녀선은 짐을 푸는 내게 일종의 식전 섹스 후에 수영을 하자고 했다. 나는 피곤하니 그가 수영하는 동안 눈을 붙이고 섹스할 때 합류하겠다고 했다. 그는 이미 꽃무늬 수영 팬티로 갈아입고 그 특유의 삐친 아이 표정으로 문을 나섰다—아랫입술을 내밀고 팔짱을 끼고 쿵쾅거리면서. 나는 샤워를 하고 침대에 누웠다.

객실 청소 직원이 나를 깨우며 해질녘이라 모기가 들어올 수 있으니 들어가서 덧문을 닫아도 되느냐며 양해를 구했다. 남편이 돌아왔는데 아름다운 아내가 신혼여행지에서 모기에 심하게 물린 모습을 보면 슬퍼할 거라고 했다. 나는 남편이 어디 있는지 아느냐고 물었다. 그녀는 그가 택시를 타고 시내로 나갔다고, 여덟시까지 돌아오겠다고 했는데 아홉시가 거의 다 됐다고, 한참 전에 차려놓은 저녁을 어떻게 하면 좋을지 모르겠다고 대답했다.

내가 서서 기다리는 동안 이인용으로 세팅된 음식을 얼른 일인용으로 다시 세팅한 테라스의 테이블에서 저녁을 먹었다. 누군가가 슬퍼 보이는 눈으로 과하게 미소 짓고, 냅킨과 유리잔으로 괜히 호들갑을 떨고, 계속 들락날락하며 식사는 마음에 드는지 확인하고, 모기가 달려들지 않게 초를 몇 개 더 켤지 챙기고, 싱그러운 미모를 칭찬하는 건 망한 결혼을 상징하는 국제 공통 신호다.

이후에 나는 수건을 어깨에 두르고 수영장 가에 놓인 선베드에 앉아 야트막한 돌담 저편에서 넘실대는 바다를 바라보았다. 금색 달빛이 시커먼 수면 위에 흩뿌려져 있었다. 나는 자정까지 거기 앉아 있었다. 조너선은 다음날 새벽에 돌아왔고, 이비사 해변의 명물로 꼽히는 고운 백사 같은 것이 콧구멍을 딱딱하게 덮고 있었다.

+

조너선은 모든 것으로부터 떨어져 지낼 수 있는 곳으로 가자는 데 동의했지만, 단둘이 보내는 낮을 견디지 못했다. 나는 오백 명 정도와 함께 클럽에서 보내는 밤을 견디지 못했다. 한두 번밖에 오지 않았다고 했지만, 조너선은 어느 클럽에서든 유명 인사였다. 그가 마음만 먹으면 얼마든지 재미있는 시간을 보낼 수 있다고 장담하기에 매번 참을 수 있을 만큼 참아봤지만, 전기충격 치료 때 들은 사운드트랙과 비슷한 음악이 나오면 내가 공황에 빠졌기 때문에 부질없는 짓이라는 데 서로 동의했다. 결국 나는 혼자 택시를 타고 별장까지 먼길을 돌아와 잠을 청했다.

조너선은 우리가 섹스를―의학적으로 권장하지 않을 정도로―많이 하게 될 거라고 했지만 그렇지 않았다. 오전에 돌아와서는 도통 정신을 못 차렸고 오후에는 너무 초췌했으며 다시 나갈 시간이 다가오면 너무 안절부절못했다. 스물여섯 시간 동안 사라졌다가 별장으로 돌아와 내가 깨어 있는 걸 보고 딱 한 번 시도했을 때는 내가 그를 밀쳐내며 월경이 시작됐다고 말했다. 그는 일어나 비틀거리며 다시 청바지를 주워 입으면서 열세 살 정도에 초경이 시작된다니 스물다섯 살이면 시스템을 속이는 법도 알아야 하는 거 아니냐고 지나치게 큰 소리로 말했다. 내가 말했다. "이건 빌어먹을 주식시장이 아니야, 조너선." 그는 대꾸하지 않았다. 바닥에 벗어놓은 셔츠를 발로 차올리며 운이 좋으면 방금 타고 온 택시가 아직 밖에 있을지 모른다고 중얼거릴 따름이었다.

잠시 후 타이어가 자갈을 긁는 소리가 들렸고, 나는 다시 혼자 남겨졌다.

┼

패트릭은 초대에 응했지만 결혼식장에는 오지 않았다. 그날 아침 우리 어머니에게 전화해 자전거를 타다 넘어졌다고 했다.

┼

서로 알고 지낸 짧은 기간 동안 조너선은 왜 우는지, 언제 그칠지도 설명하지 못한 채 며칠이고 계속 눈물을 흘릴 수 있는 내 모습을 접한 적이 없었다. 그 증상은 예정보다 일찍 런던으로 돌아오는 비행기에서 시작됐다. 발아래에서 섬이 점점 멀어지고 풍경이 바다로 바뀌자 창가석에 앉아 있던 나는 벽에 베개를 대고 머리를 기댔다. 눈을 감자 눈물이 얼굴을 타고 흘러내리기 시작했다. 조너선은 영화를 고르느라 알아차리지 못했다.

아파트로 돌아가자마자 나는 침대에 누웠다. 조너선은 내가 끔찍한 독감에 걸린 게 분명하다고—그렇지 않고서야 산송장 같은 얼굴로 벌벌 떨며 이상하게 숨쉴 리 없었다—옮고 싶지 않으니 다른 방에서 자겠다고 했다.

그는 날이 밝자 바로 출근했다. 나는 그날도 다음날도 일어나지 않았다. 아파트 밖으로 나가지 않았다. 낮 동안은 집안을 충분히 어두컴컴하게 만들 수 없었다. 잠을 자려고 두 손으로 눈을 가려도 햇빛이 커튼을 가르고 베개와 내 머리 위에 뒤집어쓴 티셔츠 틈새로 들어와 눈이 아팠다.

저녁에 퇴근해 돌아와서도 내가 계속 누워 있으면 조녀선은 오름차순으로 이렇게 물었다.

어디 아파?

누구 부를까?

마사, 나 진짜 섬뜩해지려고 해.

아니 젠장, 왜 그래?

오늘도 생산적인 하루를 보낸 모양이네, 자기.

남편이 일하는 동안 문자 폭탄을 맞지 않게 우리 여동생의 전화를 받아야겠다고 마음먹을 수는 없을까?

내가 나가는 게 좋겠다. 아냐, 일어날 것 없어, 진짜로.

맙소사, 당신 정말 내 모든 기운을 다 빨아들이는 블랙홀 같아—나를 소진시키는 고통스러운 힘이 작용하는 장 말이야.

앞으로 영원히 이런 상태로 지낼 거면 부담 갖지 말고 다른 방을 쓰도록 해.

그렇게 몇 주가 지났다. 회사에서 우편물이 왔지만 열어보지 않았다. 조너선이 출장이 잡혀서 열흘 동안 집을 비울 거라고 말하며, 사랑과 존중을 담아 하는 얘긴데 그사이에 훌쩍 떠나버리는 걸 생각해보라고 했다. 하지만 기쁜 소식이 있는데, 인터넷에 검색해보니 내가 순결을 지킨 덕분에 요란한 이혼 절차는 생략할 수 있을 것 같다며 문틀에 손을 얹은 자세로 이야기했다. 서류 파일을 다운로드하고 550파운드를 내고 여섯 달에서 여덟 달 동안 기다리기만 하면, 적어도 법적으로는 모든 게 없었던 일이 된다고 했다.

조너선이 나가자마자 나는 휴대전화를 켜고 잉그리드에게 문자를 보냈다. 그녀는 삼십 분 뒤 해미시와 함께 와서 나를 부축해 일으켜세웠다. 그녀가 내 팔을 외투에 끼워넣는 동안 해미시가 내 것으로 보이는 물건을 내 캐리어에 채워넣었다.

✝

엘리베이터를 타고 일층으로 내려가자 로비 문이 스르르 열렸다. 뜨겁기도 차갑기도 한, 사람냄새와 매연과 아스팔트 냄새가 뒤섞인 공기가 내 얼굴을 강타했다. 나는 너무 오랫동안 물속에 있었던 사람처럼 그 공기를 허파 깊숙이 들이마셨고, 몇 주 만에 처음으로 죽을 것 같은 느낌에서 벗어났다.

아버지가 도로 건너편에 이중주차를 해놓고 있었다. 차 뒤편을 보니 차양 옆에 업소용 쓰레기통이 일렬로 놓여 있었다. 나는 괴로움에 시달리느라 기진맥진해서 아파트 건물로 달려들어가는 대신 반대편으로, 패트릭이 간 쪽으로 달려갔더라면 어떻게 됐을지 생각할 겨를도 없었다.

잉그리드가 내 팔짱을 끼고 차를 세워놓은 곳으로 데려가 앞자리에 앉혔다. 아버지가 몸을 숙여 안전벨트를 매줬고, 집으로 가는 내내 신호에 걸릴 때마다 콘솔박스 너머로 내 손을 꼭 잡고 신호가 바뀌어 다시 출발할 때까지 사랑하는 내 딸, 사랑하는 내 딸, 하고 중얼거렸다.

아버지가 집 앞에 주차하는 동안 전면 유리창 앞에 서 있는 어머니가 눈에 들어왔다. 나는 어머니가―나에게 가장 최근에 벌어진―이 사안을 두고 어떤 순서로 말할지는 몰라도, 뭐라고 할지는 전부 알았다. 나는 아픈 게 아니라 너무 예민했다. 자기통제를 할 줄 몰랐다. 그리고 내게 우울증 성향이 있다면, 그 암흑기가 찾아올 시기를 맞추는 재주도 있었다. 이를테면, 누군가의 중요한 전시회가 열리는 때에 맞춰서 말이다. 나는 남들의 부정적인 관심을 먹고살았고 그 관심을 얻기 위해서라면 뭘 부수거나 비명을 지르거나 이번 같은 경우처럼 결혼생활을 깨고도 남을 성격이라고 말할 것이다. 하지만 가게 바닥에 드러누워 발버둥치는 어린애처럼 나를 무시하는 것이 상책이다. 진정하고 나면, 나는 스스로의 행동이 다른 사람에게 어떤 영향을 미쳤는지, 그들의 업무에 어떤 차질을 빚었는지, 같은 예술계 종사자라는 사실을 알고 더 좋아하게 된 사위, 어머니와 시시덕거리던 사이였던 사위, 술 한 병을 비우면 곧바로 또 한 병을 따도록 부추기던 그 사람을 날려버린 것에 대해 진지하게 생각해봐야 할 터였다.

나는 차에서 내리고 싶지 않았다.

해미시와 아버지가 짐을 들고 들어갔다. 잉그리드는 내가 내리자고 할 때까지 기다렸다가 같이 들어갔다. 그 무렵 어머니는 다른 곳으로 자리를 옮겼다. 잉그리드가 나를 내 방으로 데려갔다. 침대는 정리되어 있었고, 내가 협탁으로 쓰던 침대 옆 의자에는 어머니의 작업실 벽면에서 꺾어온 담쟁이덩굴을 가득 꽂은 세라믹 병이 놓여 있었다. 나는 잉그리드에게 이런 것까지 준비해줘서 고맙다고 했다. "내가 준비한 거 아니야. 자—" 그녀는 이불을 젖혔다.

잉그리드는 옆에 잠시 누워서 내 팔 안쪽을 쓰다듬으며 해미시의 짜증나는 동생과 사우스 비치 다이어트의 기본 원칙에 대해 이야기했다. 그러다가 내가 좀 잘 수 있게 그만 나가봐야겠다고 했다. 하지만 바닥에 발을 내려놓고 침대 끄트머리에 계속 앉아 있었다. "언니, 괜찮아질 거야. 생각보다 훨씬 빨리 회복할 거고. 내가 장담해."

나는 일어나 앉아 두 팔로 다리를 감싸고 벽에 기댔다. "우리는 아이를 가지려고 했었어."

잉그리드의 얼굴이 일그러졌다. 그녀는 손을 뻗어 내 발을 잡았다. "언니." 들릴까 말까 한 작은 목소리였다. "지난번에 말하기로는—"

"조녀선의 생각이었어."

"그러니까 언니는 사실 가지고 싶지 않았던 거네. 설득한 거구나."

"그러도록 내버려뒀어."

잉그리드는 인상을 썼다. 내가 못마땅해서 그러는 줄 알았더니 조녀선을 향한 경멸이었다. "아주 그냥 빌어먹을 자동차 영업사원 같다니까?" 그녀는 내 발을 꼭 쥐며 너무 속상하다고 했다. "하지만 없던 일이 됐으니 다행이지. '더럽게 짜증나는 얼굴의 조녀선'의 자식이라니, 상상이 되느냐고."

잉그리드는 내 발을 놓으며 좀 있다 다시 오겠다고 했다. 아무튼 괜찮아질 거라고.

그녀가 나갈 때 어머니가 들어오다 멈칫하더니 담쟁이덩굴을 잠깐 보았다. "내가 저기에 물을 부었는지 기억이 안 나네." 그러고는 몸을 돌려 다시 나가려다 문 앞에서 걸음을 멈추고 말했다. "마사. 조녀선은 개자식이야."

✦

아침에 해미시가 챙겨온 옷들을 정리하려다, 단 한 벌도 다시 입고 싶지 않다는 사실을 깨달았다. 조녀선과 함께일 때 얻은 옷, 그전부터 있었지만 그와 엮이며 오염된 옷들이었다. 열어놓은 서랍이 닫히지 않았다. 이전 시대에 반만 먹고 남긴 약 상자가 서랍 뒤편에 끼어 있었다. 내가 모르는 브랜드의 약이 었고, 내 병명이 뭐라고 생각했을지 모를, 아무 의미 없는 의사 가 처방한 것이었다. 유효기간이 한참 지났지만 상태가 좋아지 길 바라는 마음에 꺼내 먹었다.

+

　근육 기억 같은 걸 따라 방을 나와 주방에 가려고 계단을 내 려가는데 전화벨이 울렸다. 어머니가 재활용 창작 활동에 방해 된다는 이유로 오래전에 작심하고 거부한 집안일 목록에는 청 소, 요리, 육아와 더불어 전화 받기도 있었다. 어머니가 누구 든 빌어먹을 전화 좀 받으라고 비명을 지르면 화재경보라도 울 린 것처럼 잠시 후에 아버지와 잉그리드와 내가 한방에 모이곤 했었다. 이 사실을 잊고 지냈고, 그렇게 살던 당시에는 싫기도 했다. 하지만 카펫이 깔린 계단 앞면을 디딜 때마다 양말을 신 은 발이 미끄러지는 느낌이 이 집에 우리 넷이 모여 살던 시절 에 대한 향수를 불러일으켰다. 향수의 의미는 나중에 페리그린 에게 배운 정의에 따른 것이었다ー"그리스 원어로 말이지, 마 사."*

____

* '향수(nostalgia)'는 그리스어로 '귀향'을 뜻하는 '노스토스(nostos)'와 '고통'을
　뜻하는 '알고스(algos)'의 합성어다.

이모의 전화였다. 느닷없이 9월이 됐으니 코앞에 닥친 크리스마스 계획을 어머니와 의논하려는 것이었다. 이모는 크리스마스에 대해 얘기했다—아무리 불러도 어머니가 대답하지 않자 내게—왜 그 집에 있느냐는 물음에 대한 대답을 듣고 몇 분쯤 지난 후에야 히스테리가 살짝 느껴지는 투로 말이다.

이모는 뷔페를 할까 고민중이고, 제서민이 남자친구를 데려오기로 했으며, 뭔가를 칠하는 중인데 그때까지 끝내지 못할 수도 있다고 했다—나는 창밖으로 잔디밭의 한 부분을 부리로 쪼고 또 쪼는 검은지빠귀를 내다보았다. "그리고 패트릭은 오지 않을 거야." 그는 외국에 나가 있었다—이모는 그가 없는 크리스마스는 상상도 할 수 없지만 옥스퍼드 졸업을 앞두고 일자리를 알아보느라 계속 왔다갔다하니 이후에는 자주 볼 수 있다고, 올리버가 얼마 전 베스널 그린에 집을 장만해 런던에 오면 거기에서 묵는다고 했다—대체 왜 거기에 집을 샀는지는 알 도리가 없다면서.

이모는 그 아파트의 단점을 늘어놓기 시작했지만, 내 머릿속엔 조녀선의 아파트 앞 거리에서 본 패트릭의 모습, 모퉁이를 돌기 전에 나만 바라보는 것 같던 느낌만 맴돌았다. 그때는 올리버가 한 말을 믿었지만, 지금은 더이상 믿지 않았다. 짧은 결혼생활을 거치고 나니 그런 발상이 터무니없게 느껴졌다. 이모가 단점 나열을 마무리하며 말했다. "그래도 반질반질하고 모서리는 뾰족한, 끔찍한 글라스타워는 아니라 다행이지." 이모가 조녀선을 처음이자 마지막으로 언급한 순간이었다.

✦

　호스피스 숍*의 직원은 내 웨딩드레스를 받지 않으려 했다. 그녀는 내가 들고 간 쓰레기봉투에서 옷을 한 벌씩 꺼냈다. 나는 딱 한 벌 남겨뒀던 옷을 입고 있었다—청바지와 잉그리드가 두 벌에 9파운드인데다 전면에 ‘대학University’이라고 적혀 있어서 우리가 고등교육을 받았지만 어디서 받았는지 알릴 만큼 인정의 욕구가 많지는 않다는 걸 증명해 보일 수 있기 때문에 사왔던 프리마크 스웨트셔츠.

　웨딩드레스는 맨 밑에 있었다. 직원이 소매를 잡고 꺼낼 때 나는 그 옷의 정체를 밝혔다. 그녀는 조그맣게 헉 소리를 냈다. 그렇게 예쁜 옷은 박엽지에 싸서 적절한 상자에 보관해야 한다는 사실은 둘째 치고, 옷을 내놓으면 후회할 거라고 했다. 그녀의 시선이 내 왼손으로 향했다. 나는 아직 결혼반지를 끼고 있었다. 그걸 보고 자신이 말실수를 한 게 아니라고 확신한 여자는 미소 지으며 말했다. “나중에 따님에게 물려줄 수도 있잖아요.” 그녀는 뒤에 가서 웨딩드레스를 담아 도로 들고 갈 만한 좀더 괜찮은 것이 있는지 찾아보겠다고 했다.

---

* 안 쓰는 물건을 기증받아 판매하고 그 수익금으로 자선활동을 하는 영국의 비영리단체.

그녀가 커튼 사이로 사라지자 나는 드레스를 놔두고 나와서 집으로 걷기 시작했다. 비가 내리기 시작하자 빗물이 인도를 타고 배수로로 흘러들어갔다. 첫번째 모퉁이에 다다랐을 때 나는 걸음을 멈추고 반지를 뺐다. 반지를 배수로에 던지고 해방감을 느끼며 계속 걸음을 옮기는 것이 나 같은 상황에 놓인 여자의 전형적인 행동일까 하는 생각이 들었다. 조녀선이 들으면 껄껄 웃으며 "훌륭하네"라고 할 만한 행동이었다. 나는 반지를 지갑의 동전 주머니에 넣고 계속 걸었다.

해미시가 반지를 이베이에 내놓았다. 그 돈으로 아버지에게 컴퓨터를 사드리고 남은 금액은 조녀선의 아파트 같은 건물 개발에 반대하는 지역사회 단체에 기부했다.

신혼여행을 다녀온 뒤 내가 복귀하지 않은 직장은 월드 오브 인테리어였다. 조너선이 새로운 주소로 보내준 최후통첩이 골드호크 로드에 도착했다. 근무 태만으로 정식 해고되었다는 공문이었다.

나는 침대에 앉아서 페리그린에게 편지를 썼다. 제대로 사표를 쓰지 않고 사라진 것에 대해, 돌아갈 수 없는 이유를 용감하게 설명하지 못한 것에 대해 사과하고 싶었다. 수없이 수정해가며 써봤지만, 진짜 이유를 유쾌하게 포장할 수는 없었다. 결국 의자를 설명하는 데 쓸 수 있는 단어가 바닥났다고 했다. 남은 게 '훌륭한'과 '갈색'뿐이라고, 너무 감사하고 미안하다고, 앞으로 계속 연락하고 지내면 좋겠다고 했다.

그는 바로 그 주에 모노그램이 찍힌 카드에 답장을 써서 보내왔다. "작가라면 동의어 사전의 유혹에 굴복하느니 도망치는 편이 낫지. 점심은 언제든 대환영."

+

아버지는 내게 일자리를 알아볼 생각을 하기 전에 정서적 회복이 필요하다고 했다. 나는 아버지의 서재에서 취업 사이트에 들어가 지역을 그레이터런던으로 설정하고, 다음엔 무엇을 해야 할지 갈피를 잡지 못했다.

창문으로 어머니의 재활용 작업 소리가 배경음악처럼 꾸준히 들려오는 내 방에서는 정서적 회복이 불가능했기에, 아버지는 내가 열일곱 살 때 그랬던 것처럼 자기 서재에 있으라고 했다—그 부분을 언급하지는 않았지만 우리 둘 다 의식하고 있었다. 며칠 동안 서재에 있어봤지만, 시쓰기를 그때처럼 즐거워하지 않는다는 걸 한눈에 알 수 있었다. 이제는 의자로 바닥을 긁어가며 자리에서 일어나 방안을 돌아다니거나 한숨을 쉬거나 다른 작가의 시를 큰 소리로 읽는 시간이 많아졌다. 아버지는 남의 작품을 읽으면 몰입하는 데 도움이 된다고 했지만 누가 봐도 그렇진 않았다.

나는 일층 주방으로 자리를 옮겨 소설을 쓰기 시작했다. 아버지가 위에서 고군분투하는 소리가 들렸다. 나는 도서관에 다니기 시작했다. 도서관이라는 공간은 좋았지만 소설은 제멋대로 자서전이 되어가고 있었는데, 바로잡을 수가 없었다. 연사로 참석한 문학축제에서 자전적인 부분이 얼마나 되느냐는 질문을 받는 광경을 상상해봤다. 그러면 나는 전부라고 대답해야 할 것이다! 400쪽 중에서 창작은 단 한 군데도 없습니다! 남편—현실에서는 금발이고 살해당하지 않은—이 비싼 커피머신을 주방의 다른 곳으로 옮기려고 드는 순간 드립 트레이에서 갈색 물이 그의 흰색 청바지로 폭포처럼 쏟아지는 장면 을 제외하고.

타이핑을 하는 동안에는 그 장면과 다른 모든 장면이 기발함과 재치로 진동하는 것처럼 같았다. 다음날에는 부모의 응원을 등에 업은 열다섯 살짜리가 쓴 글처럼 보였다. 총체적으로 평가하자면, 나는 당시에 읽고 있던 작품의 스타일을 향해 비틀거리며 다가가고 있었다. 조앤 디디온, 디스토피아 소설, 자신의 이혼담을 〈인디펜던트〉에 연재중이던 어느 칼럼니스트를 뒤섞은 글이었다.

나는 포기하고 큰 글자 책으로 로맨스를 읽기 시작했는데, 그러다 나처럼 조용한 구역에서 시간을 보내는 노인 일행과 친구가 됐다는 걸 깨달았다. 그들이 크레이프 팩토리에서 같이 점심을 먹자고 초대했을 때 내가 응한 것이 놀랍게 느껴지지 않았다.

내가 돌아오고 한 달 뒤 니컬러스가 골드호크 로드로 들어와 그 집을 실업자의 성지 같은 분위기로 만들었다. 어머니의 표현에 따르면 말이다. 그는 입소형 재활센터에서 지내다가 말도 없이 우리집으로 들이닥쳐 벨그레이비아로 돌려보내면 스물네 시간 안에 다시 자가 치료를 시작할 거라고 선언했다.

그는 항상 예측이 안 된다는 점에서 우리 어머니와 비슷하고, 주기적으로 우울에 빠진다는 점에서는 나와 비슷했기에 예전부터 나는 사촌 중에서 니컬러스를 제일 좋아하지 않았다. 하지만 니컬러스가 있었기에 올리버가 저녁에 놀러와 같이 텔레비전을 보거나, 예전에 어울리던 친구들과 통화하며 약물치료법 9단계를 실천하는 동안 옆을 지켰다.

올리버는 빨랫감을 들고 왔고, 패트릭이 런던에 있으면 항상 같이 왔다. 베스널 그린의 아파트는 전 세계 음식을 포장해주는 음식점과 자연모와 인조모로 만든 붙임머리를 파는 예스미나 팬시 USA 사이에 있어서 입지는 좋지만, 세탁기가 없고 오후 다섯시 이후로는 온수가 나오지 않으며 부동산중개인의 표현을 빌리자면 화장실이라고 홍보해도 법적으로 문제가 없을 만한 시설을 갖추고 있지 않았기 때문이다.

패트릭이 맨 처음 우리집에 온 날, 우리는 주방에서 마주쳤다. 내가 식기세척기를 정리하다가 물기가 남은 그릇을 놓친 순간 그가 안으로 들어왔다.

그는 달라진 게 없어 보였다. 나는 아파트로 들어갔다가 나오고, 결혼하고, 외국에 다녀오고, 아파서 내쫓겼는데 패트릭은 조녀선의 아파트에서 저녁식사를 했던 날, 우리가 마지막으로 만났던 때 입었던 셔츠를 입고 있었다. 나는 완전히 달라졌는데 그는 하나도 바뀐 게 없다니 이해가 되지 않았다. 나는 쭈그려앉아 깨진 그릇을 치우며 그때로부터 겨우 세 달밖에 지나지 않았다는 사실을 떠올렸다.

패트릭이 도와주려고 다가와 반대편에 무릎을 꿇고 앉더니, 잘게 깨진 조각은 아주 날카로우니 조심하라는 말만 했다. 그의 한결같음은 시간을 무너뜨렸다. 아무것도 지나가지 않았고 아무 일도 벌어지지 않았으며 깨진 그릇을 줍는 우리 둘만 남았다는 듯이.

그가 느닷없이 이런 뜻밖의 말을 꺼냈다. "조녀선이랑 그렇게 된 건 유감이야."

나는 그러게, 하고 대답한 뒤 얼른 일어나 빗자루를 가지러 갔다. 그의 앞에서 울고 싶지 않았다. 빗자루를 들고 주방으로 돌아가보니 그는 보이지 않았고, 치워야 하는 깨진 조각도 바닥에 남아 있지 않았다.

올리버와 나는 차양 아래에서 나눈 대화를 복기하지도, 그런 대화를 나누었다는 사실 자체를 알은체하지도 않았다. 그가 패트릭에게 이야기했는지는 알 수 없지만, 주방에서 마주쳤을 때 평소와 비슷한 정도로 나를 불편해했다. 내가 거북해하는 걸 패트릭이 알아차렸는지는 알 수 없었다. 그래서 나는 그날 저녁 거실에서 그들과 어울리지 않았고, 이후로도 계속 그랬다. 하지만 그들이 거실에 있으면 텔레비전 소리, 말소리, 계단 아래 벽장에서 건조기 돌아가는 소리, 음식을 들고 가는 소리가 들려서 덜 외로웠다.

✢

니컬러스는 아침 일찍 산책을 하고, 남은 시간에는 모임에 참석하고 일기를 쓰고 중독자 지원 모임의 후원자와 통화했다. 내가 자기보다 할일이 없다는 걸 곧바로 알아차리고는, 내게 자기랑 같이 다니지 않겠느냐고 했다.

그날 우리는 셰퍼즈 부시에서 템스강까지 가서 강변을 따라 배터시에 다녀왔다. 그다음날은 웨스트민스터까지 갔다. 그후에는 우회로를 찾아다니고, 운하를 따라가고, 클러큰웰과 이즐링턴까지 갔다가 리젠트공원을 가로질러 집으로 돌아오는 여러 경로를 알아냈다. 나중에는 에너지바와 루코제이드*를 사야 할 정도로 긴 시간을 걸었다. 루코제이드의 모든 맛을 섭렵할 즈음 나는 니컬러스를 사랑하게 됐다. 그는 친오빠 같았고,

---

* 영국의 청량음료 및 에너지 음료 브랜드.

스물여섯 살에 무직으로 부모님에게 얹혀사는 이유도, 옷이 한 벌밖에 없는 이유도 절대 묻지 않았다. 내가 자진해서 털어놓자 그가 말했다. "개쓰레기하고 결혼한 게 지금까지 살면서 했던 선택 중에 최악이었으면 좋겠다."

하지만, 그가 덧붙였다. "뭐든 다 만회할 수 있어, 마사. 의식을 잃고 피를 흘리며 지하도에 쓰러지게 만든 결정이라 해도 말이지. 내 경우처럼. 자기 인생에 자꾸 불을 지르는 이유를 알아낼 수 있다면, 그게 가장 이상적이고." 우리는 블룸즈버리에 있는 철문이 달린 어느 정원의 분수대에 걸터앉아 있었다. 나는 그에게 자기 인생에 자꾸 불을 지르는 이유가 뭐냐고 묻고는, 대답하기 싫으면 하지 않아도 된다고 했다.

그는 대답했다. 크면서 어느 누구에게도 그 어떤 얘기를 들은 적이 없었다고 했다.

잉그리드와 나는 그의 출신에 대해 묻고 싶은 마음이 늘 굴뚝같았다고 말했다.

니컬러스가 말했다. "맙소사, 내 출신이라니."

나는 그 말을 하면서 이모부의 말투를 흉내냈다. 그러면 재미있어할 줄 알았는데 그렇지 않은 모양이었다.

나는 미안하다고 사과했다. "자기 자신에 대해 얘기할 수 없는 부분이 있으면 끔찍할 거야."

니컬러스는 코웃음을 쳤다. "나 자체가 얘기할 수 없는 존재였지. 그렇게 궁금했는데 왜 안 물어봤어? 너희 부모님이 물어보지 말라고 한 거야?"

나는 아니라고 대답했다. "그냥 물어보면 안 될 것 같았어. 이유는 모르겠지만. 아마 오빠네 가족 중에서 그 얘기를 꺼내는 사람이 없어서 그랬을 거야. 그리고," 나는 곰곰이 생각해봤다. "나쁜 소식을 전하는 사람이 되고 싶지 않았던 것 같아."

"내가 입양아라는 걸 몰랐던 것도 아니잖아?"

"맞아. 오빠가 백인이 아니라는 게 나쁜 소식이었지."

그는 사람들이 돌아볼 만큼 우렁차게 뭐라고? 하고 외치더니 내 어깨를 잡았다. "내가 이 얘기를 왜 지금에야 들은 거니, 마사?"

"정말 미안해, 오빠. 나는 오빠가 아는 줄 알았어."

니컬러스는 나를 뒤로 살짝 떠밀며 어깨를 놓아주고 생각을 좀 하게 계속 걸어야겠다고 말했다. 자기도 어느 정도 짐작은 했지만 직접 들으니 엄청난 충격이라고 했다. 나는 이해한다고, 타격이 꽤 클 거라고 말했다.

철문 밖으로 나왔을 때 니컬러스가 한 팔로 나를 감싸안고 말했다. "마사, 너는 바보야." 그렇게 우리는 잠시 걸었고, 피츠로비아를 가로질렀다. 그다음은 노팅힐 쪽으로 방향을 돌렸다. 나는 그에게 탄수화물을 좀더 챙겨 먹어야 할 것 같냐고 물었다. 마사, 우리가 챙겨야 하는 건 일자리야, 그가 말했다.

웨스트본 그로브에서 어느 조그만 유기농 식품점 앞을 지나는데, 모든 부서에서 직원을 구한다는 공고가 유리창에 붙어 있었다. 우리는 소매업체에서 근무한 기초 경험이 부족했지만 둘 다 채용되었다. 매일 몇 킬로미터씩 걷는 회복중인 중독자와 버림받은 아내답게 건강용품점 직원에게 필요한 안색과 야윈 몸을 갖추었기 때문일 터였다.

니컬러스는 야간조로 배치됐다. 점장이 내게는 계산대와 카페 중 어느 쪽을 더 선호하는지 물었다. 나는 불면증 환자라 야간 근무에 관심이 있다고 말했다. 그녀는 내 이두박근을 슬쩍 보더니 "계산대"라고 하고는, 수면 보조 허브 음료 샘플을 들려주며 나를 집으로 돌려보냈다. 음료에서는 마트에서 파는 샐러드용 잎채소가 비닐 안에서 상한 듯한 맛이 났다.

우리는 더이상 산책을 다니지 않았다. 쉬는 시간이면 나는 창고에 숨어 프렛*에서 산 햄 샌드위치를 먹고 제일 맛있는 루코제이드를 마셨다. 고기는 살해 행위고 점장이 어느 고객에게 하는 말을 들어보니 설탕은 기본적으로 미생물 대량 학살이기 때문이었다. 니컬러스가 계속 골드호크 로드에 사는데도 나는 그가 그리웠다.

---

* 샌드위치가 주력 메뉴인 영국의 패스트푸드 체인점.

내가 마지막으로 조녀선을 만난 건 그의 사무실에서였다. 확정된 혼인무효 서류에 서명을 하러 간 자리였다. 내가 떠난 지 여섯 달이 지났다. 조녀선은 책상 앞에 서서 기다리는 나를 두고 평소답지 않게 서류의 모든 페이지를 꼼꼼히 확인한 다음 히죽거리며 내 쪽으로 내밀었다. "애가 생기지 않은 게 얼마나 다행인지. 당신 같은 성향의 사람이니 말이야."

나는 서류를 낚아채고 아이를 원한 사람은 그였다며 짚고 넘어갔다. "그런데, 맞아. 당신이 날 임신시키지 못한 건 정말 다행스러운 일이지. 애초에 원하지도 않았던 아이가 코카인과 흰색 청바지라면 죽고 못 사는 유전자를 물려받은 걸 알게 됐다면 어쩔 뻔했어." 나는 그가 뭐라고 대꾸할 겨를도 주지 않고 나와버렸다.

✦

밖으로 나와 버스를 타러 가는 길에 나는 쓰레기통으로 직행해 서류를 던져넣었다. 실패로 끝난 내 결혼생활을 증명하는 서류를 복사해서 제출할 일도 없을 테고 골드호크 로드의 내 방 어디에 보관해야 할지도 알 수 없었다. 이층에 있는 아버지의 파일함을 열어 '고통스러운 실패의 기록 2003~2004'라는 제목의 칸에 보관하면 모를까.

버스가 신호에 걸렸을 때 내려서 쓰레기통까지 800미터를 도로 되돌아갔다. 서류는 그대로 있었지만, 맥도날드 컵의 뚜껑이 열려서 가득 담겨 있던 음료가 그 위로 쏟아져 있었다. 그 서류가 아니면 내가 그의 아내가 아니라는 증거가 없었다. 잉그리드가 나를 대피시키려고 그의 아파트에 왔을 때 '나는 소시오패스일까?'라는 온라인 질문지에 조너선 대신 답을 달아보니 10점 만점에 9점이 나왔다고 했었다. 나는 한 덩어리로 뭉쳐진 서류를 꺼내서 다리 옆면으로 환타를 줄줄 흘리며 다시 버스를 타러 길모퉁이로 갔다.

버스는 삼십 분 동안 셰퍼즈 부시 로드를 따라 기어갔다. 신호등이 바뀌고 또 바뀌었지만 이미 꽉 막힌 사거리에는 어떤 차도 진입하지 못했다. 다른 승객이 하나도 없는 버스 이층에서 나는 유리창에 이마를 대고 앉아 인도를 내려다보았는데, 어느 카페의 넓은 전면 유리창 너머로 아이에게 수유하며 책을 읽는 여자가 보였다. 페이지를 넘기려면 책을 테이블에 내려놓고 손바닥 끝으로 누른 다음 손가락을 오른쪽에서 왼쪽으로 재빠르게 움직여야 했다. 그녀는 다시 책을 읽기 전에 고개를 숙여 자기 치맛자락을 움켜쥔 아이의 손에 입을 맞췄다. 몇 분 뒤 다른 테이블에 앉아 있던 임신부가 그쪽으로 건너갔고, 두 사람은 대화를 나누기 시작했다. 한쪽은 자기 배를 만지며 웃음을 터뜨리고 다른 쪽은 아이의 등을 토닥였다. 둘이 친구인지 아니면 서로의 생산력을 알은체해줘야 할 것 같은 의무감을 느낀 생판 남인지는 알 수 없었다. 그저 둘 중 어느 쪽도 되고 싶지 않다는 생각뿐이었다.

나는 잉그리드에게 조너선이 내 생각을 바꾸도록 내버려뒀다고 말했다. 그녀는 그걸 삶의 선택지가 잠깐 바뀌었던 걸로 해석했다.

가임기에 접어든 순간부터, 혹은 나이를 먹어가면서 십대 시절에 느낀 공포가 줄어들기는커녕 더욱 심화되어서 결국 나는 임신이나 기형아뿐 아니라 모든 아이, 엄마 그리고 엄마가 된다는 것 자체를 두려워하는 여자가 되었다는 말을 결코 잉그리드에게 할 수 없었다―온전한 인간을 창조하고 안전하게 지키는 임무가 한 인간에게 지워지다니. 내 고백을 들었다면 잉그리드는 어른스럽지 못한, 비이성적이고 비합리적인 공포라고 했을 것이다. 나는 너무도 두려워서 조녀선의 당당한 존재감과 추진력에 편승해 전혀 두렵지 않다고 스스로를 속이려 했다는 건 그녀에게 끝까지 비밀로 하고 싶었다. 너무나 빨리, 너무나 쉽게 그의 설득에 넘어가 내 본모습을 부인하고, 마음만 먹으면 얼마든지 다른 사람이 될 수 있으며 나도 아이를 낳고 싶다고 생각했다는 것 말이다.

하지만 나를 억지로 뜯어고쳐 그런 성향이 없는 사람으로 만들 수는 없었다. 환경은 아무 소용도 없었고, 시간이 나를 다른 존재로 변하게 해주지도 않았다. 나는 이미 최종 단계에 있었다. 나는 아이가 없었다. 아이를 낳고 싶지 않았다. 나는 "그래도 돼"라고 큰 소리로 혼잣말을 했다. 꽉 막혔던 도로가 갑자기 뚫리고 버스가 움직일 때까지 카페의 여자들은 계속 잡담을 나누었다.

✛

집에 돌아오니 올리버와 패트릭이 거실에서 니컬러스와 함께 텔레비전을 보고 있었다. 그들은 몇 달째 그러고 있었고, 나는 패트릭과 소소한 대화를 여러 차례 나눈 터라 더는 어색하지 않았지만 그래도 그들 사이에 끼지 않았고 그때도 낄 생각이 없었다. 그런데 계단으로 가려고 열린 문 앞을 지나다 비좁은 소파에 어깨를 맞대고 앉은 그들을 본 순간, 외로움이 숨막

힐 정도로 나를 강타했다. 나는 어깨에 가방을 메고 손에 서류를 쥔 채 빠르게 오르내리는 내 가슴을, 넓어졌다 좁아지는 흉곽을 느끼며 그 자리에 서 있었다. 이런 나를 올리버가 알아차리고 보다시피 자기들은 다트 대회를 시청중인데 마지막에서 두번째 라운드라며, 들어와서 제대로 자리를 잡고 앉든지 아니면 가던 길을 마저 가라고 했다.

내 방 침대에 앉아서 수많은 지하철 노선의 종점이라는 것만 아는 런던 외곽 지역의 셰어하우스 목록을 뒤지며 이 집에서 나갈 작정인 척하는 내 모습이 바로 그려졌다.

나는 어깨에서 가방을 내리고 안으로 들어갔다. 패트릭은 말없이 손을 흔들고 니컬러스는 내 얼굴이 뭣 같아 보인다며 어디 갔다 왔느냐고 물었다.

"시내."

"뭐하러?"

"이혼하러."

"저런." 그는 다시 고개를 돌려 배가 허리춤 아래로 늘어진 남자가 빨간 동그라미를 향해 다트를 조준하고 정중앙에 꽂히자 허공에 주먹을 날리는 장면을 지켜보았다. 그러더니 자리에서 일어나 기지개를 켜고 내게 자기 자리에 앉으라고 했다. 재활센터에 들어가기 직전에 메스암페타민을 일일 권장량보다 많이 복용하고 어떤 여자의 자동차 앞유리를 9번 아이언으로 박살냈던 기억이 나서 사과를 해야겠다는 것이었다. "일일 권장량은 0인데 말이지. 금방 돌아올게."

패트릭이 자리를 좀더 넓혀주려고 옆으로 움직였지만 남은 공간이 없었다. 나는 패트릭과 올리버 사이에 양팔을 그들과 맞대고 앉았다. 다트 대회를 보며 춥고 텅 빈 내 몸이 그들의 온기를 흡수하면 좋겠다는 생각만 했다. 고개를 돌렸지만 시선은 피한 채로 패트릭이 딱 한 마디를 했다. "괜찮으면 좋겠다."

그 말에 담긴 따뜻한 마음을 감당할 방법이 없어 나는 못 들은 체하고, 대신 올리버에게 뚱뚱한 남자들이 술집에서나 하는 게임을 하면서 땀 흡수가 잘되는 폴로셔츠와 운동복 바지를 입는 이유가 뭐냐고 물었다. "게임이 아니라 스포츠니까." 그가 말했다. 질질 끌던 경기가 끝나고 지나치게 수수한 트로피가 수여될 때까지 우리는 아무 말도 하지 않았다. 우승자가 꽤나 무게가 나가는 것처럼 양손으로 트로피를 잡고 머리 위로 들어 올리자 나는 고개를 돌릴 수밖에 없었다.

올리버가 말했다. "좋아, 이제 누나네 집 지상파 채널로 또 뭘 볼 수 있는지 틀어보자." 나는 그가 니컬러스가 돌아올 때까지 기다릴 걸 알았기에 니컬러스가 한참 있다가 돌아오길 바랐다. 혼자 있고 싶지 않았다. 대사가 저속하고 성적인 장면이 있다는 이유로 올리버가 고른 영화를 보던 도중에 내가 잠이 드는 게 느껴졌는데, 내 무거운 머리가 그들의 어깨에 놓일 수 있도록 누군가가 자세를 바꿨다.

일어나보니 텔레비전은 꺼져 있고 창밖은 어두웠다. 거실에 패트릭 혼자 남아 있었다. 나는 쿠션을 안은 채 옆으로 웅크리고 누워 있었다. 그의 무릎을 베고 있었다. 내가 움직이자마자 그가 벌떡 일어나 거실 저편에 있는 책장 앞으로 걸어갔다. 마치 그때를 기다렸던 사람처럼 아버지의 책꽂이에서 중세 영어 사전을 꺼내 아무 장이나 펼쳐들고 서서 읽었다. 나는 지금 몇 시인지 사촌들은 어디 갔는지 물었다. 지금은 자정이고, 니컬러스는 자러 들어가고 올리버는 조금 전에 갔다고 그가 대답했다.

"너는 왜 같이 안 갔어?"

패트릭은 머뭇거렸다. "네가 깰까봐."

"그래도 괜찮았을 텐데."

"그러게. 나는 그냥― 아니야, 됐어." 그는 책을 겨드랑이에 끼고 주머니를 더듬기 시작했다. "미안, 내가―"

"지하철 막차 끊겼잖아. 집에 어떻게 가려고?"

"걸어가면 돼."

"셰퍼즈 부시에서 베스널 그린까지?"

그는 얼마 안 걸릴 거라고, 정말로 걷고 싶다고 했다―원래 걸어갈 생각이었다고. 그의 발을 흘끗 쳐다보니 무슨 이유에서인지 맨발에 끈 없는 테니스화를 신고 있었다.

"살면서 거짓말해본 적 없구나, 패트릭? 거짓말에 소질이 없네. 올리버랑 같이 안 간 진짜 이유가 뭐야?"

패트릭은 헛기침을 했다. "그다지 즐거운 날이 아니었으니 네가 깼을 때 누가 옆에 있어주길 바라지 않을까 싶었어. 그런데 괜찮아 보여서 정말 다행이다. 나 이제 갈게."

나는 겨드랑이에 계속 끼고 있는 그 책은 빌려 갈 생각이냐고 물었다.

그는 웃음을 터뜨리고 깜빡했다며 책을 빼들고 뒤표지를 잠깐 읽는 척했다. "이제 그만 가야겠다. 책은 다시 꽂고." 골드호크 로드의 종신 거주자만 정확한 번호를 입력해 잠금장치를 해제할 수 있으니 내가 문을 열어주겠다고 한 뒤, 책을 다시 꽂는 그를 두고 밖으로 나갔다.

현관 조명이 나간 지 좀 됐다. 나는 벽에 기대어 세워놓은 아버지의 자전거를 피해 가려다 골반이 핸들에 걸려 자전거가 휘청거렸다. 나는 자전거가 쓰러지도록 뒷걸음쳤다. 패트릭이 뒤에 있는 줄 몰랐고, 엉겁결에 그를 들이받았다. 내가 중심을 잡은 뒤에도 그가 내 허리를 놓지 않기에 물었다. "나를 사랑해, 패트릭?" 그는 얼른 손을 놓고 뒤로 물러났다. 어두워서 그의 표정은 볼 수 없었다.

그는 아니라고 했다. "혹시 친구로서 물은 거야?"

나는 자리를 옮겨 바깥 현관 불을 켰다. 문 위쪽에 달린 유리를 통해 희미한 불빛이 들어왔다. 나는 친구로서 물은 게 아니라고 했다.

"그럼 아니. 아니야." 그는 그런 마음은 아니라고 말하고 내 옆을 지나 쓰러진 자전거를 넘어가더니, 잠금장치를 아무렇게나 누르기 시작했다.

"네가 십대 때부터 나를 좋아했다고 올리버가 말해줬어."

패트릭이 나를 등진 채 반문했다. "그래?"

"조너선이 프러포즈했던 날에."

"그렇구나. 흠, 올리버가 왜 그런 말을 했는지 모르겠네."

나는 그의 팔을 스치며 손을 내밀어 그가 보지 못한 위쪽 빗장을 풀었다. 패트릭은 벽에 몸을 바짝 붙이고 있다가 문이 어느 정도 열리자 바로 나갔다.

"패트릭."

그는 두 계단씩 내려가 대문으로 가는 마당에 다다른 다음에야 돌아보았다. 나는 따라가다가 중간에 멈춰 섰다.

"진짜야?"

그는 아니라고, 절대 아니라고 했다. "올리버가 무슨 생각으로 그런 말을 했는지 모르겠네." 그는 걸음을 옮기며 말했다. "미안, 이제 정말 가봐야겠어."

✢

현관에서 아버지의 자전거를 일으켜세우는데 초인종이 울렸다.

"안녕."

"안녕."

"미안—"

"뭐가?"

계단 꼭대기에서 패트릭은 주머니에 손을 넣은 채 말했다. "이 말은 꼭 해야 할 것 같아서. 방금 전에는 내가 100퍼센트 솔직하지 못했어."

나는 알았다고 말했다.

그는 좀더 설명을 해야 하는지 아니면 실토했으니 그만 가도 되는지 판단이 안 서는 듯 머뭇거렸다. 잠시 후 그가 더 깊숙이 손을 넣으며 말했다. "아니, 그냥 한때는—"

나는 팔을 긁적이며 기다렸다. 알고 싶다는 생각이 들었다. 아까 여기 현관에 있을 때는 패트릭이 나를 사랑하는지 알아내야 할 것 같았다. 그런데 더는 아니었다. 이제 확신했기 때문에 창피해서 그가 가줬으면 싶었다—어처구니없지만 여전히 확신했다—그가 내 허리를 잡은 순간, 그의 손이 거기에 머물렀던 찰나의 순간만으로도 올리버가 말한 것처럼 그가 나를 사랑한다고 믿기에 충분했다. 그도 분명히 그렇게 느낄 거라고 생각했다. 그리고 그가 그렇다고 말해줬으면 했다. 왜냐하면— 이제는 패트릭이 생각하기에—내가 그를 사랑했으니까.

"—그냥 한때"—그가 체중을 다른 쪽 발로 옮겨 실었다— "그랬던 것 같아—내 생각에는."

"언제?"

"크리스마스 때 너희 이모네에서 너를 만나고 나서 일 년 동안." 아마 나는 기억 못할 거라고 했다. "우리 둘 다 십대였어. 네가 아프다고 하기에 내가 들어가서—"

"나한테 네 어머니 얘기를 했지."

패트릭은 우리 둘이 나눈 어떤 대화도 내게는 전혀 기억할 만한 일이 아니라고 생각했는지 화들짝 놀란 표정을 지었다.

"왜 그때 나를 좋아한다는 생각이 든 거야?"

"그냥, 네가 어머니에 대해 물어봐서 그랬던 것 같아. 아무도 물어본 적 없었거든. 처음 그 집에 갔을 때 길홀리 아저씨가 어머니는 어쩌다 돌아가셨느냐고 물었을 때 말고는."

밖에서 들어오는 공기가 차갑지 않았음에도 나는 몸서리를 치며 팔짱을 꼈다. "우리 형편없는 인간들이다, 패트릭."

"넌 아니야. 그때나 지금이나. 아무튼 그때 내가 너를 좋아한다고 생각하고 올리버한테 말했나봐. 부끄럽게도." 패트릭은 뒤통수를 벅벅 긁었다. "하지만 실은 아니었고, 결국은 아니라는 걸 알아차렸어. 그러니까 제발 걱정하지 마. 나는 너를 사랑한 적 없어." 그는 자기가 한 말을 뒤늦게 깨닫고 덧붙였다. "미안. 그렇게 말하니까 꼭—"

"괜찮아." 나는 애초에 물어본 내 잘못이라고 말했다. "이제 그만 가봐."

"정말 괜찮은 거지?"

나는 그렇다고 쏘아붙였다. "괜찮아, 패트릭. 그냥 한때 나를 사랑했다가 마음을 접었거나 나를 사랑하는 줄 알았는데 그냥 굶주렸거나 뭐 그랬던 거라는 걸 뒤늦게 깨달은 남자들한테 하루종일 치여서 그런 거니까." 나는 집으로 들어가며 패트릭에게 또 보자고 했다.

+

나는 잠을 이루지 못하고 아침까지 뜬눈으로 누워 있었다. 책상 앞에 앉아 나는 아이를 낳으면 안 된다며 히죽거리던 조너선과 마당까지 갔다가 다시 돌아온 패트릭이 번갈아 떠올랐다. 조너선은 잔인하게 내 가슴을 찢어놓았지만 그래도 빠르긴 했다. 지저분하기도 했고. 패트릭은—뭣도 모르는 어린 시절 잠깐이라면 모를까—나를 사랑한 적 없다고 해명하면서 내게 상처를 주지 않으려 전전긍긍했지만, 상처를 덮은 거즈를 모서리부터 지나치게 천천히, 너무 조심스럽게 떼어내 축축한 살이 반도 드러나기도 전에 내가 직접 잡아떼고 싶어지는 느낌이 들게 했다.

이런 식으로 두 사람을 같이 떠올려보니, 조너선과 패트릭이 머릿속에서 하나로 뭉뚱그려졌다. 두 사람이 같은 날 나를 거부했기에 이후로 조너선과의 실패한 결혼을 생각할 때마다 패트릭도 같이 떠올랐다. 그후 며칠에 걸쳐 그렇게 결론을 내리고 한동안 그렇게 믿었다.

다음날 아침 아버지와 함께 식탁에 앉아 신문을 보고 있는데 니컬러스가 주방으로 들어왔다. 그는 올리버와 같이 살기로 했다며 집에 안 쓰는 상자가 있는지 물었다. 시내와 가까운 곳에 살면서 제대로 된 일자리를 찾아보고 싶다고, 오후에 동생이 데리러 올 거라고 말했다.

아버지는 찾아보겠다며 자리에서 일어났다. 니컬러스는 토스트를 만들어 식탁으로 들고 와서 내 맞은편에 앉더니 자기 계획을 이야기하기 시작했다. 나는 팔꿈치를 식탁에 괴고 손으로 이마를 짚어 머리 무게를 지탱하는 동시에 얼굴을 가리고 계속 신문을 보았다.

그가 하는 말에는 대꾸도 하지 않았다. 연습문제가 너무 어려워 책상 앞에서 터진 울음을 어떻게든 감추려는 학생이 된 기분이었다. 내가 울음을 참은 이유는 니컬러스가 떠나면 갑자기 이 집에 나와 부모님만 남는다는 사실을 견딜 수 없었기 때문이다. 그의 이야기가 이어지는 동안 나는 그가 떠나면 이 집에서 패트릭을 만날 일도 없다는 사실만 생각하려 애썼다.

몇 분이 지나자 그는 포기하고 아버지가 보던 신문을 자기 앞으로 끌어당겨 건성으로 넘겨 보았다. 나는 내 신문을 앞에 두고 가만히 앉아서 왕실 행사 일정을 제외한 모든 기사를 읽었다. 그 전날 앤 공주는 셀비 구의회에 민원실을 개설하고 이후에 열린 축하행사에 참석했다. 그녀가 안쓰러웠고, 나는 더 안쓰러웠다. 니컬러스가 일어나 접시를 싱크대에 넣고 이제 그만 짐을 싸야겠다고 했을 때는 더욱 그랬다.

결국 나는 집에서 나와 걷기 시작했다. 홀랜드공원에서 나오는 길을 찾는데 전화벨이 울렸다. 페리그린이었다. 내가 사과 편지를 보내고 그가 답장한 것이 마지막 연락이었다. 이성적이지 못하다 싶을 만큼 그가 보고 싶긴 했지만 먼저 점심을 먹자고 할 용기가 나지 않았다.

페리그린은 지금 차를 타고 대충 서쪽으로 가는 중이라며 내가 있는 정확한 위치를 알고 싶어했다. 내 결혼이 파국으로 끝났다는 소식을 방금 전에 들었다며―누구한테 들었는지는 궁금해하지 말라고 했다―누구 잘못인지는 물어볼 필요도 없지만 그런 일을 당했을 때 자기한테 연락하지 않은 것은 실망스럽다고 했다.

내가 홀랜드공원에 있다고 하자 페리그린은 마침 잘됐다고
했다. 기사에게 방향을 돌리라고 하면 되겠다고. "얼른 거기서
나와서 십오 분 뒤에 오랑주리*에서 만나지."

나는 지금 청바지를 입고 있다고 말했다. 어떤 상황에서든
그는 데님을 못마땅하게 여겼기에 그 핑계로 빠져나가고 싶었
다. 그를 만나고 싶었지만 지금 같은 상태로는 아니었다.

페리그린이 운전사에게 지시를 내리는 소리가 들리더니 내
게 가슴 아픈 일을 당했을 때 제일 먼저 버리는 것이 복장 규정
이니 이번만은 봐주겠다고 했다.

✛

페리그린은 인사하는 대신 이렇게 말했다. "사람들이 샴페
인을 약이 아니라 축하주로 여기는 이유를 절대 이해 못하겠단
말이지." 종업원이 샴페인을 따르는 모습이 거슬렸는지, 그녀
가 두번째 잔을 따르려 하자 그는 고맙다면서 이제부터는 우리
가 알아서 하겠다고 했다. 내가 자리에 앉자 그가 내 손에 잔을
쥐여줬다. "피를 부글거리게 만들어야 하는 때가 있다면, 사는
게 더할 나위 없이 밋밋할 때라고 할 수 있지."

---

* 켄싱턴궁 안에 있는 레스토랑으로, 애프터눈 티가 유명한 유서 깊은 장소다.

그는 샴페인을 한 모금 마시는 나를 지켜보더니, 이런 말을 하자니 괴롭지만 내가 죽을병에 걸린 환자 같아 보인다고 했다. "아무튼"―그는 의자에 기대앉아 손끝을 마주댔다―"이제 우리, 뭘 하면 좋을까? 계획은 있나?"

나는 지금 부모님과 같이 살며 유기농 식품점에서 일한다고 말문을 열었지만 그는 고개를 저었다. "그건 지금 자네가 하는 일이지 계획이 아니잖아. 아주 어두운 기다림의 시간 속을 헤매느라 계획을 세웠을 가능성은 아주 희박해 보이네만."

나는 잔의 옆면을 손끝으로 건드렸다. 샴페인잔의 목을 타고 물방울이 한 줄 흘러내렸다. 뭐라고 하면 좋을지 알 수 없었다.

페리그린이 손바닥으로 테이블을 짚었다. 파리, 마사, 그가 말했다. "파리로 가게."

"왜요?"

"고통을 피할 수 없을 때 우리가 선택할 수 있는 딱 한 가지가 환경이거든. 센강 옆에서 펑펑 우는 것과 해머스미스 주변을 터덜터덜 걸으며 우는 건 다르잖아."

내가 폭소를 터뜨리자 페리그린은 불쾌한 표정을 지었다. "그냥 재밌자고 꺼낸 얘기가 아니야, 마사. 다른 게 없으면, 아름다운 것이 살아갈 이유가 되기도 하거든."

나는 멋진 제안이지만 지금은 해외여행을 떠날 기운도 돈도 없다고 말했다.

그는 첫째로 파리는 해외라고 볼 수도 없다고 했다. "그리고 둘째로 내가 딸애들을 위해 오래전에 사놓은 조그만 아파트가 있어. 그애들이 젤다 피츠제럴드처럼 몽파르나스를 거닐거나 진 리스처럼 어두컴컴한 방에서 시간을 보내길 바라면서 말이지. 그런데 그 '아름답고 저주받은 사람들'*이 워킹 근교를 더 좋아해서 가구가 갖춰진 빈집으로 남게 되었지 뭔가."

그는 내부가 관리되지 않아 엉망인 상태는 아니지만 정신 수양에 도움이 된다고 표현할 수는 있을 거라고 했다. "그래도 마사, 자네에게 내어주겠네. 필요한 만큼 거기서 지내도록 해."

나는 정말 고마운 말씀이라고, 신중하게 고민해보겠다고 했다.

"고민이야말로 자네가 절대 하면 안 되는 거야." 페리그린은 시계를 확인했다. "이제 그만 공장으로 돌아가야 하지만 이따 오후에 열쇠를 자전거 배달원을 통해 보내겠네." 그는 이렇게 결정이 된 거라고 했다. 공원 모퉁이에서 작별할 때 페리그린은 내 양쪽 뺨에 입을 맞추고 말했다. "독일어에 실연의 아픔을 지칭하는 단어가 있지. 리베스쿠머. 대단하지 않나?"

+

집에 돌아와서 나는 은행 홈페이지를 검색해 잊어버린 비밀

---

*F. 스콧 피츠제럴드의 장편소설 제목이기도 하다.

번호를 재설정하고 잔고를 확인했다. 조너선은 약혼하자마자 내 통장으로 매주 돈을 이체하기 시작했는데, 내가 그 돈을 모은 이유는 일주일 안에 다 쓰지 못했기 때문이었다. 그가 출장 중에 남은 돈을 모두 잽싸게 다시 인출해갔기 때문에 골드호크 로드로 돌아왔을 때 내 자산은 결혼반지와 호스피스 숍에 기증한 옷에 묶여 있었다. 유기농 식품점에서 받는 시급은 아무것도 추가하지 않은 밀싹 스무디 스몰 사이즈 한 잔 값이었다. 하지만 나는 산 게 아무것도 없었다—몇 달 동안 산 거라곤 햄 샌드위치와 니컬러스와 걸을 때 마신 스포츠 음료가 전부였다.

열쇠는 오후 느지막이 배달됐다. 그의 모노그램이 찍힌 카드에 주소가 있고 그 위에 이런 문장이 적혀 있었다. "잔인하게 버림받고 남편 없이 청바지를 입고 떠나 지극한 행복을 경험하는 신부…… 어쩌고저쩌고A Bride, Cruelly Dismissed, Experiences Felicity, Going Husbandless, In Jeans…… etc. etc. 도착하자마자 전화하도록." 돈이 충분했기에 나는 떠났다.

나는 파리에서 사 년을 살았다. 노트르담 근처의 영어책 서점에서 전일제로 근무하며 가게 안에서 사진을 찍는 데만 관심 있는 관광객에게 론리 플래닛 여행서와 헤밍웨이의 페이퍼백을 팔았다.

내 상사는 다락방으로 개조한 가게 이층에 사는 미국인으로, 극작가 지망생이었다. 출근한 첫날 그가 매장을 안내해줬는데, 그 여정은 출입문에서 가장 가까운 데 있는 서가에서 끝이 났다. "이름 있는 작가는 모두 여기 있어." 내가 이름 없는 작가는 어디 있느냐고 묻자 그는 입천장에 대고 혀를 차더니, 우울한 표정으로 마지막 근무를 하고 있던 덴마크 여자를 보며 "그런 작가가 이 서점에도 한 명 살고 있지"라고 했다. 나는 삼 년

반 동안 그와 잠자리를 했지만 사랑한 적은 없었다.

그가 '서점 내부에서는 촬영 금지'에 이어 휴대전화와 셀카봉까지 금지한다는 안내문을 내붙이기 전까지 내가 카운터 뒤에 앉아 신간을 읽는 모습, 신간이 범죄소설이나 마술적 사실주의 소설밖에 없을 때면 건물 사이로 딱 한 뼘 보이는 강을 바라보는 내 모습이 수많은 사진의 배경이 되었다.

✛

파리로 맨 처음 나를 만나러 온 사람도, 오전에 와서 오후 늦게 돌아가는 당일치기이긴 해도 잉그리드 다음으로 가장 많이 온 사람도 페리그린이었다. 우리는 레스토랑에서 만나곤 했는데, 페리그린은 미슐랭 별을 막 잃은 레스토랑을 선호했다. 거기서는 점심식사만 해도 누군가의 기운을 북돋워주는 손쉬운 자선 행위가 되는데다, 그의 말을 빌리자면 파리에서 세심한 서비스를 보장받을 수 있는 유일한 방편이었기 때문이다. 식사가 끝나면 어느 계절이든 튈르리궁까지 걸어갔고, 거기서 강을 따라 마레 지구로 갔다. 그 길에 퐁피두센터는 피했는데, 그 건물을 보면 페리그린이 우울해했기 때문이다. 그후 피카소미술관으로 가서 페리그린이 저녁을 먹기 전에 퇴폐적인 곳에서 뒤보네를 마시자고 할 때까지 머물렀다.

나는 페리그린이 찾아온 주기에 따라 파리에서 보낸 시간을 가늠했다. 그도 그걸 알았는지 떠날 때면 언제 다시 올 예정인지 꼭 알려줬다. 그리고 9월에는 항상 찾아왔다. 그의 표현에 따르면 내가 잘린 기념일이었기 때문이다—잡지사가 아니라 조녀선에게.

나는 그런 기념일이라도 그와 있으면 늘 즐거웠지만, 서른을 목전에 둔 해는 예외였다. 미술관 앞마당으로 들어서는데 페리그린이 하루종일 내게서 반항적인 태도가 느껴진다며 안으로 들어가지 말고 다시 돌아나가자고, 정확히 내 나이 때 자기가 어떻게 살았는지 알려주겠다고 했다. 그 암울한 사연을 듣고 나면 더이상 내 상황에 우울해하며 보기 싫게 구부정한 자세로 걷지 않을 거라고.

다시 거리로 나오자 페리그린이 코트 소매를 털고는 그래, 좋아 하고 말했다. 우리는 걷기 시작했다. "어디 보자. 내 취향이 다른 쪽으로 발전했다는 걸 알아차린 아내에게 내쫓긴 직후였지. 내가 땡전 한푼 챙기지 못하고 아이들도 두 번 다시 만나지 못하도록 다이애나가 단단히 준비하는 동안 나는 런던으로 건너가 소호에서 가장 끔찍한 방을 하나 얻었고, 여러 약물에 손을 대다가 당시 다니던 잡지사에서 잘렸어. 하루아침에 빈털터리가 되어 글로스터셔에 있는 본가로 내려갈 수밖에 없었는데, 나라는 인간 자체로도, 그런 취향의 소유자로도 구박을 당하다가 결국 신경쇠약증에 걸렸지. 어떤가?"

나는 상당히 암울한 사연이라고, 그런 시간을 보냈다니 안타깝다고, 이전에 어떤 삶을 살았는지 한 번도 물어보지 않아서 미안하다고 말했다.

그렇지, 그가 말했다. "하지만 망명의 장점은—자기 소행을 깨끗이 정리할 수밖에 없다는 데 있지. 왜냐하면 1970년 튜크스베리에서는 퀘일루드*를 구할 방법이 없었거든."

"페스토처럼 말이죠." 나는 말하며 어깨를 폈다. 페리그린이 내 팔짱을 꼈고, 우리는 계속 걸었다.

+

대개 우리는 파리 북역 앞에서 헤어졌는데, 그날은 그와 헤어지기 싫어서 안에 들어가 열차 시간까지 같이 있어도 되느냐고 물었다. 카페 카운터 앞에 섰을 때 나는 그에게 부끄러운 일이긴 하지만 가끔 조너선이 보고 싶다고 말했다. 아무한테도 한 적 없는 얘기였다.

그는 부끄러워할 이유가 전혀 없다고 했다. "심지어 요즘도 나는 다이애나와의 결혼생활을 떠올리면서 엄청난 향수를 느끼는걸." 그는 커피를 한 모금 마시고 내려놓으며 말했다. "물론 그리스 원어의 정의에 따른 감정이지. 보통은 학창시절을 떠올리며 느끼는 감정을 설명할 때 전혀 다른 의미로 그 단어를 쓰

---

* 최면성 수면제.

지만." 페리그린은 벽시계를 보고 상의 주머니에서 돈을 꺼내 카운터에 놓았다. "노스토스는 말이지, 마사, 귀향이라는 뜻이야. 알고스는 고통이고. 그래서 향수는 채워지지 않은 귀향의 욕구로 인해 느끼는 괴로움인 거지." 그는 우리가 갈망하는 고향이 존재하거나 말거나 상관없다고 했다. 승강장으로 나가는 개찰구 앞에서 페리그린은 내 양쪽 뺨에 입을 맞추고 "11월"이라 말했고, 나는 내 생일을 뜻하는 것임을 알았다.

+

　여담으로, 나는 파리를 사랑했다. 작은 아파트 창밖으로 보이는 풍경을, 아연 지붕과 적갈색 굴뚝과 뒤엉킨 송전선을 사랑했다. 골드호크 로드에서 몇 달을 지낸 뒤라 혼자 사는 것도 좋았다. 주말에는 아버지와 통화했고, 매일 아침을 먹으러 길모퉁이 카페로 걸어가면서는 잉그리드와 통화했다. 나는 전과 전혀 다른 소설을 쓰기 시작했다.
　그리고 나는 파리를 혐오했다. 작은 아파트의 빨간색 리놀륨 바닥과 어두컴컴한 복도 끝에 있는 공동욕실을 혐오했다. 아버지가 없으니, 자장가 같았던 니컬러스와 올리버와 패트릭의 말소리가 없으니, 잉그리드가 없으니 외로웠다. 파리에서 지낸 지 얼마 지나지 않았을 때 잉그리드가 전화해 패트릭이 제서민을 만나기 시작했다며 어이가 없다고 했는데, 나는 왠지 그렇게 느껴지지 않았다. 하지만 그후로 내 소설은 계속 골드호크 로드를 벗어나지 못했고, 내가 되지 않도록 남자로 설정한 주인공이 계속 패트릭이 되었다. 그리고 얼마 후 여자가 등장했다. 그녀에게 벌어지는 일은 모두 예상을 빗나갔고, 아무리 애써도 그녀는 계단에서만 맴도는 것처럼 보였다.

책을 쓰고 있는데 자꾸 흉가에서 벌어지는 사랑 이야기로 발전한다고 얘기하자 페리그린은 이렇게 말했다. "첫 작품은 원래 자서전이고 소원의 실현이지. 자신의 좌절과 충족하지 못한 욕망을 전부 파이프 안으로 밀어넣어야 읽을 만한 걸 쓸 수 있어."

나는 집에 돌아와 써놓은 원고를 버렸다. 하지만 다른 쪽으로 시도해보면서 페리그린이 딸들에게 원했던 것처럼 젤다 피츠제럴드처럼 살려고 줄곧 노력했다. 강가를 따라 걷고, 돈을 쓰고, 시장에 가서 종이로 포장된 치즈를 손으로 집어먹으며 이리저리 돌아다녔다. 아파트 벽을 칠하고 바닥을 덮었다. 혼자 영화를 보러 가고, 발레 최종 리허설 티켓을 샀다. 담배를 배웠고, 달팽이를 좋아하게 됐고, 데이트를 신청하는 남자가 있으면 가리지 않고 만났다.

하지만 페리그린이 오랑주리에서 언급한 다른 작가—그때 처음 들어봤다—도 위키피디아에서 검색해 파리를 배경으로 쓴 작품을 읽어봤다. 어두컴컴한 원룸에 누워 192쪽에 걸쳐 자신의 이혼에 대해 생각하는 여자주인공이 나처럼 느껴질 때가 많았다. 위키피디아에는 "수작이지만 궁극적으로는 지나치게 우울하다는 것이 평론가들의 의견"이라고 적혀 있었다.

그리고—그래서—나는 프랑스어로 의학용어를 배우는 데 몰두했다. 주 쉬 트레 미제라블. 앙 앙티데프레쇠르 실 부 플레. 마 프레스크립시옹을 다 먹었는데 세 르 위캥드. 독퇴르: 상 아 봉 레종, 얼마나 자주 슬픔을 느끼세요? 투주르, 파르퐈, 라르망, 자메? 파르퐈, 파르퐈. 시간이 지날수록, 투주르.*

+

나는 런던으로 완전히 돌아가기 한 달 전쯤 딱 한 번 집에 다녀왔다. 1월이었고, 파리로 다시 돌아오니 습하고 어두컴컴했으며 크리스마스와 밸런타인데이 사이에는 늘 그렇듯 서점에 손님이 없었다. 그 미국인은 휴가를 보내러 고향에 갔고 나는 혼자 서점을 지키며 읽지도 않는 책을 무릎 위에 올려놓은 채 몇 시간이고 긴장증 상태인 것처럼 카운터에 앉아 있었다.

그 미국인은 뜻밖에도 어떤 남자의 약혼자가 되어서 돌아오더니 나를 해고했다. 내가 책등에 금이 가게 하고 책장을 적셔

---

* 프랑스어와 영어를 섞어 마사가 하는 독백의 의미는 다음과 같다. 나는 너무 비참해요. 항우울제 주세요. 처방받은 약을 다 먹었는데 주말이라서요. 의사: 별 이유 없이 얼마나 자주 슬픔을 느끼세요? 항상, 가끔, 어쩌다 한번, 전혀 느끼지 않는다? 가끔, 가끔. 시간이 지날수록 항상.

164

서 못 팔게 된 책들을 전부 변상하지 못한다는 이유였다. 나는 더이상 파리에 있고 싶지 않았다. 런던에 다녀온 것도 페리그린의 장례식 때문이었다.

그는 월리스 컬렉션 미술관의 중앙 계단에서 굴러떨어져 바닥의 대리석 기둥에 머리를 부딪히는 바람에 죽었다. 딸이 추모사에서 아버지가 정확히 원하던 방식으로 세상을 떠났다고 했는데, 진심인 것 같았다. 나는 내가 그를 얼마나 사랑했는지를, 그가 나의 가장 진정한 친구였으며 딸의 말이 맞는다는 사실을 깨닫고 눈물을 흘렸다. 누군가가 도금된 가구에 둘러싸인 공공장소에서 극적으로 죽었다면, 페리그린은 그를 격하게 질투했을 것이다.

파리에서 보낸 마지막날 나는 그가 내 서른번째 생일에 데려가준 '한물간' 레스토랑에서 굴을 먹었다. 그런 다음 튈르리궁에서 피카소미술관까지 걸어가며 그와 북역 앞에서 작별인사를 나누었던 때를 떠올렸다. 저녁이었고, 하늘은 보랏빛이었다. 롱코트에 실크 스카프를 두른 페리그린은 내 양쪽 뺨에 입을 맞춘 뒤 모자를 쓰고 역 쪽으로 몸을 돌렸다. 어둑해진 역사를 향해 걸어가는 그의 실루엣, 그 앞에서 양옆으로 갈라지는 평범한 사람들의 물결이 너무 장엄해서 내가 이름을 부르자 그가 흘끗 뒤돌아보았다. 나는 그를 부른 순간 이미 후회했지만 그래도 이렇게 말했다. "정말 아름다우세요." 페리그린은 모자챙을 살짝 잡고는 마지막 말을 남겼다. "각자 최선을 다하는 거지.”

미술관에서 나는 그가 가장 좋아했던 그림 앞에 한참 앉아 있었다. 그는 그 작품이 전형적이지 않고 그래서 대중이 이해하지 못하기 때문에 좋아한다고 말했었다. 그곳을 떠나기 전, 나는 입장권 뒤에 글을 써서 경비가 다른 데를 볼 때 그림 뒤편에 붙였다. 그 입장권이 아직도 거기 붙어 있으면 좋겠다. 거기에는 이렇게 적혀 있다. “상심한 여자들에게 그보다 더 훌륭한 동지는 없었으니, 어쩌고저쩌고A Better Companion Didn't Exist For Girls, Heartbroken etc. etc.”

딸들은 파리의 아파트를 팔았다.

공항으로 마중나온 잉그리드가 "봉주르 트리스테스"*라고 말하며 한참 나를 끌어안았다. "세상에, 내가 저기 얼마나 오래 앉아 있었는지 몰라." 그녀는 팔을 풀었다. "해미시가 차에서 기다리고 있어." 집으로 가는 동안 잉그리드는 드디어 빌어먹을 날을 잡았다며 나더러 두 달이 남았으니 살 좀 찌우라고, 5킬로그램이면 좋겠지만 그 반이라도 찌우라고 했다. "그리고 그레이비 그릇은 선물 안 해도 돼."

나중에 conceptioncalculator.com에서 계산한 내역을 보니 잉그리드는 4월에 결혼식을 올리고 벨그레이비아에서 칵테일

---

* '슬픔이여 안녕'이라는 뜻으로, 프랑수아즈 사강의 소설 제목이기도 하다.

피로연을 열기 전, 그사이에 첫째를 임신했다. 잉그리드와 해미시가 쓴 곳은 딱 한 군데였음에도 이모는 이후에 그 집의 모든 욕실을 바로 뜯어고쳤다.

그전에, 교회로 입장하는 순간을 기다리고 있을 때 잉그리드가 나를 돌아보더니 말했다.

"다이애나 왕세자비처럼 걸어갈 거야."

"진짜?"

"여기까지 왔는데 그래야지, 언니."

✝

잉그리드가 그도 왔다고 알려줬다. 우리가 입장하자 모든 하객이 고개를 돌렸고, 동생과 나는 이백 명의 시선을 한몸에 받으며 통로를 걸어갔다. 나는 제단 앞에 다다를 때까지 그를 찾지 않았지만 오로지 패트릭의 시선으로 나를 의식했다. 그가 바로 그 순간 나를 쳐다보고 있을지, 그렇다면 그의 눈에 내가 어떻게 비칠지 말이다. 나의 자세와 표정, 시선—모두 패트릭을 위한 것이었다.

왜냐하면. 시간이 흐를수록 조너선을 생각하는 횟수가 점점 줄었는데, 파리에서 이 년을 지낸 뒤 외부 자극이 있는 경우에만 그를 떠올리고 있었다는 걸 문득 깨달았다. 이제는 심지어 길에서 옆을 지나간 남자가 아쿠아 디 파르마 향수 냄새를 풍

겨도 그가 생각나지 않았다.

　하지만 패트릭을 생각하는 횟수는 줄지 않았다. 처음에는 그를 오로지 조너선의 연장선상에서, 서로 다른 거부 방식을 다시 돌아보고 비교하고 분석할 때만 떠올렸다. 그런데 그가 제서민을 만나고 내 소설을 침범하자, 더는 그 이유 때문이 아니었다. 조너선과 분리해 패트릭에 대해서 별도로 생각해보니 그의 행동이 더이상 범죄로 느껴지지 않았고, 머릿속에서 그 장면을 떠올릴 때면 그의 선한 면모가 보였다. 그리고 너무도 외로웠기에 패트릭을 착한 남자로 기억하고, 그의 한결같음을 떠올리고, 인적이 드문 거리를 걷거나 손님이 없는 서점에서 시간을 때울 때 그가 내 곁에 있다고 상상하며 위안을 얻었다. 안심을 주는 동반자로서, 지루함을 해소해주는 사람으로서, 집에 가고 싶을 때마다―그를 생각하는 횟수가 점점 많아져서 그이 년을 보낸 뒤에 패트릭이 조너선을 완전히 대체했다는 걸 깨닫고 나니 그가 여전히 조너선의 연장선에 있다고 고집을 부릴 수가 없었다.

　어떤 연인이 양옆 사람에게 말을 거느라 서로 떨어지자 그 사이로 우리 가족 중간에 제서민과 나란히 서 있는 그가 보였다. 검은색 양복 차림이었다. 내가 여러 모습으로 상상했던 패트릭과 눈에 띄게 다른 부분은 그거 하나였다. 내 상상 속의 패트릭은 항상 청바지에 꾸깃꾸깃하고 단이 삐져나온 셔츠를 입고 있었다. 얼굴은 똑같았다. 머리카락은 여전히 검은색이었고, 잘라야 할 때도 놓쳤다. 그런 점은 변함이 없었다. 하지만 분위기가 달라졌다는 건 멀리서도 느낄 수 있었다.

첫번째 찬송가가 시작되자 그가 식순이 적힌 카드를 제서민 반대편에 앉아 있는 올리버에게 건넸다. 그러느라 그녀의 등뒤로 손을 내밀었다가 거두는 중에 그녀의 허리에 손을 얹었다. 그러고는 무슨 말을 건네자 그녀가 고개를 기울이고 듣더니 아주 재미있어했다. 잠시 후 그는 그녀의 허리에 얹었던 손으로 상의 주머니에서 안경을 꺼내 무의식적으로 손목을 퉁겨가며 펼쳤고 카드를 무심하게 집어들었다. 패트릭은 뭐든 무심하게 한 적이 없었다. 그의 행동은 자연스러워 보인 적이 없었다. 내가 아는 그는 여자와 바짝 붙어 있으면 항상 아파 보일 정도로 긴장했다. 찬송가가 끝나자 나는 제단에서 그의 앞을 지나 다른 자리로 가서 서 있어야 했다. 그는 미소 짓는 동시에 커프스 단추를 바로잡으며 내게 알은체를 했다. 나도 같이 미소 지었는지 어쨌는지는 잘 모르겠다. 자리를 이동하는 동안 그의 외모를 설명하기에 알맞은 단어를 찾다가 딱 떠오른 순간, 하객들 앞에서 큰 소리로 외치기라도 한 것처럼 민망해졌기 때문이다. 패트릭이 어마어마하게 남자다워 보였다.

사 년 만에 처음으로 그를 만났을 때 내가 느낀 감정은 그간의 세월 동안 다른 사람들이 있는 데서 만났을 때마다 느낀 감정과 같았다. 내가 어딘가에 도착했는데 그가 이미 와 있거나 내 쪽으로 걸어왔을 때, 그가 방 저쪽에서 누군가와 대화를 나누고 있었을 때—내가 느낀 감정은 설렘이나 물밀듯 밀려드는 애정이나 기쁨이 아니었다. 어떤 감정인지 알 수가 없어서 나는 결혼식 내내 열심히 분석했다. 결혼식이 막바지에 이르러 다시 제단으로 이동하는 내게 패트릭이 다시 미소를 짓자 마음속 깊은 곳에서 그 감정이 솟구쳐올라 패트릭을 뒤에 두고 퇴장하는 잉그리드와 해미시를 따라 걸음을 옮기기가 힘들 정도였다.

✛

피로연장에서 제서민이 나와 니컬러스와 올리버에게 십대 때 처음 시내로 밤에 놀러 나갔던 이야기를 들려줬다. 아홉시에 데리러 오기로 했던 이모가 오지 않았다. 아홉시 반이 되자 친구들은 모두 집에 가고 그녀 혼자 인파가 북적대는 레스터광장에 남았다. 처음에는 당황스러웠는데, 그러다 화가 나고, 그 다음엔 겁이 났다. 이모가 죽지 않은 이상 늦을 리 없었기 때문이다.

올리버가 말했다. "맞아, 엄마는 죽더라도 늦지는 않을 사람이지."

내 말이, 제서민이 말했다. "그러다 열시쯤 됐을 때 술 취한 사람들 사이를 헤치며 다가오는 엄마가 보이니까 긴장이 풀려서 솔직히 토할 것 같고 울음이 터질 것만 같았어. 방금 전까지 무서운 바보들 틈에서 혼자 겁에 질려 있다가 이제 안심해도 된다는 걸 알아챈 느낌이었거든."

올리버가 어머니는 어디 있었던 거냐고 물었다.

제서민은 모른다고 대답했다. "중요한 건 그게 아니잖아."

"그럼 뭔데? 얘기도 더럽게 길다."

"오빠, 그 입 좀 다물어." 그녀는 머리카락을 뒤로 휙 넘겼다. "어떤 사람을 봤을 때 하느님, 감사합니다 하게 되는 그런 거 있잖아. 마사 언니, 언니는 내가 무슨 말을 하는 건지 알지?"

나는 그렇다고 대답했다. 그날 내가 패트릭을 봤을 때 느낀 심정이 하느님, 감사합니다였다. 설렘이나 애정이나 기쁨이 아니었다. 폐부에서 느껴지는 안도감이었다.

✦

나중에 잉그리드와 해미시가 떠나고 하객들도 돌아가고 출장 직원들이 조용히 뒷정리를 하고 이모와 이모부가 자러 들어가자, 어둠이 내린 마당에 사촌들과 나와 패트릭만 남았다. 식탁에는 치우지 않은 술병과 빈 잔이 남아 있었다. 패트릭만 빼고 우리는 모두 안에서 찾은 재킷을 예복 위에 걸친 채 반쯤 취해 있었다.

올리버가 담배에 불을 붙이며 패트릭에게 학창시절에 아버지의 술장에서 슬쩍한 술을 입에 댄 것도 아니고, 지붕에 올라가 니컬러스의 마리화나를 피운 것도 아니면서 크리스마스 때마다 이 집에 온 이유가 뭐냐고, 여왕의 연설 시간 동안 밖으로 쫓겨났을 때 우리는 한 시간 내내 공원 벤치에 앉아 있다가 돌아왔는데 그는 정원을 돌아다닌 이유가 뭐냐고 물었다. 우리는 모두 쓰레기처럼 굴었는데 혼자 착한 아이를 고수한 이유가 뭐냐고.

패트릭이 말했다. "너희는 다시 초대받으려고 애쓸 필요가 없었잖아."

맙소사, 우리 셋은 동시에 작게 중얼거렸다.

✦

내가 이만 가야겠다고 했을 때 패트릭이 이른아침이라 아직 어두컴컴하니 집까지 태워주겠다고 했다. 그가 외투를 챙기러 안에 들어간 사이 나 혼자 차에 앉아 있었다. 그때 잉그리드와 통화할 수 있었다면 차의 내부가 어떤지 설명을 듣고 싶냐고 물었을 테고, 그러면 그녀는 좋다고 했을 것이다. 콘솔트레이에 여행용 휴지와 동전이 있고, 와인 껌*은 포일을 뜯지 않고 하나 먹은 다음 조심스럽게 다시 오므려놨다는 얘기를 들었다면 "웃겨 죽겠다"라고 했을 것이다. "아니, 언니. 누가 그걸 한

---

* 영국에서 처음 만들어진 사탕과자로, 단단한 알약 형태에 젤리처럼 쫄깃쫄깃하다.

개만 먹어?" 나는 또 이렇게 덧붙였을 것이다. "게다가 스물일곱 살의 싱글 남자가 타고 다니는 차의 카펫에는 흙이 몇 겹으로 쌓여 있어야 하는데 여기는 청소기 자국밖에 없어."

나는 휴대전화를 꺼내 문자를 입력하기 시작했지만 보내지는 않았다. 잉그리드는 지금 해미시와 함께 있을 텐데, 나는 새벽 네시에 피곤한 몸을 이끌고 혼자 차에 앉아 패트릭의 콘솔박스를 뒤지며 그녀가 내가 아닌 해미시를 선택했다는 사실에 점점 커져가는 슬픔을 떨쳐버리기 위해 애쓰는 중이라는 사실을 들키고 싶지 않았다.

사진이 박힌 그의 병원 신분증을 보고 있는데 그가 문을 열고 차에 올라탔다. "스물여섯 시간이나 잠을 못 잔 상태에서 찍은 사진이라고 밝혀도 될까? 그래서 그렇게 찍힌 거라고. 너무 오래 기다리게 해서 미안."

시동을 걸자 실내등이 켜졌고, 패트릭은 기어를 흘끗 내려다보았다. 나의 눈은 그의 시선을 따라가 실내가 곧 어두워지기 전에 그의 손과 손목, 기어를 쥐자 꿈틀거리는 힘줄, 기어를 놓고 핸들을 잡자 걷어붙인 셔츠 소매 아래로 뻗은 팔뚝을 보았다. 그가 내 시선을 의식하고 뭔가 말하려 했을 때 나는 손을 내밀어 음악이 나올 때까지 카스테레오의 모든 버튼을 눌렀다. 끝부분이라 점점 희미해져가는 컨트리 송이었다.

내가 말했다. "세상에, 패트릭. 이거 무슨 방송국이야?"

"CD야." 그는 앞을 똑바로 보며 말했고, 내가 웃음을 터뜨리자 음악을 *끄*려고 했다.

"아냐, *끄*지 마. 노래 좋은데."

노래가 끝나자 나는 감정적 클라이맥스 부분을 놓쳤으니 다시 한번 들어야겠다고 했다. 패트릭은 알겠다며 뒤로 돌렸다.

노래가 마음에 쏙 들었고 처음 듣는 곡인데도 따라 부르는데 아무 문제가 없었다. 패트릭은 내가 즉석에서 지어낸 가사가 별로라고 하면서도 계속 웃었다. 노래가 끝나자 나는 다시 듣고 싶었지만 버튼을 찾지 못했다. 패트릭이 내 손을 잡아 내 무릎에 도로 올려놓는 바람에 깜짝 놀랐다. 나는 와인 껌을 하나 집어 포장까지 뜯어놓고는 먹어도 되느냐고 물었다. 그의 손이 닿았을 때의 느낌이 여전히 남아 있었다.

그는 안 먹겠다고 해서 나만 입안 가득 넣고 말했다. "너는 컨트리음악만 좋아해, 아니면 다른 장르도 좋아해?"

"나 컨트리음악 안 좋아해. 아까 그 노래만 좋아하는 거지."

"왜?"

그는 전조가 좋다고 했다. 어렸을 때 어느 공항 스피커에서 그 노래가 흘러나오자 그의 아버지가 지나가는 말처럼 "네 엄마가 좋아했던 곡이네."라고 했기 때문이라는 건 나중에 알게 되었다. 그는 그토록 지적이었던 여성이 지나친 감상주의와 과장된 멜로디를 어떻게 감당했는지 개인적으로는 전혀 이해할 수 없었다고 했다. 그런데 노래를 듣다보니 어머니가 외웠던 가사를 듣고 있다는 생각이 들었다고. 어머니의 목소리는 오래

전에 잊어버렸지만, 그때부터 그 노래를 들으면 어머니의 목소리를 듣는 듯한 기분이었다고 했다. 그래서 요즘도 혼자 운전할 때면 그 노래를 듣는다고.

나는 갑자기 피곤이 몰려오며 배가 고파졌고, 패트릭에게 지난 사 년 동안 어떻게 지냈는지 묻고는 내 눈이 감기더라도 계속 듣겠다고 말했다. 그는 전공의 수련을 받았고 산과를 선택하려다 막판에 집중치료로 전공을 바꿔 아프리카 같은 데 해외 파견을 지원해놓았다며, 가산점을 얻을 수 있기 때문이라고 했다.

나는 눈을 감은 채 "제서민하고는 계속 만나?"라고 물었지만 아니라는 걸 알고 있었다. 둘이 만난다고 얘기한 지 몇 주 뒤에 헤어졌다고 잉그리드가 전화로 알려줬다. 그가 말했다.

"뭐? 아니. 금방 헤어졌어. 그리고 후회했지. 제서민 때문은 전혀 아니야. 그냥 우리가 너무 다른 사람이더라고."

"무슨 일이 있었는데?" 나는 눈을 떴다.

"아프리카에 대해 고민하기 시작했을 때 그 얘기를 했더니 자기는 나를 아주 좋아하지만 국경없는의사회 같은 분위기는 자기랑 안 맞는대. 나더러 피부과를 해야 한댔어."

"유명한 피부과의사?"

"그러면 좋겠지. 그뒤로는 계속 금융업계에서 일하는 남자만 만나는 걸로 알고 있어."

"다섯 중에 셋은 이름이 로리고."

“그러니까 너도 이미 알고—”

“사 년 전이잖아, 패트릭. 당연히 알고 있었지.”

영화에서는 행복한 사람이 기침을 하면 다음 장면에서 그가 암에 걸려 죽어가는 모습을 보게 된다.

하지만 현실에서는 자기 집 앞에 차가 섰는데 내리기 싫다는 생각이 들면, 그냥 집에 들어가 닫힌 부모님의 방문 앞을 지나 자기 방으로 가는 게 싫어서 안전벨트를 풀지 않는 게 아니라는 걸 알면, 그러니까 집까지 태워준 사람에게 작별인사를 하고 싶지 않고 오히려 계속 앉아서 대부분 재미없는 그의 일 얘기를 듣고 싶어서라는 걸 알면, 안전벨트를 풀려고 하는지 확인하느라 자신의 손을 계속 내려다보는 것으로 미루어볼 때 그역시 자신이 차에서 내리지 않길 바라는 것 같으면, 다음 장면에서 그들은 그녀가 가리킨 그 거리 끝의 끔찍하지만 그 시각에 영업중인 카페를 향해 걸어가고 있을 것이다. 그녀는 "괜찮으면 저기 가서 같이 아침 먹을까?"라고 묻고, 그가 쉽게 거절할 수 있도록 "나올 때 우리 둘 다 기름냄새가 진동할 테지만"이라고 덧붙인다.

하지만 그는 "괜찮아. 그거 좋은 생각인데?"라며 안전벨트를 풀고는, 완전히 풀리기도 전에 차에서 내리려 한다. 그녀 쪽 문을 열어주고 싶어서인데, 그녀는 안쪽 손잡이가 고장나지도 않았는데 그가 갑자기 조수석 문 앞으로 온 이유를 이해하지 못한다. 지금까지 장난으로나마 그녀를 위해 문을 열어준 사람이 전혀 없었기 때문이다. 그녀가 차에서 내리면 그는 "옷부터 갈아입을래?"라고 물을 테고, 그러면 그녀는 실크로 된 신부 들러리 드레스 위에 이모부가 개를 산책시킬 때 입는 재킷을 걸친 자기 차림새를 내려다보겠지만, 그를 대문 밖에 혼자 세워두고 싶지 않기에 "아냐, 괜찮아"라고 할 것이다. 안에 들어갔다 나오면 그가 떠나고 없을까 걱정도 된다. 그가 그녀를 사랑하지 않는다고, 사랑한 적 없다고 말했던 곳이 여기인데 그가 곧바로 알아차리지 못했을 리 없기 때문이다. 게다가 옷을 갈아입는 데 시간이 얼마나 걸릴지 몰라도 그동안 혼자 여기 서 있다보면 자기가 원한 건 이게 아니라는 생각이 들 수도 있다―그런 질문이나 할 사람과 같이 계란프라이를 먹는 것을 원하지 않았을지도 모른다. 그리고 이 말을 하기 위해서 그녀를 기다렸을지도 모른다. "있잖아, 내가 너무 피곤해서 널 그만 보내주려고."

그녀는 보내주지 않길 바란다. 사람들이 그녀를 보내주는 것이 일종의 테마가 되었다. 이번만은 붙들리고 싶다. 그래서 카페에 들어가 그가 메뉴판을 아주 한참 들여다봐도 그녀는 짜증 내지 않는다. 하지만 결국에는 짜증이 치밀어 "어휴 진짜, 이 사람은 스테이크 주세요"라고 말하며 그에게서 메뉴판을 낚아채는 날이 올 것이다. 그러면 자리에 앉을 때 그가 그날이 결혼기념일이라고 했던 말 때문에 웨이터가 두 사람을 대신해 민망한 표정을 지을 것이다. 하지만 그건 먼 미래의 일이다. 지금 당장은 그가 메뉴를 정하는 데 한참이 걸려서 행복하고, "오믈렛으로 할게요"라는 그의 말에 코를 훌쩍거리며 이쪽 발에서 저쪽 발로 체중을 옮겨 싣던 웨이트리스가 "혹시나 해서 말씀드리는데, 오믈렛은 십오 분 걸려요"라고 하자 그가 "그래요? 알겠어요"라며 다른 걸 고르려는 듯이 다시 메뉴판을 들여다보지만 천천히 먹어도 된다는 그녀의 말에 "그렇구나, 알았어" 하고는 웨이트리스에게 "그럼 오믈렛으로 할게요"라고 하자 더 행복해진다. 이곳의 오믈렛은 형편없지만 그녀도 오믈렛을 주문한다. 안 그러면 그녀의 음식이 한참 먼저 나와서 어색해질 테니까. 안 그래도 이런 식으로 단둘이 조그만 테이블에 마주보고 앉아 있는 것은 처음이라 충분히 어색하다. 둘이 자리에 앉자마자 그녀가 "이러니까 꼭 데이트하는 것 같다"라고 한 이유도 어색하기 때문이다. 그 말에 그들은 수줍게 웃음을 터

뜨렸고, 웨이트리스가 다가와 테이블을 닦아도 되는지 물었을
때 고마웠다.

✛

내가 토스트를 다 먹고 오믈렛은 가장자리만 먹고 커피를 지
나치게 많이 마셨을 때 패트릭이 이제 그만 가봐겠다고 말했
다. 다시 걸어가 우리집 앞에 다다랐을 때 그는 걸음을 멈추고
마지막으로 만났을 때 그랬던 것처럼 주머니에 손을 넣었다.
"왜?"
"아니, 그냥, 기억할지 모르겠지만—"
"기억해."
아, 그가 말했다. "그래, 음, 내가 사과했어야 했는데."
나는 내가 잘못한 거라고 했다. "뭐라고 사과하려 했는데?"
"그건 모르겠지만, 내가 그런 식으로 말한 것에 대해서 말이
야. 나 때문에 마음 상한 것 같아서 미안했어. 며칠 뒤에 그 얘
기를 하러 왔었는데, 이미 파리로 떠났더라고. 그래서, 너무 늦
은 게 아니라면 사과할게. 그때 울려서 미안해."
"너 때문에 운 거 아니야. 그때는 그런 줄 알았는데 조녀선
때문이었어. 너무 창피하더라. 네 앞에서 그렇게 무례하게 군
것도 그 때문이었어. 그러니까 나도 미안해. 그리고 기름냄새
를 뒤집어쓰게 됐다면 그것도 미안하고."

우리는 같이 소매 냄새를 맡았다. 와, 패트릭이 말했다. "아무튼"―그는 열쇠를 꺼냈다―"너 이제 그만 자러 가야지." 그는 차문을 열었고, 자기가 계산해놓고는 아침 잘 먹었다고 인사했다. "잘 자, 패트릭." 인사한 후에 나는 들러리 드레스 위에 외삼촌의 재킷을 걸친 채로 그 자리에 혼자 서서 차에 올라타 멀어져가는 그를 바라보았다.

패트릭이 문자를 보냈다. 잉그리드의 결혼식 다음날 오후였다.

"우디 앨런 영화 좋아해?"

"아니. 그 감독 영화를 좋아하는 사람이 어딨어."

"오늘 저녁에 나랑 같이 보러 갈래?"

"그래."

그는 일곱시 십분쯤 데리러 오겠다고 했다. "무슨 영화인지 알려줄까?"

나는 말했다. "전부 거기서 거기잖아. 일곱시 구분쯤 나갈게."

영화관에 바가 있었다. 영화가 시작됐지만 우리는 보러 들어가지 않았다. 자정이 되자 한 남자가 대걸레를 들고 와서 미안하지만 영업이 끝났다고 했다.

✦

　나는 조그만 출판사에 막 취직한 상태였다. 사장이 쓴 전쟁사 책을 전문으로 출간하는 곳이었다. 그는 나이가 많았고, 컴퓨터도 바지를 입고 출근하는 여자도 신뢰하지 않았다. 직원은 넷인데 모두 여자였으며 연령대와 생김새가 비슷했다. 그가 우리에게 요구한 일은 열한시 반에 차를 내오는 것과 나가면서 문을 닫는 것뿐이었다.

　우리는 돌아가며 차 심부름을 했다. 내 차례가 됐을 때 한번은 그에게 우리 아버지가 쓴 시를 보여줘도 되겠느냐고 물었다. 남자 실비아 플라스라고 불렸다는 말도 했다. "그것참 골치 아프겠군." 사장은 말하더니 문을 가리키며 덧붙였다. "살살 닫아주게."

　봄이 지나고 여름이 되자 우리는 일하는 척하는 걸 그만두고 옥상에 누워 햇볕을 쪼이며 잡지를 읽었다. 처음에는 치마를 허벅지 위로 올리다 나중에는 윗도리와 함께 벗어던졌다. 거기 올라가면 패트릭이 일하는 병원이 보였는데, 구급차 사이렌소리가 주변의 지붕과 러셀광장의 한 뼘짜리 녹지를 가로질러 들려올 만큼 가까웠다.

　우리가 각자 전철을 타러 가다가 처음으로 우연히 마주친 곳이 그 광장이었다. 이후에는 약속을 하고서 가끔, 그러다 매일 거기서 만났다. 출근 전, 광장에 아무도 없고 공기가 아직 쌀쌀할 때, 점심시간, 덥고 북적대고 여기저기 쓰레기가 굴러다닐 때, 퇴근 후, 해가 완전히 져서 광장을 가로질러 집으로 가는 회사원도, 그 앞길을 가로막고 서 있는 관광객도 모두 사라지고 또다시 빗자루를 든 남자와 우리 둘만 남을 때까지 벤치에 앉아 있었다. 그러다 어느 시점이 되면 그가 말하곤 했다. "내가 전철역까지 바래다줄게. 늦었는데 아홉시 반 열차는 타야지."

가끔 그가 늦어서 너무 미안해할 때도 있었지만 나는 기다려도 전혀 상관없었다. 가끔 그가 의사 가운에 수련의용 신발을 신고 나오면 놀려댔지만, 두툼한 밑창과 현란한 보라색 지비츠가 미치도록 사랑스러워서 그런 거였다.

한번은 점심시간에 패트릭이 내가 주는 샌드위치를 집으려고 손을 내밀었다가 팔뚝 안쪽에 피 같은 게 묻은 걸 우리 둘 다 본 적이 있었다. 그는 사과하고 식수대에 가서 씻은 다음 돌아와 앉으며 다시 사과했다.

나는 죽어가는 사람을 대하는 일을 하면 기분이 묘하겠다고 말했다. "나처럼 지겨워서 죽어가는 사람이 아니라. 어떤 경우가 최악이야? 아이들?"

그는 말했다. "엄마들."

나는 커피를 들었다. 한심한 내 일과 대조적으로 그의 일은 강도가 높아서 순간 민망해졌다. 나는 말했다. "그런데 내 일에서는 뭐가 최악인 줄 알아?"

그는 알 것 같다고 했다. "오늘 새로운 게 추가됐다면 모를까."

"그럼 다른 거 물어봐."

그는 먹으려던 샌드위치를 상자에 다시 넣어 벤치에 내려놓았다. "조녀선은 어떤 점이 최악이었어?"

나는 입을 가렸다. 방금 커피를 한 모금 마신 참이었는데, 깜짝 놀랐다가 웃음이 터져서 삼킬 수가 없었다. 패트릭이 냅킨을 건네고 내가 대답할 때까지 기다렸다.

나는 시시한 부분부터 얘기했다. 축축해 보이는 머리카락, 옷차림. 내가 차에서 내릴 때까지 기다리지도 않고 먼저 가버리는 것, 칠 년 동안 일한 청소부 이름도 제대로 모르는 것. 그의 아파트에는 거울이 달린 벽 앞에 드럼 세트밖에 없는 방도 있다는 얘기도 들려줬다. 그런 다음 커피 뚜껑을 열고, 최악은 모든 걸 농담처럼 말해서 내가 그를 재밌는 사람인 줄 착각했다는 사실이라고 말했다. "하지만 말하는 시점에는 전부 진심이야. 그러다 생각을 바꿔서 그 반대가 진심이라고 해. 나더러 예쁘고 똑똑하다더니 나중에는 제정신이 아니라고 했지. 나는 그 말을 전부 믿었어." 나는 컵 속을 물끄러미 들여다보았다. 드럼 세트까지만 얘기할 걸 그랬다는 생각이 들었다.

패트릭이 턱밑을 문질렀다. "내가 보기에 최악은 태닝이었는데."

나는 폭소를 터뜨리며 그를 쳐다보았다. 그는 나를 보며 미소 짓다가 잠시 후 미소가 조금 가신 얼굴로 말했다. "그리고 그가 프러포즈할 때 내가 그 자리에 있었던 거." 어떤 감정이 탄산처럼 내 뒷덜미를 타고 올라왔다. "네가 프러포즈를 받아들이는 걸 막지 못한 거." 탄산이 어깨를 지나 팔을 타고 내려오더니 위로 올라가 머리카락까지 번졌다.

내 전화가 울렸다. 나는 아무 말도 하지 못했다. 패트릭이 신경쓰지 말고 받으라고 했다.

잉그리드였다. 해머스미스에 있는 스타벅스의 장애인 화장실에 있는데, 임신이라고 했다. 방금 전에 테스트를 해봤다고.

목소리가 하도 우렁차서 패트릭에게까지 들렸다. 그는 양쪽 엄지손가락을 치켜들더니 자기 손목시계를 가리키며 벤치에서 일어나 이제 그만 병원으로 돌아가야겠다고, 나중에 문자하겠다고 몸짓으로 말했다. 나도 쓰레기는 내가 정리하겠다고 몸짓으로 전하고 잘 가라고 외쳤다.

잉그리드가 누구한테 한 말이냐고 물었다.

"패트릭."

"뭐? 언니가 왜 패트릭이랑 같이 있어?"

"희한한 일이 벌어지고 있어. 그런데, 임신이라고? 신난다. 아이 아빠가 누군지는 알고?"

나는 그녀가 아이, 입덧, 이름들에 대해 얘기하는 걸 가능한 한 오래 들어주다가 말했다. "정말 미안한데, 이제 사무실에 들어가봐야 해. 만들어내야 하는 일이 산더미거든."

잉그리드는 알겠다고 했다. "거기 붙들려 있지 말고 금요일
은 다섯시에 바로 퇴근해."

나는 그녀의 일에 진심으로 기쁘면서도 그 소식을 어떻게 감
당해야 할지 알 수 없었다.

+

다음날에는 아무도 만나고 싶지 않았다. 하지만 패트릭과 어
딜 가기로 했었다. 그가 이미 표를 샀다. 아침에 그가 문자를
보냈기에 갈 수 없게 됐다고 했다가, 그가 괜찮다며 나의 죄책
감을 덜어줬기 때문에 사실 갈 수 있다고 다시 문자를 보냈다.

테이트미술관 전시였는데, 자기 집 욕실에서 자기 자신만 찍
은 듯 보이는 사진작가의 전시회였다. 세번째 전시실로 들어선
순간 패트릭은 의기소침해졌다. 우리 둘 다 러닝셔츠만 입고
자기 집 욕조에 서 있는 작가의 사진을 보고 있었다.

나는 말했다. "내가 예술에 대해 잘 모르긴 하지만 차라리
기념품점에 가고 싶네."

패트릭은 정말 미안하다고 했다. "병원에서 누가 엄청 좋다
고 했거든. 네가 좋아할 만한 전시회인 줄 알았어."

나는 그의 팔에 손을 얹고 그대로 있었다. "패트릭, 나는 지
금 어디 앉아서 차 같은 걸 마시면서 대화하고 싶어. 아무 말도
하지 않으면 더 좋고. 내가 하고 싶은 건 그것뿐이야."

좋아, 오케이, 알았어. 그가 말했다. "여기 카페가 있을 거야. 꼭대기층에."

✛

엘리베이터 안에서 그가 말했다. "잉그리드 소식 듣고 좋았겠다." 내가 그렇다고, 기뻤다고 대답했을 때 문이 열렸다. 우리는 창가 테이블에 앉아 강을 바라보다가 간간이 서로를 쳐다보며 차 같은 걸 마셨고, 잉그리드의 임신 말고 다른 얘기를 한참 나누었다. 패트릭은 외동이라 전에 형이 있는 올리버를 엄청 부러워했다고 하더니, 나와 잉그리드를 처음 만났을 때를 떠올리며 우리 둘 사이를 한동안 이해 못했다고 했다. 그전까지는 별개였던 두 존재가 그 정도로 찰싹 붙어 지낼 수 있다는 사실을 미처 몰랐다는 것이다. 생김새도 비슷하고 말투도 비슷하고 그의 기억에는 따로 있었던 적도 없으니 다른 사람들은 절대 뚫고 들어갈 수 없는 자기장 같은 것이 우리를 감싸고 있는 것 같았다고 했다. 한번은 앞면에 특이한 문구가 적힌 스웨트셔츠를 같이 입고 다닌 적도 있지 않았나?

나는 그랬다고 했다—아직도 그 옷을 가지고 있지만 'nivers'와 스프레이로 뿌려진 끈적끈적한 흰색 부분만 가슴팍에 점점이 남았다고. 내가 골드호크 로드에서 지냈던 몇 달 동안 자기가 갈 때마다 그 옷을 입고 있었던 기억이 난다고 했다.

잉그리드와 나도 그 자기장을 느꼈다고, 지금도 가끔 존재하는 것처럼 느껴지지만 그녀가 엄마가 되고 나는 이대로 남으면 전과 같지는 않을 거라고 했다. "내 주변에 여자 친구가 넘쳐나지 않는 이유도 그 때문이야. 다들 이제는 아이가 있는데ㅡ" 나는 그냥 뭐, 하며 설탕을 옮겼다.

"하지만 다르게 진화하지 않을까? 너도 아이를 낳으면 말이야."

"나는 아이를 낳고 싶지 않아." 나는 조너선 생각이 머릿속에서 앞으로 치고 나오듯 갑자기 떠오르는 바람에 그때 패트릭이 뭐라고 대답했는지 듣지 못했다. 그날 밤 뜬눈으로 누워서 둘의 대화를 복기하던 도중에야 기억이 났다. 그는 왜냐고 묻지 않았다. 그냥 "재밌네. 나는 항상 내게 아이가 있을 거라고 상상해왔는데. 하지만 그냥 남들이 다 그래서 그랬던 것 같아"라고 했다.

✛

미술관에서 나왔을 때는 토요일 저녁이었고, 나는 죽어도 집에 가기 싫었다. 부모님이 살롱 비슷한 것을 만들었는데, 어머니가 초대 명단을 작성했기에 어머니보다 유명하지 않은 예술가와 아버지보다 잘나가는 작가들이 거실을 가득 채우고 마트에서 사온 프로세코 와인을 마시며 각자 자신이 화제의 중심이 될 차례를 기다리고 있을 것이었다. 패트릭이 어디 가고 싶냐고 물었을 때 딱히 생각나는 곳이 없어 강을 건넌 뒤 강둑길을 따라 걷기 시작했지만, 반대편에서 밀려오는 인파 때문에 계속 갈라지게 됐다.

나는 패트릭이 짜증났다는 걸 알 수 있었다―갈라섰다가 일 분 뒤 다시 서로를 찾아야 하는 상황이 반복되었기 때문이다. 내 입장에서는 '하느님, 감사합니다'의 느낌이 조그만 폭탄처럼 계속 터지는 느낌이었고 그래서 계속 걷고 싶었다. 급기야 손을 잡고 템스 강변을 인라인스케이트로 질주하겠다는 꿈을 포기할 생각이 없는 연인이 우리를 향해 달려오자 패트릭이 내 손을 잡고 한쪽으로 끌어당기며 말했다. "마사, 목적지를 정해야겠어. 목숨을 무릅쓰며 간 곳이 결국 피자 익스프레스인데 거기에 손님이 아무도 없으면 네가 슬퍼할까봐, 너무 많으면 불안해할까봐 걱정돼." 그가 나에 대해 어떻게 알았는지 도무지 짐작할 수 없었다. "네 집으로 돌아가도 될까?" 그는 분명히 말했다―그러니까 나랑 같이 전철을 타고 골드호크 로드로 안전하게 데려다준 다음 현관문 앞에서 헤어져도 되겠느냐고.

나는 곰곰이 생각해보고 말했다. "웃긴 게 뭔지 알아? 내가 너를 알고 지낸 지 오십 년쯤 됐는데, 너희 집에 한 번도 가본 적이 없다는 거야."

패트릭이 나를 잡아당겼을 때 어떤 석상의 대좌에 내 등이 닿았다. 그런데 인라인스케이트 연인이 방향을 돌려 손을 놓고 둘 다 감당하지 못할 속도로 우리를 향해 다시 달려왔고, 그가 내 앞을 가로막는 수밖에 없었다. 우리는 서로 마주보고 숨을 내쉬면 몸이 거의 닿을 정도로 바짝 붙어 있게 됐다. 나는 패트릭도 이런 상황을 조금이나마, 아니면 나만큼 강하게 의식하는지 궁금했지만 그는 "그럼 이쪽으로 가자"라면서 자기 집 방향으로 앞장섰다.

✢

패트릭은 평소엔 이보다 훨씬 깨끗하다는 말과 함께 문을 열고는 내가 먼저 들어갈 수 있게 옆으로 비켜섰다. 클래펌의 한 블록을 차지한 빅토리아풍 맨션의 삼층이었고, 건물 모서리에 위치한 집이라 수직으로 긴 높다란 거실 창문 밖으로 공원이 내다보였다. 그는 대학을 졸업하고 이 집을 매입해 헤더라는 친구와 함께 살았는데 그녀 역시 의사였다. 소파 팔걸이에 놓인 머그잔이 패트릭이 말한 난장판을 뜻하는 모양이었다. 가장자리에 묻은 립스틱 자국을 보고 나는 헤더가 칠칠치 못한 성격일 거라고 생각했다.

그녀는 패트릭이 내게 베이컨 샌드위치를 만들어주는 동안 퇴근했는데, 어슬렁어슬렁 주방으로 들어와 그의 뒤편으로 다가가더니 패트릭이 들고 있는 프라이팬에서 탄 베이컨 조각을 집어 맛있는 디저트인 것처럼 먹었다. 그러고는 한들한들 찬장

앞으로 가서 모든 게 어디 있는지 알고 있으며 애초에 자기가
그 자리에 뒀기 때문인 것처럼 뭔가를 꺼냈다. 내 평생 그렇게
싫은 여자는 처음이었다.

샌드위치를 다 먹고 나서 나는 패트릭이 설거지하는 것을 보
았다. 그는 씻은 접시를 닦았다. 나는 건조대에 그냥 올려두면
물리학 같은 것에 의해 마를 테니 굳이 닦을 필요가 없다고 말
했다.

그는 거기에 물리학이 적용되는지는 잘 모르겠다고 했다.
"닦는 거 귀찮지 않아. 내가 완벽주의 성향이 좀 있어. 얼른 끝
낼게. 백개먼 게임 할 줄 알아?"

내가 모른다고 하자 그가 가르쳐준다기에 순순히 응했다. 거
실로 자리를 옮겨 서류가방 비슷한 걸 펼치며 패트릭이 말했
다. "진작 얘기하려고 했는데, 나 우간다에 가게 됐어."

나는 미간을 찌푸리며 이유를 물었다.

"일 때문에, 파견근무. 내가 지원했다고 얘기했잖아. 얼마
전에."

"기억해. 그냥 생각이 바뀐 줄 알았어. 왜냐하면ㅡ" 나는 그
렇게 생각한 이유를 처음에는 잘 몰랐다가 나중에 알아차렸지
만 차마 얘기할 수 없었다.

"왜냐하면?"

왜냐하면 내가 있으니까. 하지만 나는 이렇게 말했다. "그냥
생각이 바뀐 줄 알았어, 그뿐이야."

패트릭은 그래서 싫냐고 물었다. 농담이었지만 나는 속마음을 들킨 느낌이었고, 아니라고 답했다. "내가 왜 싫겠어? 그럼 웃긴 거잖아." 나는 말을 하나 집어들고 뒤집었다. "언제 떠나는데?"

그는 삼 주 뒤라고 했다. "10일에. 크리스마스에 돌아와. 아마 그 전날일 거야."

"다섯 달이네."

"다섯 달 반이야." 패트릭은 말하고 게임 준비를 마쳤다. 그가 규칙을 설명하는 것에 집중하려 했지만 그가 그렇게 오래 떠난다는 것 말고는 아무 생각도 할 수 없었다. 그가 누구 차례인지 계속 짚어주자 결국 나는 이렇게 말했다. "네가 내 주사위까지 굴려줘. 나는 그냥 구경할게."

그 남자가 언제부터 거기 서 있었는지 모르겠지만 "안녕하세요"라는 소리에 고개를 들었을 때 그가 전에도 그렇게 인사를 건넨 적이 있는 것처럼 느껴졌다. 10월이고 추웠다. 나는 햄프스테드 히스에서 자갈길과 좁은 개울 사이로 시든 풀이 높다랗게 자란 곳에 두 팔로 정강이를 감싸고 무릎에 이마를 묻은 채 앉아 있었다. 하도 울어서 비누를 묻혀 북북 문지른 것처럼 뺨이 쓰리고 당겼다.

방수 점퍼에 트위드 모자를 쓴 남자는 조심스럽게 미소 지었다. 줄에 묶인 대형 래브라도가 꼬리로 그의 다리를 때리며 얌전히 옆에 서 있었다. 파티에서 어깨를 건드리는 손길에 누구일까, 누가 무슨 재미난 얘기를 들려주려는 걸까 기대하며 고개를 돌리는 사람처럼 나도 모르게 마주 미소를 지었다.

그가 말했다. "여기 있는 게 신경쓰여서요." 그의 말투는 매우 인자했다. "사생활을 침해하고 싶지 않지만 속으로 다짐했거든요. 돌아오는 길에도 저 사람이 계속 저기에 있으면—"그는 내가 계속 그 자리에 있더라는 뜻으로 고개를 한번 끄덕이고 무슨 일 있느냐고 물었다.

나는 미안했고, 그의 오후의 돌발 요소가 된 것에 대해, 그의 가는 걸음을 꼬이게 만들고 신경쓰이게 한 것에 대해 사과하고 싶었다. 개가 목줄을 차고 올 수 있는 최대한 가까이 다가와 코를 숙이고 내 쪽을 킁킁거렸다. 내가 손을 내밀자 녀석이 내 손에 코를 댈 수 있게 남자가 줄을 좀더 풀었다. 그가 말했다. "오, 이 녀석이 그쪽을 좋아하네요. 나이가 좀 있어서 좋아하는 사람이 많지 않은데."

나는 실눈을 뜨고 그를 올려다보았다. 공공장소에서 눈물을 펑펑 흘린 것에 대해 정당성을 부여할 수 있도록 어머니가 얼마 전에 돌아가셨다고 말하고 싶었다. 하지만 그러면 이 좋은 사람에게 해결할 수 없는 부담을 지우게 될 터였다. 시냇물에 휴대전화를 빠뜨렸다고 말하려 했지만 그에게 바보라는 인상을 심어주는 것도, 그가 건져주겠다고 하는 것도 싫었다.

나는 말했다. "외로워서요." 그건 사실이었다. 그의 걱정을 덜어주기 위해 약간의 거짓말을 추가했다. "오늘 유독 외로워서요. 대체로는 이렇지 않아요. 대개는 아무 문제 없어요."

"흠, 다들 런던은 팔백만 명의 외로운 사람이 사는 도시라고 하잖아요. 그렇지 않나요?" 남자는 목줄을 가볍게 당겨 개를 자기 옆으로 다시 데려갔다. "하지만 이 시간도 지나갈 거예요. 다들 그렇게 말하지요."

그는 고개를 숙여 작별인사를 하고 자갈길을 따라 멀어졌다.

＋

어렸을 때 아버지와 함께 텔레비전이나 라디오에서 나오는 뉴스를 듣다가 "시신은 개를 산책시키던 남성에 의해 발견됐습니다"라고 하면, 그 남자가 항상 같은 사람일 거라고 생각했다. 요즘도 나는 그 남자를 상상한다. 문 앞에서 운동화를 신고 목줄을 찾아서 개의 목에 채우고 익숙한 공포를 느끼지만 그래도 오늘은 시신이 없을 거라는 희망을 품으며 산책에 나서는 남자. 하지만 이십 분 뒤, 맙소사, 눈앞에 등장한다.

＋

나는 그가 멀어진 뒤에도 계속 개울가에 앉아 있었지만 더는 걱정하는 사람이 없도록 고개를 들었다. 패트릭이 떠난 뒤로 괜찮은 적이 없었다. 거기 앉아서 이런 기분을 느꼈던 때를 떠올려보니—조너선과 몇 달 동안 함께 지냈을 때, 파리에서 가끔, 그리고 지난 몇 주—성인이 되고 나서 내 인생의 바닥은 패트릭의 부재라는 요인과 결부되어 있었다. 너무나 분명했다. 어느 여름날이었다—나는 자리에서 일어나 청바지 뒤쪽을 털었다. 패트릭을 치료법으로 여기기 시작한 때가 그 시점이다. 우리의 결혼생활이 막바지에 다다랐을 때는 그를 원인으로 간주했지만.

크리스마스 전날 아침 일찍 공항으로 패트릭을 마중나갔다. 우리는 실제로 누굴 껴안아본 경험이 전혀 없고 허술한 설명서로 이론만 독학한 사람처럼 서로 끌어안았다.

그에게서 근사한 냄새 같은 건 나지 않았다. 보는 사람조차 몹시 우울해지는 턱수염을 길렀다. 하지만 나는 그것만 빼면 만나서 정말 기쁘다고 했다. 말로 표현할 수 없을 만큼, 내가 생각했던 것 이상으로 기쁘다는 말은 하지 않았다.

패트릭은 자기도 그렇다고 했다. 그리고 내 이름을 불렀다. "나도 그래, 마사."

무인 발권기 앞에서 그가 자기 집에 같이 가겠느냐고 물었다. "그런 뜻에서 하는 말은 아니야." 그가 덧붙이며 웃음을 터뜨렸을 때—실망감으로—내 심장이 철렁 내려앉았다. 나는 같이 가겠다고, 나 역시 그런 뜻에서 하는 말은 아니라고 했다.

집안은 고요했고, 오랜 부재의 분위기가 감돌았다. 헤더가 아직 살고 있는 것 같은데도 깨끗했다. 패트릭은 창문을 열고 내게 뭘 하고 싶냐고 물었다. 나는 그 수염부터 밀자고 한 뒤 그가 면도하는 동안 변기 뚜껑을 덮고 그 위에 앉아 있었다—찰스 다윈에서 출발해 BBC에서 방영된 〈오만과 편견〉의 베넷 씨를 거쳐 가해 용의자로 유머러스하게 점점 변신하는 동안.

이후에는 그가 샤워할 수 있게 밖으로 나와 거실에 앉아서 커피테이블 아래 떨어져 있던 책을 읽었다. 욕실에서 흘러나오는 소리 아니면 내 상상이 만들어낸 물 흐르는 소리와 수증기와 비누 냄새에 대해 생각하지 않으려 애썼다. 그가 뭘 하고 있을지 궁금했다. 그가 뭘 하고 있을지 너무 구체적으로 궁금해져서, 그가 샤워를 끝냈으리라 확신이 들 때까지 아침거리와 냉장고를 채울 식료품을 사러 나가 있었다.

대화를 나누다보니 집으로 가기에는 너무 늦은 시간이 되어버렸다. 패트릭은 내게 침대를 내어주고 소파에서 잤다.

+

날이 밝자 배터시공원을 지나 첼시 다리를 건너 벨그레이비 아까지 걸어갔다. 이모가 문을 열어줬는데 우리가 같이 와서 놀란 것 같았다. 우리가 외투를 벗는 동안 이모는 뭔가 말하려는 눈치였지만, 오늘따라 내 헤어스타일이 예쁘다는 말로 끝맺었다.

점심 전에 주방으로 들어가니 이모가 좌석표를 다시 놓고 있었다. 그제야 잉그리드를 보았는데, 그녀가 편히 드나들 수 있도록 맨 끝자리를 주는 게 낫겠다는 생각이 들었다고 했다. 그녀는 당시 임신 36주 차로, 토블론 초콜릿 때문에 살이 어마어마하게 쪘다.

이모는 다리가 어처구니없이 얇은 식탁 의자보다는 튼튼한 의자가 잉그리드에게 좀더 편하지 않을까 싶다고 말을 이었다.

그러면서 잉그리드에게 물어봐달라고 했다. "그 말을 듣고 기분 나빠하지는 않겠지?" 이모는 말하며 진주목걸이를 만지작거렸다.

잉그리드는 기분 나빠하며 쿠션을 하나 더 얹어주겠다는 말에도 불구하고 튼튼한 의자에 앉지 않겠다고 거부했다. 다들 자리에 앉는 동안 그녀는 이슬을 억지로라도 내비쳐 해미시에게서 빼앗다시피 한 다리가 얇은 의자 자리를 더럽혀보겠다고 말했다. 해미시는 패트릭 옆자리에 앉아 있었는데, 가짜로 힘을 주려는 노력이 우리 모두에게 재미있게 느껴지기는 하지만, 별로 좋은 생각이 아닌 것 같다고 말하며 동의를 구하듯 그를 흘끗 보았다.

그녀는 웃음을 터뜨렸다. "힘을 주는 척한다고 이슬이 비치지는 않아.”

그는 패트릭을 다시 쳐다보며 진짜냐고 물었다.

잉그리그가 말했다. “패트릭은 의사가 된 지 십 분밖에 안 됐어, 해미시. 그런데 뭘 알겠어. 기분 나쁘게 듣지는 마, 패트릭.”

“지금 전공의야, 여보.”

“그래, 알겠어. 그게 무슨 차이인지는 모르겠지만 이슬이 비치지 않게 단단히 막고 있을게.”

“이슬 얘기는 이제 그만하면 정말 고맙겠는데.” 그녀 옆에 앉아 있던 제서민이 말하며 자리에서 일어났다.

잠시 후 이모부가 들어와 제서민의 자리에 앉았다. 그는 자신의 일관성 없는 기준에 따르면 과하다고 볼 수 없는 비용을 쏟아부어 수차례의 화학요법과 투석과 최첨단 수술을 동원해 바그녀를 하느님의 애초 의도보다 훨씬 오랫동안 곁에 붙잡아뒀다가 얼마 전에야 녀석을 대체할 휘핏 남매를 데려온 참이었다.

이제 이모부는 패트릭에게 휘핏 남매의 신경성 배뇨장애에 대해 ‘의대생으로서’ 어떻게 생각하느냐며 조언을 청했다. 그러자 잉그리드가 그는 이제 의대생이 아니라 전공의라고 정정하고 자리에서 일어나더니, 속이 안 좋아서 이층에 올라가 좀 누워야겠다고 했다. 나는 그녀와 함께 올라가 잠이 들 때까지 곁을 지켰다. 내려와보니 다들 산책 나가고 없었다. 이모의 피아노 앞에 앉아 연주를 좀 해보려는데 잉그리드에게서 문자가 왔다. “망할, 올라와서 해미시한테 전화해줘.”

잉그리드는 제서민의 욕실 세면대 앞에 꿇어앉아 있었는데, 세면대를 벽에서 떼어내기라도 하려는 것처럼 가장자리를 잡아당기고 있었다. 주변의 바닥이 축축했고 그녀는 울고 있었다. 그녀가 나를 보며 말했다. "화내지 마. 아까 그건 농담이었어. 농담이었다고."

나는 다가가 그녀 옆에 무릎을 꿇고 앉았다. 잉그리드는 세면대에서 손을 놓고 옆으로 웅크리고 누워 내 무릎에 머리를 뉘었다. 나는 해미시에게 전화했다. 이제 끊어야겠다고 할 때까지 그는 오케이, 오케이, 오케이, 오케이, 오케이라고 반복했다. 진통이 시작됐다. 잉그리드의 몸이 감전된 사람처럼 뻣뻣해졌다. 그녀는 이를 악물고 말했다. "언니, 멈추게 해줘. 나 아직 준비가 안 됐어. 아기가 너무 작을 거야." 진통이 가시자마자 그녀는 나에게 가서 출산을 늦추는 방법을 검색해달라고 했다. "생일을 망칠 거 아냐." 그녀는 우는지 웃는지 모를 표정으로 말했다. "부탁이야. 이러다가 선물을 한 번에 다 받겠어."

위키피디아에는 아무 정보가 없었다. 나는 〈데일리 메일〉 연예면 기사를 읽어줄 테니 들으면서 머리를 비우겠느냐고 물었다. 그녀는 내 손에 들린 휴대전화를 쳐서 떨어뜨리며 꺼지라고 하더니 얼른 다시 주우라고 비명을 질렀다. 진통이 다시 시작됐다며 시간인지 간격인지를 재야 한다는 것이었다.

얼마 동안 둘이서 그러고 있었는지 모르겠다. 나는 괜찮을 거라고 달래며 정말 괜찮기를, 내 동생과 아기에게 아무 일도 없기를 간절히 바랐다. 간격이 점점 짧아지며 진통이 계속 이어지자 잉그리드는 괴로움에 흐느끼면서 이러다 죽을 것 같다고 했다. 그녀가 몸을 일으켜 네 발로 엎드려 뭔가가 몸 밖으로 빠져나온다고 비명을 지를 때 해미시가 들어왔다.

나는 패트릭이 같이 올 거라는 생각은 못했는데, 그가 먼저 들어왔다. 나는 그에게 방해가 되지 않도록 밖으로 나와 해미시 옆에 섰다. 해미시는 잉그리드가 그를 보자마자 이제 꼴도 보기 싫다고 한 탓에 욕실 문 앞에서 멈춰 선 참이었다.

패트릭이 뭐가 어떻게 되고 있는지 확인해봐야겠다고 말했다. 잉그리드가 말했다. "꺼져, 패트릭. 미안하지만 온 가족의 친구인 네 앞에서 다리를 벌릴 수는 없어."

해미시는 누구라도 얼른 들여다봐야 할 것 같다고, 가뜩이나 구급차를 부를 생각을 미처 못했다는 사실을 방금 깨달았다고 그녀에게 말했다.

패트릭이 구급차를 불렀지만, 뭔가가 느껴진다면 구급차가 도착할 때까지 기다릴 수 없다고 잉그리드에게 말했다.

"그럼 언니한테 맡겨." 잉그리드가 말했다. "언니가 하면 되잖아. 네가 언니한테 어떻게 하면 되는지 알려줘."

나는 자궁경관을 살피고 싶은 마음이 추호도 없었기에 고개를 저어주길 바라며 패트릭을 보았지만 그의 표정이 너무도 근엄해서 나도 모르게 이미 그에게 다가가고 있었다.

패트릭은 해미시에게 가서 가위를 가져오라고 한 뒤, 빌어먹을 마취제도 없이 바닥에서 제왕절개를 하려는 건 아니니 걱정 말라며 순간 겁에 질린 그녀를 달랬다.

분명 그녀의 몸에서 뭔가가 빠져나오고 있었다. 내가 어떻게 생겼는지 설명하기 시작하자 잉그리드는 숨과 숨 사이에 망할 그림 카드를 설명하듯이 패트릭에게 전할 필요는 없지 않냐며 나더러 비키라고 했다.

그 말을 끝으로 잉그리드는 손을 바닥에서 떼고 윗몸을 일으키며 짐승처럼 길게 신음을 토했다. 이때 해미시가 욕실로 돌아와 믿기 어려울 만큼 조그맣고 성이 난 아기를 직접 낳는 광경을 보았다. 그는 창백해진 얼굴로 벽을 향해 휘청거렸고, 가져온 가위를 달라는 패트릭의 말에 곧바로 반응하지 못했다. 그는 이것밖에 못 찾았다며 미안해했다. "이모님의 바느질 방에 있던 거야."

구부정한 자세로 아기를 안고 있던 잉그리드가 말했다. "맙소사. 안 돼, 해미시. 그건 핑킹가위잖아. 그렇지, 패트릭?"

그는 그 가위도 괜찮다고 했다.

잉그리드는 애원의 눈빛으로 나를 보았다. 나는 그걸로도 충분히 괜찮을 거라고 말하며 고개를 돌리려 했다. 바닥에 쏟아진 피가 너무 많아 거기에 질렸기 때문이었다. 그러나 패트릭은 계속 연습해온 루틴이라도 되는 듯 빠른 연결 동작으로 묵묵히 아이를 받아서 탯줄을 끊고 동생의 품에 돌려줬다. 나는 그 자리에 얼어붙어 있었다. 가서 수건을 좀더 갖다달라는 패트릭의 말소리가 머릿속에서 메아리쳤을 때야 나가서 수건을 있는 대로 챙겨 왔다.

잉그리드는 그중 한 장으로 낑낑대며 아이를 감싸고 울음을 터뜨렸다. 그녀가 패트릭에게 말했다. "나 때문에 얘가 다친 건 아니겠지? 너무 작잖아. 벌써 태어나면 안 되는데." 그녀는 우리에게 개인적으로 죄를 짓기라도 한 것처럼 패트릭과 나와 해미시를 연달아 쳐다보며 "미안해, 정말 미안해"라고 했다. 그녀가 고개를 숙이고 아기에게 사과하자 내 눈에 눈물이 고이는 게 느껴졌다.

패트릭이 말했다. "잉그리드, 이 아이는 어떻게든 태어날 운명이었어. 네가 잘못한 건 하나도 없어."

그녀는 고개를 끄덕였지만 그의 눈을 피했다.

패트릭이 말했다. "잉그리드?"

"응." 그녀가 고개를 들었다.

"나 믿지?"

"응."

"좋아." 패트릭은 내가 들고 있던 나머지 수건들로 그녀의 어깨를 두르고 다리를 덮었다. 내 동생—평생 그녀를 그때처럼 강렬하게 사랑한 적은 없었다—은 한쪽 뺨을 닦고 애써 미소 지었다. "언니, 이거 이모가 아끼는 수건이면 좋겠다." 그녀는 계속 울고 있었지만, 갑자기 모든 게 괜찮아진 것도 같았다.

206

해미시가 나가서 구급대원을 맞이하는 동안 패트릭과 나는 그녀의 곁을 지켰다. 내가 됐다고 하는데도 그녀는 내 품에 아기를 안겼다. 그러자 나는 새털처럼 가벼운 이 녀석에 대한 격렬한 사랑에 그대로 취해버렸다. 패트릭을 앞에 두고 그녀가 물었다. "진짜로 애 안 낳고 싶어?"

"딱 이런 아기를 낳고 싶은데, 네가 낳았으니까 나는 그냥 없이 살아야겠네."

패트릭이 내 품에 안긴 아기를 보며 말했다. "귀엽다, 잉그리드."

해미시가 바퀴 달린 들것을 함께 든 진녹색 유니폼 차림의 남자와 여자를 데리고 돌아왔다. 산책 나갔던 사람들이 모두 돌아온 일층에는 통제된 아수라장이 펼쳐졌지만, 나갔다가 돌아오면 다시금 충격에 휩싸일 수밖에 없는 여기에 비하면 아무것도 아니라고 했다.

그는 다가와 아들의 이마를 살짝 쓰다듬고는 들것에 누운 잉그리드에게 말했다. "애 이름을 패트릭이라고 해야겠는데?"

잉그리드는 베개 위에서 고개를 돌려, 수건을 밟아 이리저리 움직이며 바닥 타일에 핏자국을 더 넓게 퍼뜨리는 패트릭을 쳐다보았다. 그러고는 해미시에게 자기가 패트릭이라는 이름을 좋아하는 편이라면 그렇게 하겠지만 안타깝게도 그렇지 않다고 했다. 구급대원들이 들것을 문 쪽으로 밀기 시작했다. 들것이 패트릭 앞을 지나가자 잉그리드가 손을 내밀어 그의 팔을 잡았다. 알맞은 표현을 찾기라도 하듯 잠깐 그렇게 잡고 있다가 말했다. "바닥 청소를 아주 잘하네."

+

잠시 후 패트릭과 나만 남았다. 나는 욕조 가장자리에 걸터앉아서 그에게 그만 포기하라고 했다—여전히 기계 사고가 일어난 현장 같아 보이는데다 어차피 이모가 타일을 뜯어낼 거라고.

패트릭이 다가와 옆에 앉았다. 그런 상황에서 아기를 받으려니 무서웠냐고 물었다.

그는 중요한 건 상황이 아니었다고 했다. "그냥, 출산 참관은 수도 없이 했지만 직접 아이를 받은 적은," 그게 말이지, 그가 말했다. "한 번도 없었거든."

우리가 대화를 나누는데 이모가 열려 있는 문을 두드리고 안으로 고개를 들이밀더니 유난히 많은 피를 흘린 내전이 일어났던 전장 같다고 했다. 그녀는 다른 욕실에 우리가 갈아입을 옷과 "수건과 기타 등등"이 준비되어 있다고 알려준 뒤 자기는 가서 고무장갑을 가져와야겠다는 말과 함께 슬픈 눈빛으로 바닥을 내려다보며 "저걸 치울 쓰레기봉투도"라고 말했다. 근래 가장 마음에 들었던 타일인데, 라면서.

✛

나는 한참 동안 샤워를 하고, 욕실 의자에 개켜놓은 옷으로 갈아입고, 잉그리드에게 답장을 받지 못할 문자를 보내느라 미적거린 다음 일층으로 내려갔다. 모두 주방에 있었다. 해미시가 통제된 아수라장이라고 했던 상황은 이제 극에 달해 있었다. 아버지와 이모부가 주방 양끝에서 대화를 나누고 있었는데, 주제는 알 수 없었다. 아버지는 흥분 상태였고 이모부는 짜증이 난 게 분명했다. 개들이 왈왈대며 이모부의 발목 주변을 빙글빙글 뛰어다녔다. 이모는 냄비를 설거지하는 중이었고 제서민은 식기세척기와 조금 떨어진 곳에서 그릇을 넣다보니 사기그릇끼리 부딪치는 소리가 한 번씩 들려오는 바람에 두 사람 다 언성을 높일 수밖에 없었다. 니컬러스와 올리버는 밖으로 나가 마당에서 담배를 피우고 있었다. 잊을 만하면 제서민이 둘에게 들어와서 좀 도우라고 소리를 질렀다. 그럴 때마다 그녀는 젖은 손으로 싱크대 위에 달린 창문을 열려 했고, 열리지 않으면 주먹으로 쾅쾅 두드렸다. 어머니는 식탁 의자에 라이자

미넬리*처럼 앉아서 그녀를 보는 사람이 나밖에 없는데도 공연 같은 걸 하고 있었다.

패트릭은 거기 없었다. 내게 아주 산뜻해 보인다고 말하는 이모에게 다가가 패트릭은 어디 있는지 물었다. 이모는 나갔다고, 어디로 갔는지는 모르겠다고 했다.

나는 택시를 잡아타고 그의 집으로 갔다. 그가 거기 있을지, 있으면 무슨 말을 해야 할지 알 수 없었지만 같이 있고 싶은 사람은 패트릭뿐이었다.

---

* 〈카바레〉로 아카데미 여우주연상을 수상한 미국 영화배우.

나는 이모의 옷을 입은 채 도착했다. 문을 열어준 패트릭도 아직 이모부의 옷을 입고 있었다. 그는 차 한잔 마시겠느냐고 물었다. 나는 좋다고 한 뒤 물이 끓길 기다리는 동안 그에게 사랑한다고 고백했다. 패트릭은 몸을 돌려 싱크대에 몸을 기댄 채 느슨하게 팔짱을 끼고 자기와 결혼해달라고 했다.

나는 싫다고 했다. "그런 의미로 한 말은 아니야. 네가 떠나기 전처럼 그렇게 많은 시간을 함께 보내면 안 될 것 같아서 말한 거야. 그때는 네 여자친구가 된 느낌이었는데, 너랑 항상 붙어 있는 게 나한테 좋지는 않거든. 내가 네 여자친구였다 해도 발전할 수 없는 관계였으니까. 내가 아무리—" 나는 식탁 모서리를 만지작거렸다. "—너랑 늘 붙어 있고 싶다고 해도."

패트릭은 같은 자세였다. "나는 네가 나랑 늘 붙어 있으면 좋겠는데."

그가 이렇게 말하자 몸속이 갑자기 따뜻한 물로 가득 채워진 것 같은 기분이었다.

그렇다면, 그가 말을 이었다. "간단하네."

"하지만 그렇지 않아. 내가 말했잖아, 너랑 결혼할 수 없다고."

그는 왜 안 되는지 물었다. 그러면서 동요하지 않은 표정으로 손을 뒤로 돌려 셔츠 자락을 허리춤에 넣었다.

"왜냐하면 너는 아이를 원하는데 나는 아니니까."

"내가 아이를 원하는지 아닌지 어떻게 알아? 이 문제에 대해서 대화를 나눈 적도 없는데."

"테이트미술관에서 그랬잖아. 너는 항상 네게 아이가 있을 거라 상상해왔다고."

"그렇다고 아이를 간절히 바라는 건 아니지."

"나는 방금 전 네가 아이를 받는 모습을 봤어, 패트릭. 누가 봐도 알겠더라. 너는 아이를 원해. 그러니까 너는 나랑 결혼하든지 다른 여자와 결혼해 아이를 낳든지 소피의 선택*을 해야 할 거야." 나를 아는 사람들과 나를 모르는 사람들 모두에게

---

* 어느 쪽을 골라도 고통스러운 두 가지 선택지 중 하나를 골라야 하는 상황을 비유적으로 이르는 표현이다. 윌리엄 스타이런의 장편소설 『소피의 선택』에서 독일 장교의 눈에 띈 폴란드인 주인공 소피가 딸과 아들 중 한 아이를 아우슈비츠로 보내야 하는 상황을 직면한 대목에서 유래했다.

수도 없이 들은 말을 그가 반복하지 못하도록 나는 하던 얘기를 계속했다. "내 생각은 바뀌지 않아. 진짜야, 바뀔 일 없어. 그러니까 나 때문에 네가 아빠가 못 되는 건 싫어."

"재밌네. 알았어." 패트릭은 다시 차를 끓이는 데 집중했다. 그는 찻잔을 들고 와서 내 앞에 놓았다. 티백은 이미 건져냈다. 티백을 담가놓으면 내가 반쯤 가라앉은 찌꺼기가 입안에 들어가지 않게 조심해가며 갠지스 강물을 마시려는 것처럼 느낀다는 걸 패트릭도 알기 때문이었다.

내가 고맙다고 하자 그는 좀전에 서 있던 자리로 돌아갔다. 싱크대에 다시 몸을 기대고 팔짱을 꼈다. "중요한 건, 너에 대한 내 마음은 절대 바뀌지 않는다는 거야." 그는 『소피의 선택』을 읽은 적은 없지만 어떤 뜻에서 비유한 건지는 알겠다고 했다. "그리고 이건 불가능한 결정이 아니야, 마사. 결정하고 말고 할 것도 없어. 내가 아이를 원하든 그렇지 않든, 너를 원하는 마음이 더 크니까."

나는 그냥 "그래, 뭐" 하고는 머그잔 테두리를 쓸었다. 나를 그토록 원한다니 기분이 묘했다. 뭐, 나는 다시 말했다. "그리고 내 성향상의 문제도 있어."

"어떤 성향?"

"정신병적 성향."

"마사." 그가 내 이름을 부르는데, 처음으로 못마땅해하는 기미가 느껴졌다. 나는 그를 흘끗 올려다보았다. "너는 정신이

상자가 아니야."

"지금은 아니지. 하지만 그런 상태일 때 내가 어떤지 너도 봤잖아."

그 여름날. 점심시간에 그가 나를 데리러 골드호크 로드로 왔다. 나는 기괴한 꿈을 연달아 꾸었는데, 눈을 뜬 뒤에도 그 꿈이 물리적인 실체처럼 방안에 남아 있는 것 같아 겁에 질려 일어나지 못하고 계속 침대에 누워 있었다. 어떤 증상의 시작이라는 걸 알 수 있었다.

패트릭이 문을 두드리고는 들어가도 되느냐고 물었다. 나는 우느라 숨이 막혀서 아무 대답도 할 수 없었다.

그가 들어와 내 이마를 짚어보더니 물을 좀 가져오겠다고 했다. 돌아와서는 영화 한 편 보겠느냐며ㅡ나는 분명히 기억한다ㅡ내 옆에 "그러니까 다리를 올려놓고" 앉아도 괜찮은지 물었다. 나는 옆으로 살짝 자리를 옮겼고, 그는 내 노트북으로 영화를 고르며 말했다. "몸이 안 좋아서 어떡하냐." 패트릭과 알고 지낸 지 오래였다. 그 대부분의 시간 동안ㅡ당시에도, 여전히 가끔은ㅡ내가 옆에 있기만 해도 그는 어색해했다. 그런데 이번엔 침착하기 그지없었다.

그는 하루종일 내 곁을 지키고 그날 밤에 바닥에서 잤다. 아침이 되자 나는 멀쩡해졌다. 그 증상이 벌써 지나간 것이었다. 우리는 수영장에 갔다. 패트릭은 수영장을 여러 번 왕복했고, 나는 책을 든 채 그를 지켜보았다. 두 팔을 반복적으로 젓고 고개를 돌리고 물살을 가르며 끝없이 전진하는 그의 모습에 넋을 잃었다. 그후 나는 그의 차를 타고 집으로 돌아오면서 이상하게 굴어 미안하다고 사과했다. 그는 말했다. "누구나 컨디션이 안 좋은 날이 있잖아."

그날 그가 주방에서 누구나 컨디션이 안 좋은 날이 있지 않냐고 같은 말을 반복한 게 의도적이었는지는 잘 모르겠다. "그리고 네가 진짜 그렇더라도 상관없어. 정신병이 있다고 해도," 그는 말했다. "그게 치명적인 결격사유는 아니니까. 그게 너라면."

나는 고개를 숙인 채 다시 식탁 모서리를 만지작거렸다. "비스킷 하나 먹어도 될까?"

그가 말했다. "응, 금방 갖다줄게. 고개 들면 안 될까, 마사?" 나는 고개를 들었다. 우리는 같은 대화를 반복했다. 나는 우리가 만나면 안 된다고, 그는 자기와 결혼해달라고 했다. 그때 평소처럼 손을 주머니에 넣고 말해서 나는 웃음이 터졌다. 너무 그다웠다. 정말 패트릭다웠다.

나는 말했다. "진심이면 무릎을 꿇어야 하는 거 아니야?"

"그럼 네가 질색할 테니까."

나는 질색했을 것이었다.

"좋아."

"좋다니 뭐가?"

"너랑 결혼하겠다고."

"그래, 좋아." 패트릭은 말했지만 놀라서 움직이지 못했다. 내가 먼저 자리에서 일어난 다음에야 그가 다가와 내 앞에 서더니 어떨 것 같냐며 내 의견을 물었다—"그러니까"라며 뜸을 들이는 것으로 보았을 때 키스를 말하는 거였다.

나는 어마어마하게 불편할 것 같다고 했다.

"맞아. 나도 마찬가지야. 그러니까 우리—"

"해치워버리자." 나는 그에게 입을 맞췄다. 이상했고 놀라웠고 꽤 길었다.

입술을 떼며 패트릭이 말했다. "그러니까 나는 악수하자고 말하려던 건데."

누군가의 눈을 들여다보는 건 어려운 일이다. 사랑하는 사람의 눈이라 하더라도 간파당하는 느낌이 들기에 계속 들여다보기가 쉽지 않다. 어떤 면에서는 들통나는 느낌도 든다. 그러나 키스하는 동안에는 청혼에 승낙한 것, 그리고 내가 원하는 걸 가지려고 패트릭에게서 뭔가를 빼앗아오고서 그렇게 행복해하는 것에 대해 죄책감을 느끼지 않았다.

그는 아직도 비스킷이 먹고 싶냐고 물었다. 나는 아니라고 했다.

"그럼 이리 와봐. 너를 위해서 준비한 게 있거든." 그는 오래전부터 주고 싶었던 게 있는데, 이제 내 덕분에 지구상에서 가장 행복한 남자가 됐으니 가서 그걸 가져와야겠다고 했다.

나는 그가 손을 잡고 이끄는 대로 방으로 들어갔다. 그의 어머니가 남긴 결혼반지일 거라 생각했다. 그가 서랍에서 그걸 찾는 동안 서서 기다리는데, 받고 싶지 않다는 생각이 점점 더 커졌다.

그가 말했다. "상태가 별로 안 좋을 수도 있어. 한참을 처박아뒀거든. 게다가 안 맞을 수도 있겠다." 나는 양손을 부여잡고 그냥 네가 가지고 있으라고 말할 수 있는 마지막 몇 초를 그냥 흘려보내며―그렇게 소중한 물건인데, 그가 사랑했고 나를 싫어했을 것 같은 여인의 유품인데―말없이 왼쪽 손등을 문지르기만 했다. 그렇게 하면 이미 끼고 있는 반지를 뺄 수 있기라도 한 것처럼.

상자를 찾은 그가 고무줄을 꺼냈다. 두 손가락 사이에 들고는 앞으로 내밀었다. 놀라웠다. 패트릭이 말했다. "알고 보니 마사, 내가 전에는 다르게 말했는지 몰라도 십오 년 동안 너를 사랑했더라고. 네가 이걸 내 팔에 뱉은 순간부터." 내 교정기에 달려 있던 고무줄이었다.

그는 내 손을 잡고 그걸 끼워주려 했고, 결국 늘려서 내 손가락에 밀어넣는 데 성공했다. 나는 내 손을 쳐다보며 절대 빼지 않겠다고 했다. 벌써부터 피가 잘 통하지 않았지만. 그는 다시 내게 입을 맞췄다. 잠시 후 내가 말했다. "그냥 확인하고 싶어서. 그때 내가 나를 사랑하느냐고 물었을 때―"

"아주 많이." 그가 말했다. "아주 많이 사랑하고 있었어."

나는 그날 밤 패트릭과 잘 수 없다고, 조금 있으면 헤더가 돌아올 텐데 옆방에 그녀가 있는 건 싫다고 말했다. 그는 알맞은 상대가 나타날 때까지 아껴왔으니 자기도 그건 싫다며 나를 골드호크 로드까지 데려다주겠다고 했다.

차에서 안전벨트를 매며 패트릭이 말했다. "처음엔 형편없을 거야. 너도 알지?"

"알지."

"왜냐하면 한 십 년 동안 생각을 너무 많이 했거든."

나는 '생각을 너무 많이 한다'는 그 말이 싫다고, 내가 그렇다며 사람들이 나무랐기 때문이라고 말했다. "내가 보기에는 사람들이 모든 일에서 생각을 너무 안 하는데 말이지. 하지만 대놓고 얘기하지는 않아. 예의 없어 보일 테니까."

그래, 알았어. 패트릭이 말했다. "이 대화에서 확실하게 짚고 넘어갈 가장 중요한 부분은 그거야. 우리의 성생활을 어떤 식으로 타협할지가 아니라." 그러고는 시동을 걸었다.

"나는 그 표현도 싫어."

나도, 그가 말했다. "내가 그 표현을 왜 썼는지 모르겠네."

몇 년 뒤 어느 날, 어머니는 내게 말할 것이다. 결혼이란 그 자체로 하나의 세계이기에, 밖에서 보면 어떤 결혼도 말이 안 된다고. 그 무렵 우리의 결혼은 끝장나 있어서 나는 그녀의 말을 그냥 일축해버릴 것이다. 하지만 부모님의 집 앞에서 헤어지기 전, 나를 두 팔로 감싸안은 패트릭의 목덜미에 얼굴을 묻고 있던 순간에는 어머니의 말이 맞게 느껴졌다. 그와 달리 나는 사랑한다고 제대로 표현하지 않았지만, 안으로 들어가기 전에 "고마워, 패트릭"이라고 말하며 그 의미를 담았다.

우리는 다음날 잉그리드를 보러 병원에 갔다. 우리 부모님, 이모와 이모부는 이미 해미시와 함께 와 있어서 의자가 많고 비좁은 병실이 북적거렸다.

다들 갈 채비를 하는데 패트릭이 말했다. "여러분, 빨리 말씀 드릴게요. 어젯밤 제가 마사한테 청혼하고 승낙을 받았어요."

세상에, 드디어, 잉그리드가 말했다. "계속 저 둘이, 저 둘이 과연, 이런 상황이었는데." 아버지는 방금 우승을 확정 지은 사람처럼 의기양양하게 두 주먹을 불끈 쥐고 그 많은 의자를 헤치며 우리 쪽으로 오려고 했다. "옴짝달싹 못하겠네. 롤런드— 옆으로 좀 비켜줘요, 미래의 사위와 악수해야겠으니." 패트릭이 아버지가 있는 쪽으로 건너가서 나는 잠깐 혼자 남겨졌다.

잉그리드가 말했다. "해미시, 언니 좀 안아줘. 나는 일어날 수가 없어." 내가 그의 뻣뻣한 포옹을 받는 동안 어머니가 말했다. "저 둘이 이미 약혼한 줄 알았는데. 내가 왜 그랬지?"

해미시가 나를 놓자 아버지가 말했다. "상관없어. 이제 약혼했으니까. 어떻게 생각해요, 처형?"

이모는 환상적이라고, 덕분에 모든 게 아주 깔끔해졌다고 했다. 그리고 원한다면 벨그레이비아에서 결혼식을 올려도 환영이라고 했다. 옆에서 이모부가 말했다. "자네가 5만 파운드를 감당할 여력이 있으면 좋겠군, 패트릭. 결혼이라는 게 빌어먹게 돈이 많이 드는 일이거든."

마침내 내 앞에 다다른 아버지는 한참 동안 나를 으스러져라 끌어안고 있었다. 급기야 잉그리드가 말했다. "다들 이제 좀 나가주실래요?" 그러자 해미시가 우리를 배웅했다.

✛

패트릭과 나는 다시 그의 집으로 갔다. 식탁 위에 헤더가 남긴 쪽지가 있었다. 어디 갔다가 주말에나 돌아올 거라는 내용이었다. 나는 그의 어깨 너머로 쪽지를 읽었다. 그가 말했다. "내가 시킨 거 아니야. 먼저 차 한잔 마실래? 아니면 다른 거라도."

나는 나중에 보상으로 마시자고 하고 티셔츠를 벗었다.

패트릭은 영국 역사상 최악의 섹스를 치른 것은 아니었을지 궁금해했다. 그뒤로 몇 분 동안 그는 마취제 없이 가벼운 시술을 견디는 사람처럼 굳은 표정을 짓고 있었다. 나는 계속 잡담을 재잘거렸다. 우리는 곧바로 침대에서 빠져나와 서로 등을 돌린 채 옷을 입었다.

나는 주방에서 차를 마시며 패트릭에게 끔찍한 파티 같았다고 말했다.

그는 기대가 컸는데 실망했다는 뜻이냐고 물었다.

나는 아니라고 했다. "느낀 사람이 딱 한 명뿐이라서."

두번째 섹스는 둘 다 동의했다시피 계속할 만한 동기가 되었다.

세번째 했을 때는 우리의 몸이 녹아서 다른 것으로 빚어지는 기분이었다. 이후에 우리는 어두컴컴한 방안에 얼굴을 마주하고 한참 동안 아무 말 없이 누워서 배를 맞대고 같은 패턴으로 숨을 쉬었다. 그렇게 잠들고 그렇게 눈을 떴다. 평생 가장 행복한 때였다.

아침에 샤워하고 나오면 패트릭은 제일 먼저 시계를 찬다.

욕실에서 몸을 닦고 수건은 두고 나온다. 그러면 다시 들어가서 수건을 걸 필요가 없으니 좀더 효율적이라고 한다. 그가 처음 내 앞에서 이 루틴을 실행하며 방안으로 들어와 서랍장과 옷장 사이를 돌아다닐 때 나는 침대에 누운 채였다. 그는 시계만 찬 알몸이었다. 나는 그가 알아차리고 뭐가 그렇게 재밌냐고 묻기 전까지 최대한 오래 그를 관찰했다.

나는 물었다. "지금 몇시인지 알아, 패트릭?"

그는 안다고 대답하고는 다시 서랍장 앞으로 갔다.

자기는 상대방의 다리만 본다고 말하는 남자들이 있다. 가슴만 본다는 남자도. 나는 패트릭을 만나고 내가 진정한 어깨만 보는 사람이라는 걸 알게 되었다. 나는 보기 좋은 삼각근을 사랑한다.

네번째, 다섯번째는……

+

잉그리드가 패트릭과의 잠자리는 어땠는지 궁금해했다. 우리는 그녀의 집 근처 공원으로 걸어가는 중이었다. 어마어마하게 추웠지만 그녀는 퇴원한 뒤로 집안에만 있어서 산소 부족으로 정신이 혼미한 것 같다고 했다. 그녀는 유아차를 밀고 있었다. 나는 그 집 소파의 무거운 쿠션을 안고 있었는데, 잉그리드가 그 쿠션—오로지 그 쿠션—을 아이 밑에 받쳐야 수유할 때 아프지 않다고 했기 때문이다. 앉을 만한 데를 찾자 그녀는 수유를 준비하며 말했다. "하나만 얘기해줘. 응?"

나는 거부했지만 그녀가 계속 묻는 바람에 마음이 약해졌다. "그럴 수 있을 줄 몰랐어." 나는 그게 그걸 위한 건지 몰랐다고 했다. "끝나고 느껴지는 기분 말이야. 그게 섹스의 존재 이유라는 걸 몰랐어."

그녀는 잘됐다고 했다. "하지만 내가 듣고 싶었던 건 실질적인 디테일인데."

집으로 돌아가는 길에 잉그리드가 말했다. "뭣 때문에 열받는지 알아? 길을 건너다 내가 차에 치여 죽으면 신문에 생후 며칠 된 아이의 엄마가 악명 높은 사거리에서 죽었다고 소개될 거 아냐. 어쩌다보니 아이와 있던 사람이 악명 높은 사거리에서 죽었다고 하면 안 되는 이유가 도대체 뭐야?"

"그래야 더 슬프잖아." 내가 말했다. "아이 엄마가 죽었다고 해야."

"더 슬프진 않아." 잉그리드가 말했다. "내가 죽었잖아. 그게 가장 슬픈 일이지. 하지만 나는 이제 다른 사람과의 관계 속에서만 존재해. 해미시는 여전히 한 명의 인간으로 여겨지고. 고마워라. 놀라워라."

나는 유아차를 안으로 들이는 걸 돕고 소파를 다시 정리하고 차를 끓이러 갔다. 주방에서 나와보니 아이가 다시 젖을 먹고 있었다. 잉그리드는 아이의 정수리에 입을 맞추고 고개를 들었다. 잠시 머뭇거리다가 나에게 말했다. "언니랑 패트릭도 아이를 낳아야 한다고 봐. 미안. 언니가 엄마가 되고 싶어하지 않는다는 걸 알지만 그래도. 패트릭은 조너선이 아니잖아. 패트릭이랑은—"

"잉그리드."

"그냥 그렇지 않겠냐는 거야. 그라면 정말 좋은—"

"잉그리드."

"그리고 언니도 할 수 있어. 내가 장담해. 딱히 어려운 일도 아니야. 아니, 날 좀 봐." 그녀는 후줄근한 옷, 부푼 가슴, 여기저기 축축한 얼룩이 묻은 쿠션을 가리키며 웃는 듯하다가 울 것 같은 얼굴이 되더니 결국 그냥 피곤한 표정을 지었다.

나는 생일 선물로 뭘 받고 싶냐고 물었다.

잉그리드가 물었다. "내 생일이 언젠데?"

나는 내일이라고 말했다.

"그렇다면 소금 감초사탕 한 봉지. 이케아에서 파는 걸로."

아기가 꿈틀대며 입을 뗐다. 잉그리드는 작게 비명을 지르며 가슴을 손으로 덮었다. 나는 그녀가 쿠션을 돌릴 수 있게 거들었고, 아기가 다시 젖을 물었을 때 크로이던까지 가지 않고 더 가까운 데서 파는 감초사탕을 사줘도 되느냐고 물었다. 그러자 그녀가 울음을 터뜨리더니 흐느끼며 말했다. 나는 밤마다 오십 번씩 일어나 사백 개의 칼이 젖꼭지를 찌르는 느낌을 참아가며 두 시간 간격으로 한 시간 오십구 분 동안 젖을 먹여야 하는 게 어떤 심정인지 알면, 그러면 있잖아, 응? 그냥 동생이 특별히 좋아하는 감초사탕을 사다줄 거야.

나는 동생의 집에서 곧장 크로이던으로 갔고, 95파운드어치의 소금 감초사탕을 파란 봉투에 담아서 다음날 카드와 함께 계단에 두고 왔다. 카드에는 "이 세상에서 가장 훌륭한 엄마이자 딸이자 중간직 공무원의 아내이자 이웃이자 가게 손님이자 직원이자 지방세 납세자이자 도로 무단횡단자이자 NHS* 최근 가입자이자 언니의 온 우주인 너의 생일을 축하해"라고 적었다.

며칠 뒤 잉그리드가 세 봉을 먹었더니 꼴도 보기 싫어졌다고 문자를 보냈다. 그러고는 스타벅스 컵을 들고 있는 손을 찍어 사진을 보냈다. 주문을 받은 직원은 그녀의 이름을 묻지도 않고 컵에 **유아차를 밀고 오신 분**이라고 적었다.

---

* National Health Service의 약자로, 영국 공공 의료 서비스인 국민 건강 보험을 뜻한다.

우리는 3월에 결혼했다. 결혼식에서 내가 제단 앞으로 걸어가 패트릭 옆에 섰을 때 목사가 맨 처음 한 말은 이것이었다. "혹시 화장실이 급한 분은 제의실을 지나 오른쪽으로 가시면 됩니다." 그는 비상구 위치를 알려주는 항공기 승무원처럼 손짓했다. 패트릭이 내 쪽으로 고개를 기울이고 조그맣게 속삭였다. "나는 좀 참아볼까 해."

목사가 두번째로 한 말은 이것이었다. "오늘 이날이 오기까지 다소 오랜 시간이 걸렸군요."

나는 소매가 달린 하이넥 드레스를 입었다. 톱숍에서 산 레이스 소재의 빈티지풍 드레스였다. 준비를 거든 잉그리드는 일생일대의 중요한 날이 개떡같은 날로 변하기 전의 미스 해비셤* 처럼 보인다고 했다. 그녀는 '패트릭은 마사를 사랑해'라고 적힌 카드를 주었다. 선물로 준비한 '1993년 핫트랙'에 붙여서.

사촌들이 십대였을 때 이모는 식탁에 앉은 아이들의 자세를 바로잡고 싶으면 말없이 그들의 이목을 집중시켜 자신을 쳐다보게 했다. 그러고는 팔을 들어 정수리에 달린 끈을 잡는 시늉을 하고, 그 끈을 위로 당겨 목을 늘리며 어깨를 내리면 보고 있던 아이들이 그대로 따라 했다. 아이들이 입을 벌리고 앉아 있으면 이모는 손등으로 자기 턱밑을 건드렸고, 무뚝뚝한 표정으로 말을 듣고 있으면 단원들에게 명랑하게 불러야 하는 곡이라고 알려주는 학교 합창단 선생님처럼 뻣뻣하고 어색하게 미소 지었다.

피로연장에서 아버지가 축사를 하는 도중에 어머니가 자리

---

* 찰스 디킨스의 소설 『위대한 유산』에 나오는 인물로, 결혼식장에서 신랑에게 버림받았다.

에서 일어나더니 말했다. "퍼지, 이제 내가 말할게." 어머니가 권장량보다 훨씬 많은 술이 담긴 브랜디잔을 들고 건배사를 했고, 건배를 청할 때마다 술이 쏟아졌다. 중간에 어머니가 손목 안쪽에 흘린 브랜디를 핥으려고 잔을 이마까지 들었을 때 나는 고개를 돌렸다가 어머니 옆에서 나를 노려보는 이모와 눈이 마주쳤다. 이모가 손을 정수리로 가져가 보이지 않는 실을 잡아당기자 내 몸이 따라서 올라가는 것이 느껴졌다. 그녀는 나를 보며 미소 지었는데, 합창단 선생님의 미소가 아닌 함께 꿋꿋이 버텨야 한다는 이모의 미소였다.

하지만 바로 그때 어머니가 섹스 운운하기 시작했다. 이모가 곧장 손을 내리더니 자기 잔을 쳐서 쓰러뜨렸다. 와인이 테이블에 쏟아져 카펫 위로 뚝뚝 떨어지기 시작했다. 이모가 벌떡 일어나 "실리아, 냅킨"이라고 여러 번 외치자 어머니는 말을 멈추는 수밖에 없었다. 이모가 요란하게 청소를 마쳤을 즈음 어머니는 이미 생각의 흐름을 놓쳤다.

✛

피로연장에서 술을 너무 많이 마신 다른 사람은 제서민이 유일했다. 패트릭과 내가 가려고 하자 그녀가 내 목을 두 팔로 감싸안고 뺨에 입을 맞추며 내 귀에 대고 나를 진심으로 사랑한다고, 내가 패트릭과 결혼해서 정말, 진심으로 기쁘다고 큰 소리로 속삭였다. 아마—아니, 분명히—그를 여전히 사랑하는 것 같았는데, 상관없었다. 내가 이렇게 재미없고 착한 인기있는 남자와 살다 싫증나면 그녀가 다시 만나면 될 것 아닌가. 그녀는 내 뺨에 다시 입을 맞추고는 얼른 화장실에 가서 속을 게워내야겠다며 미안하다고 사과했다. 패트릭은 그녀가 속이 안 좋긴 했을 테지만 그게 진짜 이유는 아닐 거라고 생각했다. 잉그리드는 둘 다 사실일 거라고 믿었다.

✢

그의 아버지는 신시아와 이혼 절차를 밟는 중이라 결혼식에 참석하지 않았다. 나는 패트릭에게 아버지를 만나러 홍콩에 가야 하지 않겠냐고 물었다. 그는 말했다. "그럴 필요 전혀 없어." 나는 훨씬 나중에, 그의 아버지가 관상동맥에 문제가 생겨 패트릭이 찾아뵙는 데 동의했을 때가 되어서야 크리스토퍼 프리얼을 만날 수 있었다. 나는 만난 지 오 분인가 십 분 만에 그를 싫어하게 됐다. 패트릭이 아버지에 대해 한 이야기는 꽤나 너그럽게 포장한 것이었다.

크리스토퍼의 집에는 아들의 존재에 대해 알려주는 것이 하나도 없었다. 패트릭의 어린 시절 흔적이 남은 건 없는지 물었더니 오래전에 전부 처분했다고 했다. 자랑스러워하는 말투였다. 하지만 우리가 떠날 채비를 하자 패트릭의 엄마가 몇 주 동

230

안 해외에 나갔을 때 패트릭이 쓴 편지라며 조그만 뭉치를 들고 나왔다. 그건 어찌어찌 살아남았다면서 지퍼백에 넣은 채로 내게 건네며 가져가라고 했다.

나는 집으로 돌아오는 비행기에서 그 편지를 읽었다. 실내 등은 침침했고, 패트릭은 팔짱을 끼고 어깨를 올린 자세로 잤다. 편지는 그가 여섯 살 때 쓴 것이었다. 편지마다 맨 마지막에 "사랑을 잃은 패디"라고 적혀 있었다. 나는 그의 손목을 쓰다듬었다. 그는 살짝 움직거렸지만 눈을 뜨지는 않았다. 나에게도 편지를 쓴다면 마지막에 그렇게 써달라고 말하고 싶었다. 사랑을 잃은 패디.

✣

그가 신혼여행지를 상트페테르부르크로 정하고 그 호텔을 선택한 이유는 내가 할 수 있다고 말해놓고 트립어드바이저에 이용객이 올린 사진이라는 첫번째 관문에서 넘어지고 말았기 때문이다. 그 사진에는 무한 제공되는 해산물 요리와 수건으로 접은 백조와 용납할 수 없는 머리카락이 담겨 있었다.

비행기에서 그가 성을 바꿀 생각이냐고 물었다. 이전 승객이 풀다 만 기내 잡지의 십자말풀이를 막 끝마치고 나서였다.

나는 안 바꿀 거라고 했다.

"가부장제도가 싫어서?"

"서류 작업이 싫어서."

승무원이 카트를 밀고 지나갔다. 패트릭은 그에게 냅킨을 달라고 하더니 성을 바꾸는 것의 장점과 단점을 적어보겠다고 했다. 십 분 뒤에 적은 것을 읽어줬다. 단점은 하나도 없었다. 나는 단점을 몇 개 생각해보겠다며 그가 쥐고 있던 펜을 빼앗았다. 그는 내가 단점을 생각해내는 데 선수니 호출 버튼을 눌러 냅킨을 한 봉지 달라고 해야겠다고 말했다.

✦

우리는 첫날 아침 예르미타시미술관에서 서로를 잃어버렸다. 나는 카페에 들어가 재스민차를 주문하고 그가 찾아올 때까지 기다렸다. 차가 나오기도 전에 스피커에서 그의 목소리가 들렸다. "결혼 전 성이 러셀인 마사 프리얼 부인, 남편이 중앙 로비로 와달라고 합니다."

안내데스크 옆, 브로슈어가 꽂힌 스탠드 앞에서 칼라를 만지작거리는—하느님, 감사합니다.

✦

넵스키대로에서 패트릭은 내게 십대 소녀가 파는 말 조각상을 사줬다. 소녀는 갓난아이와 함께 나와 있었다. 조각상을 고르는 그를 기다리는 동안 나는 숨이 쉬어지지 않았다. 엄마가 말을 파는 내내 지저분한 흰색 바퀴가 달린 철제 유아차에 온종일 앉아 있는 인생인데도 그 조그만 발을 붙잡고 나를 보며 행복하게 웃는 그 아기의 미소가 너무 슬펐다.

패트릭은 제일 못난 걸 고르고 그녀가 부른 50루블 대신 50파운드를 준 뒤 잘못 준 걸 모르는 척했다.* 우리는 걸음을 옮겼고, 그가 내게 말을 건넸다. 뭐라고 이름 붙일 생각이냐고 물었다. 나는 트로츠키라고 말하고 울음을 터뜨렸다. 이후에 장난스럽게 받아치지 못해 미안하다고 사과했다. 패트릭은 이런 상황에서 내가 장난스럽게 받아쳤다면 걱정했을 거라고 말했다.

+

그날 저녁에는 폭설이 내려 밖으로 나갈 수가 없었다. 우리는 호텔 식당에서 저녁을 먹었다. 패트릭은 로비에서 식당으로 들어가는 대신 나를 거리로 데리고 나갔다. 공기가 너무 차서 나도 모르게 눈을 가렸다. 그가 내 팔꿈치를 잡았고, 우리는 바깥으로 난 입구까지 짧은 인도를 달렸다. 다시 안으로 들어갔을 때 패트릭이 말했다. "완전히 독립적인 식당이네." 호텔 식당에 대한 내 반응은 권태에서 절망까지 다양하다고 그에게 말

---

* 한화로 50루블은 약 1천 원, 50파운드는 약 10만 원이다.

한 적이 있는지, 있다면 언제였는지 기억나지 않았다.

나는 메뉴를 다 읽은 뒤 메뉴판의 두번째 장을 들여다보는 패트릭에게 그의 성으로 바꿀까 싶다고 말했다.

그가 고개를 들었다. "왜?"

"왜냐하면," 분명 어머니 덕분이겠지만, 나는 말했다. "내가 온갖 형태의 수동 공격 전문가인데, 사람을 감정적으로 조종하는 안내 방송을 아무 보답 없이 흘려보낼 수는 없기 때문이지."

그는 테이블 위로 몸을 내밀어 방금 전 빵 한 조각을 넣은 내 입에 키스했다. 정말 기뻐 마사, 그가 말했다. "마이크를 빌리느라 그 남자한테 100달러나 줬거든. 미국 달러로 말이야."

나는 빵을 삼켰다. "그러다 시베리아 감옥에 가는 거 아니야?"

그는 돈을 쓴 보람이 있다고 하곤 다시 메뉴를 정독했다.

나는 달리 할일이 없어 호텔 식당 특유의 무기력한 분위기를 분석한 내용을 말했다. 내가 모든 것의 의미에 의문을 제기하게 되는 건 조명 때문일까, 늘 카펫이 깔려 있고 혼자 식사하는 사람의 비율이 높아서일까, 아니면 오믈렛 스테이션이라는 콘셉트 때문일까.

패트릭은 내 분석이 끝날 때까지 기다렸다가 보르시*를 먹어본 적이 있느냐고 물었다.

---

* 동유럽 지역에서 주로 먹는 따뜻한 수프로, 당근과 비트를 넣어 붉은색을 띤다.

"사랑해, 진심으로." 내가 말했고, 잠시 후 지배인이 초록색 유리병 두 개를 들고 와서 물었다. "탄산수로 드릴까요, 그냥 생수로 드릴까요?"

히스로공항에서 짐이 나오길 기다리는데 패트릭이 말했다. "우리 결혼식 기억나?" 내가 집까지 어떻게 갈 생각이냐고 물은 참이었다. 그는 한쪽 팔로 나를 감싸안고 내 머리 옆쪽에 입을 맞췄다. "미안. 나 지금 너무 피곤해." 내가 말했다. 신혼여행에서 돌아온 순간부터 결혼생활이 끝나는 게 아니라 시작되는 거라고 속으로 계속 중얼거리며 스스로에게 확신을 불어넣느라 갖은 애를 쓴 터였다.

나는 아내가 되는 법을 몰랐다. 그래서 너무 무서웠다. 패트릭은 너무 행복해 보였다.

패트릭은 택시 안에서, 그리고 내가 그를 따라 계단을 올라가는 동안 다시 한번 말했다. 내 집처럼 느낄 수 있게 아파트를 마음대로 바꿔도 된다고. 그날은 금요일이었다. 토요일에 그가 출근하자 나는 주방 찬장에 있는 걸 전부 꺼내 헤더가 놀러오더라도 뭐가 어디에 있는지 모르도록 한 칸씩 당겨서 다시 정리했다. 그것 말고는 생각나는 게 없었다.

나는 깔끔하게 살기로 마음먹고 며칠 동안은 그렇게 지냈다. 하지만 패트릭은 바닥에 옷과 잡지와 머리끈이 널브러져 있고, 엄청나게 많은 유리잔이 나와 있고, 찬장과 서랍이 항상 열려 있어 뭐든 쉽게 꺼낼 수 있는 지금 상태가 더 좋다고 했다. 그가 웃으며 말했기에 나는 죄책감이 들지 않았고, 그는 아무것도 치우려 들지 않았다. 아마 그래서 그의 집이 금세 내 집처럼 느껴졌을 것이다.

몇 주 뒤 그가 유일하게 부탁한 건 약을 아무데나 두지 말라는 것과—"내가 받은 교육 때문에 그래"라고 했다—지금처럼 너덜너덜한 A4 크기 봉투에 영수증을 쑤셔넣었다가 잃어버리지 말고 자기가 만들어준 스프레드시트에 가계부를 적어보라는 것이었다.

그는 컴퓨터에서 스프레드시트를 열고 쓰는 방법을 가르쳐줬다. 나는 그렇게 빼곡히 적힌 숫자를 보면 투명한 막이 눈꺼풀 안쪽에서 내려와 숫자가 사라질 때까지 눈앞을 가린다고 말했다. 항목이 많았다. 그중 하나는 '마사의 충동 지출'이었다. 나는 그에게 비밀경찰처럼 지출을 감독할 줄은 몰랐다고 했다. 그는 휴대전화의 워드 파일과 계산기를 스프레드시트의 대안으로 제시하는 사람이 있을 줄은 몰랐다고 했다. 나는 스프레드시트를 쓰려고 노력해보겠지만 극기 훈련이 될 거라고 말했다. 나중에 패트릭은 한 사람의 충동 지출이 이렇게 많을 수 있다니 정말 놀랍다고 했다.

+

당직을 서지 않는 밤이면 패트릭은 침대에서 어려운 스도쿠만 모아놓은 책을 펼쳐들고 어려운 스도쿠를 풀었고, 나는 그에게 언제 불을 끌 거냐고 묻곤 했다. 그때가 결혼했음을 가장 실감하는 순간이라고 그에게 말했다.

스도쿠를 다 풀면 그는 책을 내려놓고 의학지에 실린 논문을 읽었다. 내가 등을 돌리고 누워 있으면 척추 맨 아래 아픈 부위를 엄지손가락으로 멍하니 눌러줬다. 어디에선가 마사지오일도 사왔지만 내가 인공 향을 맡으면 서서히 질식당하는 기분을 느낀다는 사실을 안 뒤에는 코코넛오일을 사왔다. 마트에서 파는 병에 담긴 오일이었는데, 라벨에 발연점이 높아 모든 종류의 튀김에 적합하다고 쓰여 있었다. 그는 의학지를 내려놓은 뒤에도 내 등을 계속 문질렀다. 어떨 때는 〈뉴스나이트〉가 방영되는 내내, 어떨 때는 불을 끈 뒤에도. 그럴 때 나는 사랑받는다는 기분을 가장 크게 느꼈다.

어느 날 밤 내가 어둠 속에서 몸을 돌려 엄지손가락에 감각은 남아 있느냐고 물었다. "어떻게 그렇게 오랫동안 문지를 수가 있어?"

그는 말했다. "섹스로 발전하길 바라는 마음이 있거든."

나는 유감이라고 했다. "나는 단잠으로 발전하길 바라는 마음이 있는데." 병뚜껑 열리는 소리가 들렸다.

패트릭이 말했다. "승리를 기원하며."

우리 침대 시트에서 바운티 초코바 냄새가 풍겼다.

얼마 안 있어 패트릭은 런던 반대편에 있는 병원으로 직장을 옮겼다. 그가 집에 없는 것처럼 느껴졌다. 나는 계속 그 출판사에 다녔다. 봄이 됐는데도 날이 춥고 계속 흐렸고, 나 외에 딱 한 명 남은 다른 직원과 점심시간이 끝난 뒤에도 옥상에서 시간을 때울 수는 없으니 할일이 없었다. 편집장이 일을 모두 마쳤으면 그만 퇴근하라고 지시하기 시작했다. 점심으로 샐러드를 먹으며 끝도 없이 재잘거리는 여자들 목소리를 더는 견딜 수 없었던 것이다. 나는 항상 집을 지키는 듯한 기분이었다. 잉그리드를 집으로 부르거나 내가 그 집으로 가겠다고 했다. 잉그리드는 항상 좋다고 했지만 아이가 잠을 못 잤거나 자고 있거나 잠들기 직전이면 막판에 문자로 약속을 깨곤 했다. 내가 가더라도 잉그리드는 아이가 먹는 데 집중할 수 있도록 다른 방에서 수유하거나 같이 아이를 키우는 엄마들의 흉을 보거나 뒷말을 끝없이 했고, 돌아올 때면 나는 그 집에 발을 들인 순간부터 그곳에서 빠져나올 궁리를 했다는 데 죄책감이 들었다.

패트릭은 병원에 있고 나는 하루종일 아무도 만나지 못한 날이면 자려고 침대에 누웠을 때 그가 너무 보고 싶어서 화가 날 지경이었다. 밤늦게까지 그의 킨들로 구매한 리 차일드의 소설을 읽고, 그가 퇴근하면 어떤 식으로 시비를 걸지 대본을 썼다. 나는 그에게 결혼한 것 같지 않다고 했다. 사랑받지 못하는 느낌이라고, 그럼 이게 다 무슨 소용이냐고 했다.

내가 물건을 던지기 시작한 것도 그때부터였다. 처음에는 화가 난 나를 두고 패트릭이 자리를 피하려 하기에 포크를 던졌다. 발단은 정말 사소했다―그가 출근 준비를 하면서 그날 아마존 청구서를 두 개 더 받았는데, 일전에 내가 여름 동안 제임스 조이스의 작품을 쓰레기 같은 것까지 전부 읽을 거라고 얘기했기에 나의 잭 리처* 중독이 도와달라는 신호인지 슬슬 걱정된다고 말했던 것이다.

그의 다리 뒤쪽을 맞힌 포크가 바닥에 땡그랑 떨어지자 그가 걸음을 멈추고 뒤돌아보며 충격을 받아 웃었던 기억이 난다. 나도 장난인 척 웃었다. 외로움에 미쳐가는 아내를 재밌게 흉내낸 척 말이다. 하, 오케이, 그가 말했다. "나는 이만 나가보는 게 좋겠네." 그가 닫은 문을 향해 내가 뭔가를 던졌을 때는 그도 나도 웃지 않았다.

다음날 패트릭은 전날 밤 아내가 던진 물건에 맞은 적이 없는 남편인 척했다. 나는 그가 그 일을 문제삼길 계속 기다렸다. 그는 아무 말이 없었다. 저녁식사 자리에서 내가 물었다. "포크 던진 얘기 안 할 거야?" 그가 말했다. "신경쓰지 마. 네가 기분이 안 좋아서 그랬던 거잖아." 나는 좋아, 네 생각이 그렇다면, 하고 말했다. 나는 화난 듯이 말했지만 덕분에 사과하

---

* 영국 소설가 리 차일드의 시리즈로, 영화화되기도 했다.

거나 농담에 그런 식으로 반응한 이유를 설명할 필요가 없어서 고마웠다. 나도 왜 그랬는지 알 수 없었다. "아무튼 미안해." 나는 말하고 다시는 그러지 않겠다고 덧붙였다. "절대."

하지만 그후로도 나는 예상치 못한 순간에 얼토당토않게 분노가 폭발하면 계속 뭔가를 던졌다. 딱 한 번 예외가 있었다— 내가 외롭다고 투덜대자 그가 웃으며 할일이 생기도록 아이를 낳아야겠다고 해서 맞은 자리에 멍이 들 정도로 세게 헤어드라이어를 던진 적이 있었다.

나는 박살난 헤어드라이어를 바닥에 그냥 두고 방을 나가버렸다. 내가 다시 들어가면 늘 그렇듯 깨끗하게 치워져 있을 것이었다.

십대 시절 잉그리드는 외출 준비를 할 때마다 입을 옷이 없다고 성질을 부렸다. 순식간에 어찌나 심하게 히스테리를 부리는지 완전히 딴사람이 된 것 같다고 느낄 정도였다. 그녀는 옷장에서 옷을 꺼내 입어보고는 다시 벗어던지며 흐느끼고, 욕을 하고, 자기는 돼지라고 소리를 지르고, 부모님에게 증오한다며 죽어버렸으면 좋겠다고 막말을 하고, 서랍장을 뒤집어 옷을 죄다 바닥에 늘어놓았다. 그러다 뭔가를 발견하면 곧장 괜찮아졌다.

어른이 되고 나서 그녀가 말하길, 당시에는 정말 긴박하게 느껴졌는데 나중에 돌이켜보니 그 정도로 흥분했다는 사실이 믿기지 않았다며 두 번 다시 그러지 말아야겠다는 생각이 들었다고 했다. 그녀는 한 번도 사과하지 않았고 부모님도 사과를 강요하지 않았다. 하지만 그녀는 상관없다고, 부모님이 여전히 그때 생각을 한다는 걸 안다고, 너무 창피해서 우리 가족에게 화가 날 지경이라고 했다. "나를 혐오하는 게 아니고 말이지."

남편에게 물건을 던지는 것도 마찬가지다. 이후에는 너무 창피해서 집에 없는 패트릭에게 전보다 더 화가 났다.

✦

서른 살이 넘은 여자가 결혼했는데 애가 없으면 파티에서 만난 부부들은 그 이유를 궁금해한다. 아이를 낳은 것이 지금까지 한 일 중에 가장 잘한 것이라며 서로 맞장구를 친다. 남편들은 얼른 해치워야 한다고 말한다. 아내들은 너무 미루지 않는 편이 좋다고 말한다. 그러면서 저 부부에게 의학적으로 무슨 문제가 있는 건지 속으로 궁금해한다. 대놓고 물어보지 못해 아쉬워한다. 아무 말도 하지 않고 진득하니 기다리면 저쪽에서 먼저 이유를 설명할지 모른다고 생각한다. 하지만 아내 쪽에서 참지 못한다―자기 친구 중에도 그런 경우가 있었다며 똑같은 얘기를 들었지만 마음을 접자마자…… 여기까지 말하면 남편이 빙고라고 외친다.

처음에 나는 아이가 안 생긴다고 말했다. 그러면 더이상 꼬치꼬치 캐묻지 않을 거라 생각했다. 하지만 아이를 원하지 않는다고 대답하는 편이 낫다. 그러면 그들은 문제가 있긴 하지만 적어도 그게 의학적인 문제는 아니라는 걸 직감한다. 이 말을 들으면 남편들은 말한다. 그렇군요, 일에 집중하는 것도 좋죠. 일에 집중한다는 증거가 없음에도 말이다. 아내들은 아무 말도 하지 않는다. 이미 주변을 두리번거리고 있다.

+

여름이 끝날 무렵 나는 『율리시스』는 네 쪽 반을, 리 차일드는 전권을 읽었다. 패트릭이 축하의 의미로 저녁을 샀다. 알고 보니 제임스 조이스의 모든 작품이 개떡같더라고 그에게 말했다. 디저트를 먹는데 그가 도서관 대출증을 건넸다. 이미 사 준 144파운드어치의 잭 리처 시리즈와 잘 어울리는 선물이라고 했다.

나는 책 한 권을 빌렸다. 이언 매큐언의 작품으로, 장편인 줄 알고 빌렸는데 단편집이라 서랍에 넣어버렸다. 잉그리드에게 전화해 16쪽 만에 죽는 두 등장인물에게 뜻하지 않게 시간을 투자해버렸다고 말했다. 그녀가 심각하게 물었다. "그렇게 시간이 남아도는 사람이 있단 말이야?"

잉그리드는 열여섯 살 때부터 학교 운동장 구석에서 날마다 담배를 피우고 주기적으로 걸렸지만 기록상으로는 아무 처벌도 받지 않고 졸업했다. 말발로 쉽게 처벌을 모면했다. 나는 열일곱 살부터 그해 여름까지 주기적으로 아팠지만 한 번도 병원에 입원한 적은 없었다. 나도 말발로 쉽게 입원을 모면했다.

때는 8월, 9월로 넘어가기 직전이었다. 패트릭은 아버지의 세번째 결혼식에 참석하기 위해 홍콩에 갔다. 신부는 동료의 스물네 살짜리 딸이었다. 몇 주째 날씨 이야기가 주요 뉴스였다. 런던의 날씨가 그리스를 제치고 코스타델솔을 위협할 정도라고 했다. 나는 상태가 안 좋아지기 시작해서 따라가지 않았다. 그가 떠나고 이틀 뒤 아침에 일어나보니 모든 것이 암흑이었다.

나는 다시 잠들기 위해 애썼다. 더운데다 일어나서 출근 준비를 하고 있지 않다는 죄책감에 속이 복잡하고 메슥거렸다. 아랫집에서 개가 짖었고 바깥 어딘가에서 인부들이 도로를 부수고 있었다. 끈질긴 소음과 앵앵대는 착암기 소리가 귀에 꽂혔다. 그치지 않을 거야 그치지 않을 거야 그치지 않을 거야.

소음이 점점 심해지자—항상 그랬듯이—두개골 내부의 압력이 점점 높아지는 느낌이 들었다. 공기가 주입되고 주입되고 주입되어 타이어처럼 단단해진 머리통에 공기가 계속 들어와 칼에 베인 듯 화끈거리고, 편두통이 너무 심해져 눈물이 나고, 단단한 뼈에 금이 가면서 쩍 벌어져 마침내 공기가 빠져나가고 고통이 사라지는 순간을 상상한다. 겁이 난다. 토할 것 같다. 허파가 점점 쪼그라든다. 방이 움직인다. 뭔가 안 좋은 일이 벌어지려 한다. 그것은 이미 방안에 들어와 있다. 등골이 서늘하다. 기다리고 기다리고 또 기다리지만 아무 일도 일어나지 않는다. 그것이 사라지고 나 혼자 남는다. 이 상황은 끝나지 않을 것이다. 낮도 없고 밤도 없다. 시간이라는 개념도 없다. 오로지 고통과 압박과 땋은 밧줄처럼 몸의 정중앙을 관통하는 공포뿐이다.

늦은 오후가 되어서야 일어나 주방으로 갔다. 뭐라도 먹어보려 했지만 먹을 수가 없었다. 물을 마셨더니 구역질이 났다. 웅크린 채 옆으로 누워 있었던 터라 고관절이 욱신거렸다. 패트릭이 전화를 했길래 수화기에 대고 미안해, 미안해, 미안해, 하면서 울었다. 그는 비행기표를 바꾸겠다고 했다. "밖으로 나갈 수 있겠어? 레이디스 폰드에 가. 택시 타고." 그가 말했다. "마사, 정말 많이 사랑해." 나는 잉그리드에게 연락하겠다고 약속하며 전화를 끊었지만, 통화를 마치고 나니 너무 창피해서 동생에게 이런 모습을 보이고 싶지 않았다.

자리에서 일어나 생의 막바지에 달한 노인처럼 집안을 천천히 돌아다니는 내 모습을 위에서 내려다보았다. 수영복을 느릿느릿 입고, 그 위에 옷을 걸치고, 입에 치약을 물고 집을 나섰다. 건물의 묵직한 출입문을 밀어서 여느라 숨이 찼다.

밖은 소음, 열기, 내 쪽으로 걸어오는 수많은 사람 그리고 굉음을 내며 연석 바로 옆을 지나가는 버스로 가득했다. 나는 다시 집으로 들어갔다. 패트릭이 전화를 해서 나는 수화기에 대고 울었다. 그는 한 시간 있으면 이륙이라고, 얼른 가겠다고 했다.

나는 그에게 전화를 끊지 말라고, 그냥 듣고 있을 테니 계속 말을 걸어달라고 했다. 너무 무섭다고.

"뭐가?"

"내가."

그가 말했다. "아무 것도 안 할 거지, 그렇지?" 그는 약속하라고 했다. 나는 그런 약속은 못한다고 했다. 그럼 마사, 제발 지금 당장 병원에 가, 그는 말했다.

나는 내가 가지 않으리란 걸 알았다. 하지만 날이 다시 어두워지자 집이, 귀를 울리는 정적이, 그 죽은 공기가 무서워지기 시작했다. 패트릭은 비행중이라 연락이 되지 않았다. 나는 문까지 기어가 밖으로 나가서 벽돌담에 등을 대고 택시를 기다렸다. 머릿속에서 비웃는 소리가 들렸다. 이 멍청한 꼴 좀 보라지. 바닥을 기어가다니, 무서워서 밖에도 못 나가는 꼴 좀 보라지.

✛

응급실 의사가 물었다. "무슨 일로 오셨나요?" 그는 자리에 앉지도 않았다.

머리카락이 젖은 얼굴에 들러붙어 눈을 찌르고 콧물이 줄줄 흘렀지만 팔을 들어올려 머리카락을 넘길 기운도 없었다. 나는 너무 지쳤다고 했다. 그는 좀더 큰 소리로 말해달라며 자해하고 싶은 생각이 들었느냐고 물었다. 나는 아니라고, 그냥 더는 이 세상에 존재하고 싶지 않을 뿐이라고 대답한 뒤 누군가에게 상처를 주거나 소란을 일으키지 않는 방식으로 조용히 사라질 수 있게 뭔가를 처방해줄 수 있느냐고 물었다. 그가 답답해하며 그 정도로 생각이 없어 보이지 않는데 왜 그러냐고 했다. 나는 더이상 아무 말도 하지 않았다.

나는 진료실로 안내받은 후로 줄곧 바라보고 있던 바닥의 한 점에서 눈을 들지는 않았지만, 그가 내 진료기록을 들여다본다는 걸 느낄 수 있었다. 잠시 후 문이 리놀륨 바닥을 긁으며 열렸다가 다시 닫히는 소리가 들렸다. 그가 오래도록 돌아오지 않아 병원 진료 시간이 끝나고 나 혼자 갇혔다는 생각이 들기 시작했다. 손목을 긁으며 바닥을 바라보았다. 몇 시간으로 느껴지는 시간이 지난 뒤에 그가 돌아왔다. 패트릭과 함께였다. 나의 소재를 무슨 수로 파악했는지는 모르겠지만, 나 때문에 집으로 돌아왔는데 가엾은 아내는 고개도 못 들 만큼 한심한 상태로 병원 플라스틱 의자에 쭈그리고 앉아 있었으니 창피해서 죽고 싶었다.

두 사람이 나를 사이에 두고 대화를 나누었다. 의사가 하는 말이 들렸다. "병상을 구할 수는 있지만 NHS에서 운영하는 시설일 거예요." 그러고는 좀더 나지막이 덧붙였다. "나중에 보면 알겠지만 국공립 정신병동은 상태가 별로 좋지 않습니다." 나는 가만히 듣고만 있었다. "제 생각에는 그냥 집으로 돌아가는 게 나을 듯싶은데요. 진정제를 처방해드릴 테니 내일 오전에 상황을 다시 보면 어떨까요?"

패트릭은 내가 앉은 의자 옆에 팔걸이를 붙잡고 쭈그려앉아 내 머리카락을 쓸어넘겨줬다. 당분간만이라도 입원하고 싶냐고 물었다. 내게 결정을 맡기겠다고. 나는 아니라고, 괜찮다고 답했다. 입원은 너무 무서웠다. 내가 거기 있는 걸 사람들이 이상하게 여기지 않을까봐, 의사들이 퇴원시켜주지 않을까봐. 내가 결정하지 않아도 되도록 패트릭이 손목을 잡고 끌고 가주길 바랐다. 내가 괜찮다고 해도 믿지 않길 바랐다.

"진짜야?"

나는 그렇다고 말한 뒤 얼굴에 들러붙은 머리카락을 넘기며 자리에서 일어섰다. 그에게 걱정할 것 없다고, 좀 자면 될 거라고 했다.

의사가 말했다. "보세요, 벌써 기운을 차리셨네요."

패트릭이 아무 말 없이 나를 차에 태우고 집으로 향했다. 무표정한 얼굴이었다. 집에 도착했을 때 구멍에 열쇠가 제대로 들어가지 않자 발로 문 아랫부분을 딱 한 번 찼다. 그것이 내가 본 그의 가장 난폭한 행동이었다.

나는 욕실로 가서 복용량을 확인하지도 않고 병원에서 받아온 약을 한입에 털어넣은 뒤 온몸에 빨간 줄을 남긴 수영복과 옷을 벗고 스물세 시간 동안 잤다. 잠깐 정신이 들어 눈을 뜰 때마다 패트릭이 우리 방 구석에 놓인 의자에 앉아 있었다. 침대 옆 테이블에 그가 가져다놓은 토스트도 보였다. 나중에 그가 다시 토스트를 치워놓았다. 나는 미안하다고 했지만, 입 밖으로 소리 내서 말했는지는 잘 모르겠다.

마침내 정신을 차리고 그를 찾으러 나가보니 그는 거실에 있었다. 밖이 어두컴컴했다. 그가 말했다. "피자를 주문하려던 참이야."

"그래."

나는 소파에 앉았다. 패트릭은 내가 그의 반대편에서 몸을 공처럼 웅크려 얼굴을 파묻을 수 있도록 자기 팔을 치웠다. 내가 있고 싶은 곳은 거기뿐이었다. 패트릭이 나를 건드리지 않게 조심하며 배달 주문을 했다.

나는 피자를 먹었다. 기분이 나아졌다. 같이 영화를 보았다. 나는 그에게 미안하다고 말했다. 그는 괜찮다고…… 누구에게나 어쩌고저쩌고가 있는 법이라고 말했다.

✦

프림로즈 힐에서 잉그리드를 만나 점심을 먹었다. 아이가 이제 팔 개월이나 됐는데도 아이를 두고 처음 외출한 것이었다. 나는 아이가 보고 싶냐고 물었다. 그녀는 보안이 엄중한 교도소에서 방금 전에 출소한 기분이라고 했다.

우리는 네일을 받고 영화를 보러 가서 뒷줄에 앉은 남자가 제발 조용히 해달라고 할 때까지 수다를 떨었다. 히스까지 걸어가 레이디스 폰드를 둘러보고 속바지 차림으로 헤엄을 쳤다. 배꼽이 빠져라 웃어댔다.

공원을 가로질러 되돌아가는데 십대 남자애가 다가오더니 물었다. "그 밴드에서 활동하는 자매 멤버 맞아요?" 잉그리드가 그렇다고 대답했다. 남자애가 말했다. "그럼 노래 한 곡 불러주세요." 그녀는 우리 둘 다 성대를 쉬게 하는 날이라고 했다.

기분이 정말 좋았다. 깜빡한 탓에 일주일 전 같은 요일에 병원에 있었다는 말을 잉그리드에게 하지 못했다.

패트릭은 그 일을 두 번 다시 언급하지 않았지만, 얼마간 시간이 흐른 뒤 런던이 문제라면 런던을 떠나야 하지 않을까 싶다고 했다. 겨울 초입에 우리는 세입자에게 아파트를 넘기고 고급주택으로 이사했다.

이삿짐 트럭을 따라 런던에서 빠져나오는데, 패트릭이 옥스 퍼드에서 친구를 사귀어보지 않겠느냐고 했다. 그러고 싶지 않 지만 오직 자기를 위해 그런 마음을 먹겠다고 해도 괜찮다면 서. 그냥 시작부터 질색하지만 말아달라고 했다. 짐을 내릴 때 까지만이라도 참아달라고.

나는 조수석에 앉아 휴대전화로 잉그리드에게 보내줄 술 취 한 케이트 모스 사진을 찾고 있었다. 당시 우리는 주로 그런 식 으로 연락을 주고받았다. 그녀는 임신 사 주 차였는데, 계획에 없던 일이었고, 게슴츠레한 눈으로 애너벨스 나이트클럽에서 나오는 케이트 모스의 파파라치 사진을 보는 것만이 하루를 버 틸 수 있는 유일한 방법이라고 했다.

나는 패트릭에게 노력해보겠다고 했지만, 방법은 알 길이 없었다.

"그래, 독서 모임 말고 독서 모임 같은 데서 말이야." 그가 말했다. "그리고 일자리는 당장 알아보지 않아도 돼. 만약—"

나는 어차피 일자리도 전혀 없다고, 이미 알아봤다고 말했다.

"흠, 그렇다면 친구 사귀는 데 집중하는 게 맞겠네. 일은 다른 방향을 고민해볼 수도 있고. 아니면 뭐, 석사학위를 따든지."

"뭘로?"

"아무거나."

나는 모피 코트를 입고 호텔 토피어리에 담뱃재를 떠는 케이트 모스의 사진을 스크린숏으로 저장하고 말했다. "접대부로 직업 재교육을 받을까 고민중이야."

패트릭은 밴을 추월하며 나를 노려보았다. "오케이. 첫째, 그건 더이상 쓰이지 않는 단어야. 둘째, 당신도 알다시피 이 집은 막다른 골목에 있어. 그래서 유동인구가 없을 거야."

나는 다시 휴대전화에 집중했다.

옥스퍼드에 가까워지자 그는 자기가 분양받은 텃밭을 구경하겠느냐고 물었다. 나는 미안하지만 됐다고, 지금은 겨울이라 시커먼 진흙땅이지 않겠느냐고 했다. 그는 두고 보라고—여름이 되면 상추만은 완전히 자급자족할 수 있을 거라고 했다.

그날 밤 우리는 상자로 에워싸인 거실에 매트리스를 깔고 잠을 청했다. 상자를 하나씩 열어보던 중 수건만 든 상자가 하나도 없어서 당황하다가 방치한 것들이었다. 난방이 너무 강해서 나는 뜬눈으로 누워 내가 그때까지 했던 끔찍한 행동과 발언, 그보다도 최악이었던 생각들을 하나씩 떠올렸다.

패트릭을 깨워서 한두 가지 예시를 들려줬다. 가끔 우리 부모님이 서로 만난 적 없는 사이였길 바란 것. 잉그리드가 그렇게 빨리 임신하지 말길, 우리가 아는 모든 사람이 우리보다 가난하길 바란 것. 그는 눈을 감은 채로 듣다가 말했다. "마사, 설마 그런 생각을 하는 사람이 세상에 너밖에 없다고 생각하는 건 아니지? 인간은 누구나 끔찍한 생각을 해."

"너는 아니잖아."

"나도 마찬가지야."

그는 반대편으로 몸을 돌리고 다시 잠들었다. 나는 일어나 천장등을 켰다. 다시 그의 옆으로 가서 말했다. "네가 지금까지 했던 생각 중에 가장 끔찍했던 걸 얘기해봐. 조금도 충격적이지 않을 게 뻔하지만."

패트릭은 똑바로 누워서 팔을 구부려 눈을 가렸다. "좋아. 얼마 전 병원에 구십대 환자가 실려왔어. 뇌졸중으로 뇌사상태였는데 가족들이 왔길래 회복할 가망은 없다고, 산소호흡기로 얼마나 오랫동안 생명을 유지할지가 관건이라고 설명했어. 아내와 아들은 기본적으로 절차를 밟아달라는 입장이었는데, 딸이 거부하면서 기적이 일어날 경우를 대비해 기다려야 한다고 하더라. 그 여자가 엄청 난리를 쳤는데, 나는 새벽 다섯시부터 당직을 섰으니까 빨리 퇴근할 수 있게 얼른 망할 서류에 서명했으면 하는 생각만 머릿속에 가득했어."

"세상에. 꽤 끔찍한데?"

그는 말했다. "나도 알아."

"그 사람들 앞에서 진짜로 망할 서류라고 말했어?"

그는 쓸데없는 소리 좀 하지 말라며 바닥을 더듬어 휴대전화를 찾았다. 그리고 라디오 4를 켰다. 항해 선박을 위한 기상방송이 흘러나왔다. "실리섬의 날씨를 알려줄 무렵이면 잠이 올 거야, 내가 장담할게. 부탁인데 불 좀 꺼줄래?"

나는 불을 *끄고* 누워서 낯선 천장을 바라보며 방송을 들었다. 피셔, 도거, 크로마티. 맑았다가 점점 흐려지겠습니다.

페어섬, 페로, 헤브리디스. 사이클론이 심하게 또는 매우 심하게 불고, 가끔 개겠습니다.

나는 베개를 뒤집고 패트릭에게 헤브리디스의 일기예보가 실은 내 정신 상태에 대한 비유 같지 않냐고 물었지만 그는 이미 잠든 뒤였다. 나는 눈을 감고선 〈하느님 여왕 폐하를 지켜주소서〉*가 나오고 방송이 끊길 때까지 라디오를 들었다.

다음날 아침, 주방에서 주전자를 찾는 그에게 물었다. "그 환자 결국 어떻게 됐어?"

"여섯 시간을 더 기다린 끝에 딸이 생각을 바꿔서 사망 선고

---

* 영국의 국가.

를 했어. 마사, 왜 상자마다 잡동사니라고 써놓은 거야?”

⁃

고급주택 단지 입구에 대문이 있는데 거기로 나가면 운하 옆 길이 나왔다. 우리는 오후에 그 길을 따라 걸었다. 운하 건너편에는 은빛으로 반짝이는 포트 메도*가 일렬로 늘어서 낮고 어둡게 깔린 나무숲을 향해 평평하게 이어졌고, 그 뒤로 첨탑이 그려낸 윤곽이 펼쳐졌다. 말들이 안개 속에 반쯤 숨어서 풀을 뜯었다. 누가 키우는 말인지는 알 수 없었다.

그 길의 끝에서 시내로 들어가는 대로가 시작되는데, 우리는 계속 걸었다. 패트릭은 모들린칼리지의 수위에게 카드 비슷한 것을 보여준 뒤 나를 데리고 안으로 들어갔다. 그는 사슴을 가까이에서 보여주겠다고 했지만 사슴은 죄다 공원의 멀찍한 구석에 모여 있었고, 풀밭을 자유롭게 거니는 존재는 젊고 활기 넘치는 사람들뿐이었다. 서로 부르고, 아무 이유 없이 달리기 시작하고, 나쁜 일은 여태껏 겪어본 적도 없고 앞으로도 겪을 일 없는 것처럼 존재하는 학생들뿐이었다.

---

* 옥스퍼드 서쪽 템스 강변의 넓은 공유지로, 말이나 소가 풀을 뜯는 평화로운 풍경으로 유명하다.

✦

나는 독서 모임을 찾아서 참석했다. 모임 장소는 한 회원의 집이었다. 여성 회원들은 모두 박사학위 소지자였는데 나는 아니라고 하자, 마치 내가 친척도 없는 고아라거나 낙인이 남는 병에 걸렸다는 고백이라도 한 것처럼 다들 할말을 찾지 못했다.

도서관에서 다른 독서 모임을 찾았다. 거기 여자들도 전부 박사였다. 나는 내 박사논문 주제가 1861년 랭커셔 면화 기근이라고 말했다. 거기에 가는 동안 인 아워 타임*에서 그 주제의 강연을 들은 적이 있었기 때문이다. 나중에 대화를 나눈 여자가 다음주에 논문 주제에 대해 좀더 자세히 듣고 싶다고 했지만, 그게 내가 기억하는 전부였다. 모임을 마무리하며 다시 참석할 일은 없겠다고 생각했다. 다시 가려면 패널로 나온 세 명의 남자 전문가 중 한 명이 강박적으로 헛기침을 하면서 딱 한 명뿐인 여자 전문가의 말을 자르는 강연을 다시 들어야 하기 때문이었다.

✦

가끔 오후에 고급주택 정면 창문 앞에 앉아 맞은편 주택을

---

* 역사, 과학, 철학 전반을 다루는 BBC 라디오 4채널의 시리즈 이름.

물끄러미 바라보며, 거기서 지금의 나를 거울처럼 반영한 삶을 살고 있는 내 모습을 상상해봤다.

당시 실제로 거기 살았던 여자는 남녀 쌍둥이가 있고, 아침에 차문에 붙였다가 밤이 되면 떼어내는 자석 명함을 참고하자면 남편은 '찾아가는 척추지압사'였다.

어느 날 그녀가 우리집 현관문을 두드리더니 인사가 늦어서 미안하다고 했다. 우리는 똑같은 윗도리를 입고 있었는데, 그걸 알아차린 그녀가 웃음을 터뜨리자 교정기가 보였다. 그녀가 얘기하는 동안 나는 우리가 친구로 지내면 어떨지 상상했다. 연락 없이 서로의 집을 드나들까? 서로의 주방이나 마당에서 와인을 마실까? 내가 어떻게 살아왔는지 고백하면 그녀는 교정을 할 수 없었던 어린 시절을 솔직하게 공개할까?

그녀는 아이를 전혀 보지 못했다며 무슨 일을 하느냐고 물었다. 나는 글을 쓴다고 말했다. 그녀는 자기도 사실 블로그를 하고 있다며, 이름을 알려주고는 얼굴을 붉혔다. 대부분 재미있는 인생 관찰기와 레시피라 읽어보지 않아도 된다고 강조했다.

그녀가 궁금해하는 건 이것이었다. 집에 대해서 어떻게 생각하는가? 나는 한 시간 동안 수다를 떨다가 드디어 재미있는 이야기로 넘어간 친구 사이라도 되는 양 아하, 하고 말했다. "대문으로 들어선 순간부터 해리성 둔주 상태*로 사는 느낌이에

---

* 기억상실과 동반되어 일어나는 장애로, 자신의 주체성에 대한 기억을 상실하고 과거를 떠올리지 못하며 새로운 주체성을 갖는 증상을 보인다.

요.” 나는 여태껏 런던과 파리에서만 살아서 이런 데가 존재하는 줄도 몰랐다고 말했다. “위성방송 수신 안테나가 달려 있는데도 섭정시대의 목욕탕이라고 믿어야 하는 걸까요?” 패트릭이 아닌 다른 사람과 대화를 나누는 것이 며칠 만이라 그쯤에서 말하는 속도가 속사포처럼 빨라졌지만, 그녀가 웃으며 열심히 고개를 끄덕이는 걸 보니 내 얘기가 재미있는 모양이었다. “집에 왔는데 문이 안 열려서 확인해보면 다른 집 앞이었던 적이 열 번쯤 돼요.” 나는 사람의 기운을 빼는 회갈색 카펫의 속성에 대해 장난스럽게 이야기하고, 그래도 장점이 있다면 플러그가 특이한 가전제품을 만 오천 개쯤 가지고 있는데 그걸 동시에 쓰고 싶을 경우 모조 자갈길 위로 멀티탭을 설치해도 된다는 거라고 말했다. 그녀의 얼굴에서 갑자기 미소가 사라졌다. 그녀는 조그맣게 헛기침을 하더니 우리가 그냥 세입자라 다행일지도 모르겠다고 하고는 자기 집으로 돌아갔다.

그날 이후 그녀는 내 눈을 피하려 안간힘을 썼다. 그날의 대화를 전해들은 패트릭이 그녀가 그 집의 소유주이고 그 집을 좋아한다면 똑같이 생긴 집에 대한 혹평을 듣고 기분이 조금 나빴을 수도 있다고 말하는 것을 들은 후에야 그녀의 행동이 이해되었다.

나는 그녀의 블로그를 찾았다. 이름은 ‘막다른 골목에서의 삶’이었고, 우리집 혹은 그녀의 집을 위에서 찍은 사진이 대문에 걸려 있었다. 우리는 친구가 될 수 없는 사이였기에 그녀의 글이 훌륭하고, 재미있는 관찰기가 정말로 재미있다는 사실에 속이 쓰렸다. 나는 블로그에 올라오는 글을 매일 읽기 시작했다. 처음에는 나에 대한 언급이 있는지 알아보기 위해서였고, 어느 정도 시간이 지난 뒤에는 그녀가 내 거울처럼 살고 있기 때문이었다. 그 집은 청소기를 넣어두는 벽장이 왼쪽에 있고, 남녀 쌍둥이가 있고, 남편이 거의 매일 여덟시쯤 퇴근하기에 주로 다섯시쯤 아이들과 먼저 저녁을 먹고, 날이면. 날마다. 저녁에 이런 대화를 나누었다.

전자레인지 위에 저녁을 챙겨놓았음

접시에 '저녁'이라고 적힌 포스트잇 붙여놓았음

남편: 이거 내 저녁이야?

나: 응

전자레인지에 데워서 먹어?

응

한참 동안 정적

몇 분?

이 인간은 언제부터 사회적 능력을 갖춘 어린애가 된 걸까?!

✛

도서관에서 보낸 안내문을 세입자가 전송해줬다. 이언 매큐언의 책을 반납하고 연체료 92파운드 90펜스를 납부해달라는 내용이었다. 당시 '마사의 충동 지출'에 잔고가 없어서 나는 도서관에 연락해 안타깝게도 마사 프리얼은 실종 신고가 된 상태라고, 만일 찾으면 그 책에 대해 물어보겠다고 말했다.

✦

패트릭과 주말에 가끔 텃밭에 가기 시작했지만 돕지 않겠다는 단서를 달았다. "네가 좋아하는 일을 하다가 죽기는 싫거든." 그는 접이식 의자를 장만하고 그걸 보관할 헛간을 만들었다. 나는 옆 텃밭의 잘 자라는 당근과 비실비실한 우리 당근의 경계 역할을 하는 죽은 나무 그루터기에 발을 올려놓고 접이식 의자에 앉아서 책을 읽거나 그를 구경했다. 한번은 그가 손잡이에 달린 가격표를 떼지 않은 괭이를 들고 부스럭거리는 동안 책을 내려놓고 단어 개수로 계산하면 비싸겠지만 내 묘비에 이 문구를 적고 싶다고 말했다. "『콜드 컴퍼트 농장』에서 누가 여주인공한테 좋아하는 게 뭐냐고 물으니까 그녀가 하는 말이야. 잘은 모르겠지만, 대체로 아주 깔끔하고 차분한 환경을 유지하는 것, 아무 일도 하지 않아도 되는 것, 남들은 재미없어하는 농담에 웃는 것, 사랑 같은 것이나 누구는 좀 특이하지 않냐는 질문에 대답할 필요 없이 시골길을 산책하는 거요."

그는 말했다. "마사, 너는 특이한 사람에 대해 이러쿵저러쿵하는 것 말고는 아무것도 관심이 없잖아. 누가 물어보지 않아도 자진해서 얘기하고."

✦

12월에 보들리언도서관 기념품가게에 시간제로 취직해 관광객에게 머그잔, 열쇠고리, 도서관 로고가 찍힌 토트백을 팔았다. 그곳에 취직한 이유는 하루 여덟 시간 동안 거의 아무 말도 하지 않고 의자에 앉아 있을 수 있기 때문이었다.

기념품가게에서 파는 스웨트셔츠를 입은 여자가 들어와 내가 보는 앞에서 연필 세트를 소매에 슬쩍 넣었다. 그녀가 카운터로 와서 다른 상품을 계산하려고 할 때 나는 연필 세트도 선물 포장을 원하느냐고 물었다. 포장비는 무료라고 안내했다. 그녀는 시뻘게진 얼굴로 무슨 소리인지 모르겠다고 했다. 계산하려던 상품을 사지 않겠다고 했다. 나는 가게를 나가려는 그녀의 뒤통수에 대고 "훔칠 수 있는 날이 크리스마스까지 닷새밖에 안 남았어요"라고 말하고 의자에 계속 앉아 있었다.

이 이야기를 들려주자 패트릭은 소매업이 내 적성에 안 맞는 것 같다고 했다. 크리스마스가 지나고 나는 기꺼이 서서 손님을 응대하는 나이 많은 아주머니에게 밀려났다.

그로부터 얼마 지나지 않아 모르는 사람이 내게 이메일을 보냈다. 월드 오브 인테리어에서 만난 적이 있다는 남자였다. "그때 당신이 얼마나 재미있었는지 몰라요. 그때 막 결혼했거나 결혼을 앞두고 있다고 들었던 것 같은데, 나는 거기 인턴사원이었어요." 이제 그는 잡지 〈웨이트로즈〉의 편집장이 됐다며 자기에게 좋은 생각이 있다고 했다.

＋

나는 심리상담을 받기 시작했다. 런던이 문제가 아니었던 것이다. 유쾌한 음식 칼럼을 쓰는 것과 마찬가지로, 우울해하는 건 내가 어디서든 할 수 있는 일이다. 상담사는 findatherapist.co.uk에서 찾았다. 하늘색 바탕에 흰색으로 '어떤 걱정이 있나요?'라고 적힌 버튼이 홈페이지 대문에 있었다. 버튼을 클릭하자 항목이 줄줄이 떴다. 나는 '기타'를 선택했다.

그 상담사를 소개하는 페이지의 제목은 '줄리 피메일'이었다. 내가 그녀를 선택한 이유는 사무실이 도심에서 8킬로미터 이내에 있고 사진이 인상적이었기 때문이다. 그녀는 모자를 쓰고 있었다. 그 화면을 휴대전화로 찍어서 잉그리드에게 보냈다. 잉그리드는 이렇게 답장했다. "모자 쓴 사진을 올리다니 100퍼센트 문제 있다."

줄리 피메일과 나는 몇 달 동안 상담을 진행했다. 그녀는 잘 진행되고 있다고 했다. 그 기간 내내 그녀는 자신의 일상적인 정보를 절대 공개하지 않았다. 마치 그녀가 수영을 좋아하고 군복무를 하는 아들이 있다는 사실을 알게 되면, 내가 상담이 없는 날 차를 몰고 그녀의 집 앞으로 찾아가 한참 동안 앉아 있기라도 할 것처럼.

그러던 어느 날 상담 도중 그녀가 내 전남편이 어쩌고저쩌고라고 말했다. 나는 그녀의 왼손을 보았다. 그 무렵 나는 줄리의 액세서리와 머그잔과 치마와 다양한 디자인의 앞코가 뾰족한 부츠를 전부 꿰고 있었다. 손마디 아래쪽이 다른 손가락에 비해 눈에 띄게 가늘어진 약지에 끼고 있던 반지가 보이지 않았다.

남는 방을 개조한 상담실에서 우리가 상담을 잘 진행하는 동안 줄리 피메일의 결혼생활은 파경을 맞았다. 상담이 끝나자 나는 이제 막 생각났다며 다음주는 시간이 안 된다고 말했다.

집에 돌아오니 퇴근한 패트릭이 주방에서 수세미로 팔꿈치에 묻은 뭔가를 닦고 있었다. 나는 그에게 무슨 일이 있었는지 얘기했다.

"그런 식으로 그냥 그만두면 안 되지." 그녀에게 연락하라고 했다. "생각이 바뀌어서 다시 상담을 받고 싶어질 수도 있잖아."

"그럴 일 없어." 나는 말했다. "뚱뚱한 트레이너나 마찬가지야." 그가 미간을 찌푸렸다. "미안. 그래도 내가 괜한 심통을 부리는 건 아니야. 너는 내가 상담받는 목적이 뭔지 이해하지 못하는 모양이지만."

패트릭은 수세미를 내려놓고 냉장고에서 맥주를 꺼냈다. 맥주를 따면서 그가 물었다. "편지를 쓰는 건 어때?"

"그것도 아니지 싶어."

이제 와 드는 생각이지만, 줄리 피메일이 매주 두 번 자기 통장에 95파운드씩 입금하고 그냥 나가서 걸으라고 했으면 얼마나 좋았을까 싶다.

잉그리드는 산후우울증을 앓은 적은 없지만, 둘째를 낳은 뒤
로는 무슨 까닭인지 보톡스를 맞기 시작했다. 아무 문제 없는
서른두 살의 얼굴에 수천 파운드를 쏟아부은 것이다.

시술을 받고 이마 중앙의 3분의 1이 마비된 날 해미시가 이
유를 물었다. 그녀가 대답했다. 첫째, 무덤에서 부활한 시체처
럼 보이는 것도 지긋지긋하고 둘째, 얼굴근육을 마비시키면 공
간만 차지하는 남편에 대한 분노를 표정으로 드러낼 수 없기
때문이라고 대답했다.

그는 그렇다면 부부 상담을 받아야 하는 거 아니냐고 했다.
잉그리드는 일일 상담 같은 건 고민해볼 의향이 있지만 매주
받기는 싫다고 했다. 아이를 맡기는 비용이 5파운드씩 째깍째

깍 할증되는 와중에 상담사를 만나 그들의 문제가 뭔지 파헤칠 필요 따윈 없다고, 빌어먹을 두 살 미만의 자녀가 둘인 게 문제의 핵심이라는 건 이미 안다고 했다.

해미시가 겨우 찾은 일일 상담 어쩌고는 그룹 상담이었다. 갈등해소 시간에 진행자가 자신의 경험담을 공유했다. 싸우는 도중에 자신이나 자신의 파트너가 가끔 "잠깐! 나가서 햄버거 먹고 오자!" 같은 말을 던질 때가 있다고 했다. 거의 모든 경우 효과가 좋았고, 특히 '나는' 화법을 고수하면 더 효과가 있다고 한 뒤 질문이 있는지 물었다.

잉그리드가 손을 들더니 진행자가 지목하기도 전에 질문을 퍼부었다. 만약에 남편이 아내를 계속 임신시키면서—그것도 아들로—몰래 두 집 살림을 하는 수준으로만 도와주고, 아내가 지난 열네 달 동안 누린 최고의 휴식 시간이 MRI를 찍는 시간이었는데도 남편의 가장 큰 걱정은 아내가 다시 MRI를 찍는 순간을 상상할 정도로 피곤하고 우울해한다는 사실이 아니라 보톡스를 맞는 횟수라면, 그래도 햄버거 작전이 효과가 있을까요?

해미시는 자기계발 오디오북으로 작전을 바꿨다.

+

잉그리드는 둘째 아들이 생후 육 개월이 됐을 때 해미시를 버렸다. 금요일 밤 그녀가 고급주택 현관문을 두드렸을 때 아이는 아기띠 안에서 악을 쓰며 울고 있었다. 패트릭과 나는 이미 잠자리에 들었다. 그녀는 안으로 들어오자마자 가방을 털썩 내려놓으며 더는 못하겠다고 선언했다.

우리는 소파에 앉았다. 나는 잉그리드가 내 몫으로 따라놓으라고 한 와인잔을 들고 있었다. 그녀는 와인을 거의 자기가 다 마시겠지만, 그래야 술을 마시며 모유수유를 하는 기분이 들지 않을 거라고 했다. 그녀는 해미시가 더는 인간으로 보이지 않는다고, 이제는 다림질의 원흉, 계속 한번 하자고 쫓아다니는 벌레로 보인다고 했다. 앞으로 다시는 섹스를 하고 싶지 않다고, 하더라도 다른 사람과 하고 싶다고 했다. 나는 귀담아들었고, 잉그리드가 계속 하소연을 늘어놓는 사이 방에서 나온 패트릭이 "나는 없는 사람이야"라며 우리 앞을 지나 출근했다. 나는 잉그리드에게 아이와 함께 우리 침대에서 눈 좀 붙이라고 했다.

그녀는 휴대전화로 시간을 확인했다. "됐어. 이제 갈게."

"어디를?"

"집." 잉그리드는 자리에서 일어날 생각에 한숨을 쉬었다.

"하지만 방금 집에서 뛰쳐나온 거잖아."

그녀는 남은 와인을 입에 털어넣고 말했다. "언니. 내가 진짜로 해미시를 버릴 수 있겠어?" 그녀는 아기띠 위로 손을 들어 동그라미를 그렸다. "나 혼자 애를 키울 수 있겠어?"

"하지만 해미시가 인간으로 보이지 않는다며."

"맞아. 하지만 그런 이유로 주말을 망칠 수는 없지."

나는 농담이라는 걸 알았지만 웃지 않았다.

그녀는 사실 앞으로 사십 년을 어떻게 버티느냐의 문제라고 했다.

나는 그녀에게 좀 진지하게 말해보라고 했다. "해미시랑 헤어지겠다는 거야, 말겠다는 거야?"

잉그리드는 웃음기가 가신 얼굴로 말했다. "아니, 안 헤어질 거야. 어떻게 남편이랑 그냥 헤어질 수 있겠어? 엄청나게 정당한 이유가 있거나 자기밖에 모르는 우리 엄마 같은 몹쓸 인간이 아닌 이상."

"하지만 불행하면?"

"불행하고 아니고는 중요하지 않아. 그건 타당한 이유가 아니야. 그냥 지겨워지고 모든 게 조금 힘에 부치고 더는 사랑하지 않는 것 같아도, 어쩌겠어. 이미 서약했는걸."

그녀는 자리에서 일어나 아기띠를 추슬렀다. 나는 문 앞까지 배웅하러 나섰다. 그녀는 내가 문을 열어줄 때까지 기다리며 말했다. "언니는 애를 낳을 생각이 없으니 들으나 마나 한 소리겠지만, 엄마가 애들한테 줄 수 있는 최고의 선물이 애들 아빠를 사랑하는 거야."

내 동생이 생각해냈을 법한 말이 아니어서 누가 한 말이냐고 물었다.

“내가.”

“아니, 그러니까 누가 너한테 해준 말이냐고.”

“이모.”

“언제 이모랑 그런 대화를 나눴어?”

우리는 각기 다른 이유로 황당해하며 서로 바라보았다. 대체로 나는 이모와 일 년에 두 번 대화를 나눴다. 한 번은 4월에 이모가 전화해 크리스마스 계획을 설명할 때, 다른 한 번은 크리스마스 이 주 전에 전화해 크리스마스 계획을 되풀이할 때였다.

뭐야, 잉그리드가 말하며 실눈을 떴다. “나는 이모랑 하루에 오십 번쯤 통화하는데? 이모가 우리집에 와서 빨래를 개주거나 셰퍼드 파이를 구워주거나 원래는 엄마가 해야 할 몫인데 정작 당사자는 포크로 쓰레기를 만드느라 바빠서 해주지 않는 그런 일을 해주는 날은 빼고.” 잉그리드는 몹시 지쳐 보였다. 나는 그녀가 손 끝으로 한쪽 눈을 누르며 문지르는 모습을 지켜보았다.

“하지만 너는 이모를 싫어하잖아.” 나는 말했다. “이모네 욕실 바닥에서 애를 낳은 것도 이모가 쿠션을 얹은 의자에 앉히려 했던 것에 대한 복수 아니었어? 예전부터 이모라면 치를 떨었잖아.”

“그래야 하는 분위기여서 이모라면 치를 떨었던 거지, 사실 진심으로 싫어한 적은 없었어. 그리고 진심으로 싫어했다 한들 부탁하지 않아도 알아서 도와주는 유일한 사람을 어떻게 계속 싫어할 수 있겠어?"

"그럼 정말 도움이 돼? 이모가 계속 같이 있어주는 게?"

"뭐라고? 당연하지."

동생 집을 드나드는 이모라니 상상이 되지 않았다. 둘이서 따로 가깝게 지내다니, 잉그리드가 나 대신 그녀에게 기대다니. 나는 주변으로 밀려난 느낌이었고, 이제 옥스퍼드에 사는 처지라 둘이 물리적으로 더 가까운 것도 질투가 났다.

잉그리드가 말했다. "그런 표정 지을 것 없어, 언니. 언니가 있어서 행복하지만 나한테 딱히 도움이 안 된다는 건 언니도 알잖아."

그녀는 잠깐 자기만의 추억 속으로 사라졌다가 다시 이렇게 말했다. "예전에는 내가 어떻게 살고 있을지 몰랐는데. 이제 정말 가야겠다."

내가 문을 잡아주자 잉그리드가 먼저 밖으로 나갔다. 그녀는 나를 끌어안고 나서 잠깐 머뭇거리다가 말했다. "남편이랑 헤어질 수 없는 이유가 하나 더 있어. 우리 둘만의 문제 때문이라는, 우리 주변의 어느 누구 탓도 아니라는 확신이 먼저 있어야 해." 그녀는 마음을 불편하게 만드는 눈빛으로 나를 보았다. "그런데 그런 확신은 절대 갖지 못할 거야."

나는 잉그리드가 차로 가서 아이를 카시트에 앉히는 모습을, 조그만 깔때기처럼 비추는 불빛 아래 단둘이 있는 모습을 지켜 보았다. 잠시 후 그녀는 출발했고 세 시간 반의 별거 끝에 해미시와 화해했다.

+

그로부터 얼마 지나지 않아 잉그리드 부부는 런던을 떠났다. 잉그리드의 말로는 고양이 똥과 콘돔 포장지가 나뒹구는 모래밭이 지긋지긋해졌기 때문이었다. 그들이 이사한 곳은 스윈던 바로 옆이라는 걸 다들 모르는 척하는 동네였다.

그녀는 트럭에서 이삿짐을 내리는 걸 지켜보며 내게 전화해 벌써부터 거의 모든 것, 특히 사람들과 그들이 상징하는 모든 것이 싫지만 우리집과의 거리가 사십 분으로 줄었으니 참기로 마음먹었다고 전했다.

나는 다음날 잉그리드를 보러 가서 주방의 아일랜드 식탁 앞에 앉았다. 부동산중개인은 "모두가 탐낼" 식탁이라고 했지만, 잉그리드는 앞으로 모두가 잡동사니와 지갑을 던져놓는 쓰레기통이 될 거라고 했다. 내가 첫째 조카와 색칠놀이를 하는 동안 그녀는 이제 훌쩍 자란 둘째에게 모유수유를 하는 동시에 식료품을 정리했다.

그녀는 대용량 두루마리 화장지를 발로 차서 세탁실 문 앞으로 옮기며 자신은 요즘 제지용품을 사는 데 매주 200파운드를 쓰는 삶의 단계에 있다고 했다. 키친타월, 화장지, 생리대, 기저귀만 사도 쇼핑카트가 꽉 찰 지경이라고. 나는 색칠을 잠깐 멈추고 그녀가 모유수유에 전혀 지장을 주지 않으면서 바닥에 놓인 무거운 우유통을 들어 팔꿈치로 냉장고 문을 연 뒤 안에 넣는 모습을 지켜보았다. "세인즈버리 마트에 저녁 재료와 흡수가 잘되는 어쩌고가 한 코너에 진열돼 있으면 들어갔다 나오는 데 이 분이면 될걸."

그녀의 아들이 색칠을 계속할 수 있게 내 손에 크레용을 쥐여주려 했다. 잉그리드는 계속 종알거렸다. 나는 크레용을 잡고 그녀가 내 얼굴을 볼 수 없게 색칠하는 종이 위로 고개를 숙였다. "언니는 두 사람 것만 챙기면 되잖아. 정말 부럽다." 그녀는 말했다. "세상에, 언니는 바구니만 들고 다녀도 되겠다! 48개들이 두루마리 화장지를 파는 줄도 몰랐겠는데."

나중에 문 앞에서 그녀는 자기가 이 집과 이 마을을 감당할 수 있을 것 같냐고 물었다. "언니 거기 좋아하는 거지?" 아들이 그녀의 허리춤에 매달려 손에 든 플라스틱 자동차를 눈앞에 들이대며 보여주려 했다. 그녀는 아들의 손을 계속 치웠다. "잘 적응하고 있잖아. 잘한 선택이었어. 언니가 잘 지내고 패트릭이랑 사이도 좋잖아." 그녀는 말끝을 올렸다. 전부 질문이었다. 내게 그렇다는 대답을 듣고 싶은 거였다.

아들이 또다시 자동차를 들이대자 잉그리드는 장난감을 낚아챘다. 아이는 울음을 터뜨리며 그 작은 손으로 그녀의 얼굴을 때리려 했다. 그녀는 아이의 손목을 붙잡고 놓지 않았다. 아이가 몸부림치며 발길질하고 다른 손으로 그녀의 머리채를 잡았다. 잉그리드는 동요하지 않고 말을 이었다. "그러니까 확실히 옥스퍼드가 더 좋지. 좀 다르기는 하지만 기본적으로—언니는 거기를 좋아하잖아."

나는 그렇다고 했다. "너도 잘 지낼 수 있을 거야. 잘 생각했어."

"언니도 잘 지내는 거지?"

나는 물론이라고 했다.

"그럼 욕실 바닥 걱정은 이제 하지 않아도 되지." 또다시 질문이었다. 아니면 지시, 아니면 당부, 아니면 동생의 희망사항일 수도.

나는 그렇다고 했다. 그래야만 나는 그 집에서 나오고 잉그리드는 계속 버둥거리는 아이를 생각 의자로 데려가 앉힐 수 있으니까.

✛

좀 다르기는 하지만 더 좋았을까. 기본적으로. 나는 차를 몰고 집으로 돌아오면서 옥스퍼드에서 우리가 어떻게 살고 있는지 생각해봤다. 산책과 주말, 저녁식사와 저자와의 만남, 짧은 휴가와 전시회, 패트릭의 중요한 일과 나의 아주 사소한 일. 런던에서의 생활보다 더 좋지도 더 나쁘지도 않았다. 거의 이 년이 되어갔다. 옥스퍼드에서 유일하게 중요한 부분은 달라지지도 더 좋아지지도 않았다. 욕실 바닥 문제는 여전했다—잉그리드는 내가 너무 무서워하거나 온몸이 무겁다고 느끼거나 다른 식으로 우울에 사로잡히면 패트릭이 와서 붙잡고 일으켜세울 때까지 욕실 구석에 처박혀 꼼짝할 수 없는 상태를 말한 거였다. 그러고 나면 항상 하루, 아니면 일주일, 아니면 얼마인지 모를 기간 만에 욕실에 다시 들어가더라도 바닥을 구석구석 청소해야겠다는 생각만 들 뿐 내가 구석에서 벌벌 떨고 울고 입술을 깨물며 애원했던 일은 전혀 생각나지 않았다.

카스테레오 아래 달린 사물함 밖으로 처방전이 삐져나와 있었다. 집에 가는 길에 잊지 않고 약국에 들를 수 있게 일부러 그렇게 끼워놓은 것이었다. 신호등에 걸렸을 때 처방전을 꺼냈다. 무슨 이유에서인지 그 제약회사는 자사 제품 가운데 가장 강한 항우울제를 씹어먹는 형태로 제조했다—한참 동안 없어지지 않는 파인애플맛으로 코팅했는데, 성인 환자의 혀에 닿자마자 녹아서 입안 여기저기에서 모래 같은 가루로 뭉쳐지고 잇몸에 궤양을 일으킨 다음 식도를 태우며 내려가는 물컹한 덩어리로 변하게 했다. 나는 그 약을 아주 오랫동안 먹었다. 패트릭과 결혼하기 전부터 먹었다. 물건을 던지기 시작했을 때도, 스스로 병원에 찾아갔을 때도 먹었다. 지금까지도. 하지만 나는 달라지지도 더 좋아지지도 않았다.

그날 밤, 나는 패트릭에게 아무 효과가 없으니 그 약을 끊겠다고 했다. "왜 먹는지 모르겠어. 달라지는 게 하나도 없는데."

나는 저녁을 준비하는 그를 지켜보고 있었다.

그가 말했다. "어떻게 하면 끊을 수 있는지 상담받게 병원 예약해줄까?"

"아니. 그냥 안 먹으면 돼."

패트릭은 양파를 썰다 말고 칼을 도마 옆에 내려놓았다.

나는 걱정 말라고 했다. "지금까지 수백 번은 반복했던 일이야. 그리고 병원은 더이상 가고 싶지 않아. 그냥 이대로 살래. 너무 지긋지긋해, 패트릭. 그때 나는 열일곱 살이었어." 나는 울지 않으려 눈을 꾹 눌렀다. "지금은 서른네 살이고."

그는 알았다고, 오래되기는 했다고 말하며 다가와 한참 동안 나를 품에 안고 있었다. 나는 그의 어깨에 얼굴을 묻고 말했다. "알약도 더는 먹고 싶지 않아. 더는 한 알도 못 삼키겠어." 내가 왜 '제발'이라고 했는지는 모르겠다.

패트릭이 내 뒤통수에 손을 얹었다. 당연하지, 그래도 아무 문제 없어, 그는 말했다. 의사의 지시에 따라 항우울제를 끊으면 더 좋겠지만, 도움이 안 된다는 생각이 드니 얼마나 모든 걸 그만두고 싶은지 알겠다고 했다. 혹시 모르지, 그가 덧붙였다. "이게 그냥 너인 걸지도."

+

나는 잉그리드에게 피임약 대신 무슨 방법을 쓰면 좋겠냐고 물었다. 그녀는 삽입하는 게 있다고 했다. 팔 안쪽을 만져보면 피부 아래로 그게 느껴졌다.

✦

그해는 이전과 별로 다를 게 없었다. 연말에 잉그리드가 전화해서 말했다. "아니 진짜, 나는 왜 항상 스타벅스 화장실에서 임신 테스트를 하는 걸까?" 그러면서 이번에는 스윈던 스타벅스라 기분이 더 나쁘다고 했다.

"그래서, 임신이야?"

"당연하지."

"그거 삽입한 거 아니었어?"

"시간이 없어서 시술을 못 받았어." 그녀가 울음을 터뜨리자 잡음이 났고 잠시 후 그녀가 말했다. "빌어먹을 5세 미만을 셋이나 키우게 생겼어, 언니."

해미시의 본가는 웨일스였다. 잉그리드는 빌어먹을 5세 미만을 셋이나 키우게 되자 해미시가 출장을 갈 때마다 나를 데리고 그의 본가로 가기 시작했다. 우리 둘 다에게 우울한 일이었지만 말이다. 그 집에서는 할 게 아무것도 없었다. 가장 가까운 시내에 있는 거라고는 모리슨 마트와 레저센터와 광재 무더기가 전부였다.

우리가 처음 그 집에 갔을 때는 셋째가 생후 일 개월이었다. 차를 몰고 가는 동안 뒷자리에서 세 아이 모두 잠들었기 때문에 중간에 설 수가 없었다. 잉그리드는 이 기쁜 잠시의 휴가가 끝날 때까지 광재 무더기 주변을 계속 돌자고 했다. "언니, 혹시—" 그녀는 깜빡이를 켰다. "—광재 무더기를 가지고 뭔가

더 재미있는 말장난을 만들 수 없을까?"

나는 그 단어보다 더 재미있는 객관적 상관물은 들어본 적이 없다고 했다.

그녀는 운전대에서 시선을 돌려 짜증난 표정으로 나를 흘끗 쳐다보았다. "그런 단어는 내가 알아듣지 못한다는 걸 알면서, 좀 자제해주면 안 돼? 지금 내 머리는 물휴지를 뭉쳐놓은 거나 다름없단 말이야."

"시를 쓸 때 그 감정을 명시하지 않아도 독자에게 원하는 감정을 전달할 수 있게 비유로 쓰는 대상이라는 뜻이야. 그러니까 광재 무더기라는 단어를 쓰면 소름끼치는 실존적 절망을 굳이 글로 적지 않아도 되는 거지."

"그게 뭔지 설명해달라는 뜻은 아니었지만, 그래도 들으니까 좋네." 그녀는 하나로 묶은 머리를 한 손으로 잡아서 밖으로 뺐다. "근데 아빠도 그게 뭔지 알까? 그게 돈을 버는 열쇠일 수도 있는데." 한 아이가 웅얼거리자 잉그리드는 목소리를 낮췄다. "〈웨이트로즈〉 칼럼에 광재 무더기라는 단어를 넣으면 1000파운드 줄게."

"광재랑 무더기라는 단어를 꼭 나란히 써야 해?"

"나란히 쓰면 1000파운드에 언니가 고른 애를 얹어줄게. 하지만 막내는 안 돼. 아직 말을 못해서 나한테 요구하는 게 없으니까."

레저센터 앞을 다시 지나는데 잠에서 깬 첫째가 수영하러 가고 싶다며 점점 더 큰 소리로 악을 쓰며 울었다. 잉그리드도 안 된다고 한번 더 말하기엔 너무 지쳐서 울음을 터뜨렸다. 주차 장으로 들어가며 그녀가 말했다. "MRSA*가 탄생한 곳이 바로 여기인데 말이지."

나는 안으로 들어가자마자 입으로 숨을 쉬기 시작했다.

탈의실에 들어가보니 어린 여자애 셋이 물바다가 된 바닥에 쭈그리고 앉아서 다시 교복으로 갈아입고 있었다. 혼자 타이츠를 신지 못해 낑낑대며 얼른 입지 않으면 큰일날 거라고 차례대로 돌아가며 말했다. 나는 잉그리드가 맡긴 물건을 든 채 지켜보았다. 제일 작은 아이가 포기하고 두 손에 얼굴을 묻었다.

나는 가서 도와주고 싶었지만 잉그리드가 수영장 탈의실에서 어린애에게 말을 거는 건 성범죄자 명단에 이름을 올리겠다는 거나 다름없다고 했다. "그리고 날 좀 도와주지 그래? 자." 그녀는 내게 특수한 기저귀 같은 걸 건네며 막내에게 입혀달라고 했다.

잠시 후 교사가 들어오더니 문 앞에 서서 양손을 허리춤에 얹었다. 상황에 어울리지 않는 옷차림을 하고 있었는데, 몸에 꼭 달라붙는 랩원피스에 하이힐을 신고 바닥의 물바다를 피하느라 마트 비닐봉지를 발목까지 올려 동여맸다. 그녀가 소리치기 시작하자 잉그리드와 나는 모든 동작을 멈췄다. 아이들은

---

* 메타실린 내성 황색포도상구균. 사람에게 감염되면 여러 난치병을 일으키는 균으로, 영국에서 제일 먼저 발견되었다.

그녀가 사라질 때까지 그대로 얼어붙었다가, 이러다 우리만 두고 가겠어, 우리만 두고 가겠어, 라고 말하며 아까보다 더 미친 듯이 옷을 갈아입으려고 버둥거렸다. 제일 작은 아이는 울음을 터뜨렸다.

나는 막내를 유아차에 다시 앉혔다. 잉그리드가 진지하게 그러지 말라고 했지만 나는 다가가 쭈그려앉아서 아이에게 신발 끈 묶는 걸 도와줘도 되느냐고 물었다. 아이는 고개를 들더니 천천히 끄덕였다. 신발끈은 축축하고 거무스름했다. 급하게 갈아입으려니 힘들었지, 내가 말하자 아이는 바닥에 고인 물 때문에 타이츠가 다리에 달라붙어 더 그랬다고 했다. 아이 발목이 믿을 수 없을 정도로 가늘었다. 이렇게 연약해서 세상을 어떻게 살아가나 싶었다. 끈을 다 묶자 아이는 벌떡 일어나 친구들을 쫓아 달려나갔다.

나는 유아차 아래 칸에 소지품을 쑤셔넣는 잉그리드 곁으로 돌아갔다. "이제 언니는 성범죄자로 등록돼서 나랑 같이 놀이터도 못 가겠네." 말은 그렇게 했지만 웃고 있었다. 그녀가 브레이크를 발로 차서 풀었다. "근데 진짜 귀엽더라."

집으로 가는 길에 광재 무더기 앞을 다시 지났다. 그 너머로 해가 저물고 있었다. 잉그리드가 창밖을 내다보며 말했다. "얘들아, 우리 가족에게 무슨 일이 벌어지더라도 너희 아빠 마음대로 머서티드빌로 이사하는 것만은 내가 막아줄게."

나중에 애들을 재우고 동생과 나는 소파에 앉아 불을 지피자마자 꺼지기 시작한 장작을 보며 캔 진토닉을 마셨다.

내가 말했다. "애가 생기면 신발에 비닐봉지를 씌운 여자가 남의 애한테 소리를 질러도 그냥 넘길 수 있는 인간으로 저절로 변해? 그런 일이 벌어지는 세상에서 살 수 있을 만큼 갑자기 강해지는 거야?"

잉그리드는 진토닉을 삼키고는 아니라고 말했다. "더 못 넘기지. 엄마가 되면 모든 아이가 오 초 전까지 갓난아기였다는 사실을 깨닫는데 아기한테 누가 소리를 지를 수 있겠어? 하지만 얼마 안 있어 자기 애한테 소리를 지르게 되고, 그럴 수 있으면 끔찍한 인간인 거잖아. 아이를 낳기 전까지는 얼마든지 자기가 좋은 사람이라고 생각할 수 있었기 때문에 속으로는 아이를 원망하게 되지. 내가 사실은 괴물이라는 걸 깨닫게 하니까."

"나는 내가 괴물이라는 걸 이미 알고 있어." 그녀가 아니라고 해주길 바라며 한 말이었다.

잉그리드가 텔레비전을 켰다. "그럼 언니는 일 하나 덜었네."

우리 둘 다 봤던 영화였는데, 여자가 쇼핑백을 택시 뒷자리에 욱여넣는 장면이 나오고 있었다. 현실에서 그녀는 옥상에서 뛰어내린 배우였다. 광고가 나오는 동안 잉그리드가 모든 사람이 하는 말을 했다. 옥상에서 뛰어내리고 싶을 만큼 우울해질 수 있다니 이해가 되지 않는다고. 나는 청바지에 묻은 뭔가를 긁어내며 듣는 둥 마는 둥 하다가, 아무 생각 없이 그럴 수 있다고 말했다.

"아니, 그래도 진심으로 죽고 싶을 만큼 심각하지는 않잖아."

나는 웃다가, 그녀가 갑자기 텔레비전을 끄는 바람에 흘끗 올려다봤다. 잉그리드가 나를 빤히 보고 있었다.

"왜?"

"우울하다고 해서 진심으로 죽고 싶어지는 건 아닐 테고. 언제 그런 기분을 느꼈어?"

나는 진지하게 하는 말이냐고 물었다. "매번 그런 기분을 느끼지."

잉그리드가 말했다. "언니! 그럼 안 되지!"

나는 괜찮다고 했다.

"그냥 괜찮다고 하지 말고. 뭐가 괜찮다는 거야? 그런 기분을 느끼지 않아서 괜찮다는 거야?

"아니—내 말 안 믿어도 괜찮다고."

그녀는 우리 사이에 있던 쿠션을 모조리 바닥으로 떨어뜨리고 내게 다리를 치우라고 하더니 옆에 바짝 붙어앉았다. 그게 사실이라면 둘이 이 문제에 대해 대화를 나눠야 한다고 했다. 나는 그럴 필요 없다고 했다

"하지만 나는 언니의 심정을 이해하고 싶어. 그게 어떤 기분인지 말이야."

나는 설명해보려 애썼다. 골드호크 로드 발코니로 나갔던 그 밤에 대해 처음으로 들려줬다. 거기 서서 어두컴컴한 마당을 내려다보았을 때 어떤 기분이 들었는지 얘기하다가 멈췄다. 그녀가 너무 속상해하는 것 같았기 때문이다. 동그랗게 뜬 눈이 멀겠다.

나는 경험해본 적 없는 사람에게 설명할 수 있는 게 아니라고 했다.

그녀는 절절하게 외마디 흐느낌을 터뜨리더니, 미안하다며 애써 미소를 지었다. "진짜 겪어봐야만 아는 일이구나."

나는 동생 손에 손목을 맡긴 채 잠시 그렇게 앉아 있다가 그녀에게 이제 그만 들어가서 자라고 했다.

+

밤중에 잉그리드가 일어나는 기척이 들려 그녀의 방으로 건너갔다. 레저센터 바닥의 물기로 아직까지 축축한 수건을 스탠드에 씌워 어두침침하게 만들어놓고 침대에 앉아 아이에게 수유하는 동생의 모습이 더없이 행복해 보였다.

그녀가 말했다. "들어와서 나 좀 깨워줘." 나는 그녀 옆으로 올라갔다. "재밌는 얘기 좀 해봐."

나는 우리가 십대였을 때, 그러니까 집안이—아무 이유도 없이 마치 우리 가족이 아닌 다른 누군가의 입김이 작용한 것처럼—아프리카 원주민의 예술품, 가면, 주주 모자* 같은 것으로 가득 채워지기 시작해 골드호크 로드 일층이 나이로비 국제공항 기념품가게처럼 보였던 때 이야기를 꺼냈다. 내가 정확하게 기억하는 건 현관문 바로 안쪽에 한동안 놓여 있었던 다산을 기원하는 청동상뿐인데, 남근이 두드러지게 튀어나와서 당시에 잉그리드가 말했던 것처럼 어쩌다 옆으로 구십 도 돌면 빌어먹을 차단기로 변했기 때문이다.

잉그리드는 자기도 기억한다고 했다. "내가 체육복 가방을 거기 걸었잖아."

우리 둘 다 그게 언제 어떻게 사라졌는지는 알지 못했다. 그냥 어느 날 전부 없어졌다. 아이가 딸꾹질을 했다. 잉그리드는 웃음을 터뜨렸다.

나는 물었다. "애를 낳아서 제일 좋은 점이 뭐야?"

잉그리드는 아들에게 시선을 고정한 채 말했다. "이거. 이 모든 거. 개떡같긴 하지만, 그래도 전부 좋아. 특히," 그녀는 하품을 했다. "임신 사실을 알고 나서 남편을 비롯한 사람들에게 알리기 전까지의 시간. 심지어 겨우 일주일, 내 경우는 일 분에 불과하더라도. 그 부분에 대해 얘기하는 사람은 아무도 없지."

그녀는 그 은밀한 감정이 워낙 묘하고 황홀해서 누군가에게

---

* 번영, 아름다움, 신성함 등을 상징하는 모자로 아프리카에서 의례에 사용된다.

알리고 싶은 마음이 굴뚝같지만 그 감정을 포기하기가 괴롭다고 했다. "내가 보석을 품고 있다는 걸 아무도 모르니까 속으로 더없이 짜릿한 우월감을 느끼는 거야. 그래서 한동안 내가 다른 누구보다도 한 수 위라는 사실을 인식하면서 다녀." 그녀는 다시 하품하고 윗도리를 내리며 아이를 내게 건넸다. "모나리자가 그런 식으로 미소를 머금고 있는 이유가 그거라는 거 알아? 의기양양한 미소를 짓고 있잖아. 자리에 앉기 직전에 작업실 화장실에서 테스트 같은 걸 해서 두 줄이 떴는데, 화가가 하루에 열 시간씩 자기를 관찰해도 그 열 시간 내내 저 사람은 내가 임신한 것조차 몰라, 이런 생각을 하고 있기 때문이라잖아."

나는 사람들이 그걸 어떻게 알아냈느냐고 물었다. 잉그리드는 기억나지 않는다고, 화가가 목에 그린 음영이 임신했을 때만 튀어나오는 무슨 선이랑 연관이 있다는 것 같았다며 나중에 검색해보라고 했다.

그러고 나서 잉그리드는 책상다리를 하더니 모슬린 속싸개를 앞에 펼쳐놓고 아이를 건네받아 그 위에 눕힌 뒤 단단히 감쌌다. 아이를 안아올리지 않고 물끄러미 내려다보며 속싸개에 잡힌 주름을 펴고는 말했다. "가끔 언니가 아이를 원하면 좋겠다는 생각이 들어. 같이 아이를 키우면 재미있을 것 같거든."

아이는 낳고 싶어질 수도 있지만 레저센터가 질색인데, 아이를 키우려면 필수인 것 같다고 말했다.

잉그리드는 아이를 들어서 내 쪽으로 내밀었다. "저기 다시 눕혀줄래?"

나는 일어나 아이를 내 어깨에 대고 안았다. 나를 지켜보는 그녀의 시선을 느끼며 아이를 조그만 침대에 내려놓고 아래에서 손을 뺐다.

언니? 잉그리드가 불렀다. "언니가 정말로 자신을 괴물이라고 생각해서 그러는 건 아니면 좋겠어."

나는 아이에게 이불을 덮어주고 양쪽을 매트리스 가장자리에 잘 끼워넣은 다음 그 얘기는 이제 그만하자고 했다.

+

아침에 일어난 나는 잉그리드가 좀더 잘 수 있게 첫째와 둘째의 아침밥을 챙겼다. 첫째는 삶은 달걀을 먹겠다고 했다.

둘째는 삶은 달걀이 싫다며 울음을 터뜨렸다. 자기는 팬케이크가 먹고 싶다고 했다.

나는 둘째에게 서로 다른 걸 먹어도 된다고 했다.

"아니에요, 그러면 안 돼요."

나는 왜 안 되느냐고 물었다.

여기는 식당이 아니기 때문이라고 둘째가 대답했다.

팬케이크를 기다리는 동안 둘째가 자기가 훨씬 어렸을 때 꾼 꿈 이야기를 들려줬다. 나쁜 남자가 자기에게 술을 먹이려고

했다는 것이다. 그런데 이제 그 꿈이 무섭지 않다고 했다. 가끔
생각날 때만 무섭다고.

나는 산마르코대성당 계단 옆에 있는 재떨이용 쓰레기통에
대고 토했다. 패트릭과 나는 결혼 오 주년 기념으로 베네치아
여행을 갔다. 지난 이 주 동안 그는 아무래도 내가 아픈 것 같은
데 취소하는 게 낫겠냐고 계속 물었다. 나는 말했다. "이번에
는 마음이 아니라 참신하게도 몸이 아프네. 그러니까 괜찮아."

솔직히 취소하고 싶은 마음이 간절했다. 하지만 그가 론리
플래닛 여행서까지 사서 매일 저녁 침대에서 읽었기 때문에,
아무리 몸이 아프고 겁이 나도 연필로 동그라미를 칠 수 있을
만큼 소박한 걸 바라는 사람을 실망시킬 수가 없었다.

패트릭이 앉을 만한 데를 찾았다. 그냥 바이러스성 질환이
아닐 수도 있으니 옥스퍼드로 돌아가자마자 다시 병원에 가보

자고 했다. 나는 바이러스성 질환이 맞다고, 전에는 그걸로 토한 적이 없으니 그의 백팩 때문에 우리가 지나치게 관광객처럼 보인다는 사실에 대한 별개의 심리적인 반응이 분명하다고 했다.

임신이었다. 이 주 전에 알았고 그에게는 아직 말하지 않았다. 임신이라고 진단한 의사는 팔에 삽입한 피임제가 그대로 있는데 어떻게 된 거냐는 내 물음에 전혀 모르겠다고 했다. "100퍼센트 확실한 건 없으니까요. 아무튼 계산상으로는 오 주 됐네요."

패트릭이 일어나며 말했다. "호텔로 돌아가자. 당신은 침대에 좀 누워 있어. 비행기표 바꿀게."

나는 그가 내미는 손을 잡고 몸을 일으켰다. "하지만 그 다리 보고 싶어했잖아. 폰테 어쩌고 거기."

그가 말했다. "괜찮아. 나중에 다시 오면 되지."

호텔로 걸어가는 길에 어쨌든 그 근처를 지났다. 패트릭은 여행서를 꺼내 모서리를 접어놓은 페이지를 펼쳐 읽어줬다. "탄식의 다리는 왜 그런 이름이 붙었어?" 그는 내가 뭔가를 물어보다니 신기하다고 했다. "17세기에……"

그가 읽어주는 사연을 듣다보니 슬퍼서 몸이 오그라들 것 같았다. 죄수들이 다리를 건너 감옥으로 이송될 때 전형적인 바로크양식으로 건설된 다리의 창문으로 베네치아를 마지막으로 일별하며 한숨을 쉬었다는 전설 때문이 아니었다. 미간을 찌푸리며 그 페이지를 읽다가 간헐적으로 고개를 들어 내가 듣고 있는지 확인하고 다 읽자 와, 라고 말한 패트릭 때문이었다. "엄청 암울한 사연이 있었네." 우리는 다음날 비행기를 타고 집으로 돌아왔다.

✛

나는 텃밭에서 그에게 말했다. 그 사실을 알게 된 순간에도, 베네치아에 가기 전에도, 베네치아에서도, 그후로 일주일이 지나는 동안에도 날마다 그에게 알리려 했지만 번번이 뒤로 미룰 핑계가 있었다. 그가 피곤해한다든지, 통화중이라든지, 내 마음에 안 드는 점퍼를 입었다든지. 그가 뿌듯해하며 어떤 일에 집중하고 있을 때도 있었다. 일요일인 그날은 일어나 그가 남긴 쪽지를 읽었다. 나는 옷을 갈아입고 그를 찾으러 나섰다.

그는 쓰러진 통나무에 앉아 뭔가를 들고 있었다. 들고 있는 게 뭔지 알아볼 수 있을 만큼 가까워지자 자신이 없어졌다. 그가 보온병을 들고 있을 때 그의 존재를 갈가리 찢고, 내 기만을 폭로하고, 그의 미래를 두 갈래로 쪼갤 수는 없었다.

용기를 낼 수 있었던 이유는 딱 하나였다. 일단 얘기하고 나면 진짜가 될 테고 문제를 해결할 수밖에 없을 것이었다. 더는 지체할 수 없었다. 그래서 그냥 말해버렸다.

미적대는 동안 패트릭이 보일 법한 반응을 모두 상상한 줄 알았는데, 내가 상상했던 그 어떤 반응보다 끔찍했다—남편이 몇 주나 됐느냐고 물었던 것이다. 그런 상황을 경험한 적 없는 우리치고는 너무 구체적인 질문이었다. 아니, 우리 같은 상황에서는 쓰면 안 되는 표현이었다.

나는 말했다. "팔 주."

언제부터 알았는지는 묻지 않았다. 뻔했으니까. "내가 왜 전혀 눈치 못 챘는지 모르겠네." 그가 자기 잘못이라도 되는 듯 말하고는 상체를 앞으로 내밀어 팔꿈치로 무릎을 짚고 땅바닥을 보며 물었다. "어떻게 할지 지금 결정하자는 건 아니지?"

"응. 그냥 알려주는 거야."

"그럼 당장 급할 건 없네."

"응. 하지만 아무 이유 없이 기다리진 않을 거야."

그는 알았다고 했다. "일리가 있네."

나는 차를 다 마시고는 그에게 컵을 다시 건넸다. "갈게. 이따 집에서 봐."

"마사?"

"응?"

"며칠 시간을 줄 수 있어?"

나는 아직 예약을 잡지 않았다고 말했다. 어차피 며칠 정도의 시간은 있을 것이었다.

패트릭은 그날 집으로 돌아왔을 때도, 이후 며칠 동안에도 그 말을 꺼내지 않았지만 분위기가 달라졌다. 일찍 퇴근했다. 내가 아무것도 하지 못하게 했다. 아침에는 항상 내 옆에 있었지만 한밤중에 깨어보면 없었다. 그 생각뿐이라는 걸 알 수 있었다.

다시 일요일이 되었고, 내가 욕조에 몸을 담그는 동안 그가 들어와 욕조 끝에 걸터앉았다. "너무 오래 기다리게 해서 미안. 계속 고민하느라. 당신은 절대 낳고 싶지 않은 거야?"

응, 나는 대답했다.

"낳는 것도 괜찮을 것 같지 않아? 솔직히 나는 당신이 좋은—"

"제발, 패트릭."

"알겠어. 그냥, 나중에 충분히 고민할 걸 그랬다며 후회하고 싶지 않아서."

나는 발로 물을 찼다. "패트릭!"

"그래. 미안." 그는 일어나 젖은 바닥에 수건을 던졌다. "진료 의뢰서 써줄게." 그의 셔츠와 청바지 한쪽 다리가 다 젖었다.

나는 밖으로 나가려는 그의 뒤통수에 대고 말했다. "일어나선 안 되는 일이었어." 신경쓸 문제도 아니라고 했다. 하지만 그는 돌아보지도 않고 오케이, 알았어, 라고만 했다.

그가 문을 닫자마자 나는 물속으로 스르르 몸을 담갔다.

┼

어차피 유산이었다.

예약을 잡은 날 아침에 자전거를 밀며 운하 옆길의 가파른 구간을 올라갈 때 시작됐다. 나는 그게 뭔지 알면서 계속 걸었다. 집에 들어가 출근한 패트릭에게 연락하고 끝날 때까지 욕실에서 기다렸다. 밖이 너무 추웠기에 그가 도착했을 때 나는 여전히 외투를 입고 있었다.

그는 나를 차에 태워 병원으로 데려갔고, 몇 시간 뒤 집으로 돌아오는 길에 무슨 말을 해야 할지 모르겠다며 미안해했다. 나는 괜찮다고, 어차피 그때는 아무 얘기도 하지 싫지 않았다고 했다.

그 일은 아무한테도 알리지 않았고, 나중에 패트릭이 나간 다음에야—그동안 참느라 힘들었기에 그가 나가자마자 울음을 터뜨렸다. 내가 무슨 짓을 저지르려 했는지 떠올리며 짧고 격하게 오열했다. 몇 분 동안 집안을 서성이며 딸아이가 먼저 나를 놓아줬다는 게 고마워 눈물을 흘렸다.

한참 뒤—아주 한참 뒤—패트릭과 그 일에 대해 이야기하며 내가 '그녀에게'라고 하자 딸이었다는 걸 어떻게 아느냐고 그가 물었다.

나는 그냥 안다고 대답했다.

"낳았다면 이름을 뭐라고 지었을 것 같아?"

플로라.

"글쎄." 나는 말했다.

결혼해서 살다보면 사과할 수도 없을 만큼 어마어마한 범죄를 저지르기도 한다. 그래서 사과하는 대신 소파에 앉아 텔레비전을 보고, 병원에 다녀온 뒤 샤워하는 동안 그가 차린 저녁을 먹으며 말한다. 패트릭?

응.

이 소스 맛있다.

우리는 그저 옥스퍼드를 벗어나고 싶어서 길 이름인지 술집

이름인지 다른 어떤 것인지 모를 코츠월즈에 가자고 했다. 가 보면 좋을 거라고. 우리는 삼십 분이면 도착할 거라고 했다. 그냥 떠나자.

고급주택에서 갈림길까지는 16킬로미터였다. 패트릭은 그 길로 가지 않았다. 우리 둘 다 말은 하지 않았지만 멈추고 싶지 않았다. 아주 멀리까지 계속 달리고 싶었다. 도로를 등지고 띄엄띄엄 이어지는 집들을 창밖으로 내다보았다. 집들이 점점 빽빽해지면서 동네가 보이더니 다시 드문드문해졌다. 오른쪽은 밭이었다. 우리는 계속 일급 국도를 달렸다. 길이 좁아지면서 양옆으로 숲이 이어졌다. 작은 마을을 지날 때는 길이 구불구불해서 속도가 느려졌고 도시를 우회할 때는 길이 넓어서 속도도 빨라졌다. 외곽의 산업지대가 기나긴 시골로 바뀌었다. 휴게소. M6 고속도로 표지판. 다음 출구가 버밍엄이라고 알려줬다. 아름다운 풍경이 끝났다. 거길 지나자 다시 아름다워졌다. 패트릭이 물었다. 어디 불편한 데 없지? 응. 나는 배 안 고픈데 당신은 어때? 그냥 그래. 음악 들을래? 당신은? 그냥 그래.

'맨체스터 40'이라고 적힌 표지판을 지나자 우리는 군중 속에서 둘만의 비밀을 확인하려는 사람들처럼 눈을 크게 뜨고 서로를 보며 말없이 미소 지었다. 서행하며 가다 서다를 반복하다보니 6차로, 빽빽한 차량 행렬, 양옆의 운전자들이 익숙해졌다. 그들은 담배를 피우고 손끝으로 운전대를 두드렸다. 조수석에 앉은 사람은 휴대전화를 들여다보고 먹고 마시고 대시보드에 발을 올려놓았다.

내가 물었다. "우리 얼마나 달린 거야?"

패트릭이 시계를 보았다. "아홉시에 출발했으니까 여섯 시간. 아니면 다섯 시간 반?"

한참 동안 커브 구간이 이어지다 오르막길이 시작된다는 어렴풋한 느낌 말고는 아무 느낌도 없었다. 그가 창문을 내리자 소금기가 느껴지는 것도 같았지만 바다는 보이지 않았다. 그러다 구불구불한 오르막 급경사에 이어 '여기부터 아름다운 풍경이 시작됩니다'라고 적힌 표지판이 나타났다.

늦은 오후였다. 패트릭이 나를 위해 잠깐이라도 얼른 차를 세우는 게 좋겠다고 했다. 1.5킬로미터쯤 더 달리자 다리 기호와 함께 '진입로'라고 적힌 표지판이 보이고 다음 커브를 돌자 비포장 쉼터가 나왔다.

공기는 맑고 쨍했다. 우리는 동시에 같은 자세로 기지개를 켜고 허리를 돌렸다. 잠깐만, 패트릭이 말하더니 우리 점퍼를 꺼내고 차문을 잠갔다. 나는 그의 손을 잡고 빽빽한 숲을 지나 강까지 오솔길을 걸었다. 물살이 빨랐지만 우리 앞에서 굽이지는 곳에 웅덩이가 있었다. 깊고 잔잔하고 짙은 초록이었는데, 우리가 서 있는 강둑을 기준으로 깊이가 족히—패트릭의 말로는—"2미터, 어쩌면 3미터"는 될 것 같았다. 우리는 그 안을 내려다보았다.

오케이, 하지만 내가 먼저 들어갈게, 패트릭이 말했다.

우리는 옷을 벗어서 나뭇가지에 걸었다. 패트릭이 물었다. "왜 당신만 브래지어로 온기를 더하는 거야?" 나는 브래지어를 벗었고, 우리는 와들와들 떨며 강가에서 잠깐 더 미적거렸다.

"정중앙을 조준해." 그가 외치고 뛰어들었다. 그의 몸이 수면을 때리자 쩍 하고 갈라지는 듯한 소리가 났다. 그가 아직 수면 아래에 있을 때 나도 뒤따라 들어갔다. 물이 너무 차가워서 입수한 순간에는 충격과 수압 말고는 아무것도 알아낼 수 없었다. 이윽고 심근을 가르는 예리한 통증, 무거운 돌처럼 느껴지는 폐, 화끈거리는 피부가 느껴졌다. 눈을 뜨자 뿌연 초록빛과 소용돌이치는 토사가 보였다. 나는 팔을 움직이자고 생각했지만 머리 위로 떠 있는 두 팔은 뻣뻣하기만 했다. 허공에 매달린 느낌이었다. 그러다 내 팔을 잡은 패트릭의 손, 갑작스럽게 위로 잡아당겨지는 느낌, 한껏 들이마신 공기가 전부가 되었다. 잠시 후 우리는 서로 마주보고 아무 말 없이 미친듯이 헐떡였다. 그가 내 팔을 그대로 잡은 채 강둑 쪽으로 끌고 갔다.

내가 수면 밑으로 가라앉은 시간은 고작 일 초밖에 되지 않았지만 익사하는 줄 알았다. 헤엄쳐서 다시 나갈 수 있다고는 생각도 못했는데 강가까지 몇 미터밖에 떨어지지 않은 곳이었다. 물속에서 느낀 고통이 문제였다. 잠시 후 패트릭이 아래에서 받쳐 강둑 위로 올려주자 나는 똑바로 서서 맨다리에 물을 줄줄 흘리며 점퍼로 몸을 감쌌다. 고작 일 분 안에 일어난 일이었다.

우리는 옷과 신발을 들고 차를 세워둔 곳으로 달려갔다. 히터를 요란하게 틀어놓고 방금 전 우리가 한 짓에 대해 빠르게 얘기하며 앞자리에서 옷을 다 입기까지 한참이 걸렸다.

내가 말했다. 우리가 최고다.*

패트릭이 물었다. 감자칩이 그렇게 먹고 싶어?

우리는 차를 몰고 나가 술집을 찾았다. 가게 저편의 테이블에 앉아 있는 노년 커플과 바 뒤편에서 안경을 닦는 여자 말고는 아무도 없었다. 우리는 벽난로 앞 소파에서 감자칩에 맥주를 마셨다. 나는 정말 따뜻하고 정말 깨끗했다.

"패트릭, 너는 우리가 최고라고 생각한 적 없어?"

그는 없다고 했다. "하지만 그럴 수도 있겠네. 그런 짓을 할 만한 사람은 우리밖에 없으니까."

나는 맞다고 했다. "남들은 무서워서 못할 거야. 우리 말고는."

패트릭이 말했다. "속옷 안 입은 거, 엄청 신경쓰여?"

"여기 아무도 없는걸, 뭐." 나는 말했다. "이 세상에 우리밖에 없잖아."

---

* 레이스 감자칩의 슬로건이 '우리가 최고다'인 데서 착안한 말장난.

일요판 잡지에 새롭게 분류된 장애를 소개한 기사가 실렸다. 본인도 환자인 기자의 설명에 따르면 기숙학교증후군은 일종의 PTSD와 애착장애가 혼합된 증상으로, 부모의 뜻에 따라 6세부터 감금생활을 해온 수많은 영국 남성이 묵묵히 감내하는 병이었다. 과도한 자립심, 도움을 청할 줄 모르는 성격, '인내심에 대한 자부심', 지나치게 엄격한 도덕적 기준, 감정 억압. 감정 중에서는 특히 부정적인 감정의 억압이 주요 증상이었다.

패트릭이 옆에서 축구 중계를 보고 있었다. 유산한 뒤로 시간이 꽤 지났지만 몇 주나 됐는지 더이상 세지 않을 만큼은 아니었다.

나는 발로 그의 허벅지를 찌르며 물었다. "내가 퀴즈 하나

내도 돼?"

"십 분만 있으면 중계 끝나."

"너도 기숙학교증후군이 있는지 궁금해."

"십 분."

알았어, 첫번째 질문. 나는 해설이 안 들리도록 언성을 높여 말했다. "당신은 남에게 도움을 청하는 것이 어렵나요?"

아니요, 패트릭이 대답했고 내가 던진 나머지 질문에도 다 아니요라고 답했다. 감정적인 애착에 대해서 대답했을 때는 그가 열네 살 때부터 내게 감정적인 애착을 느꼈다는 이유를 들어 가장 단호하게 아니라고 했다. 마지막 항목에 다다랐지만 나는 아닌 척했다.

"몇 개 더 있어."

"페널티킥 좀 보면 안 돼?"

"녹화해."

패트릭은 한숨을 쉬고 텔레비전을 껐다.

"수분 함량이 높은 스크램블드에그, 십자화과의 채소, 우유나 커스터드처럼 끓이면 막이 생기는 액체 등 특정 음식에 감정적으로 격한 반응을 느낄 때가 있습니까?"

패트릭은 내가 지어내고 있는 건지 긴가민가하는 표정으로 나를 쳐다봤다.

"집을 제외하면 음식이 쟁반에 담겨 나오는 회사 구내식당에서 식사할 때가 가장 마음이 편한가요? 그리고 열여덟 살 때까지 메뉴 선택의 자유가 없었기 때문에 나중에 주문하는 데 시간이 엄청 걸리는 성인이 되었고, 가끔은 종업원이 뭘 먹겠느냐고 묻고 하품이 나올 만한 시간이 흐른 다음에야 뭘 먹을지 대답하는 당신 때문에 당신의 아내는 그사이 죽을 수도 있겠다고 생각한다는 데 동의합니까, 아니면 동의하지 않습니까?"

패트릭은 다시 텔레비전을 켰다.

"당신은 결혼한 뒤 아내에게 지적당하기 전에도 고개를 숙이고 한쪽 팔로 접시를 막은 채 식사한다는 사실을 알았습니까?" 그는 볼륨을 높였다. 나는 소리를 질렀다. "당신이 대부분의 질문에 네라고 대답했다면 모두의 짐작과 다르게 둘 중 정신에 문제가 있는 사람은 아내가 아니라 당신입니다."

나는 그가 내 어이없는 퀴즈에 짜증난 척하는 줄 알았는데, 텔레비전을 그냥 켜놓은 채 벌떡 일어나 나가버리는 그를 보고 그게 아니었음을 알아차렸다. 나는 그를 따라 주방으로 들어가 뭘 사과해야 하는지도 모른 채 미안하다고 했다. 그는 나를 없는 사람 취급하며 찬장에서 싱크대로, 다시 냉장고로 이동했다. 굴욕적이었다. 나는 꼭대기층의 골방에 들어가 문을 닫았다.

나는 의자에 앉아 가위로 끝이 갈라진 머리카락을 잘라내다가 컴퓨터를 켰다. 아웃넷에서 장바구니 놀이를 하려다가 그 잡지사 홈페이지에 들어가 기사를 다시 읽었는데, 죄책감을 느끼다가 슬퍼하다가 나중에는 무서워졌다. 그가 계단을 올라오는 소리가 들리자 페이지를 닫았다.

패트릭은 방안에 들어와서도 아무 말 하지 않았다. 나는 고개를 돌렸고, 침묵으로 일관하는 그에게 말했다. "우리 상담을 받았어야 했나봐." 진심으로 그렇게 생각한 건 아니었다. 입버릇처럼 하던 말이었다―인지된 범행에 복수하는 차원에서 그에게 상처를 주려고 한 말이었는데, 그가 그러게, 라고 대답해서 충격을 받았다.

"왜?"

"마사, 왜냐면."

"왜?"

"강가에서 있었던 사건 때문에."

그 말을 듣고 나니 그를 볼 수가 없어서 나는 다시 가위를 집어들었다.

마사, 그가 말했다. "제발 머리 좀 그만 자르고 우리가 왜 상담을 받아야 한다고 생각하는지 말해봐."

"네가 기숙학교증후군을 앓고 있으니까."

✛

그는 집밖으로 나갔고 나는 진정제를 찾으러 욕실에 들어갔다. 강가에서 있었던 사건의 마무리로 패트릭이 데려간 야간진료실에서 받은 것이었다. 내가 한밤중에 일어나 밖으로 나가서 운하 옆길을 따라 걷고, 나중에는 있는 힘껏 달리다가 첫번째 다리에서 패트릭에게 붙들린 때가 정확히 언제인지 알고 싶었다.

그때 나는 다리 난간을 올라타고 있었다. 그가 내 허리를 감싸안고 끌어내리려 애썼다. 나는 버둥거리다가 실수로 그의 얼굴을 할퀴었다. 나보다 체력이 더 좋았던 그가 나를 집으로 데려가 차에 태우고 병원으로 갔다. 그동안 나는 계속 미안하다고 미안하다고 미안하다고 했다.

약병을 들어 라벨에 적힌 날짜를 읽었다. 뭔가 이상했다. 해가 지려면 몇 시간이나 남았지만 침대에 누웠다. 너무 부끄러워서 깨어 있을 수 없었다.

꿈에 아기가 나왔다―그 꿈이 나를 깨워 강가를 따라 달리게 했다. 아기가 거기 있을 수도 있으니까. 이틀 전 밤에 벌어진 일이었다.

+

우리는 심리치료사에게 한 번 상담을 받았다. 그녀는 백인이었지만 콴자 축제*를 즐기다 바로 출근한 것 같은 복장이었다. 우리 둘 다 상담받으러 온 이유를 제대로 설명하지 못하자 그

____

* 미국에서 일부 아프리카계 미국인이 12월 26일부터 1월 1일 사이에 여는 문화 축제.

녀가 말했다. "걱정할 것 없어요!"

패트릭의 입장에서는 '최근 아내가 정신질환자처럼, 그리고 나이는 훨씬 많지만 「샬럿의 처녀」 에피소드의 빨간 머리 앤* 처럼 굴었기 때문'이라고 말할 수 없는 노릇이었다.

내 입장에서 보자면 '남편의 성격을 이루는 기둥, 주변 사람들이 입을 모아 칭찬하는 이례적인 극기심과 감정적 평정심, 절대 투덜거리지 않는 성향이 실은 새롭게 분류된 질병의 증상에 불과하다는 사실을 최근 알아차렸기 때문'이라고 말할 수는 없었다.

"중요한 건 두 분이 여기에 오셨다는 겁니다." 심리치료사는 이것이야말로 좋은 징조라면서 우리에게 일어나 상담실 중앙에 놓인 의자로 자리를 옮기라고 했다. 두 의자가 너무나 가깝게 마주 놓여 있어서 우리가 앉자 서로 무릎이 닿았다. 그녀는 함께한 시간이 꽤 되는 파트너는 더이상 서로의 눈을 바라보지 않는 경우가 아주 흔하다고, 그래서 자신은 항상 처음엔 부부에게 삼 분 동안 아무 말도 하지 않고 상대방의 눈을 열심히 바라보라고 한다고 했다. 그동안 자신은 그냥 관찰만 한다고.

그 훈련을 시작한 지 몇 초가 지났을 때 그녀의 발치에 놓인 핸드백에서 전자 알람이 연달아 바삐 울렸다. 패트릭과 나는 동시에 고개를 돌렸다. 그녀는 휴대전화를 찾느라 핸드백 안을

---

* 앨프리드 테니슨의 시 「샬럿의 처녀」에 나오는 일레인을 흉내내며 조각배에 누워 호수를 떠내려가던 앤은 배에 물이 새 익사할 뻔한다.

이리저리 더듬으며 말했다. "전화 좀 받을게요. 딸아이가 차를 태워달라고 연락한 것일 수도 있어서요." 휴대전화를 찾은 그녀는 화면을 밀어 잠금 해제를 하고 시선을 고정한 채 말했다. "나는 신경쓰지 말고 계속해요. 얼른 답장만 보낼게요."

패트릭은 싫어하는 게 별로 없지만, 예외가 있다면 음식으로 나오거나 살아 있는 황새치, 장난기가 다분한 선물, 아이폰 설정 중에서 소리가 나는 자판이다. 심리치료사가 한 글자 한 글자 칠 때마다 모스부호 같은 소리가 났다. 그는 어이가 없다는 표정으로 나를 바라보다가 휴대전화를 넣으려고 몸을 앞으로 숙였다 삑삑 소리가 두 번 울리자 다시 올려 드는 심리치료사를 보더니 입 모양으로 "말도 안 돼"라며 벙긋거렸다. "정말 미안해요. 애가 열여섯 살이거든요. 그 나이 때는 다들 세상이 자기 중심으로 돌아간다고 생각하잖아요."

패트릭이 자리에서 일어나 지금 당장 해야 하는 일이 있는데 깜빡했다며 사과했다. 그가 나를 데리고 상담실을 나서자 심리치료사는 어리둥절한 표정을 지었다.

갑작스럽게 밖으로 나온 우리는 손을 잡고 길을 건너 어느 술집을 향해 달렸다. 샴페인을 마시고 그다음은 데킬라를 마셨다. 나는 패트릭에게 우리가 포기하려고 결심했다가 항복의 순간, 도망치고 견디고 포기하지 않는 삶이 고달프기는 하지만 대안은 더 끔찍하다는 사실을 깨달은 사람 같다고 말했다. "왜냐하면 다른 사람들이 대안이거든."

패트릭이 말했다. "나한테는 대안이 나 혼자 사는 건데."

밖으로 나왔을 때 도로 연석에서 그가 다시 내 손을 잡았다. 택시를 잡으려는 중이었는데 그가 좀더 걸어가면 나오는 가게를 가리키며 살 게 있다고 했다. 함께한 이래 우리가 그렇게 취한 건 처음이었다. 그 가게는 조그만 드러그스토어였는데 초췌한 얼굴로 카운터를 지키던 여자는 우리를 시큰둥하게 대했다. 패트릭은 젤리와 칫솔을 카운터에 내려놓으며 물었다. "당신은 뭐 살 거 없어?" 나는 샤워 캡을 집으며 집에서 쓰고 싶은데 직원이 바코드를 찍고 다시 돌려줄지 모르겠다고 했다. 그는 물건을 전부 카운터에 놓고 말했다. "이거랑 일반 콘돔 주세요."

우리는 택시 안에서 키스를 했고 집에 도착하자마자 침실로 직행했다. 유산한 이후 처음이었다. 그때는 너무 취해서 미처 몰랐지만, 어쩌면 임신한 이후 처음이었다.

끝나기 직전에 패트릭이 잠깐 멈추더니 말했다. "미안, 계속해. 혹시 누가 차 좀 태워달라고 연락했는지 휴대전화 좀 확인할게."

"마사." 나중에 그가 내 옆에 누워서 말했다. "모든 건 망가지고 엉망진창이고 또 완전히 괜찮아. 그런 게 인생이야. 그저 비율만 달라질 뿐이지. 그 비율도 대개는 제멋대로 바뀌고. 이거구나, 앞으로 영원히 이렇겠구나 생각하는 순간 다시 바뀌는 거야."

그런 게 인생이었고, 이후 삼 년 동안 줄곧 그랬다. 비율이 제멋대로 바뀌어서 망가졌다가, 완전히 괜찮았다가, 축제였다가, 물이 새는 관이었다가, 새 침대 시트였다가, 생일 축하였다가, 아홉시에서 세시까지 기술자였다가, 창문 안으로 날아든 새였다가, 죽고 싶어, 제발, 숨을 못 쉬겠어, 점심을 잘못 먹었나봐, 사랑해, 더는 이렇게 못 살겠어, 였고 우리 둘 다 영원히 그렇게 살 줄 알았다.

작년 5월 패트릭이 근무하는 병원에 새로운 관리자가 들어왔다. 그녀는 자신이 원하는 생활방식 때문에 옥스퍼드로 이사왔지만 정신과의사인 남편은 할리 스트리트*에 개원한 직후라 런던으로 출퇴근한다고, 거기 집이 잘 안 나오는 걸 모르는 사람이 없지 않냐고 했다.

나는 어느 자선 파티에서 그녀를 만났다. 의식 고취를 위해 마련된 자리였지만 행사의 목적이 뭐였는지는 기억나지 않는다. 그녀가 내 직업을 묻기에 대중이 소비할 수 있는 콘텐츠를 만든다고 말했다. 유쾌한 음식 칼럼에 더해서 부업으로 시작한

---

* 병원이 밀집되어 있는 런던의 중심부.

일이었는데, 그녀가 〈웨이트로즈〉 독자이고 내 칼럼을 싫어할 경우에 대비해 칼럼을 쓴다는 말은 하지 않았다.

"그리고 개인적으로 콘텐츠 소비자이기도 해요. 물론 제가 만드는 콘텐츠는 아니지만, 어쨌거나 저도 문제의 큰 부분을 맡고 있겠죠."

그녀가 웃음을 터뜨렸고, 나는 외출할 때마다 휴대전화를 들여다보는 아이 엄마가 보이면 아이 눈을 들여다봐야 할 시간에 내 콘텐츠를 소비하는 건가 싶어 걱정이 된다고 말을 이었다.

"우리는 이미 휴대전화에서 벗어나는 능력을 상실한 것 같지 않나요?" 그녀가 안타까운 듯이 말했다.

"하지만 눈을 감기 직전에 다들 콘텐츠를 좀더 소비하지 못했다고 후회할걸요."

그녀는 다시 웃음을 터뜨리며 내 팔을 살짝 쳤다. 그후로 대화가 끝날 때까지 자신에 대한 정보를 공개하거나 강조하고 싶은 부분이 있거나 의견을 밝힐 때마다 같은 행동을 했다―내 팔을 살짝 쳤다. 그리고 자기 생각에 내 얘기가 재밌다 싶으면 내 팔을 살짝 잡았다. 나는 그런 이유로, 또한 직업 말고도 이런저런 질문을 했지만 아이가 있느냐고는 묻지 않아서 그녀가 무척 마음에 들었다.

집으로 가는 길에 패트릭에게 정신과의사라는 그녀의 남편 이름을 알아봐달라고 했다.

나는 사 년 동안 병원에 가지 않았다. 새로운 병원을 찾지도 않았다. 하지만 그가 어떤 사람인지 궁금해서 예약을 잡았다—그런 여자와 결혼했다는 건 훌륭한 남자라는 뜻일 테니까. 따라서 내가 지금까지 만난 의사들과 다를 테니까.

+

접수 담당자가 원래는 예약을 잡으려면 십이 주를 기다려야 하는데 취소한 환자가 있다며—좀처럼 없는 일인데—오늘 오후 다섯시까지 올 수 있겠느냐고 했다. 나는 어깨로 전화기를 잡고 그녀가 볼펜을 딸각이는 소리를 들으며 열차 시간을 확인한 뒤 갈 수 있다고 말했다.

대기실은 어두컴컴하고 너무 후덥지근하게 느껴졌다. 내가 5월치고 너무 두툼한 외투를 입은데다 패딩턴역에 내리자마자 여기까지 거의 뛰다시피 왔기 때문이다. 아까 그 접수 담당자가 원래는 한참 기다려야 하는데 오늘은 바로 의사를 만날 수 있다고 했다. 이 역시 좀처럼 없는 일이라고. 나는 서서 기다리며 아버지가 나를 위해 만들어줬던 게임을 했다. 이 대기실을 좀더 그럴듯하게 만들 수 있도록 단 하나를 없앤다면, 그건 뭘까? 나는 시클라멘 화분에 달린 가격표를 선택했고, 잠시 후 두툼한 카펫 위로 묵직한 문이 열리는 소리가 들려와 고개를 돌렸다. 몰스킨 바지에 흰색 셔츠를 입고 니트 넥타이를 맨 남자가 나오더니 말했다. "안녕하세요, 마사. 로버트입니다."

그러고는 사람의 손이 흐물흐물할 수도 있다는 생각은 해본 적 없는 사람처럼 내 손을 굳게 잡았다.

상담실로 들어가자 그는 내게 마음에 드는 자리에 앉으라고 한 뒤, 자기는 공책을 얹어놓을 수 있게 한쪽 팔걸이를 더 넓게 만든 인체공학형 의자에 앉아 내 이름 말고는 아무것도 적혀 있지 않은 페이지를 펼쳤다. 그가 내 이름 아래에 밑줄을 긋는 동안 나는 앉아서 기다렸다. 그가 다른 손으로 넥타이를 바로잡을 때 보니 검지에 전문가의 솜씨가 느껴지는 새하얀 붕대를 감고 있었다. 그 손가락은 쓰지 않은 채 꼿꼿한 상태를 유지했다.

그가 고개를 들고 맨 처음부터 시작해보자고 했다. 이 병원에 온 이유가 뭔가요? 말하는 사람의 입장에서도 재미없게 느껴지는 대답을 하자 그는 언제 그런 기분을 처음 느꼈는지 기억하느냐고 물었다.

사이클론이 심하게 또는 매우 심하게 불고, 가끔 개겠습니다.*

나는 마지막 A레벨 시험을 치르던 날에서 시작해 그날 오전 아홉시 반에 있었던 일로 끝을 맺었다. 쓰레기를 버리러 나갔는데 두 아이의 손을 잡고 걸어가던 여자가 나를 보고 미소 짓더니 자기만큼 지쳐 보인다고 했다. 나는 그녀가 사라질 때까지 그 자리에 서 있다가 쓰레기봉투를 들고 다시 집으로 들어

---

* 마사가 자신의 심리상태와 같다고 느꼈던 BBC 라디오의 일기예보 멘트.

와 복도에 내동댕이쳤다. 봉투가 벽에 부딪혀 터졌다. 나는 로버트에게 내가 여기 있으니 패트릭이 그걸 보고 아무렇지 않게 스파게티와 달걀 껍데기를 치울 것이며, 지난 수년 동안 그랬던 것처럼 아내들이 하는 정상적인 행동인 척할 거라고 말했다.

로버트는 나에게 뭘 자주 던지느냐고, "당신 표현을 빌리면 정상적"이라고 할 수 없을 만한 다른 행동도 하느냐고 물었다.

나는 테라코타 화분을 마당 담에 집어던져 박살낸 적이 있다고 말했다. 주방 타일을 향해 휴대전화를 하도 많이 던져서 손에 유릿조각이 박힌 적도 있고, 패트릭에게 헤어드라이어를 던져 멍이 들게 한 적도 있고, 주차장 철제 가드레일을 일부러 들이받은 적도 있고, 그렇게 하면 기분이 나아져서 벽을 등지고 서서 머리를 계속 박은 적도 있고, 아침에 일어나지 못한 날도 밤에 잠을 이루지 못한 날도 있고, 책을 찢고 옷을 뜯은 적도 있다고 말했다. 헤어드라이어 말고는 모두 최근 일이라고.

나는 그에게 사과하며 나를 도울 방법이 생각나지 않는다고 해도 전혀 아무렇지 않다고 말했다. 그런 다음 뒤늦게 생각난 듯 덧붙였다. "웃긴 건 말이죠, 재밌어서 웃긴 게 아니라 끔찍해서 웃긴 건데요, 그러고 나면 정상으로 돌아간 기분이 들어요. 잔해를 보며, 쓰레기통이나 그런대로 치운 깨진 접시 조각을 보며 생각해요. 누가 저런 짓을 했지? 내가 그랬다는 걸 진짜로 못 믿겠어요." 나는 잉그리드의 패션 발작에 대해서도 이

야기했다. 그가 계속 받아 적는 것이 묘하게 마음을 건드린다
는 말도 했다. 받아 적을 만한 이야기라는 듯한 그의 반응에 매
력을 느꼈던 것 같다.

그가 페이지를 넘기고는 지금까지 다른 병원에서 어떤 진단
을 받았는지 물었다. 나는 "선열, 주요우울장애, 그리고—차례
대로—"라고 말문을 열어 하나씩 나열하다가 지겨워져 살짝
웃었다. "사실『정신질환 진단 및 통계 편람』*에 있는 대부분의
항목이라고 볼 수 있죠."

나는 두리번거리며 과거의 경험상 그런 상담실 어딘가에 항
상 놓여 있는 정신질환 사전을 찾았다. 일종의 울적한 '월리를
찾아라' 게임이었다—일부러 무시무시한 제목을 붙인 듯한 정
신과 교재 사이에서 그 빨간 책등을 찾기. 그런데 어디에도 없
었다. 고개를 돌렸을 때 나를 기다리고 있는 그를 보고 또다시
파도처럼 솟구치는 감사함을 느꼈다.

"가장 궁금한 건, 당신이 스스로 내린 진단이에요, 마사."

나는 고민해야 하는 것처럼 잠시 머뭇거렸다. "인간으로서
살아가는 데 재주가 없다. 저는 삶을 유지하는 데 남들보다 더
어려움을 느끼는 것 같아요."

그는 흥미롭다고 말했다. "하지만 오늘 여길 찾아온 걸 보면

---

* 미국 정신의학 협회에서 발행하는 정신질환 진단의 분류 기준에 대한 안내서로,
통상적으로는 'Diagnostic and Statistical Manual of Mental Disorder'의 약자
인 DSM이라고 부른다.

의학적으로 설명할 방법이 있다고 생각하는 모양이네요."

나는 고개를 끄덕였다.

"그렇다면 뭐라고 생각해요?"

나는 대답했다. "아마 우울증이겠죠, 하지만 항상 우울한 건 아니에요. 이유가 없거나 아주 사소해 보이는 이유로 시작돼요." 나는 그가 서랍에서 코팅된 설문지를 꺼내 내 쪽으로 돌려주면서 '항상, 가끔, 거의, 절대'에 체크하라고 시킬 가능성에 대비해 마음의 준비를 했다.

투주르, 파르���, 라르망, 자메.

그런데 그는 볼펜 뚜껑을 닫아서 공책 위에 올려놓고 말했다. "갑자기 동굴 속에 들어간다면 어떤 기분이 들지 설명해줄 수 있나요?"

나는 패트릭에게 처음으로 그런 모습을 보였을 때—우리가 아직 사귀기 전 그 여름날—그랬던 것처럼, 그후로 수없이 반복했던 것처럼 설명했다. "날이 환할 때 영화를 보러 들어갔다가 나와서 생각지도 못하게 어두워진 걸 보고 충격을 받는 느낌이에요.

버스에서 양옆에 앉은 모르는 사람 둘이 나를 사이에 두고 서로 소리를 지르면서 싸우는데 버스에서 내릴 수 없는 느낌이고요.

가만히 서 있다가 갑자기 계단에서 굴러떨어지는데 누가 밀었는지 몰라요. 뒤에 아무도 없고요.

지하철역으로 내려갈 때는 하늘이 파랬는데 나와보니 폭우가 쏟아지고 있어요."

그는 내가 더 얘기할 것이 남았을지도 모른다는 듯 잠깐 기다리다가 흥미롭다고, 그 설명이 아주 큰 도움이 됐다고 했다.

나는 엄지손톱을 물어뜯고 잠깐 내려다보다가 완전히 뜯기지 않은 부분을 떼어냈다. "주로 날씨 같아요. 다가오는 게 보이더라도 어쩔 방법이 없잖아요. 이러나저러나 닥치게 되어 있죠."

"그럼 뇌의 기상 상황이라고 할 수 있을까요?"

"아마도요. 네."

"안타깝네요. 오랫동안 힘드셨겠어요." 그가 말하자 나는 고개를 끄덕이며 다시 손톱을 물어뜯었다. "혹시 아무라도 ——일 가능성을 언급한 적 있나요, 마사?"

어머나, 아뇨, 나는 손을 치우고 말했다. "지금까지 제가 걸리지 않은, 아니 들어본 적 없는 딱 한 가지 병이 그거예요. 그런데 실은," 나는 기억을 더듬으며 말했다. "제가 아마 열여덟 살이었을 때 스코틀랜드 출신 의사가 그것도 배제할 수는 없다고 했는데 어머니가 아닐 거라고 했어요. 제 증상은 계속 우는 것뿐이라고, 제가 나는 부디카*고 하느님이 치아교정기를 통해 메시지를 전한다고 생각하는 완전 미치광이는 아니라고 하면

---

* 브레이트브리튼섬을 정복한 로마제국의 점령군에 저항한 이케니 왕국의 여왕.

서요."

"네, 그럼요. 그런데 이런 말씀을 드리기는 뭣하지만," 그는 잠깐 말을 멈추었다가 다시 이었다. "어머님께서 그렇게 강렬한 표현까지 쓰며 묘사한 그런 증상은 대중의 상상 속에나 존재합니다. 실질적인 증상으로는—" 로버트는 열댓 가지를 나열했다.

상담실이 불편할 정도로 덥게 느껴지기 시작했고 누가 내 목구멍에 걸레를 쑤셔넣은 것 같았다. 나는 침을 꿀꺽 삼켰다. "하지만 저는 사실 ——이 아니면 좋겠어요." 그렇게 말하고 나니 처음에는 바보 같고 그다음에는 무례한 인간 같았다.

그가 말했다. "이해합니다. 질환으로서 ——은 오해의 소지가 많고 일반 대중 사이에서는 다소—"

"왜 그 병이라고 생각하세요?"

"왜냐하면 일반적으로 처음에—" 열일곱 살 때 머릿속에서 조그만 폭탄이 터지는 것으로 시작된다. "그리고 어떤 약을 처방받느냐면—" 로버트는 내가 지금까지 먹은 약, 모두 익숙하지만 오래전 잊은 약의 이름을 모조리 열거하더니 그런 약이 효과가 없거나 있더라도 미미하거나 아니면 증상을 더욱 악화시키는 임상적인 이유에 대해 설명했다.

그에게 오랫동안 힘들었겠다는 말을 들은 순간부터 눈동자 뒤편을 무지근히 누르고 있던 눈물이 얼굴을 타고 흘러내리자 나는 다시 침을 꿀꺽 삼켰다. 로버트가 갑 휴지를 집었다가 텅 빈 걸 보고는 자기 손수건을 꺼내 카펫이 깔린 우리 둘 사이의 공간 너머로 건네주었다. 나는 눈물을 닦으며 이 남자의 손수건을 누가 다려줬을까 생각했다.

나는 그에게 자신없어하던 그 스코틀랜드 출신 의사 말고는 아무도 그럴 가능성에 대해 생각하지 못했던 이유를 물었다.

"당신이 오랫동안 너무나 잘 버텼기 때문일 거예요."

내가 그동안 잘해왔던 건 까다롭고 지나치게 예민한 인간으로 지낸 것밖에 없었다는 생각에 울음을 그칠 수가 없었다. 로버트가 자리에서 일어나 물을 한 잔 따라줬다. 나는 허리에 힘을 주고 똑바로 앉아서 고맙다고 인사했다. 반잔을 마시고는 ――을 입 밖으로 소리 내 읊으며 느낌이 어떤지 살피고 내게 적용해봤다.

그는 자기 자리로 돌아가 넥타이를 바로잡고 말했다. "내 느낌상으로는 그래요, 네."

"그냥," 나는 천천히 숨을 들이마셨다가 다시 내뱉었다. "스물네 시간 앓고 끝나는 그런 병이면 좋겠네요."

로버트는 미소 지었다. "요즘 그런 병이 유행이라고 하더군요. 내가 그 증상에 일반적으로 처방하는 약을 먹어볼 생각이 있나요, 마사? 대개는 효과가 아주 좋아요."

나는 그러겠다고 대답하고, 그가 처방전을 작성하는 동안 할리 스트리트 건너편의 빅토리아풍 건물을 창밖으로 말없이 내다보았다. 건물이 정말 아름다웠다. 원래 병원으로 지은 건물일까? 그렇다면 저 정도로 정성을 들이지 않았을 것이다. 로버트의 말소리가 들리자 나는 다시 고개를 돌렸다. "타자가 느려서 미안해요. 토마토를 썰다 공교로운 사고를 당하는 바람에." 나는 꿰매야 할 정도였느냐고 물었다. 그는 프린터에 종이를 넣으며 대여섯 바늘 꿰맸다고 했다.

상담이 끝나자 로버트는 문 앞까지 배웅해주며 육 주 뒤에 다시 만나면 좋겠다고 했다. 나도 고맙다는 인사보다 더 그럴듯한 말을 하고 싶었지만 "선생님은 좋은 분이네요"라는 말로 분위기를 어색하게 만들어버렸고, 다시 한번 악수한 뒤 돌아서서 얼른 대기실로 돌아갔다.

접수 담당자가 상담비를 계산하며 말했다. "두 타임짜리가 됐는데 선생님이 한 타임으로 정산하셨나봐요."

나는 그것도 좀처럼 없는 일이냐고 물었다. 그녀는 그렇다고 대답했다.

+

밖으로 나선 나는 축축한 안개를 피하려 외투를 입고 위그모어 스트리트에 있는 약국을 향해 천천히 걸었다. 걷던 도중 인도 한복판에서 걸음을 멈추고 휴대전화를 꺼냈다. 킥보드를 타고 반대편에서 달려오던 남자가 급히 방향을 틀더니 말했다. 씨발, 잘 좀 보고 다녀. 나는 문을 닫은 음식점 앞으로 물러나

인터넷 검색창에 ㅡㅡ을 입력하고, 퀴즈 형식 아니면 느낌표만 없다뿐이지 슈퍼에서 파는 여성 잡지에서나 볼 법한 제목이 달린 기사 형식으로 관련 정보를 제공하는 미국 의료 사이트를 클릭했다. 잉그리드가 그 사이트를 애용했는데 해미시가 차단해버렸다. 그야말로 어떤 증상을 넣든 항상 결론은 암이었기 때문이다.

나는 계단에 앉아서 스크롤을 내렸다.

ㅡㅡ: 증상, 치료법과 더 많은 내용!

ㅡㅡ: 소문과 진실!

ㅡㅡ 환자와 살고 있나요? 피해야 하는 아홉 가지 음식!

동생이 지금 옆에서 내 휴대전화를 낚아채 계속 읽는 척 연극을 하면 얼마나 좋을까. ㅡㅡ 환자를 위해 쉽게 준비할 수 있는 주말 음식! ㅡㅡ에 걸린 사람도 오 주면 납작한 배를 만들 수 있다. ㅡㅡ에 걸린 것 같나요? 그냥 암일 수도 있어요!

'ㅡㅡ과 임신'은 뭐라고 쓰여 있을지 이미 알 것 같았기에 'ㅡㅡ의 증상'을 클릭했다. 다음 중 몇 가지에 해당하십니까? 나는 전부 해당했다. 이게 퀴즈 프로그램이었다면 부상으로 자동차를 받을 수도 있었을 것이다.

ㅗ

약국에서 나와 역에 도착하고 보니 집에 가고 싶지 않았다.

그래서 노팅힐까지 걷기로 했다. 시간이 한참 걸린다는 것 말고는 거기까지 갈 이유가 딱히 없었다. 공원 가장자리에 다다랐을 무렵 날이 어두워지기 시작했다. 나는 자전거도로를 따라 걸으며 울음이 터지길 기다렸다. 걸음을 옮길 때마다 가방 안에서 약통이 달가닥거렸다. 결국은 울지 않았다. 시커먼 가지에서 빗물이 뚝뚝 떨어지는 나무를 올려다보고 주머니에 든 로버트의 보송보송한 손수건을 움켜쥐었다.

브로드 워크 북쪽에 다다르자 어렸을 때 실수로 잉그리드의 가슴을 때렸던 패트릭, 지금 고급주택에서 내가 남긴 난장판을 치우며 어디 갔는지 모르는 나를 기다리고 있을 패트릭이 생각났다.

걸어가면서 휴대전화를 꺼냈다. 연락처, 즐겨찾기, **남편**으로 저장된 패트릭. 그가 뭐라고 할지, 그가 뭐라고 하면 좋겠는지는 알 수 없었다. 계속 걸으면서 그가 나를 안아주며 괜찮냐고 묻는 광경을 상상했다. 충격을 받고 로버트의 진단에 이의를 제기하며 다른 의사의 소견도 반드시 들어봐야 한다고 하겠지. 아니면 "이제 생각해보니까 말이 되네"라고 할지도. 나는 휴대전화를 다시 넣고 다음 출구에서 공원을 빠져나왔다.

날은 이미 어두워졌고, 나는 펨브리지 로드를 따라 래드브로크 그로브까지 올라가서 다시 웨스트본 테라스로 갔다. 니컬러스와 내가 일했던 유기농 식품점이 레이저 제모와 미용 주사 전문 클리닉으로 바뀌었다. 그 양쪽의 가게와 술집이 영업중이었지만 옷이 너무 젖어서 들어갈 수가 없었다. 그 앞에 잠깐 서서 니컬러스가 했던 말을 떠올렸다. "자기 인생에 자꾸 불을 지르는 이유를 알아낼 수 있다면, 그게 가장 이상적이고." 나는 몸을 돌려 펨브리지 로드를 다시 걸어내려가 역으로 향했다. 나는 여전히 집에 가고 싶은 마음이 없었기에 천천히 걷는 관광객들에게 가로막혀도 개의치 않았다.

✛

옥스퍼드로 돌아가는 열차 안에서 아버지가 받겠거니 생각하며 골드호크 로드로 전화했다. 패딩턴역에서 먼저 잉그리드에게 전화해 상담받은 일을 이야기하려고 했는데, "지금은 통화를 할 수 없습니다"라는 자동응답 메시지가 나왔다. 지금은 너무 피곤해서 아버지에게 시시껄렁한 얘기를 듣고 싶었다. 간간이 "정말요?"라고만 하면 제법 오래 아버지와 통화할 수 있었다.

어머니가 전화를 받더니 곧바로 말했다. "네 아버지 도서관 갔다. 나중에 다시 전화해."

위로가 필요할 때 내게 어머니는 마지막 수단도 안 되는 존재였다. 이제 와 생각해보니 재밌게도, 그때 이런 속담이 저절로 떠올랐다. 그래. 폭풍이 치는데 항구를 가리겠어.

내가 말했다. "엄마랑 나랑 잡담해도 되지."

어머니는 과장되게 놀란 척했다. "우리 둘이? 그래, 알았다. 그동안 어떻게 지냈니? 잡담은 이런 식으로 시작하는 거 맞지?"

나는 말했다. "런던에 다녀오는 길이에요. 정신과 상담을 받으러요."

"왜?"

나는 잘 모르겠다고 말했다.

이제 와 생각해보니 재밌게도, 어머니가 폭풍이었기 때문이다. 내 머리 위로 막 쏟아지기 직전인.

"그 의사가 한 말은 한마디도 믿지 마. 내 평생 멀쩡한 정신과의사는 본 적이 없거든. 그 인간들은 우리가 전부 미치길 바란다고. 그래야 자기들한테 좋으니까."

어머니는 알고 있었다. 휴대전화를 쥔 손이 갑자기 뻣뻣해지면서 팔을 타고 충격이 살짝 전해졌다.

어머니가 말했다. "내 말 듣고 있니?"

"내가 열여덟 살 때—" 구토하기 직전에 그렇듯 입안 가득 침이 고였다. "—엄마가 데려간 병원 의사가 저더러 ——이라고 했던 거 기억해요?" 오른쪽 허벅지가 떨리기 시작했다. 나는 손으로 떨림을 멈추려고 애썼다.

"아니."

"스코틀랜드 출신이었어요. 나오는 길에 엄마가 스탠드 옷걸이를 일부러 쓰러뜨려놓고 변상을 거부해서 접수 담당자가 차까지 쫓아왔잖아요."

어머니가 말했다. "내가 기억한다면 어쩔 건데?"

"왜 그렇게 화를 내셨어요?"

정적이 흘렀다. 나는 어머니가 전화를 끊었나 싶어서 화면을
확인했다. 타이머의 숫자가 계속 바뀌는 걸 보고 다시 전화기
를 귀에 갖다댔다.

마침내 어머니가 말했다. "그 의사가 너한테 끔찍한 딱지를
붙이려 했으니까."

"하지만 그의 진단이 맞았고요. 그렇죠?"

"그걸 네가 어떻게 알아." 묻는 게 아니었다. 어머니는 어린
애가 형제와 싸우듯이 말했다. 그걸 네가 어떻게 알아.

나는 상관없다고 했다. "엄마는 그의 진단이 맞다는 걸 알았
어요. 그때부터 알았으면서 아무 말도 안 한 거죠. 왜 그랬어
요?"

이쯤 되자 양쪽 다리가 모두 벌벌 떨렸다.

"내가 뭘 어쨌다고 그래. 얘기했잖아, 네가 그 끔찍한 딱지
를 붙이고 힘들게 사는 걸 보고 싶지 않았다고. 내가 뭘 어쨌든
다 너를 위해서 그런 거야."

"하지만 딱지가 좋은 게 뭐냐면, 맞는 딱지인 경우는 아주
도움이 많이 돼요." 어머니가 말을 자르려 했지만 나는 꿋꿋이
버텼다. "왜냐하면 스스로 까다롭다거나 제정신이 아니라거
나 사이코라거나 나쁜 아내라는 틀린 딱지를 갖다붙이지 않거

든요." 그 순간 나는 로버트의 상담실을 나온 뒤 처음으로 울음을 터뜨렸다. 머리카락으로 얼굴을 가리려고 고개를 숙였지만 목소리는 점점 더 커졌다. "나는 성인이 된 후로 지금까지 계속 뭐가 문제인지 고민하며 살았어요. 왜 얘기 안 하셨어요? 딱지 때문이었다는 거 안 믿어요. 못 믿겠어요." 통로 건너편에 앉아 있던 남자가 일어나 아들과 딸을 데리고 멀찌감치 자리를 옮겼다. "엄마는 내가 다른 병을 진단받는 걸 보면서 기뻐했어요. 내가 우울증이라고, 이런저런 병원에서 얘기한 다른 병이라고 믿게 했어요. 왜 이 병이면 안 됐던 거예요? 왜 엄마는—"

그러자 어머니가 끼어들었다. "사실이 아니길 바랐으니까. ――은 가증스러운 병이니까. 우리 가족은 그 병으로 무너졌어. 네 외가와 친가 모두. 나는 그 병이 어떤지 두 눈으로 똑똑히 봤다. 내 말 믿어라. 그래서 너도 그렇게 되겠구나 생각하니 견딜 수가 없었어. 정말로. 그래서 내가 나쁜 엄마가 된다면—"

"누구요?"

"그게 무슨 말이니?"

"우리 가족 중에 누구요?"

어머니는 숨을 토하고 얼마나 긴지 아는 명단을 읊을 준비를 하는 사람처럼 피곤한 투로 말문을 열었다. "네 친할머니, 너는 한 번도 만난 적 없는 고모. 내 이모 중 한 명 아니면 둘 다. 그리고 네 외할머니. 이제는 너도 외할머니가 암으로 돌아가신

게 아니라는 걸 아는 편이 나을지도 모르겠다. 2월 중순에 바다로 걸어들어가셨다."

그녀는 말을 잠깐 멈추었다가 지친 투로 덧붙였다. "그리고 아마―"

"―엄마도요."

그녀는 맞다고 했다. "나도."

"하지만 아마가 아니겠죠."

"그래. 아마는 아니지."

창밖 풍경이 런던 외곽에서 시골로 바뀌었다. 열차가 속도를 늦추며 조명이 밝혀진 선로 구간에 정차했다. 벌거벗은 나무에서 새떼가 빼곡하게 날아올랐다. 그 모습을 바라보는데 어머니가 마침내 물었다. "내가 어떻게 하면 좋겠니?"

새떼는 두 집단으로 나뉘어 고리 모양으로 비행하다가 위로 올라가서 다시 한데 합쳐졌다. "술을 끊으면 어떨까 싶네요." 그 말을 끝으로 나는 전화를 끊었다. 어머니도 이미 끊었겠거니 했다.

심신이 너덜너덜했다. 이후 집까지 가는 동안 발병했던 시기를 머릿속으로 죽 훑었다. 기억들이 두서없이 떠올랐다. 그 기억 속에서 어머니를 찾아보려 했지만 어디에도 없었다. 역에 도착했을 때 잉그리드나 아버지에게는 아무 말도 하지 말라고 어머니에게 문자를 보냈다. 답이 없었다.

고급주택 안으로 걸음을 옮겨 주방으로 들어갔다. 패트릭과 동료 몇 명이 식탁에 둘러앉아 있었다. 그들 앞에는 맥주병이 놓여 있었다. 누군가가 감자칩 봉지를 완전히 뜯어서 벌려놓았다. 기름기로 번들거리는 은색 사각형 위에 부스러기만 남아 있었다.

왔어, 마사? 패트릭이 인사하고 자리에서 일어나 내 쪽으로 다가오며 그들 쪽에서는 보이지 않게 손짓을 보냈다. 그걸 보니 오늘 무슨 일이 있을 예정인지 전에 얘기했는데 내가 잊어버린 모양이었다. 내게 키스하려는 그를 피해 얼굴을 돌리자 그는 머뭇거리며 다시 자리에 앉았다.

한 의사가 맥주를 새로 한 병 따며 와서 같이 앉아도 된다고 했다. 다른 의사가 좋은 생각이라고, 다 같이 그냥 노닥거리는 중이라고 했다. 다른 의사들도 모두 찬성의 뜻을 표했다. 아무 짝에도 쓸모없는, 정말 쓸모없는 의사 새끼들이 이 집과 집안의 공기가 모두 자기들 것인 양 의사랍시고 당당하게 차지하고 앉아서 내게 이래라저래라 하고 뭐가 좋은 생각인지 자기들끼리 결정하고 있었다. 나는 말은 고맙지만 괜찮다고 한 뒤 이층으로 달려올라갔다. 그들은 자신이 아는 것에 대해 단정적으로 대화를 나눌 테지만 내가 만난 의사는 모두, 한 명만 빼고는 쥐뿔도 모르는 개차반이었다. 패트릭도 마찬가지였다. 의사인 내 남편도 내 문제가 뭔지 알아내지 못했다. 그 오랜 시간 동안.

나는 샤워를 했다. 그러고는 수건도 두르지 않고 물을 뚝뚝 흘리며 욕실 한가운데에 서서 화분과 60파운드짜리 초와 이런 저런 것이 담긴 병을 쳐다보았다. 어떤 것도 내 것이 아니었다. 스스로 ─ ─ 환자인지 몰랐던 여자, 단순히 인간으로 사는 데 재주가 없는 줄 알았던 여자가 고른 것들이었다.

나중에 패트릭이 이층으로 올라왔을 때 나는 자는 척했다. 다음날 아침 그가 출근하고 나서 나는 가방 안에 그대로 넣어 둔 통에서 새 알약을 하나 꺼냈다. 조그맣고 옅은 분홍색이었 다. 주방에 가서 손바닥에 수돗물을 받아 나 쿠키몬스터, 한 다 음 산책을 나갔다.

걷는 내내 진단 결과에 대해 생각했다. 그 진단을 받음으로 써 내 존재의 수수께끼가 풀렸다는 사실에 대해서. ─ ─이 여 태껏 내 인생의 방향을 결정했다. 그 정체를 밝히려 했지만 발 견되지도, 제대로 알아맞혀지지도, 의심받거나 자격을 박탈당 하지도 않았다. 하지만 그것은 예전부터 줄곧 존재했다. 그것 이 지금까지 내가 내린 모든 결정에 영향을 미쳤다. 내가 그런 식으로 행동하게 만들었다. 내 눈물의 원인이었다. 내가 패트 릭에게 소리질렀을 때 그것이 마음에도 없는 말을 내뱉게 했 다. 내가 뭘 집어던졌을 때도 ─ ─이 내 팔을 든 것이었다. 나 는 선택의 여지가 없었다. 지난 이십 년 동안 스스로가 낯설다 는 느낌을 받을 때마다 내가 옳았던 것이다. 나는 전혀 내가 아니었다.

그제야 어떻게 그걸 놓칠 수 있었는지 이해가 되지 않았다. 걷는 내내 점점 더 이해가 되지 않았다. 희귀한 병도 아닌데. 증상이 드러나지 않는 병도 아닌데. 그 병을 고통스럽게 앓고 있는 환자가 증상을 감출 수도 없는데. 관찰자였던 패트릭은 분명 처음부터 알았을 것이다.

✟

그날 저녁 퇴근한 그는 내가 기억하지 못한 전날 밤의 약속에 대해 사과했다. 나는 싱크대 앞에 서서 유리잔에 물을 채우고 있었다. 어깨 너머로 돌아보니 그가 뭔가가 담긴 비닐봉지를 들고 문 앞에서 서성이고 있었다. 나는 괜찮다고 말하고 수도꼭지를 잠갔다. 비닐봉지를 들고 있는 그의 모습이 덜떨어져 보였다. 자신 없고 무비판적인 사람 같아 보였다. 내가 비켜달라고 하자 옆으로 물러났다. 지나가며 내 팔꿈치가 그의 몸에 부딪치자 미안하다고 했다. 너무나 다정하고 순하며 잘 잊어버리는 남자에 대한 경멸이 목 끝까지 차올랐다.

아버지가 전화로 런던에 와서 자기와 점심을 먹을 수 있느냐고 했다. 어머니는 집에 없을 거라고 곧바로 밝힌 걸 보면 어머니에게 들은 이야기와 열차에서 벌인 우리 말다툼에 대해 대화를 나누고 싶은 모양이었다. 어머니가 집에 있으면 내가 싫다고 할 줄 알았나?

나는 상담을 받은 후 그 주 내내 끊임없이 어머니에 대해 생각했다. 머릿속에서 어머니와 나눈 대화와 전화 통화를 재연하고, 어머니의 만행을 일일이 열거한 편지를 썼다 지웠다. 어머니가 내 기억이 닿는 먼 옛날부터 동생과 나와 아버지에게 어떤 상처를 입혔는지에 대해. 어머니로서의 직무를 유기한 것에 대해—우리를 돌보는 대신 쓰레기로 흉측한 작품을 만드는 일을 선택한 것에 대해. 술에 취해 넘어졌던 것, 이모를 바보 취급하며 가혹하게 대했던 것, 뚱뚱하고 하찮은 인물이었던 것, 내 인생의 수치이자 앞으로 두 번 다시 만나고 싶지 않은 존재라는 것에 대해.

패트릭이 계속 괜찮냐고 물었다. 내가 뭔가에 약간 정신이 팔린 것 같다고 계속 말했다. 스트레스를 조금 받는 것 같다고. 무슨 일이 있었던 건지 궁금해했다. 하지만 어머니 때문에 패트릭은 낄 자리가 없었다―어머니가 내게 아무 문제도 없는 척했던 것에 비하면, 수십 년 동안 열심히 모른 척했던 것에 비하면 그가 알아차리지 못한 건 문제도 아니었다.

내가 그만 좀 물어보라고 하자 그는 내 말대로 했다. 덕분에 나는 깨어 있을 때도 꿈속에서도 다른 모든 걸 배제하고 어머니만 생각할 수 있었다. 패트릭과 패트릭에게 알리는 것과 내가 ――이라는 소식에 패트릭이 보일 반응은 나와 상관없는 일이 됐다. 내가 원하는 건 어머니를 증오하고 벌을 주고 어머니가 저지른 짓을 폭로하는 것뿐이었다. 나는 점심을 먹자는 아버지의 말에 좋다고 대답했다.

✢

집에 들어가자 아버지가 주방에서 샌드위치에 버터를 바르고 있었다. 샌드위치를 들고 아버지의 서재로 가서 창문 아래 소파에 앉아 무릎 위에 접시를 얹었다. 아버지가 요즘 어떤 책을 읽느냐고 물었다. 읽고 있는 책이 없었지만 『제인 에어』라고 대답했다. 아버지는 자기도 다시 읽어봐야겠다고 하더니 잠시 머뭇거리다가 말했다. "그거 아니? 네 엄마가 이번주 내내 아무것도 마시지 않은 거. 거의 엿새째야."

"그래요? 그나저나 아빠는 엄마가……" 나는 긴장한 채 말하다 멈칫했다. 아버지의 표정이 너무 솔직했다. 그 소식에 내가 기뻐할 거라고 확신하는 눈치였다. 심지어 그걸 보고할 만한 사안이라고 생각하는 게 분명했다. "엄마가—"

아버지는 기다리다가 내 대답이 끝나지도 않았는데 샌드위치를 집어들었다. 오이가 빠져나왔다. 그는 아이고, 하고 말했다. 나는 참을 수 없었다. 아버지에게 상처 주기는 싫지만 어머니에게는 상처를 주고 싶었다. 아버지를 통하지 않고 직접. 그래서 나는 그냥 말해버렸다. "엿새가 최장 기록도 아니잖아요."

아버지는 빵 모서리를 들어서 오이를 다시 넣었다. "그래, 그렇지는 않지."

"그나저나 — —에 대해서 얘기하고 싶어서 부르신 거죠?"

"응?"

"제 진단 결과요. 새로 찾아간 의사에게 받은."

아버지는 미안하다고, 무슨 말인지 잘 모르겠다고 했다.

어머니가 얘기하지 않은 것이었다. 나는 순간 내 문자를 존중하는 뜻에서 그랬다고 생각했다. 하지만 당연히 그럴 리 없었다. 정말이지 지긋지긋했다.

아버지가 말했다. "힌트를 좀 주려무나."

나는 로버트가 한 말을 그대로 전했다.

내 얘기가 이어지는 동안 아버지의 표정이 호기심에서 걱정에서 한탄으로 바뀌었다. 맙소사, 아버지는 말했다. "이런 맙소사." 이 말을 계속 반복했다. 내가 정신이상은 아니라는 뜻이니 잘된 일이라고 일종의 결론을 내리자 아버지는 그 말을 믿고 싶어하는 눈치였다.

그래, 알았어. 아버지가 말했다. "이제 보니 그렇구나. 그리고 그 병은 똑똑한 사람을 좋아한다지? 사실—" 아버지는 접시를 내려놓고 일어나 조너선에게 받은 약혼반지를 처분한 돈으로 산 거대한 구닥다리 컴퓨터 앞으로 갔다. "—어디 알아보자꾸나."

아버지는 검지로 자판을 쿡쿡 찌르며 천천히 소리 내서 읽었다. "—— 증상이…… 있는…… 유명…… 인물." 아버지는 키를 한번 더 누르고 화면에 뜬 슬라이드 쇼를 실눈으로 들여다보았다. 나는 마우스를 목표 지점으로 어렵사리 옮기는 아버지를 지켜보았다. 이유 없이 행복했다. 수많은 시간을 함께 보냈던 이 방, 우리 둘만 있으면 언제나 걱정할 일이 없다고 느껴졌던 이 방에 아버지와 함께 있다는 게 이유라면 이유였다.

아버지는 마우스를 클릭하고 "자, 여기 있구나. 먼저,"라고 하며 맨 위에 뜬 유명 화가의 이름을 말했다. 재밌는 걸 고르셨네요, 내가 그의 흑백사진을 보며 말했다—화가가 라이플총을 들고 침대 가장자리에 앉아 있었던 것이다. "저 사람 자기 머리를 쏘지 않았어요?"

아버지가 마우스를 움켜쥐었다. 점점 더 빠른 속도로 클릭하며 조금 더 나은 사례를 찾는 동안 죽은 또다른 화가, 죽은 작곡가, 죽은 작가 두 명이 지나갔다. 죽은 정치인과 죽은 방송 진행자도. 나는 이어지는 자살자 명단을 지켜보며 심란해져야 한다는 걸 알았지만 심란하지 않았다. 그 병이 내게 온갖 짓을 저질렀지만 나는 도망쳤다. 유명하든 아니든 나보다 더 똑똑한 사람들은 목숨을 부지하려고 갖은 노력을 기울였겠지만 성공하지 못했고, 나는 거의 아무것도 하지 않았음에도 성공했다. 나는 그들 대신 살아 있을 자격이 없었다. 그들은 고통에 몸부림쳤고, 싸움에서 졌다. 나는 의사에게 너무나 잘 버텨왔다는 말을 들었다. 그런 행운을 누리면 안 되는 사람인데.

죽은 배우가 줄줄이 이어진 후에 아버지가 어깨 너머로 흘끗 돌아보며 자포자기한 투로 물었다. "이 사람은 누구냐?"

"진통제에 중독됐던 코미디언이에요. 그래도 아직 살아 있으니 다행이죠."

"그래." 아버지는 힘없이 미소를 짓고 다시 화면으로 고개를 돌려 누군지 모르는 팝 스타의 사진을 좌절하며 건너뛰고 결국 의자에 몸을 묻었다. 아버지가 고인이 됐지만 자연사한 미국 시인의 이름을 외쳤다. 피곤하지만 흡족한 투로. 그러고는 말했다. "흠, 이건 몰랐네."

나는 웃음을 터뜨렸다. "놀랍네요."

"놀랍지. 포스트모더니즘의 창시자와 내 딸이 닮았다니!"

나는 이제 그만 가서 커피를 내려야 하지 않겠느냐고 물었다. 아버지는 의자에서 벌떡 일어나 앞장서 주방으로 갔다.

†

늦은 오후, 돌아가려고 현관 앞에 서서 아버지를 끌어안고는 아버지의 가슴에 뺨을 묻고 울 카디건의 익숙한 느낌과 냄새를 들이마시며 말했다. "——에 대해서는 비밀로 해주세요. 잉그리드든 누구한테든. 패트릭에게도 아직 얘기하지 않았어요."

아버지는 뒤로 물러났다. "왜?"

나는 시선을 내리깔고 발로 카펫의 구부러진 곳을 폈다.

"마사?"

"왜냐하면. 계속 바빴어요."

"아무리 그래도, 심지어 계속"—아버지는 말을 멈추고 '거짓말 마라, 너는 바쁘지 않잖니'라는 말을 좀더 다정하게 건넬 방법을 고민했다—"이유가 뭐든 간에 이보다 더 중요한 일이 어디 있다고. 이게 제일 중요한 일이잖니. 나는 솔직히 놀랐다."

나는 딸로서 수많은 죄를 저질렀지만 아버지는 내게 한 번도 화를 낸 적이 없었다. 그런데 지금 다른 사람이 저지른 죄 때문에 내게 화를 내고 있었다.

"글쎄요. 솔직히—" 아버지가 내 말투에 움찔했다. "—아버지의 아내가 이 사실을 처음부터 알고 있었는데 계속 쉬쉬했다는 사실을 처리하느라 패트릭에게 알릴 겨를이 없었어요. 맞아요, 딸이 거의 평생 동안 잊을 만하면 병이 도져 자살의 경계를 왔다갔다하는데, 마음만 무겁게 뭣하러 이유를 알려주겠어요. 곧 전부 알게 될 텐데." 아버지가 짓고 있는 표정이 내 말투에 받은 충격이 가시지 않은 표정인지, 못 믿겠다는 표정인지, 그 말이 사실이기에 심란해하는 표정인지 알 수 없었다. 내가 아버지를 옆으로 밀치고 밖으로 나와 부서져라 문을 닫을 때까지 아버지는 계속 마사, 마사 하며 내 이름만 불렀다. 그때까지만 해도 패트릭에게 알리지 않은 게 잘못으로 여겨지지 않았다. 죄책감을 느끼지 않았다. 하지만 역까지 걸어가는 동안 확신으로 마음이 무거웠고, 그래서 어머니가 더 미웠다.

╼

지하철이 터널을 빠져나와 지상 구간으로 진입했을 때 가방 안에서 전화벨이 울렸다. 받아보니 로버트의 접수 담당자였는데 선생님이 통화를 하고 싶어한다며 잠깐 기다려줄 수 있느냐고 했다.

헨델의 〈메시아〉에서 마음을 불안하게 하는 구간을 들으며 기다리는데, 잠시 후 딸깍 소리에 이어 로버트가 말했다. 안녕하세요, 마사. 그는 곤란한 시간에 연락한 건 아닌지 모르겠다며, 오늘 내 진료기록을 다시 읽어보니 약을 처방하기 전에 일반적으로 물어봐야 하는 것을 한 가지 빠뜨렸다고 했다―심각한 건 아니지만, 그래도 그런 실수를 해서 정말 미안하다고 했다.

지하철이 다음 역으로 진입하던 터라 안내 방송에 그의 말소리가 묻혔다. 나는 그에게 사과하고 다시 말해줄 수 있느냐고 했다.

그는 물론이라고 했다. "임신중이거나 임신을 시도중인가요? 지난번 상담 때 그걸 깜빡하고 안 물어봤어요."

나는 아니라고 했다.

로버트는 다행이라고 말했다. 처방을 바꿀 필요가 없겠다고, 기록을 위해 확인이 필요했을 뿐이라며 이제 나를 그만 괴롭혀도 되겠다고 했다.

미안한데요, 나는 삑삑거리며 문이 열리는 요란한 소리 너머로 말했다. "얼른 하나만 여쭤볼게요. 만약 제가 그랬다면 문제가 될까요?"

뭐라고요? 그가 말했다.

십대 남자아이들이 뒤늦게 열차에 올라타려 하고 있었다. 한 명이 억지로 문을 붙잡고 다른 친구들을 자기 팔 아래로 들여보냈다. 나는 내가 자리에서 일어난 줄도 몰랐지만 열차에서 내리려고 그를 밀쳤을 때 욕하는 소리는 들었다.

승강장에서 임신중인데 이 약을 복용하면 문제가 되느냐고 로버트에게 다시 물었다.

"아뇨, 전혀요."

지하철이 굉음과 함께 멀어지고 완벽한 정적이 찾아왔을 때 로버트의 말이 들렸다. "이 범주에 속하는 약도 그렇고 과거에 처방받은 약도 모두 안전합니다."

나는 그에게 잠깐 앉을 데를 찾는 동안 끊지 말고 기다려달라고 했다. 그러고는 전화기를 최대한 멀찌감치 들고 쓰레기통 위로 허리를 숙여 침을 뱉었다. 입안 깊숙한 데서 걸쭉한 구토감이 느껴졌지만 아무것도 나오지 않았다.

로버트가 무슨 일 있느냐고 물었다. 쓰레기통 옆에 한 줄로 의자가 있었다. 나는 거기에 앉으려고 갔다가 가장자리를 제대로 겨냥하지 못해 꼬리뼈로 주저앉았다. 승강장에는 아무도 없었다. 나는 지저분한 바닥에 그냥 앉아 있었다. "아니에요. 죄송해요. 아무 일 없어요."

그는 다행이라고 했다. "하지만 나중에 걱정될 수도 있으니 확실히 말해줄게요. 엄마와 아이 모두에게 안전해요. 태아도 마찬가지고요. 그러니까 이 약이 잘 듣는다면 나중에 당신이 아이를 갖기로 마음먹더라도 끊을 필요 없어요."

마치 일어서려는데 일어설 수 없고, 뭔가로부터 도망쳐야 하는데 다리가 움직이지 않는 꿈을 꾸는 느낌이었다. 나는 대답하려 했지만 아무 말도 할 수 없었다. 전화 끊은 거 아니죠? 잠시 후 로버트가 말했다.

나는 아이를 낳을 생각이 없다고 말했다. "나는 나쁜 엄마가 될 테니까요."

그의 대답이 어떤 식으로 시작됐는지는 기억나지 않지만 어떤 말로 끝났는지는 안다. "만약 당신이 불안정하거나 아이에게 어떤 위험을 야기할까봐 그런 생각을 하는 거라면 이 한마디만 할게요. ―― 환자라고 아이를 낳을 자격이 없는 건 아니에요. 내 환자 중에도 아이를 낳아서 아주 잘 키우는 엄마가 많아요. 당신도 틀림없이 훌륭한 엄마가 될 수 있을 거예요. 만약 당신이 원한다면 말이에요. 정말로 ――은 아이를 포기할 이유가 되지 못해요"

나는 그보다 끔찍한 일은 없을 거라고 말하고 명랑하게 웃으며 주먹을 쥐었다. 내 머리를 때렸다. 별로 아프지 않았다. 다시 한 대 쳤다. 왼쪽 눈 뒤편에서 하얀 별이 보였다.

진짜, 진짜 사실이에요, 로버트가 말했다. "생각이 바뀌거든 나한테 말해요."

다음 열차가 들어오고 있었다. 나는 나를 향해 다가오는 열차를 바라보았다. 잠시 후 나는 선로 위에서 덜커덩거리며 어두운 터널을 가르는 열차에 좌우로 흔들리는 몸을 맡긴 채 빽빽한 승객 틈에 서서 멍하니 허공을 응시했다.

고급주택 앞에 공항에 가는 차가 서 있었다. 패트릭이 열린 트렁크 옆에 서서 그의 캐리어를 싣는 기사를 거들고 있었다.

그가 나를 보더니 가방을 기사에게 맡기고 평소답지 않게 짜증난 표정으로 달려왔다. "못 보고 떠나는 줄 알았네. 내 부재중전화 못 봤어?"

나는 못 봤다며 핑계를 대려고 했지만, 패트릭의 관심이 이내 내 옆통수로 향했다.

"얼굴이 왜 그래?"

"몰라."

그가 만져보려고 손을 내밀었다. 나는 그의 손을 쳐내고 웃기 시작했다.

"마사, 무슨 일이야?" 그는 좌절감에 맙소사, 라고 중얼거렸고 그 말을 듣고 나는 더 크게 웃음을 터뜨렸다.

"그만해, 마사. 농담 아니야. 그만해. 이제 지긋지긋하다."

"뭐가? 내가?"

"아니야. 젠장."

그 말도 웃겼다.

그러자 그가 화를 내며 말했다. "출장 가서 이 주 동안 못 보는데, 나 좀 그냥 평범하게 보내주면 안 돼?"

나는 이미 웃음을 주체할 수 없는 지경에 이르렀다. "나도

몰라, 패트릭. 나도 모른다고! 당신은 알아? 나는 모르겠어. 미
스터리야. 완벽한 미스터리!" 나는 이렇게 외치고 집안으로 들
어갔다. 말다툼 끝에 엄마와 남편을 미워할 수 있겠다는 생각
이 커졌기에 그때부터 나는 그렇게 했다. 그들은 의도적으로
그리고 무심결에 내 인생을 망쳐놓았다.

이제 낫든 낫지 않든 더는 상관없는데도 그날 저녁 분홍색
약을 먹었다.

＋

패트릭은 열흘 동안 집을 비웠다. 그가 문자메시지를 보냈
다. 나는 그 주 내내 잉그리드 집에 가 있을 거라고만 알렸다.
"잘됐네, 재밌는 시간 보내." 그가 답장을 보냈다. 그후로 나는
모든 메시지에 답장하지 않았다.

나는 잉그리드에게 며칠만 있겠다고 했다. 너를 도와주러 가
는 거야, 내가 말했다. 믿기 어려웠을 테지만 그녀는 워낙 도움
의 손길이 절실했기에 따지지 않았다. 게다가 만성피로에 시달
리며 애들 때문에 종종 울거나 해미시에게 소리를 질렀다. 집
안이 어수선한데다 낮에는 각종 가전제품과 텔레비전과 하루
종일 드나드는 그녀의 친구들과 그들의 아이들 때문에, 밤에는
우는 소리와 문을 쾅 닫는 소리 때문에 항상 시끄러웠다. 나는
완벽한 투명 인간이었다. 혼자 방안에서 괴로워할 수 없어 나

와 있어도 알아차리는 사람이 없었다. 나는 며칠 뒤에도 집으로 돌아가지 않았다. 패트릭이 돌아왔을 때도 계속 그 집에 있었다. 그가 문자를 보냈다. 나는 잉그리드가 일주일 더 있어줬으면 한다고 답을 보냈다.

일주일이 이 주가 되고 다시 삼 주가 되는 동안 동생은 딱 한 번 내 안부를 묻고는 이보다 더 좋을 수 없다는 내 대답을 듣고 더 묻지도, 그 이상의 정보를 요구하지도 않았다. 나는 로버트나 패트릭에 대해 아무 말도 하지 않았다. 어머니와 냉전중이라는 말에도 그녀는 구체적인 이유에 관심을 보이지 않았다. 지금까지 사는 동안 그녀 역시 수많은 시기에 수많은 이유로 냉전기를 겪었기 때문이다.

패트릭이 차를 몰고 찾아왔을 때는 서로 얼굴을 본 지 한 달이 지난 뒤였다. 그는 열린 현관문을 지나 주방으로 들어왔다. 잉그리드와 나는 식탁에서 아이들의 간식 시중을 들고 있었다.

그가 말했다. "이제 집에 가야 할 시간이야, 마사."

나는 갈 생각이 없었는데, 잉그리드가 벌떡 일어나 그렇다고, 정말 그렇다고 하더니 주방을 한 바퀴 돌며 내 물건을 챙기기 시작했다. 나는 들고 있던 포크를 내려놓았다. 둘째 조카를 살살 달래서 먹이려던 조그만 소시지가 그 끝에 꽂혀 있었다. 나는 내가 도움이 많이 된 줄 알았다. 그런데 동생이 누가 봐도 안도하는 얼굴로 짐은 나중에 해미시 편에 보낼 테니 지금 당장 가라고 고집을 부리는 바람에 나는 자리에서 일어나 패트릭을 따라나섰다. 우리 둘 다 그녀가 안겨준 이런저런 소지품을 들고 있었다.

✦

그를 향한 분노는 이후에도 몇 주 동안 가라앉지 않았다. 그와 함께 있으면 컵에 물을 따라 마시는 모습, 양치 습관, 출퇴근용 가방, 휴대전화 벨소리, 바구니 바닥에 담겨 있는 그의 빨래, 목덜미에 난 머리털, 평범하게 지내려고 애쓰는 모습, 건전지와 구강청결제를 사는 것, 당신 우울해 보여 마사, 라고 말하는 것 때문에 분노가 더 커졌다. 그래서 대화를 나눌 때면 무시하거나 경멸조로 못된 말을 내뱉어 그를 자극했다. 나중에는 그렇게 말했던 게 민망했지만 그 순간은 화를 참을 수가 없었다. 심지어 잘해주기로 마음먹고 다정하게 말을 걸었다가도 결국 밉살스럽게 끝을 맺었다. 그와 한방에 있거나 집에 같이 있는 상황을 웬만하면 피하려 했던 것도 대부분 그래서였다.

혼자 있으면 속이 아렸다. 강렬한 감정이었지만 지속되지는 않았고, 잠잠해졌을 때는 전에 경험한 적 없는 부자연스러운 평온을 느꼈다. 나는 너무 오랫동안 사투를 벌이다 말기여서 이제 치료할 수 없으니 죽을 때까지 그냥 내키는 대로 살면 된다는 걸 알게 된 암 환자가 느낄 법한 평온이라고 결론을 내렸다.

내 분위기가 달라진 걸 두고 패트릭이 유일하게 한 말은 내가 우는 걸 본 지 오래됐다는 생각이 들었다는 것뿐이었다. "그 메커니즘은 이제 다 소진됐나봐." 그러고는 "하하" 웃었다. 웃는 소리가 아니라 그 단어를 내뱉었다.

그게 어떻게 된 일인지 알려달라고 묻는 그만의 방식이었다. 나는 말했다. "앞으로 다른 방에서 자줄래?"

+

담당 편집자가 내가 쓴 칼럼과 관련해 이메일을 보냈다. 월요일 오후였다. 나중에 다이어리를 쓰면서 꼽아보니 로버트를 만나고 육 주가 지났을 때였다.

제목이 '피드백'이었다. 메일을 읽는 동안에도, 오타가 난무하는 그 긴 글의 첫 문장을 보았을 때도 심장이 철렁 내려앉지 않았다. "오랜만에 연락드려서 죄송해요." 회사일로 정신이 없었다고 했다. "암튼," 그의 글이 이어졌다. "이번 칼럼에는 비딱한 얘기가 많네요. 핵심을 놓친 것 같아요. 너무 거칠고 비판적이에요." 그는 다시 써달라고 했다. "좀더 유쾌하고 좀더 일인칭 관점에서 쓴 내용으로요. 원고는 천천히 주셔도 됩니다."

나는 창밖에서 해를 받아 무지갯빛으로 반짝이는 거대한 플라타너스 이파리를 내다보았다. 다시 화면으로 돌아가던 내 시선이 컴퓨터 위쪽 벽에 삼각형으로 움푹 파인 지점에서 멈췄다. 담당 편집자가 이전에 이런 메일을 보냈을 때는 왜 그렇게 굴욕감과 두려움과 흥분과 구역질을 견디지 못해 지금 앉아 있는 이 의자에서 벌떡 일어나 벽장에서 다리미를 꺼내들고는 머리 위로 치켜든 채 뾰족한 코로 벽을 찍고 찍고 또 찍었는지 의아해졌다. 이번에는 아주 평온했다. 그냥 아, 하고 끝이었다. 그때 내 상태가 좋아졌다는 걸, 로버트가 처방한 약이 효과가 있다는 걸 알았다.

나는 다시 창밖으로 시선을 돌려 플라타너스를 잠깐 보다가 칼럼을 새로 쓰기 시작했다. 이번에는 친환경 컵을 잃어버려서 칵테일 셰이커에 커피를 테이크아웃할 수밖에 없었던 일에 대해 썼다. 바리스타에게 여전히 일회용 컵을 쓰는 사람들에 대해 이러쿵저러쿵 떠들어댄 탓에 찾을 수 있는 대안이 그것밖에 없었던 것이다.

다시 컴퓨터 앞에 앉을 수 있었던 것, 끝까지 그의 이메일을 잊고 일을 할 수 있었던 것 자체가 내게는 좀처럼 없던 일이었다. 원고를 지금 보낼 수는 없었다. 그랬다가는 사십 분이면 600단어로 좀더 유쾌하고 좀더 일인칭적인 칼럼을 만들어낼 수 있다는 걸 담당 편집자가 알게 될 터였다. 그래서 저장해놓고 로버트에게 보낼 이메일을 쓰기 시작했다.

나는 방금 전에 무슨 일이 있었는지 그에게 알리고 싶었다. 사소하긴 하지만, 이렇게 나쁜 일이 벌어졌을 때 무턱대고 반응하던 도중에 정신을 차린 게 아니라 어떤 식으로 반응할지 결정할 수 있었던 게 처음이었다고 말하고 싶었다. 나는 외부에서 비롯된 감정에 압도당하지 않고 어떻게 느낄지 내가 선택할 수 있는 줄 몰랐다고 썼다. 제대로 설명할 방법이 없는데, 다른 사람이 된 듯한 느낌이 아니라 원래의 내가 된 기분이라고 썼다. 원래의 나를 찾은 것 같다고.

나는 썼던 내용을 전부 지우고 점점 좋아지고 있다고, 고맙다고, 이메일을 보내서 미안하다고 딱 한 줄만 써서 보냈다. 그런 다음 그의 이름을 구글 검색창에 입력했다.

+

우리가 함께 보낸 수많은 시간 동안 줄리 피메일이 어떤 개인정보를 무심결에 흘렸다 한들 내가 그녀의 삶에 관한 또다른 값진 정보를 얻고 싶어 그녀의 집 앞에 차를 대고 잠복할 일은 없었을 것이다. 남는 방을 개조한 상담실 밖에서 그녀가 어떤 사람인지 나는 전혀 관심이 없었다. 하지만 로버트에 대한 생각은 며칠 동안 머릿속을 떠날 줄 몰랐다. 구글에서 이미지를 검색해 그가 학회에서 찍은 사진을 클릭했다. 그가 학회지에 기고한 논문을 읽고 정신과의사를 대상으로 장시간 진행한 발표를 유튜브로 보았다.

그가 병원에서 나올 법한 시간에 런던으로, 할리 스트리트로 찾아가 그가 도로 연석에서 걸음을 멈추고 레인코트 단추를 채우며 저녁 공기를 살피는 모습이 보이면 뒤로 물러나 지켜보면서 그가 어디로 가는지, 누가 그를 기다리는지, 지하철을 타면 읽지 않는 신문을 들고 하루를 돌아보며 그날 만난 모든 환자를 다시 한번 떠올릴지 궁금해하는 상상을 했다.

로버트가 나를 어떻게 생각하지 궁금해서 미칠 것 같았다. 나와 상담한 뒤 퇴근해서 나와 만난 적 있고 내가 무척 호감을 느꼈던 아내에게 새 환자에 대해, ── 진단을 내린 여자에 대해 이야기했을지 궁금했다. 그와 상담하는 동안 내가 그런 인상을 풍기지 못했음에도 로버트가 나를 똑똑하고 재미있고 특이하다고 여기고 지금도 그런 환자로 기억하는지가 너무도 중요해지기 시작했다.

금요일 오전에 칼럼을 보내려는데, 그에게 답장이 왔다. 화면에 뜬 그의 이름을 본 순간 심장이 한번 쿵 내려앉았다. 상상 속에서 그를 생각한 지 일주일이 지난 뒤였다. 그 상상의 세계에서 나는 로버트가 방금 전까지 무엇을 하고 있었는지 확실히 알고 있었기에 받은메일함을 스크린숏으로 저장했다. 메일을 읽은 뒤에는 그 메일까지 스크린숏으로 저장했다. 메일에는 이렇게 적혀 있었다. "훌륭해요. 그랬다니 기쁩니다. 아이폰으로 전송된 이메일입니다." 잠시 후에 나는 스크린숏을 둘 다 삭제하고 히스토리를 삭제한 뒤 일층으로 내려갔다. 로버트의 이름과 한 줄짜리 답장이 보관하고 싶을 만큼 소중하게 느껴지면 안 되는 거였다. 며칠 전부터 그날까지 나는 정신이상자가 할 만한 짓을 저지르고 있었다. 하지만 나는 정신이상자가 아니고, 로버트는 일개 인간에 불과하다는 것을 알았다.

그래도 만약 내 행각이 들통난다면, 그가 나를 살렸기 때문이라고, 내가 그에 대해 아는 거라고는 토마토를 썰다 손가락을 베었다는 사실뿐이라고 말할 것이었다.

나는 더이상 할말이 없었기에 다음 상담 예약을 취소했다.

아마 내 칼럼도 딱 좋았을 것이다.

＋

이후로 모든 게 정상적으로 굴러갔다. 나는 정상이었고 그걸 과하게 의식하며 살았다. 실수로 뭘 깨뜨리더라도 정상인처럼 그걸 치우는 동안에만 투덜대고 끝냈다. 손을 데어도 정상적인 수준의 통증을 느끼고, 화상 약을 찾지 못해도 분통을 터뜨리지 않고 불편해하기만 했다. 집과 집안의 물건은 위협적이지도, 어떤 의도로 가득차 있지도 않았다. 외출하면 내가 너무 정상으로 느껴져 남들 눈에도 티가 날까 싶었다. 가게에서 대화도 나누었다. 어떤 남자에게 반려견을 쓰다듬어도 되느냐고 물었다. 임신부에게 "얼마 남지 않았네요"라고 하자 그녀가 웃음을 터뜨리며 "이제 다섯 달밖에 안 됐어요"라고 했다.

그리고 내가 알게 된 사실과 내가 내린 판단의 결과에 걸맞은 정상적인 괴로움을 느꼈다. 그에 따라 패트릭을 대하는 태도도 정상적이 되었다. 경험이 있는 사람이라면 이런 상황에서는 아내가 남편을 싫어하는 것처럼 행동하는 것이 아주 정상적이라는 데 동의할 수밖에 없을 것이다.

┼

11월의 어느 날, 담당 편집자에게 받은 다음 칼럼의 마감일을 다이어리에 적고 있는데 패트릭이 골방으로 들어왔다. 그를 등지고 책상 앞에 앉아 있던 나는 그가 다가와 내 뒤에 서는 걸 느끼고 어깨 너머로 돌아보았다.

내가 말했다. "안 그러면 안 돼?"

그는 마감일이 내 생일 전날이라고 지적했다. 생일은 왜 다이어리에 적지 않았는지 궁금해했다.

"어른도 대개 다이어리에 '내 생일'이라고 적나? 왜 들어왔어?"

그냥, 그가 말하기에 이제 나가겠거니 했지만 그는 한쪽 구석에 놓인 등의자로 물러났다. 그가 앉자 의자에서 갈라지는 소리가 났다. 나는 돌아보지 않은 채 앉는 용도로 만들어진 의자가 아니라고 말했다.

"생일 파티 할까?"

나는 싫다고 했다.

"왜?"

“생일을 챙길 기분이 아니야.”

“그래도 마흔번째 생일이잖아.” 그가 말했다. “그날을 공격해야지.”

“그래?”

“알았어. 그럼 하지 말자.” 그가 자리에서 일어나자 의자에서 또 갈라지는 소리가 났다. “하지만 내가 뭐라도 준비할게. 당일이 됐는데 아무 계획도 없으면 당신한테 혼날 테니까.”

“그렇구나. 그러니까,” 나는 몸을 돌려 그가 방안에 들어온 후 처음으로 그를 쳐다보았다. “그 파티는 당신이 사랑해 마지 않는 사랑스러운 아내의 생일을 축하하기 위한 것이라기보다 내 심기를 건드리지 않기 위한 울타리라는 거네?”

패트릭은 팔꿈치를 밖으로 내밀며 두 손을 머리 위에 얹었다. “이길 수가 없네. 도무지 이길 수가 없어. 나는 당신을 사랑해. 그래서 파티를 준비하겠다는 거야. 당신이 행복해하는 모습을 보고 싶으니까.”

“그럴 일은 없을 거야. 하지만 뭐든 해야 되겠으면 해.”

내가 다시 등을 돌리자 그가 방에서 나가며 중얼거렸다. “가끔은 당신이 실은 이런 상태를 즐기는 게 아닐까 하는 생각이 들어.”

그는 다른 모든 사람에게 보낸 것과 똑같은 초대장을 내게도 이메일로 보냈다.

그다음으로 패트릭과 긴 대화를 나눈 때는 파티가 끝나고 집으로 돌아가는 차 안에서였다. 그때 나는 그가 검지로 상대방을 가리키며 술을 권하는 걸 보면 총으로 쏘고 싶어진다고 말했다.

저기 있잖아, 마사, 집에 도착할 때까지 아무 말 안 하면 안 될까, 그가 말했다.

"집에 가서도 아무 말 안 하면 안 될까?" 나는 되묻고 히터를 최대한 세게 틀었다.

┼

잉그리드의 큰아들은 나를 볼 때마다 말한다. "제가 욕실 바닥에서 어떻게 태어났는지 듣고 싶어요." 엄마는 너무 피곤해서, 아빠는 마지막 부분밖에 보지 못해서 나한테 들어야 한다고 했다. 동생들은 바닥에서 아이를 낳을 수 있다는 걸 안 믿는다고 한다─그애에게 들려준 뒤 그 동생들에게도 따로따로 똑같은 이야기를 반복해야 한다는 뜻이다. 아이는 내 무릎에 앉아서 내 옆얼굴에 한 손씩 얹고 재미있는 버전으로 들려줘야 한다고 말한다.

마지막 문장은 그 아이의 몫이다. 마지막 문장은 이렇다.

“하지만 우리 엄마는 그 이름이 싫었고, 가끔 사람들이 나를 ‘패트릭은 안 되겠어’라고 부르는 이유가 그 때문이죠?”

그애는 내 무릎에서 내려오기 전에 그때는 패트릭이 이모부가 아니었는데 얼마 후에는 어떻게 이모부가 됐는지 다시 한번 설명해달라고 한다. 그것이 그 아이에게는 엄청나게 놀라운 사실이기 때문이다. 이로써 사건의 본질이 자신이라는 존재를 중심으로 결정된다는 믿음이 더 확실해지는 모양인데, 아이는 과거가 바뀔 수 없다는 내 확답을 들은 다음에야 완전히 마음을 놓는다. 그러니까 패트릭은 언제까지나 그의 이모부일 거라는 말을 들은 다음에야 말이다.

생일 파티 다음날 아침 잉그리드가 "그게 내 습관인 만큼" 사후 분석을 해보겠다며 내게 전화를 걸었다. 나는 패트릭이 신문을 사오겠다고 나갔을 때 그대로, 그가 곧 들어오겠거니 생각하며 소파에 앉아 있었다. 잉그리드는 아이들을 피해 욕실에 숨어 있다고, 아이들한테 들키면 전화를 끊어야 한다고 말했다. 그녀는 욕조 물이 철벅대는 소리를 배경으로 최악부터 그럭저럭 봐줄 만한 수준까지 여자들의 패션을 품평했고, 거나하게 취해 이모부에게 추파를 던진 올리버의 새 여자친구에 대해 잠깐 종알거렸다. 그녀는 파티가 끝날 무렵 다른 사람들이 남기고 간 술잔들을 헤집고 다니더니 나중에는 주차장에 쓰러져 있었다고 했다. 파티장을 헤집고 다닌 사람이 우리 엄마가 아닌 게, 더이상 똑바로 서 있을 수 없으면 누가 자기 술에 다른 술을 열 종류씩 섞었다고 우기는 소리가 들리지 않은 게 너무 이상했다고 했다. 잉그리드는 파티장에서도, 통화를 하면서도 어머니가 그 자리에 없었던 이유를 묻지 않았다. 다른 누군가를 축하하는 자리에 어머니가 참석하지 않은 건 그다지 놀랄 만한 일이 아니었다.

"언니는 파티 재미있었어?"

나는 진심으로 묻는 거라고 생각했기에 재미없었다고 대답했다.

"그러게. 그래 보이더라."

나는 비난당하는 느낌이 들어서 그래도 노력했다고 말했다.

"그래? 언제? 화장실에 들어가서 문을 잠갔을 때? 아니면 내가 어설프게 축사하는 동안 휴대전화만 들여다봤을 때?"

"나는 전혀 원하지 않은 파티였다는 걸 기억해줄래?" 내가 말했다. "전부 패트릭이 주도한 거야. 하지만 어쨌거나, 미안해."

물이 요란하게 빨려나가고 동생이 욕조에서 나오는 소리가 들렸다. 잠깐만, 그녀가 말하더니 수화기에 대고 무겁게 한숨을 쉬고는 다시 말문을 열었다. "뭔지 모를 이유로 언니랑 패트릭이 거지같은 시간을 보내고 있다는 건 알지만, 딱 하룻저녁만 그 감정은 접어두고 에이, 내 생일이잖아, 남편이 이렇게까지 준비했고 다들 이렇게 모였으니 그냥 샴페인이나 마시고 빌어먹을 올리브나 먹고 결혼생활에 대한 고민은 내일로 미루자, 이럴 수 없는 이유가 뭔지는 좀 알고 싶어."

그 무렵에 나는 진심으로 패트릭을 싫어했는데, 그 이유를 감춘 채 패트릭을 싫어하는 것처럼 구는 이유를 잉그리드에게 설명할 방법이 없었다. 게다가 매번 나쁜 사람, 실망시키는 사람, 모든 걸 망쳐놓는 사람이 되어버리는 데—갑자기—엄청난 피로가 몰려와서 거의 소리지르다시피 대답을 하고 말았다. "전부 가짜니까, 잉그리드. 축사며 웃음이며 마사 오늘 정말 예쁘다, 마흔번째 생일을 축하해, 이런 거 전부. 그 손님들은 내 친구도 아니야. 나에 대해 아무것도 몰라. 내가 왜 이렇게 사는지. 그리고 그건 내 탓이야. 내가 정서불안에 거짓말쟁이니까. 심지어 너도 나를 모르잖아."

"아니, 지금 그게 무슨 소리야?"

나는 전화기를 다른 손으로 옮겼다. "나 ——이야."

"누가 그래?"

"새로 상담받은 의사가."

잉그리드는 내가 뚱뚱하다고 불평이라도 한 것처럼 말했다. "무슨 그런 말도 안 되는 소리를. 그 인간이 분명 잘못 알았을 거야."

"아니야."

"뭐? 진짜?"

나는 그렇다고 했다.

"언니가 진짜로 ——이라고? 젠장." 그녀는 잠깐 아무 말도 없었다. "너무 속상하다."

"그럴 것 없어. 난 괜찮으니까. 처방받은 약이 효과가 있어. 지금 여섯 달째 새로운 인간으로 살고 있어."

"왜 진작 말하지 않았어?"

"엄마 아빠 말고는 아무한테도 얘기하지 않았어."

"왜? 괜찮다면서, 그럼 여기저기 다 알려야 하는 거 아니야?"

"괜찮긴 해도 여전히 수치스럽거든."

"그 얘기를 들었어도 나는 언니를 병으로 판단하진 않았을 거야. 누구든 그랬을 거고. 그래서도 안 되고." 너무나 그녀답지 않은 발언이라 웃음이 터지려는 찰나 잉그리드가 다시 말했다. "우리 사회가 다 같이 힘을 합쳐서 정신질환을 둘러싼 오해를 무너뜨려야 해."

"세상에, 잉그리드. 나는 차라리 우리 사회가 그걸 조금 더 강화했으면 좋겠다, 우리 둘이 다른 얘기를 할 수 있게."

"재미없거든?"

"알았어."

"패트릭은 뭐래?"

"잉그리드, 아까 얘기했잖아."

"뭘?"

"패트릭은 모른다고."

"뭐라고? 맙소사, 언니. 왜 남편이 아니라 부모님을 선택한 거야?"

"선택한 게 아니야. 아빠한테는 얼떨결에 얘기했어. 엄마한테는, 알고 보니 얘기할 필요가 없었더라고."

"뭐? 어째서?"

나는 엄마 얘기는 나중에 하자고 했다.

"알았어. 하지만—" 누군가가 엄마라고 외치며 욕실 문을 두드리기 시작했다. 잉그리드는 무시했다. "왜 패트릭에게 말하지 않는지 아직도 이해를 못하겠어. 언니 부부는 지금 힘든 시간을 보내고 있잖아. 남편이 아내에 대한 가장 기초적인 정보를 알면 결혼생활에 도움이 되고, 게다가 기혼자가 비밀을 만드는 건 아주 개떡같은 짓이야."

"패트릭은 알았어야 해."

"왜? 언니도 몰랐잖아."

"나는 의사가 아니잖아."

"패트릭도 정신과의사는 아니야. 그리고 이제 알았는데, 아직도 그게 중요해?"

"응."

"왜?"

문이 세게 열리면서 벽을 쾅 때리는 소리에 이어 아이들 말소리가 뒤에서 들렸다. 잉그리드가 나에게 잠깐만 기다리라고 했다. "나가, 나가, 나가." 그녀가 말하는 소리가 들렸지만 아이들이 말을 듣지 않는지 티격태격하는 소리가 한참 이어졌다. 다시 대화로 돌아온 그녀는 자기가 뭘 물어봤었는지 잊어버렸다.

"언니, 패트릭한테 얘기해야 해. 이 엄청난 사실을 알리지 않고 적당히 행복하게 살 수 있을 거라고 생각하면서 계속 이러면 안 돼, 절대로."

"나는 우리가 적당히 행복하게 살 수 있을 거라고 생각하지 않아." 절대로—내가 이 말을 솔직하게 입 밖으로 낸 건 처음이었다.

"언니, 진짜 왜 그래?" 잉그리드는 지쳤다. "패트릭은 지금 어디 있어?"

나는 신문 사러 나갔다고 말했다. 앉은 자리에서 오븐 위에 달린 주방 시계가 보였다. 통화한 지 두 시간이 다 되었다. 패트릭이 진짜 어디 있는지 나도 전혀 알 수가 없었다.

"패트릭이 들어오자마자 얘기하겠다고 약속해. 아니면 뭐랄까, 편지를 쓰든지. 언니 편지 잘 쓰잖아."

나는 알겠다고 한 다음 배터리가 4퍼센트밖에 안 남아서 그만 끊어야겠다고 했다. 둘 중 하나라도 진짜였는지는 나도 모르겠다.

✢

그 자리에 좀더 앉아 있다가 죄책감이 짜증으로, 혹은 짜증이 죄책감으로 바뀌었을 때쯤 자리에서 일어났다. 어느 쪽이든 나를 소파에서 일으켜 이층으로 올라가게 만들 정도로 강렬한 감정이었다. 샤워를 하고 전날 밤 거기에 벗어놓았던 원피스로 바닥을 닦았다. 일층 주방으로 내려가 패트릭이 내린 커피를 버리고 바나나 껍질을 벗겼지만 먹지는 않았다. 그 사소하고 한심한 일을 모두 마치자 어떤 것도 상관없어졌다. 서랍에서 펜을 꺼내 선 채로 종이를 벽에 대고 잉크가 나오지 않을 때까지 편지를 쓰고 런던에 가기로 결심했다.

✦

　차에 시동을 걸자 연료 경고등이 켜졌다. 걸어서 기차를 타러 갔다. 승강장에 서 있는데 잉그리드의 문자가 왔다. 휴대전화를 어디로 집어던지거나 바닥에 놓고 구두 굽으로 짓이겨버리고 싶은 충동을 전혀 느끼지 않은 채 메시지를 읽고 나서 열차에 올라탔지만, 행선지는 정하지 못했다.

　자리에 앉아서 창가에 가방을 놓고 그 위에 머리를 기댔다. 누군가가 창유리를 긁어서 '개박살낫음'이라고 써놓았다. 이 사람은 왜 저 단어를 선택해 맞춤법을 틀리게 썼고 지금은 어디에 있을지 궁금해하며 잠을 청했다.

　눈을 떠보니 열차가 패딩턴역으로 들어서고 있었다. 동생의 문자에는 이렇게 적혀 있었다. "아까 전화했을 때 얘기하려고 했는데. 넷째가 태어날 예정이야. 미안x100000000."

나는 지하철을 타고 혹스턴으로 갔다. 작년에 잉그리드가 손목 안쪽에 아이들 이름을 문신으로 새기겠다고 마음먹었을 때 같이 갔던 인스타그램에서 찾은 남자의 가게로 갔다. 잉그리드는 그의 팔로어가 십만 명이라고 했다.

안내데스크 직원은 코에 낀 피어싱을 만지작거리며 예약하지 않은 손님은 받지 않는다고 했다. "하지만 오 분 뒤에 비는 시간이 있으니까 사장님이 간단한 건 해주실지도 몰라요. 그러니까 이런 거는 안 돼요." 그러면서 복잡하게 얽힌 나뭇잎과 덩굴이 새겨진 자기 쇄골을 드러내 보였다. 아주 인상적이네요, 나는 말했다. "네, 그렇죠. 시술받으려면 저기 앉아서 기다리세요."

내가 벽에 걸린 끔찍한 문신 도안을 열심히 들여다보는 척하던 중, 수많은 팔로어를 거느렸다는 남자가 나와서 나를 뒤편으로 데려가더니 안락의자에 앉으라고 했다. 자기는 바퀴 달린 스툴에 앉아 내 옆으로 다가왔다. 나는 휴대전화에 저장된 사진을 보여줬다.

"색은 넣지 말고, 그냥 윤곽선만 최대한 작게요." 내가 말했다.

그는 전화기를 건네받아서 사진을 확대했다. "이게 뭐예요?"

나는 헤브리디스섬의 기압도라고 알려줬다. 손에 새기고 싶다고, 위치는 상관없다고 했다.

그는 좋다고 하면서 내 손을 잡아 들더니 십자 모양의 가는 주름이 생긴 사십 년 된 피부를 엄지손가락으로 문질렀다. "손톱 바로 아래가 좋겠네요." 그는 손을 놓고 카트를 자기 쪽으로 당겨 조그만 서랍에서 이런저런 도구를 꺼냈다.

"거기 출신이세요?"

나는 아니라고 한 다음 잠깐 동안 아무 말도 하지 않았다. 그에게 이유를 밝힐지 말지 마음을 정할 수가 없었다. 밝히고 싶었지만 누군가의 꿈이나 상담치료에서 얻은 깨달음이나 앞으로 입을 웨딩드레스에 대한 설명처럼 이해할 수 없고 이내 지루해질까봐 불안했다.

그러다 이제는 어떤 것도 상관없어졌다는 사실이 생각났다.

그는 내 손을 다시 잡고 알코올 솜으로 손바닥을 닦았다. 나는 말했다. "거기는 날씨가 대체로 예측 불가능하고 무시무시한 사이클론 아니면 돌발성 폭우 아니면 허리케인이라 정상적인 삶을 살기가 힘들 것 같더라고요. 내 기분이 그래요. ――환자거든요."

그는 몸을 홱 돌려 솜을 쓰레기통에 던지고 말했다. "누군들 그렇지 않겠어요?"

말이 안 됐지만 가장 강렬한 다정함이라고 느꼈다—목에 십자가와 뱀과 시든 장미와 피가 뚝뚝 떨어지는 칼을, 그 아래 적힌 출생일을 보면 어머니인가 싶은 로나라는 이름을 문신으로 새긴 이 남자는 내 고백을 듣고도 이보다 더 태연할 수 없었고, 내 엄지손가락에 펜으로 도안을 다 그릴 때까지 고개를 들지도 다른 질문을 하지도 않았다.

"하지만 지금은 아무렇지 않잖아요, 안 그래요? 정신질환자처럼 보이지도 않고."

"맞아요. 지금은 괜찮아요."

"그런데 왜 당신의 날씨를 몸에 새기려는 거예요?"

"그게"—아마, 나는 말했다—"기념하고 싶은 것 같아요. 잃어버린 것이 있거든요."

그는 작업을 시작하려고 바늘 끝을 내 살에 막 갖다댄 참이었다. 하지만 그걸 다시 치우고 내 눈을 들여다보며 물었다. "예를 들면 어떤 거요? 친구?"

나는 입을 벌리고 말했다. "아뇨. 내가―"

─고등학생이었을 때 의사가 내게 어떤 약을 주면서 임신하지 않도록 주의하라고 했다. 그다음 의사는 다른 약을 주었지만 똑같은 말을 했다. 그다음, 그다음, 또 그다음 의사도 진단하고 처방하고 이전 의사의 진단이 틀렸다고 했지만 주의 사항은 항상 같았다.

나는 그들이 처방한 약을 전부 먹으면서 그 약이 내 뱃속에서 녹아 뭔지 모를 성분이 검은색 염료나 독극물처럼 온몸에 번져 그들이 절대 가지면 안 된다고 반복해서 강조한 태아가 살기에 유독한 환경이 되는 과정을 상상했다.

나는 열일곱, 열아홉, 스물두 살이 되었을 때도 여전히 의사는 틀릴 리 없다고 생각하는 어린애였다. 어쩌면 약이 위험해서가 아니라 그들이 보기에 내가 위험해서 임신하면 안 된다고 경고했을지 모른다는 의심도 하지 못했다. 나는 나 자신, 아기, 부모, 그들의 오점 하나 없는 훌륭한 이력을 위협하는 존재였다. 그들이 나를 담당하고 있는 동안 정신적으로 문제가 있는 여자에게 계획에 없던 아기가 생기면 안 됐던 것이다.

그래서 나는 그들이 시키는 대로 하고 아이가 생기지 않도록 조심하고 계속 벌벌 떨었다. 그러다 조녀선을 만났고, 그와 함께하며 나는 잠깐이나마 이전과 달라졌다고 생각할 수 있었다. 약을 전부 끊으면 아기를 가질 수 있을 거라고.

하지만 나는 약을 끊을 수 없었다. 내 몸은 그 속에 검은색 염료가 흐르는 약 없이 살아갈 수 없었다. 그러다 얼마 안 있어

조녀선은 내가 어떤 사람인지, 어떤 성향이 있는지 알아채고 '하느님, 감사합니다'를 외쳤다. 그리고 나도 임신을 피했다는데 '하느님, 감사합니다'를 외쳤다.

왜냐하면 아기가 내 몸속에서 잘 버텨 무사히 태어난다 하더라도, 내가 그 아이의 몸은 돌볼 수 있다 하더라도, 어느 날 아이의 머릿속에서 조그만 폭탄이 터지고 그후로 아이가 살아가면서 느낄 모든 고통과 슬픔은 내게 받은 것일 테니 내가 아이에게 물려준 것에 대한 죄책감 때문에 어머니가 나를 미워했듯 나도 그 아이를 미워하게 될 것이었다. 나는 그 사실을 인정했다. 성서의 계보를.

바닷가에 살던 우울한 어머니가 실리아를 낳았다.

실리아는 마사를 낳았다.

마사는 아무도 낳으면 안 됐다.

그런데 나중에 어떤 의사가 내가 잘못 안 거라고 했다. 로버트는 말했다. "――은 아이를 포기할 이유가 되지 못해요." 그의 환자 중에도 아이를 낳은 엄마가 많다. 다들 아이를 잘 키운다. 그는 나도 틀림없이 훌륭한 엄마가 될 수 있을 거라고 한다. 만약 내가 원한다면.

지저분한 승강장 바닥에 앉아 그의 말을 들었을 때, 그제야 나는 내가 진실이라고 믿었던 것이 아픈 아이의 발상이었다는 사실을 깨달았다. 어른이 되어서도 거기에 의문을 제기할 생각을 전혀 하지 못했다. 오히려 긴 줄 하나에 꿴 그 모든 구슬에 증거를 부여하고 어루만졌다. 의사에게 들은 것보다 더 많은 걸 상상했고, 망가진 아이, 나 같은 엄마 때문에 망가진 채 태어날 아이를 상상할 때마다 공포를, 심지어 수치심까지 느꼈다. 그것이 내가 계속 거짓말을 한 이유였다.

항상. 누구에게든. 모르는 사람, 파티에서 만난 사람, 부모. 포대기에 싸여 어두침침한 방안에 누워 있는 아이를 함께 바라볼 때 내 동생 잉그리드에게. 94번 버스에서 창밖을 내다보는 나 자신에게. 나는 로버트에게도 거짓말을 했다. 그가 "당신이 아이를 갖기로 마음먹는다면"이라고 했을 때 나는 그보다 끔찍한 일은 없을 거라고 했다. 나는 패트릭에게도 거짓말을 했다. 결혼하기 전에도, 결혼한 후에도 매일.

남편은 내가 애초부터 원한 게 아이뿐이라는 사실을 모른다. 아이를 낳고 사랑이 넘치는 훌륭한 엄마가 된 동생을 볼 때마다 칼에 살을 베이는 심정이었다는 것도, 쉽게 임신해 원했던 것보다 더 많은 아이를 낳은 동생을 볼 때마다 그 상처가 아물지 않을 만큼 벌어졌다는 것도. 그리고 끊임없이 투덜거린다는 이유로 태양이자달이자별이자내인생의하나뿐인사랑인 동생을 미워했던 것도. 몸이 망가지고, 신생아는 너무 울어서 지치고, 걷기 시작하면 계속 집적이고 해달라는 게 많아지고, 돈이 많이 들고, 세탁기는 돌아가고 돌아가고 항상 돌아가고, 신발은 흙투성이고, 섹스는 더이상 없고, 창문마다 손자국으로 가득하고, 이가 생기고! 한밤중의 공포, 갑작스러운 고열과 싸움, 끊이지 않는 소음, 너무 완벽하고 완벽하고 완벽하게 예뻐서 엄마를 쓸모없게 만드는 아들들. 그녀가 가장 잘한 일. 하지만 언니는 정말 좋겠다―언니는 바구니만 들고 다녀도 되겠다―48개들이 두루마리 화장지를 파는 줄도 몰랐겠는데!

내 안에는 아이를 원하는 마음뿐이다. 마시고 내뱉는 숨마다 그 마음이 깃들어 있다. 그날 강가에서 떠나보낸 아이, 그 아이를 낳고 싶은 마음이 너무도 간절해서 아이와 함께 이 세상을 떠나야겠다고 생각했다. 날마다 그 아이를 생각하며 눈물을 흘렸다.

그리고 나는 지금도 계속 거짓말을 하고 있어. 오늘 아침 당신에게 쓴 편지를 들고 나왔거든, 패트릭. 내 가방에 들어 있지. 나는 접혀 있는 편지를 내려다본다. 앞으로 몸을 숙여 다시 집으려 하자 목에 문신을 한 남자가 그럴 것 없다며 구겨서 나 대신 휴지통에 던져넣는다.

내가 편지를 들고 나온 이유는 당신이 나에 대한 이런 사실을 알 자격이 없기 때문이야. 아이를 원한다는 것도, 심지어 내 진단 결과도. 그건 내 거야. 지금까지 줄곧 혼자 간직해왔어, 내 안에 보석을 품고 있는 것처럼. 나는 내가 당신보다 낫다고 생각하면서 걸어다녀. 내가 당신을 보면서 모나리자처럼 미소를 짓는 이유가 그거야, 패트릭. 당신은 나를 그렇게 유심히 관찰하면서도 전혀 몰라. 못 봤지. 그걸 찾지 않았으니까. 이제는 전부 상관없어. 내가 당신한테 얘기하든 안 하든. 이미 늦었어.

나는 말했다. "아뇨, 내가― 그냥 이런저런 기회요. 하고 싶었는데 하지 못한 것."

남자가 말했다. "네, 산다는 게 그렇죠. 개같은 일들뿐이고. 이제 시작할게요."

생각보다 아프지 않았다. 나는 다른 손으로 가방에서 휴대전화를 꺼냈다. 그가 바늘 소리 너머로 문신을 하면서 인스타그램을 보는 손님은 처음이라고 말했다.

그가 몇 분 만에 작업을 끝내고 랩으로 내 엄지손가락을 싸는 사이 나는 혹시 내 동생을 기억하느냐고 물었다. 세 아들의 이름을 새기겠다고 왔는데 첫째 아들 이름의 첫 글자가 완성되기도 전에 기절할 것 같다고 해서 아주 짧은 선 하나만 새긴 여자였다고.

"하반신 마취를 하겠느냐고 물어보지도 않다니 감옥에 끌려가야 마땅하다고 한 다음 바닥 여기저기에 토한 여자를 말씀하시는 거라면, 기억하죠."

우리는 동시에 일어났다. 그가 막 나가려는 내게 말했다. 대개는 소염진통제를 권하는데 나는 통증을 더럽게 잘 참는 것 같다고.

+

고급주택으로 돌아왔을 때는 열시도 넘은 늦은 시간이었다.

나는 비를 맞은 채였다. 머리카락이 젖어 머리에서 등을 타고 물이 뚝뚝 떨어졌다. 눈 밑을 닦았더니 마스카라로 손끝이 시커메졌다. 거실에 패트릭이 있었다. 일인분이라기엔 음식을 푸짐하게 사들고 와서 뉴스를 보고 있었다.

그는 어디 다녀왔느냐고 묻지 않았다. 나도 얘기할 마음이 없었고 방금 전까지는 집에 와도 그와 말을 섞지 않을 작정이었는데, 막상 들어와서 평범한 일상을 보내는 패트릭을 맞닥뜨리자 치밀어오르는 분노로 몸에서 열이 나고 눈앞이 하얘졌다. 그는 앞으로 스스로를 위해 만든 평범한 저녁시간이나 가정생활의 그 어떤 것도, 기본적인 일상과 소소하고 평범한 즐거움도 누릴 자격이 없었다. 패트릭 때문에 나는 지금까지 그런 걸 모르고 지내왔고, 앞으로 얼마나 남았는지 모를 형기를 채우는 동안에도 절대 알지 못할 것이다.

나는 그와 텔레비전 사이에 가서 섰다. 여전히 랩에 감싸인 엄지손가락을 들어 보이며 런던에 가서 문신을 새겼다고 했다. 그는 말없이 플라스틱 용기에 담긴 밥을 포크로 헤집으며 먹을 만한 걸 찾았다. 내가 뭘 새겼는지 알고 싶냐고 묻자 패트릭은 마음대로 하라며 계속 포크로 뒤적였다.

"헤브리디스섬의 지도. 왜 이걸 새겼는지 궁금해?" 그래, 알려줄게, 나는 말했다. "항해 선박을 위한 기상방송이야, 패트릭. 사이클론이 심하게 불고, 가끔 개겠습니다 어쩌고저쩌고. 내가 전에 농담처럼 했던 말 생각나? 내 정신 상태에 대한 비유 같다고 했었잖아. 왜 이제 와서 이러냐고? 새로운 의사를 만났는데 그 정신 상태에 대해 설명해줬어." 5월 중순이야, 미리 알려주자면, 나는 말했다. "그러니까 맞아, 일곱 달 전이야."

"나도 알아."

"안다니, 뭘?"

"당신이 정신과에 다녀온 거."

나는 말했다. "뭐라고? 어떻게 알았어?"

"내 카드로 결제했잖아. 명세서에 로버트의 이름이 있었어."

분노의 물결이 다시 한번 수많은 출처에서 뿜어져나왔지만 내가 파악한 건 딱 하나였다. 패트릭이 그의 이름을 부르는 게 정말 싫다는 것.

"나한테 알리고 싶지 않았으면 로버트의 병원에서 현금으로 결제했어야지."

"그렇게 부르지 마. 네 친구도 아니잖아. 심지어 만난 적도 없으면서."

"알았어. 하지만 당신이 ━━이라는 거, 지금 그 얘길 하려는 거야?"

세상에, 나는 말했다. "그건 어떻게 알아? 전화해서 물어봤어?" 나는 패트릭에게 그러면 안 되는 거 아니냐고 말했지만─사실상 고함을 질렀다─분노의 파도가 덮치지 않은 머릿속 한구석에서는 그가 전화했을 리 없고, 했다 한들 로버트가 내 진단명을 알려줬을 리 없다는 사실을 알았다.

그러자 절대 빈정거리는 법이 없는 패트릭이 이렇게 말했다. "그래? 그러면 안 되는 줄 몰랐네. 의사와 환자 간의 기밀, 뭐 그런 건가?"

나는 어린애처럼 발을 구르며 닥치라고 했다. "어떻게 안 거야?"

"그 약이 뭔지 알거든."

"무슨 약?"

"당신이 먹는 약." 그는 포크를 플라스틱 용기에 넣어 커피 테이블에 내려놓았다.

"나는 약 먹는다고 얘기한 적 없는데. 내 소지품을 뒤졌어?"

패트릭은 지금 진심이냐고 물었다. "마사, 당신이 여기저기 흘리고 다녔잖아. 심지어 빈 상자도 그냥 서랍에 쑤셔넣거나 바닥에 던져놔서 내가 치웠고. 나더러 치우라고 그런 거 아니야? 우리는 원래 그런 식이잖아. 당신은 어지럽히고 나는 그게 내 일인 양 따라다니면서 치우고."

나는 욱신거릴 정도로 주먹을 세게 쥐었다. "전부 알고 있으면서 왜 아무 말도 하지 않은 거야?"

"당신이 얘기해줄 때까지 기다렸는데 안 하더라. 그러다 시간이 좀 지나니까 아예 얘기할 생각이 없나 싶었는데 이유를 알 수 있어야 말이지. 분명하네." 그가 말했다. "당신은 ── 인 게 분명해."

되받아치려는데 입가의 근육이 일그러져서 내 표정이 흉측해지는 걸 느낄 수 있었다. "그래, 패트릭? 분명해? 그렇게 빌어먹게 분명한데 왜 진작 알아차리지 못했어? 능력의 문제인가? 그러니까 당신은 사람 몸에서 피가 나야 안 좋다는 걸 아는 거지? 아니면 남편으로서 아내의 건강에 관심이 없거나. 그도 아니면 그냥 소극적인 성격이라 그런가? 너는 워낙 상황을 무조건적으로, 절대적으로 수용해버리는 성격이라?"

오케이, 그가 말했다. "오늘은 대화다운 대화를 못 나누겠다."

"아니! 나가지 마!" 나는 그의 앞을 막아서기라도 할 것처럼 움직였다.

패트릭은 일어서는 대신 소파에 누워버렸다. "당신이 이런 상태일 때는 말이 통하지 않잖아."

"내가 지금 이런 상태인 건 오로지 너 때문이야. 나 멀쩡해. 몇 달 동안 계속 멀쩡했어. 그런데 너 때문에 돌아버리겠어. 그건 분명하지 않았나? 내가 너한테 더 잘해주는 게 아니라 왜 더 못되게 구는지 궁금한 적 없었어?"

"응. 아니. 모르겠네. 당신이 항상"—그는 말을 잠깐 멈췄다—"이랬다저랬다 하니까."

"지랄하지 마, 패트릭. 이유를 몰라서 물어? 모르겠지. 아이를 갖고 싶었기 때문이야. 오래전부터 지금까지, 평생 아이를 원했는데 다들 위험하다고 했어."

패트릭은 아주 느릿느릿 말했다. "내가 정말 몰랐을 것 같아? 난 바보가 아니야, 마사. 항상 애들은 너무 성가시다, 도저히 못 받아주겠다, 애 키우는 게 얼마나 지긋지긋할까, 이런 식이었지만 입만 열면 애들 얘기였잖아. 식당에 갔을 때 아기를 데리고 온 사람이 있으면 질색하면서 멀찌감치 앉아놓고 나올 때까지 애들만 뚫어져라 쳐다봤잖아. 임신부나 애와 함께 있는 사람이 지나가면 입을 꾹 다물고, 어딘 가더라도 당신 앞에서 자기 애들 얘기를 꺼내는 사람이 있으면 왜 저러나 싶을 정도로 무례하게 굴고. 어떤 행사에 참석했다가도 아이가 있느냐고 물어본 사람이 있다는 이유로 일찍 나온 게 대체 몇 번이냐고." 패트릭은 그제야 소파에서 일어났다. "그리고 당신은 잉그리드의 애들한테 집착하지. 집착하면서도 동생을 질투하지 않는 척하지만 얼마나 부러워하는지 다 보여. 특히 잉그리드가 임신했다고 할 때 말이야. 당신은 거짓말을 잘 못해, 마사. 툭하면 거짓말을 하지만, 잘하지는 못한다고."

나는 커피테이블을 돌아가서 두 손으로 그의 셔츠 앞섶을 부여잡고 비틀어 돌리며 그거 알아, 패트릭? 그거 아느냐고. 내가 말했다. "로버트는 괜찮을 거라고 했어." 나는 그를 밀치려 애썼다. "별일 없었을 거래." 그의 얼굴을 때리려고 했다. "위험하지 않을 거라고 했는데, 너도 알고 있었지? 알고 있었던 거지?" 패트릭이 내 양쪽 손목을 잡고 내가 멈출 때까지 놓지 않았다. 그가 앉으라고 했지만 나는 커피테이블을 다시 돌아가 발뒤꿈치로 가장자리를 밟아 쓰러뜨렸다. 포장 용기가 뒤집히면서 그 안의 내용물이 카펫 위로 쏟아졌다. 맙소사, 마사. 패트릭이 주방으로 갔다.

나는 그를 따라가지 않았다. 내 몸속의 모든 세포가 제각각 마비되고 심장만 너무 빠르게 쿵쾅거리는 느낌이었다. 잠시 후에 그가 키친타월을 한 움큼 들고 돌아와 카펫이 젖은 자리를 덮고 발로 밟았다. 쿵쾅거리던 심장이 잠잠해질 때까지 나는 지켜보는 것 말고는 아무것도 할 수 없었다. 나는 그에게 그만하라고 했다. "그냥 내버려두고 내 얘기 좀 들어."

"듣고 있어."

"그럼 그만 좀 치워."

그는 알았다고 했다.

"왜 얘기 안 했어? 왜 내가 거짓말하게 내버려뒀어? 상담받고 온 후에 한마디만 했어도 지금쯤 아이가 생겼을 수도 있는데. 예전부터 아이를 원했잖아, 패트릭─지금쯤 아이가 생겼을 수도 있는데, 왜 그런 거야?"

"왜냐하면─당신도 아까 얘기했듯이─상태가 나아져야 했으니까. 드디어 제대로 진단을 받고 맞는 약을 처방받았는데도 나를 대하는 태도는 전혀 달라지지 않았어. 영문을 몰랐는데, 그러다 깨달았지." 그는 발로 키친타월을 이리저리 움직였다. 국물이 카펫을 시커멓게 물들여 지워지지 않을 얼룩이 생겼다. "이게 당신이라는 걸. ──하고는 상관없어. 그리고," 그가 말했다. "나는 당신이 아이를 낳으면 안 된다고 생각해."

나는 입을 벌렸다. 내 입에서 나온 소리는 말도 아니고 비명도 아니었다. 뱃속 어딘가에서, 목구멍 밑바닥에서 터져나온 원초적인 소리였다. 패트릭은 나를 두고 나가버렸다. 나는 무릎을 꿇으며 주저앉다가 앞으로 고꾸라졌다. 두 손으로 머리카락을 움켜쥐었다.

그후 기억에 공백이 생겼는데, 몇 시간 뒤 정신을 차려보니 패트릭은 바닥에 펼쳐놓은 캐리어에 짐을 싸는 중이었고 나는 침대 한쪽 모퉁이에 서서 시트를 벗기고 있었다. 창문으로 햇빛이 비쳤다. 나는 욕실로 가서 속을 게워내야 했다.

다시 방으로 돌아오니 패트릭이 캐리어를 닫아서 밖으로 옮기고 있었다. 내가 등뒤에 대고 뭐라고 외쳤지만, 그는 내 말을 듣지 못했다. 잠시 후 차에 시동이 걸리는 소리가 들려 나는 창문 앞으로 갔다. 그가 진입로를 빠져나가고 있었다. 나는 블라인드를 내리려다 너무 세게 잡아당기는 바람에 망가뜨리고 말았다. 헐렁해진 줄을 쥔 채 한참 그 자리에 서서, 다른 여자가 나를 거울처럼 반영한 삶을 살고 있는 맞은편 집을 멍하니 바라보았다.

잠시 후 패트릭이 진입로에 다시 나타났다. 돌아온 이유는 나도 알 수 없었다. 나는 주차하고 차에서 내리는 그를 지켜보았다. 그는 손에 통을 하나 들었고, 보닛을 열어 통에 담긴 액체를 모두 부은 다음 보닛을 다시 닫더니 기차역 쪽으로 걸어갔다.

패트릭은 아내 곁을 떠나기 전에 마지막으로 엔진오일을 채

우는 남자다. 나는 가슴에 손을 얹었지만 아무것도 느껴지지
않았다.

그 없이 보내는 낮과 첫 밤을 시트 없는 침대 위에서 지냈다. 그도 떠난 마당에 시트를 깔 필요가 없었다. 삶, 시트와 그릇과 은행 통지서가 수반된 삶은 더이상 존재하지 않았다.

자다 깨다 다시 자는 사이사이 인터넷으로 로버트를 검색했다. 그런 다음에는 조녀선도 검색했다. 그의 아내는 인플루언서다. 그녀의 인스타그램에는 휴가 때 찍은 사진, 콜라겐 음료의 협찬 광고, 내가 숨을 좀 쉬려고 밖으로 나갈 때 탔던 엘리베이터 거울 앞에서 뭘 입었는지 찍은 사진이 뒤섞여 있다. '강한여자들'이라는 해시태그와 함께 그녀의 작은 무리를 찍은 사진을 올릴 때 받는 좋아요 숫자가 제일 많은데, 그들은 모두 금발에 보통명사이기도 한 이름으로 불린다. 물건이나 과일 같은. 스크롤을 맨 아래까지 내려 이비사의 어느 옥상에서 올린 그녀와 조너선의 결혼식 사진을 보았다. 그가 그녀에게 나에 대해 어디까지 얘기했을지, @강한_여자들의_엄마는 남편의 사십일 일짜리 결혼생활 예행연습에 대해 얼마나 알고 있을지 궁금했다.

✢

아침에 잉그리드가 문자를 보냈다. 패트릭에게 들었다면서 물었다. "괜찮아?"

나는 욕조와 3구 플러그와 관 이모티콘을 보냈다.

잉그리드는 자기가 데리러 갔으면 좋겠냐고 물었다. 나는 모르겠다고 했다.

나는 여전히 침대에―침대 위에―반쯤 벗은 몸으로, 그러니까 런던에 갈 때 입었던 팬티스타킹에 속옷 차림으로, 비어 있거나 휴지 또는 가장자리가 뒤집힌 오렌지 껍질을 담는 것으로 용도가 바뀐 머그잔에 에워싸인 채 누워 있었다. 잉그리드가 고급주택 안으로 들어오는 소리가 들렸다. 좀더 보폭이 작고 빠르게 걷는 발소리를 뒤에 달고 온 그녀는 거실로 직행해 만화 채널을 틀어주고 이층으로 올라왔다.

나는 그녀가 평소에 그랬듯이 침대 위로 올라와 내 옆에 누워 머리카락이나 팔을 쓰다듬어줄 줄 알았다. 괜찮을 거라고,

일어날 수 있겠느냐고, 욕실까지 갈 수 있겠느냐고 물어볼 줄 알았다. 그런데 그녀는 문을 활짝 열고 좌우를 둘러보더니 말했다. "시각적으로나 후각적으로나 뭐가 엄청나게 섞여 있네. 대단하다, 언니."

+

내 생일 파티에서는 그녀의 배를 알아차리지 못했다. 이제 보니 벌써 둥그스름했다. 잉그리드는 카디건을 여미며 방으로 들어와 창가로 갔다. 끙끙대며 창문을 열고는 돌아서서 시트를 가리켰다. "저거 바닥에 방치된 지 얼마나 됐어?"

나는 치우려고 했지만 결혼생활을 끝냄과 동시에 딱 맞는 시트를 혼자서 찾으려니 너무 버겁게 느껴졌다고 말했다. 잉그리드는 무표정한 얼굴로 침대 끝에 서서 통증을 느끼는 사람처럼 갈비뼈와 윗배가 만나는 곳을 손끝으로 눌렀다. "같이 갈 거면 당장 움직여. 애들은 일층에 있는데, 네시 이후에는 애들을 데리고 A420 도로를 탈 수 없거든."

나는 한참 만에 일어났다. 입을 옷과 소지품을 넣을 가방을 찾는 데도 한참이 걸렸다. 잉그리드가 갈수록 더 짜증을 내는 바람에 속도가 더 느려졌다. 결국 나는 포기하고 그녀를 등진 채 침대에 다시 드러누웠다.

잉그리드가 말했다. "이럴 거야? 좋아. 나도 더는 못하겠어.

정말 지긋지긋하다." 그녀는 방을 나가 계단에서 외쳤다. "남편한테 연락하든지."

그녀가 현관문 앞에서 아이들을 부르는 소리에 이어 문이 쾅 닫히는 소리가 들렸다. 텔레비전은 그대로 켜져 있었다.

잉그리드가 자신의 역할을 하지 않은 건 이번이 처음이었다. 나는 그녀가 공감해주길 바랐지만 그녀는 내 뜻대로 움직여주지 않았다. 잘못한 거 없다고, 패트릭을 잡지 않길 잘했다고 위로해주길 바랐다. 나는 화가 났고, 차에 시동이 걸리는 소리가 들리자 그녀가 오기 전보다 더 외로워졌다.

남편에게 연락하지 않았다. 아버지에게도 전화할 수 없었다. 아버지는 내 소식을 들으면 괴로워하며 그 심정을 감추지 못할 테니까. 나는 전화기를 들어 어머니의 번호를 눌렀다.

상담을 받은 날 이후로 대화를 나눈 적이 없고 그때도 어머니와 말을 섞고 싶은 마음은 없었다. 전화를 받은 어머니가 "어머나, 이게 누구니"라고 하길 바랐다. 그러면 어머니와 싸울 수 있고, 그러면 어머니가 전화를 끊어버릴 테고, 그러면 나는 분해서 잉그리드에게 얘기하고, 그러면 그녀가 엄마답다고 할 테니까. 그야말로 전형적이라고.

나는 어머니를 용서하지 않았다. 용서해보려고 하지도 않았고 계속 화내려고 애쓸 필요도 없었다. 괴로워하는 딸을 보면서 아무 말도 하지 않고, 오히려 술로 일을 키울 수 있는 사람을 미워하는 건 쉬운 일이었다.

신호가 한 번 울렸다. 어머니가 전화를 받았다. "마사, 네가 전화해주길 얼마나 바라고 또 바랐는지 모른다."

어머니의 평소 목소리가 아니었다. 그 이전, 내가 어머니를 자극해 못된 성격과 그 안의 붙박이 트집쟁이를 끄집어낸 사춘기가 되기 이전의 목소리였다. 나를 '허밍'이라고 부를 때의 목소리. 좀 어떠냐고 묻더니, 내가 말 대신 소리로 대답하자 "끔찍한가보구나"라고 했다.

어머니는 이런 식으로 십 분 동안 자문자답을 계속 이어갔는데—정확했다. 내 머릿속에 들어왔다 나갔나 싶을 정도였다.

나는 전화를 끊은 뒤 일층으로 내려가 따놓은 와인 두 병을 찾아서 들고 다시 방으로 올라갔다. 어머니에게 다시는 전화할 일이 없었을 거였다. 어머니의 마지막 질문이 "나중에 또 전화해줄래? 아무때나 좋아. 한밤중이라도"이고 대답이 "그래, 알았어. 그럼 조만간 통화하자"가 아니었다면.

+

해가 뜨기 전에 두번째로 전화했을 때 나는 취한 상태였다. 어머니에게 뭘 하면 좋을지 모르겠다고, 제발 가르쳐달라고 했다. 어머니는 평범한 답을 늘어놓기 시작했다. 나는 말했다. "아니, 지금 당장, 뭘 해야 될까요? 뭘 해야 할지 모르겠어요." 어머니는 지금 어디냐고 묻더니 말했다. "그럼 일어나서 일층으로 내려가 신발을 신고 외투를 입어." 그러고는 내가 하나씩 차례대로 할 때까지 기다렸다. "이제 산책을 나가는 거야. 나랑 계속 통화하면서."

나는 천천히 걸었고, 운하 옆길의 끝에 다다르자 술이 깼다. 어머니가 말했다. "좋아, 이제 몸을 돌려서 심장이 뛰는 게 느껴질 만큼 빠르게 걸어." 어머니가 왜 그렇게 말했는지 몰라도 나는 시키는 대로 했다.

다시 포트 메도로 돌아갔을 때 해가 떴다. 건너편에서 안개가 점점 걷히며 첨탑이 그려내는 윤곽이 조금씩 드러났다. 내가 집에 도착하자 어머니가 말했다. "목욕해." 그러고는 덧붙였다. "이십 분 뒤에 전화해라. 기다릴 테니까."

✝

나는 어머니에게 날마다 전화하기 시작했다.

사람들은 무언가를 '나를 침대에서 일으키는 유일한 원동력'이라고 묘사하지만 실질적으로 그렇다는 뜻은 아니다. 하지만 나는 실제로 그랬다—아침에 눈을 뜨면 곧바로 어머니에게 전화를 걸었다. 어머니가 말을 걸어주고 뭘 해야 할지 일러주지 않으면 움직일 수도, 먹을 수도, 집안을 돌아다니며 창문을 열 수도, 머리를 감을 수도 없었다.

오후에는 고급주택의 정면 창문 앞에 앉아 거리를 내다보았다. 맞은편 집이 임대 매물로 나왔다. 나는 전화기를 대고 있는 뺨이 뜨거워질 때까지, 전화기를 어깨로 계속 잡고 있어서 고개가 돌아가지 않을 때까지, 정신을 차려보니 한밤중일 때까지 어머니와 통화했다. 사소한 일에 대해서만 이야기를 나눴다. 어머니가 라디오에서 들은 이야기나 우리 중 한 명이 꾼 꿈에 대해서.

패트릭 얘기는 전혀 하지 않았지만, 어머니가 그와도 통화를 하는지 궁금했다. 그의 행방을 아는지 궁금했다. 우리는 잉그리드 얘기도 하지 않았다. 나와 잉그리드가 연락하지 않는다는 걸 어머니도 알았을 것이다. 그리고 아버지와 아버지의 애끓는 마음은 당분간 나와 멀찍이 떨어뜨려놓는 게 최선이라는 것도 알았을 것이다. 그래서 아버지는 전화하지 않았고, 그 점이 나는 고마웠다.

어느 날 아침, 나는 어머니에게 전화해 어린애처럼 선포했다. "그거 알아? 나 벌써 일어났어요." 그러자 어머니가 말했다. "그렇구나! 잘했다."

어머니가 물었다. "그 쿵 하는 소리는 뭐니?"

나는 차를 끓이려고 찬장에서 컵을 꺼내는 중이라고 말했다. 그러자 어머니는 말했다. "아주 잘하고 있구나."

전화기 저편에서는 어머니의 목소리만 들릴 뿐, 아무 소음도 없었다. 내가 뭐하고 있었느냐고 물으면 어머니는 그냥 앉아 있었다고 했다. 한번은 내가 사과하며 이제 끊어야겠다고, 할

일이 있지 않냐고 했다. 그러자 그녀는 경계를 넘나드는 설치예술을 감상하고 싶은 관객들도 기다려야 한다고 했다. 어머니가 자기 작품을 두고 농담을 한 건 그때가 처음이었다.

어머니는 나에게 전화한 이유를 한 번도 묻지 않았다—무서워서, 심심해서, 외로워서, 집안의 정적을 더는 참을 수 없어서라는 걸 알았다. 몇시에 전화해도 어머니가 술에 취한 듯한 날이 없었는데, 나는 한참 지나서야 그 사실을 알아차렸다.

나는 통화하지 않을 때면 심장이 뛰는 게 느껴질 때까지 걸었다. 대개는 운하 옆길을 지나 포트 메도를 건너거나 학생과 관광객이 없는 이른 시각에 모들린칼리지의 공원을 가로질렀다. 사슴은 풀을 뜯으며 나를 본체만체했다.

그러다 얼마 후부터, 어머니는 여전히 묻지 않았지만 자진해서 내게 무슨 일이 있었는지, 내 결혼생활과 아이와 패트릭에 대해 털어놓기 시작했다. 어머니는 하고 싶은 말을 다 하라고 했다. 자기는 어떤 일에도 충격받지 않을 거라면서. "네가 패트릭한테 했던 제일 표독스러웠던 말이 뭔지 듣고, 내가 너희 아빠에게 했던 훨씬 더 못된 말을 알려줄게."

나는 그가 내게 문제가 있다는 걸 알아차리지 못했다는 사실에 화가 났다는 얘기를 맨 먼저 꺼냈다. 나는 그렇게 생각했다고. 하지만 그가 몰랐을 리 없었다고. 어느 시점부터, 아니면 처음부터 알았을 것이다. 어느 쪽이든 그가 아무 조치도 취하지 않은 건 그렇게 사는 게 좋았기 때문이다. 이제 보니 분명했다—나는 골칫덩이로 전락하고, 패트릭은 영웅이 되고. 다들 그렇게 까탈스러운 아내를 견디다니 대단하다고 생각하겠지. 하루종일 병원에서 생명을 구하고 집에 가서도 계속 그러고 있다니. 그런 결혼생활이라면 집이나 직장이나 다를 게 없겠다고 다들 생각했을 테지.

내가 그런 식으로 대하는 걸 받아주면 안 되는 거였는데 그가 날 받아준 이유는 나를 소유하는 데만 관심이 있었기 때문이다. 오래전부터 갖고 싶어했으니까. 그래서 그냥 모든 걸 받아주고 항상 내가 하자는 대로 한 것이다. 그래야 나를 곁에 둘 수 있다고 믿은 것이다. 그건 진짜 내가 아니었다—그가 열네 살 때 지어낸 나였다. 남들처럼 나이를 먹으면 정신을 차려야 하는데, 오히려 자신이 상상으로 만들어낸 인물과 결혼한 것이다.

그는 아버지가 될 기회를 포기했다. 패트릭은 내가 그 기회를 앗아가도록 놔두면 안 되는 거였다. 내게 책임을 떠넘겨서는 안 되는 거였다.

나는 어머니에게 내가 아이를 낳지 않은 건 패트릭 때문이라고 했다. 내가 거짓말을 하긴 했지만, 그도 마찬가지였다고.

나는 그런 식으로 한참을 주절주절 늘어놓았다. 어머니는 거의 처음부터 끝까지 아무 말 없이 듣기만 했다. 내 입으로 차마 꺼내기 힘들었던 얘기에도 전혀 충격받지 않은 눈치였다. 그래, 그래, 그저 이 말만 했다. 당연하지. 누군들 그런 기분이 들지 않겠니?

마침내 진이 다 빠졌다. 나는 패트릭과 내가 절대 만나면 안 될 사이였다고 말했다. 서로를 망가뜨렸다고. 우리의 결혼은 말도 안 되는 일이었다고. 그런 다음 입을 다물었다.

거의 한 달 동안 날마다 몇 시간씩 통화한 끝에, 드디어 자기 차례가 됐다 싶은지 어머니는 이렇게 말했다. "마사, 세상에 말이 되는 결혼은 없어. 특히 남들이 보기에는 더더욱 그렇지. 결혼이란 그 자체로 하나의 세계거든."

나는 제발 철학적인 발언은 자제해달라고 했다.

어머니의 희미한 웃음소리가 내 신경을 건드렸다. 어머니가 말했다. "알았다. 하지만 마야 안젤루가—"

나는 말허리를 잘랐다. "마야 안젤루 어쩌고도 하지 마세요. 나는 알아요, 내 말이 맞다는 걸. 우리는 결손 부부였어요. 서로가 서로를 고장나게 만들었다고요. 끝내는 사람이 내가 됐을 뿐 패트릭도 그걸 원했다는 걸 알아요. 너무 소극적이라 먼저 나서지 못했던 거죠. 물론 슬프죠, 당연히. 하지만 이게 최선이에요. 우리 둘뿐만 아니라 모두를 위해서도."

"그래—그런데," 어머니가 한숨을 쉬었다. "내일 몇시쯤 갈 거니?" 어머니는 다른 말을 하려다 바꾼 눈치였다.

나는 내일 뭐가 있느냐고 물었다.

"크리스마스잖니."

나는 잠시 아무 말도 하지 않고 혼자 차를 몰고 런던에 가서 아버지를 만나고, 잉그리드와 그 시끄러운 아이들, 고문에 가까운 이모부와의 대화, 끝도 없고 의미도 없는 이모와 어머니의 갈등을 마주하는 상상을 했다. 어머니의 주사도. "못 갈 것 같아요. 사람이 너무 많아서."

"네 이모랑 이모부, 나랑 너희 아빠뿐이야. 미안, 내가 얘기를 안 했나보네. 너희 사촌들은 안 와. 잉그리드와 해미시는 애들을 데리고 디즈니랜드에 갔고. 이유는 나도 모르겠다. 그것도 열흘씩이나—그 시즌에는 루브르의 모든 방값이 두 배일 텐데."

어머니는 내가 패트릭은 어디 갔느냐고 물을 때까지 기다리다가 정적이 흐르자 그냥 말했다. "패트릭은 홍콩에 갔어. 힘든 날이 되겠지. 나도 알아. 그래도 오지 않을래?"

나는 싫다고 했다. "그건 힘들 것 같아요. 죄송해요."

어머니는 다시 한숨을 쉬었다. "그래, 강요할 수는 없지. 하지만 지금보다 너를 더 비참하게 만들 필요가 있는지 생각해보길 바란다. 크리스마스를 혼자 보내겠다니. 글쎄다, 마사. 엄청 쓸쓸할 거야. 그리고 이런 말을 해도 될지 모르겠지만, 너를 만나고 싶기도 하고."

나는 전화를 끊자마자 산책을 나갔다. 운하 옆길을 걷다가 다시 오려니 생각만으로 진이 빠져서 시내로 향하는 다른 길을 택했다.

✦

브로드 스트리트는 번잡했다. 비닐봉지를 들고 이런저런 가게를 들락거리거나 액세서라이즈* 매장에서 신발과 휴대전화와 이런저런 제품을 사는 빼곡한 인파에 현기증이 났다. 유아차에 앉아 있는 아기들이 배가 고프고 더워서 울어댔다. 아이들은 부모 뒤를 졸졸 따라가거나 앞에서 미아 방지 끈을 당겼다.

엄마들은 메시지를 쓰느라 고개를 숙이고 걷는 십대 딸들과 쇼핑을 다녔다. 한 여자아이가 리버아일랜드** 매장을 박차고 나오더니 열심히 뒤쫓아오는 엄마의 면전에 대고 문을 닫았다.

그 아이는 자기를 낳아달라고 한 적 없으니 엄마가 죽어버려도 관심 없었다. 그애가 휴대전화를 꺼내자 딸을 마침내 따라잡은 엄마가 말했다. 이제 그만하자, 베서니. 참을 만큼 참았다는 거였다. 그들은 서로 반대 방향으로 걸음을 옮겼다. 나는 아이 엄마 쪽에 서 있었는데, 조그만 막대사탕 모양의 귀걸이를 하고 있는 게 보일 만큼 가까워졌을 때에야 그녀는 멈춰 섰다. 순간 우리는 얼굴을 마주하고 서로의 눈을 똑바로 쳐다보게 되었지만 그녀에게 내가 보였을 것 같지는 않다. 내가 옆으로 비켜섰지만 그녀는 휙 몸을 돌리더니 머리 위로 핸드백을 들고 백기처럼 흔들며 딸을 쫓아가기 시작했다.

---

* 액세서리, 옷, 신발, 가방 등을 판매하는 종합 매장.
** 영국의 옷 브랜드 이름.

나는 천천히 걸음을 옮기며 반대편에서 다가와 양옆으로 나를 밀치며 지나가는 사람들의 얼굴을 물끄러미 바라보았다. 저 사람들 중에 자기 인생에 불을 지른 사람이 있는지, 있다면 그러고 나서 얼마 만에 밖으로 나와 돌아다니며 액세서라이즈를 구경하는 건지 궁금해졌다.

코스타에 들어가 머핀을 하나 샀다. 다시 밖으로 나온 나는 배가 고프지 않아서 현금인출기 아래에 앉아 있는 노숙자에게 머핀을 주려고 했다. 그는 무슨 머핀이냐고 물었는데, 내 대답을 듣더니 자기는 건포도를 좋아하지 않는다고 했다.

지붕이 있는 시장 쪽으로 계속 걸어갔다. 과자가게 앞에 멈춰 서서 어머니에게 전화를 걸었다. 어린아이가 창가 쪽 높은 테이블에 할아버지와 함께 앉아 아이스크림을 먹고 있었다. 장갑 낀 손으로 아이스크림을 들었고 파카에 털모자까지 썼는데도 입술이 보라색이었다.

전화를 받은 어머니가 별일 없느냐고 물었다.

"내일 가면 엄마 술 안 마실 거예요?"

어머니는 일말의 주저함도 없이 말했다. "마사. 네가 끊으라고 했잖아. 기차에서 전화한 날에."

"알아요."

"그래서 끊었어." 어머니가 말했다. "그날 이후로 한 방울도 안 마셨어. 네가 전화를 끊은 뒤에 술을 전부 싱크대에 쏟아 버렸다. 그 집단의 표현을 빌리자면―" 어머니는 대문자로 시작하는 단어라도 되는 듯이 말했다. "—마지막으로 술을 마신 지 이백십팔 일이 지났어."

우리—잉그리드, 아버지, 이모, 해미시 또는 패트릭—중 어느 누구도 어머니에게 술을 끊으라는 말을 하지 않았다. 의리 때문에, 아니면 말해봐야 소용없을 것임을 알기에 우리끼리 의논한 적도 없었다.

나는 내가 입술이 보라색으로 변한 아이를 보며 웃는 줄도 몰랐다. 아이가 나를 향해 혀를 내밀었다.

어머니가 말했다. "너 지금 웃고 있니?"

나는 아니라고 했다. "사실, 맞아요. 하지만 엄마 때문에 웃는 건 아니에요. 방금 전에 뭘 봤거든요." 좋네요, 나는 말했다. "좋아요."

+

벨그레이비아에 도착했을 때는 늦은 오후였고, 이미 어둠이 깔리기 시작했다. 나는 아침에 일어났을 때 가지 않기로 마음먹고는 불도 켜지 않은 채 소파에 앉아 텔레비전을 보며 어머니를 실망시킨 데 죄책감을 느끼지 않겠다고, 속이 울렁거리고 이마가 지끈지끈한 건 편두통의 전조라고, 정오에 〈메리 베리의 최고의 요리〉가 방영될 즈음에는 이러다 숨이 멎는 건 아닐까 싶을 만큼 절망 속으로 침잠하지 않았다고 나 자신을 설득하려 애썼다.

문을 열어준 이모는 샤워도 하지 않고 외투 속에 티셔츠와 추리닝 바지를 입은 차림으로 고속도로 휴게소에서 산 선물을 들고 있는 조카를 보고 뛸듯이 반가워했다. 내 외투를 보며 지나치게 야단법석을 떨고 선물에 넘치게 고마움을 표한 다음 나를 거실로 안내했다.

기분이 나아질 거라는 기대로 간 건 아니었다. 더 우울해질 수 있다는 생각은 못했기에 나선 길이었는데, 거실로 들어서자마자 고급주택에서 세속과 격리된 채 비참의 늪을 헤매던 시간에 삐딱한 향수를 느꼈다. 이모부와 우리 어머니 아버지가 감당할 수 없을 만큼 휑해 보이는 거실에서 각자 아주 조그만 선물을 개봉하는 광경을 보자 말로 표현할 수 없을 만큼 기분이 나빠졌다. 내 잘못이었다. 잉그리드와 사촌들이 다른 데로 내뺀 이유는 나 때문이었다. 그들의 부재로 거실이 웅웅거렸다. 그와 별개로 밑바닥에 슬픔의 기운이 깔려 있었다. 모르는 사람이 들어왔다면 얼마 전에 상을 당했다고 생각할 만큼 또렷했다. 패트릭이 이 자리에 없기 때문이었다. 그것 역시 내가 이룬 업적이었다. 그런데도 부모님과 이모부도 이모처럼 나를 보고 무척 기뻐했다.

아버지가 다가와서 나를 끌어안고 등을 토닥였다. 한 해를 통틀어 이모에게 가장 중요한 날 연락도 없이 늦게 후줄근한 차림으로 벨그레이비아에 들이닥친 것이 칭찬할 만한 일이라도 되는 것처럼. 이모는 내가 깜짝 등장할지도 몰라—만에 하나라도 희망을 버리지 않았다며—내 점심을 따로 챙겨놓았다. 항상 손 하나 까딱하지 않고 요리조리 빠져나가는 이모부가 가져다주겠다고 나섰다.

어머니는 마지막까지 기다렸다가 아버지만큼 나를 오래 끌어안았고, 그런 다음 아버지처럼 나를 놓는 대신 내 어깨 바로 아래를 잡고 팔을 쭉 뻗은 채 나를 바라보며 내가 얼마나 예쁜지 잊고 있었다고 말했다. 술 취해서 하는 말이 아니었다.

나는 어머니의 손을 뿌리쳤다. 그리고 이모부가 점심을 들고 돌아오자 배고프지 않다고 말했다. 아버지가 그때 읽고 있던 소설에서 웃기면서도 딱 들어맞는 문장을 찾았다며 읽어줬을 때도 그저 어깨만 으쓱했고, 이모가—희망을 버리지 않고 어쩌고저쩌고 하며—트리 아래에 두었던 선물을 들고 다가왔을 때도 열어보고는 꽃병은 집에 이미 있다고, 게다가 언제 또 꽃을 받을 날이 있을지 모르겠다고 말했다. 그런 다음 이만 가보겠다고 말하고 꽃병은 그 자리에서, 그리고 현관문 앞에서 다시 한번 사양했다.

✛

아버지가 읽어준 문장은 웃기면서도 딱 들어맞았다. "화장식이 온 가족이 함께 보내는 크리스마스보다 나쁠 것도 없었다."*

＋

　나는 다음날 아침 일찍 옷을 갈아입으며 어머니에게 전화했다. 어머니가 전화를 받자마자 어제 아무도 없어서 얼마나 끔찍했는지 모른다고 말을 늘어놓기 시작했다. 물론 패트릭은 아니었다고, 그는 없는 게 나았다고 했다. 나는 그 말을 여러 번 반복했다. "패트릭을 위해서도 잘된 일이에요. 그가 원했던 건—"

　어머니가 말했다. "아니, 그만해라." 인내심이 바닥난 것이었다. 어머니의 목소리가 떨렸다. "다른 사람에게 뭐가 좋은 일인지 네가 판단하지는 마, 마사. 심지어 네 남편이라도—아니, 특히 네 남편의 경우는. 왜냐하면, 말이 나온 김에 얘기하자면, 패트릭이 뭘 원하는지 너는 전혀 모르잖니." 나는 아무 말이라도 해서 가로막고 싶었지만 입안이 바짝 말랐고, 어머니는 계속 말했다. "내가 보기에 너는 알아보려는 노력조차 하지 않았어. 가끔 네가 그냥 모든 걸 폭파해버리는 게 차라리 쉽겠다고 생각한 건 아닐까 싶기도 해. 주르륵, 주르륵, 주르륵 온 사방에 석유를 뿌리고 걸어가며 어깨 너머로 성냥을 던져 그

---

*줄리언 반스의 『메트로랜드』에 나오는 문장이다.

일대를 소각하는 거지."

어머니는 말을 멈추고 기다렸다. 내가 말했다. "왜 그렇게 말해요? 엄마는 내 편이어야 하잖아요. 나한테 다정하게 대할 의무가 있잖아요."

"난 네 편이야. 하지만 어제는 네가 창피했다. 너는 너 스스로와 다른 모든 사람을 면목없게 만들었어. 어린애처럼 굴었지. 심지어 꽃병까지 거절하고—"

나는 소리를 질렀다. 어머니는 나를 야단칠 권리가 없다고 말했다.

"아니, 나는 야단칠 거다. 그럴 사람이 있어야 하거든. 너는 이 모든 게 너한테만 벌어진 일이라고 생각하지? 어제 내가 느끼기엔 그렇더라. 너만 겪는 끔찍한 비극이니 아파해도 되는 사람은 너뿐이라고. 하지만—" 딸아, 어머니가 말했다. "—이건 우리 모두에게 벌어진 일이야. 모르겠니? 어제도 못 느꼈어? 이건 모두의 비극이야. 그리고 패트릭이 그 자리에 있었다면 어느 누구보다도 그의 비극이라는 걸 알 수 있었을 거야. 그게 네 삶인 만큼 그의 삶이기도 하니까."

나는 어머니에게 틀렸다고 했다. "패트릭은 나처럼 느낀 적 없어요. 그게 어떤 건지 전혀 모른다고요."

"그럴지도 모르지만 너를 지켜봐야 했잖니. 어떤 식으로 도우면 좋을지 모른 채 아내가 죽고 싶다고 말하는 걸 듣고 괴로워하는 걸 보아야 했잖니. 한번 상상해봐, 마사. 게다가 너는 패트릭이 그런 식으로 사는 걸 좋아한다고 생각했고! 걔는 그 모든 대가를 치르면서까지 네 곁을 지켰는데, 결국 그래서 싫으니까 나가라는 소리를 들었잖니."

"나는 패트릭을 싫어하지 않아요."

"뭐라고?"

"그가 싫다고 말한 적 없다고요."

"그게 사실이라 한들 여태껏 네가 한 말들을 보면, 패트릭이 아닌 다른 사람은 누가 됐든 너한테 나가라는 소리를 듣기 한참 전에 네 곁을 떠났을 거다. 먼저 거짓말을 한 쪽은 너야, 마사. 패트릭이 네가 거짓말하게 만든 게 아니라. 아무도 그런 적 없어."

속이 울렁거렸다. 어머니는 한숨을 토하고 하던 말을 계속했다. "네가 겪은 고통을 부정하는 건 아니야, 마사. 다만 철이 좀 들면 좋겠다는 거지. 너 혼자만 겪는 일이 아니니까."

어머니는 말을 멈추고, 내가 이렇게 말할 때까지 기다렸다. "어떻게 하면 되는데요?"

"응? 너무 작게 말해서 안 들린다."

나는 천천히 말했다. "어떻게 하면 되느냐고요. 엄마, 뭘 어쩌면 좋을지 모르겠어요."

"나라면 남편에게 용서를 구하고," 어머니가 말했다. "그가 용서하겠다고 하면 정말 다행이라고 여기겠어."

나는 어머니에게 다시는 전화하지 않았다. 주말에 편지가 한 통 왔다.

편지에는 이렇게 적혀 있었다. 마사. 우리가 지난 몇 주 동안 나누었던 대화는 이제 끝났다는 걸 내가 알듯이 너도 알겠지. 앞으로 벌어질 일을 선택할 사람은 너지만 어떤 결정을 내리든 염두에 두었으면 하는 게 있다.

나는 여태껏 겪은 일들이 내 뜻과 상관없이 그냥 일어났다고 믿으며 살아왔다. 끔찍한 일들 말이야—어린 시절, 정신병으로 돌아가신 어머니, 실종된 아버지. 언니가 어머니 역할을 대신해야 했기에 언니라는 존재가 사라져버렸던 것. 성공과는 거리가 먼 너희 아빠, 이 집에서, 견딜 수 없는 곳에서 사는 것, 내

술버릇, 알코올의존자가 되어가는 것. 나열하자면 끝도 없는 이 모든 일이 다 그냥 내게 닥친 일이었지.

그리고—너. 어린 나이에 발병해버린 사랑스러운 내 딸. 그 고통을 겪은 사람은 너였고, 나는 너를 돕지 않는 쪽을 택했지만, 내가 생각하기에 그게 내게 벌어진 최악의 사건이었다.

나는 피해자였고, 피해자는 당연히 뭐든 자기 마음대로 해도 되잖니. 고통을 겪는 사람은 모든 책임을 면할 수 있으니 나는 너를 견고한 핑계 삼아 어른이 되길 거부했어.

하지만 그러다—태어난 지 육십팔 년 만에—철이 들었어, 너로 인해서.

철이 든 지 얼마 안 됐다는 건 나도 알지만, 그후로 깨달은 게 있다. 이런저런 일은 일어나기 마련이라는 것. 나쁜 일도 마찬가지야. 우리가 할 수 있는 건 그 상황을 그냥 생긴 일이라고 여길지, 적어도 일부는 일어났어야 했던 일이라고 생각할지 선택하는 것뿐이야.

나는 항상 네 병이 나에게 그냥 일어난 일이라고 생각했다. 하지만 이제는 내게 일어났어야 했던 일이라고 믿기로 했어. 그 덕에 내가 드디어 술을 끊었으니까. 너와 네 병 때문에 술을 마시기 시작한 건 아니었다, 네가 그렇게 생각하도록 내버려두기는 했지만 말이야. 하지만 술을 끊은 건 너 때문이야.

내 생각이 틀렸을 수도 있어. 너의 고통을 그런 식으로 해석할 자격이 내겐 없을 수도 있고. 하지만 그 고통에 의미를 부여하려면 그렇게 생각하는 수밖에 없어. 너도 네가 겪은 일에 뭔가 의미가 있다고 받아들일 수는 없겠니?

네가 모든 걸 느끼고, 남들보다 더 치열하게 사랑하고, 남들보다 더 격렬하게 싸우는 건 그래서 아닐까? 네 동생이 너라면 평생 사족을 못 쓴 것도 그래서는 아닐까? 덕분에 나중에 소소한 마트 칼럼보다 훨씬 더 근사한 글을 쓰게 되진 않을까? 어떻게 너는 나를 어느 누구보다 혹독하게 비판하면서 어떤 남자가 의자에서 떨어졌다는 이유로 필요도 없는 안경을 살 만큼 연민이 넘칠 수 있을까? 마사, 너랑 한 공간에 있으면 다들 너하고만 대화를 나누고 싶어해. 시련을 겪어 단련된 사람으로서 지금까지 그런 삶을 살아왔기 때문은 아닐까?

그리고 너는 줄곧 한 남자의 사랑을 받아왔지. 그런 선물을 받는 사람은 많지 않단다. 그의 고집스럽고 끈질긴 사랑은 너와 너의 고통에도 불구하고 지속된 게 아니야. 너이기 때문에 사랑한 거야. 너란 사람은 어느 정도 그 고통의 결과물이기도 하고 말이지.

내 말을 믿지 않아도 좋지만 나는 안다—마사, 나는 분명히 알아—네 고통은 널 꿋꿋하게 살아갈 만큼 용감하게 만들었어. 마음만 먹으면 이 모든 걸 바로잡을 수 있지. 동생과의 관계부터 시작해보렴.

편지를 서랍에 넣고 전화기를 집어들었다. 잉그리드가 보낸 메시지가 있었다. 동생네 식구가 돌아온 지 며칠이 지났지만, 옥스퍼드에 다녀간 뒤로는 그녀도 나도 연락하지 않았다. 내가 문자를 보내도 그녀가 답을 하지 않았다. 그녀의 메시지에는 이렇게 적혀 있었다. "퇴근길에 배수구 클리너 사와. 욕조 물이 안 빠져. 일하는데 야한 문자 보내서 미안." 가지 이모티콘과 립스틱을 바른 입술.

그 메시지를 들여다보고 있는데 회색 점이 나타났다가 사라졌다가 다시 나타났다.

"잘못 보낸 거야."

나는 묵주, 담배, 시커먼 심장을 보냈다. 길과 달리는 소녀로 시작하는 다른 메시지를 쓰다가 보내지 않았다. 내가 간다는 걸 알면 도착할 즈음 그녀는 꽁무니를 뺄 터였다.

＋

그녀는 앞마당에서 방치해놓은 캠핑용 테이블에 앉아 다리를 흔들거리며 아들들이 자전거를 타고 일부러 서로를 들이받는 모습을 지켜보고 있었다. 날이 그렇게 추운데도 셋 다 반바지를 입었고, 디즈니랜드 티셔츠 차림이었다. 아이들이 나를 부르자 잉그리드는 고개를 돌렸지만, 내가 바보처럼 손을 흔들며 그 앞으로 걸어갈 때까지 아무 반응도 보이지 않았다.

"안녕." 친구나 별 의미 없는 사람을 대하듯 인사를 건네자 가슴이 찔리듯 아팠다. "여긴 어쩐 일이야?"

"이거 주려고." 나는 배수구 클리너가 담긴 비닐봉지를 건넸다. "그리고 사과도 하고."

잉그리드는 봉지만 들여다볼 뿐 아무 말도 없었다. 그러다 잠시 후 "잠깐만—" 하고는 몸을 옆으로 기울여, 잔디가 망가지기에 그러면 안 된다는 걸 알면서도 일부러 바퀴로 바닥을 밀며 자전거를 타고 있는 아이들에게 소리를 지르기 시작했다.

잔디는 없었다. 그들이 이사한 오후 이래 쭉 망가진 상태였다. 잉그리드는 아이들이 못 들은 체하는데도 내가 이제 끝난 줄 알고 말을 걸려 할 때마다 우렁차게 같은 경고를 반복했다.

내가 차에서 내렸을 때 오전 내내 오던 비는 이미 그쳤지만, 하늘은 여전히 매우 흐리고 바람이 불 때마다 나무에서 물이 떨어졌다. 나는 기다렸다.

잉그리드가 포기하고 말했다. "말해."

"나는—"

"잠깐." 그녀는 테이블에서 내려와 물웅덩이에 떨어진 매치박스 장난감 자동차를 줍고, 휴대전화를 꺼내 메시지를 몇 개 보낸 다음 돌아와 주머니를 한참 뒤져 찾은 휴지로 테이블의 다른 부분을 닦기 시작했다.

“잉그리드?”

“왜? 말해. 말하라고 했잖아.” 그녀는 테이블에 다시 앉지 않고 가장자리에 엉덩이만 걸쳤다.

나는 사과했다. 차에서 대사를 준비했건만, 멈칫거리고 뱅뱅 돌고 같은 말을 끝없이 반복하고 운을 잘못 떼는 등 애를 쓸수록 점점 고통스러워졌다. 집에서 완벽하게 연주했던 곡을 피아노 선생님 앞에서는 자꾸만 실수하는 어린애가 된 기분이었다.

동생은 내 말이 길어질수록 짜증난 티를 더 심하게 냈다. 내가 아이를 원했다는 부분으로 다시 돌아가자 “전부 아까 했던 얘기잖아”라고 대답할 뿐이었다. 나는 실망스러운 결말로 마무리를 지었다. “내가 하고 싶은 말은 다 한 것 같아.”

그렇구나, 잉그리드가 말하고는 손끝으로 한쪽 갈비뼈를 눌렀다. 그녀는 앞을 응시하며 사실은 나 때문에 지쳤다고 했다. 내가 모두를 지치게 만들었다. 너무 버거웠다. 그녀는 더이상 나를 자기 아이들처럼 살뜰히 챙길 수 없었다. 언젠가는 나를 용서하겠지만 지금은 아니었다.

내가 알겠다고 한 뒤 이제 그만 가려는데, 잉그리드가 옆으로 자리를 옮기더니 좀 앉겠느냐고 물었다. 우리는 널빤지와 벽돌로 경사로를 만들려고 애쓰는 아이들을 잠깐 바라보았다. 잠시 후에 내가 말했다. “쟤들 너무 예쁘다.” 잉그리드는 어깨를 으쓱했다. “아니 정말로. 그냥 예뻐.”

“무슨 근거로 그런 말을?”

"오 분 전만 해도 갓난쟁이였는데 지금 뭐하는지 좀 봐."

"그러게. 자전거를 타네."

나는 아니, 라고 했다. "주운 물건들을 기가 막히게 재활용하고 있지."

잉그리드는 두 손으로 얼굴을 가리고 우는 것처럼 고개를 저었다.

나는 기다렸다. 잠시 후 그녀가 "오케이, 알겠어"라고 하며 손을 치웠다. "언니 용서했어." 그녀는 눈이 빨갛고 눈물이 그렁그렁했지만 웃고 있었다. "그래도 언니는 최악이야. 말 그대로 내가 아는 사람 중에 최악이야."

나는 나도 안다고 말했다.

"왜 그랬어?" 잉그리드가 갑자기 서글픈 투로 물었다. "왜 아이를 원하지 않는다고 거짓말했어? 왜 나를 못 믿었어?"

"너는 믿었지. 나를 못 믿었을 뿐."

그녀는 왜 못 믿었느냐고 물었다.

"네가 나를 설득할 수도 있었으니까. 조너선처럼. 네가 나한테 좋은 엄마가 될 거라고 했으면 나는 그 말을 믿어버렸을 거야."

잉그리드가 내게 기대자 우리의 팔이 서로 맞닿았다.

"나는 절대 그런 말 안 했을 거야."

"하지만 얘기했잖아. 나한테 계속 아이를 낳아야 한다고 했잖아."

"아니, 언니가 좋은 엄마가 될 거라는 말은 절대 안 했을 거라고. 거지같을 게 뻔하니까."

맙소사, 언니. 그녀가 내 발을 툭 치면서 말했다. "언니를 너무 사랑해서 몸이 아플 지경이야. 저것 좀 줄래?" 그녀는 비닐봉지를 가리켰다. 내가 땅바닥에 있던 봉지를 집어들어 건네주자 잉그리드가 안을 들여다보며 말했다. "비싼 걸로 사왔네. 고마워." 순간 우리가 우리만의 자기장 안에 함께 있는 것처럼 느껴졌다.

잠시 후 고함소리가 들렸다. 벽돌을 두고 싸움이 벌어졌다.

잉그리드는 이제 끝났다고, 내가 가서 해결해주면 좋겠다고, 자기는 안에 들어가서 간식을 준비해야겠다고 말했다.

우리 둘 다 테이블에서 일어났고, 나는 아이들에게 다가갔다. 전부 막대기를 쥐고 있었다.

잉그리드가 집 앞에 거의 다다랐을 때 나를 부르기에 고개를 돌려 보니 그녀가 잔디밭 끝자락에서 뒷걸음치고 있었다. 그녀가 하나로 묶은 머리를 더 단단히 조이려고 팔을 들었을 때 구름이 태양 앞을 휙 가로지르면서 그녀의 얼굴과 머리칼에 빛의 얼룩이 졌던 기억이 났다. 그녀가 잔뜩 신난 목소리로 우리 모두에게 소리쳤다. "내가 잘하는 아무것도 넣지 않은 파스타를 만들 거야."

나중에 아이들을 욕조에 넣어놓고 우리는 문밖에서 벽에 기대앉았다. 다른 얘기를 하던 도중에 잉그리드가 말했다. "6월 즈음부터 괜찮아졌다면서 왜 계속 전처럼 행동한 거야? 그러니까, 패트릭한테 말이야. 따지려는 건 아니야. 그냥, 좀더 이성적이 되었다고 느낀다면, 겉으로도 좀 드러낼 수 있는 거잖아." 그녀는 이렇게 말해놓고 폭발을 예상하는 사람처럼 움찔했다.

"다른 어떤 방식으로 패트릭을 대해야 할지 모르겠으니까." 그게 변명이 될 수 없다는 건 안다고 말했다.

"아냐, 이해해. 몇 년인지 모를 세월 대 칠 개월이잖아. 그래도 방법을 찾아야지."

나는 아직 방법을 찾을 준비도, 그를 만날 준비도 안 되었다고, 어쨌거나 그를 용서할 수는 없을 거라고 말했다.

"그가 지금 어디 있는지는 알아?"

"런던."

"정확히 어디 있는지 알아?"

"아니. 그 집으로 다시 들어갔겠지."

"다시 들어갈 생각이긴 하지만, 지금은 이모 집에 있어." 잉그리드는 심각한 표정을 지었다.

나는 그게 왜 문제가 되느냐고 물었다. "이모랑 이모부는 지금 그 집에 없잖아."

"하지만 제서민이 있거든."

나는 웃은 후에 말했다. 내가 단 한 번도 걱정한 적 없는 일이 있다면, 그건 패트릭이 아내가 아닌 다른 여자와 함께 있을 때의 상황이라고.

나는 그가 떠나게 만들었고, 몇 달 동안 잔인하게 괴롭혀 떠날 수밖에 없게 만들었고, 그를 더는 사랑하지 않는다고 말했지만—마지막으로 침실을 나서는 그의 뒤통수에 대고 외쳤다—잉그리드에게 이 말을 들었을 때 누가 나를 힘껏 밀친 것 같은 기분을 느꼈다. "하지만 언니, 패트릭 입장에서는 언니가 자기 아내가 아니잖아."

잉그리드가 잠깐 기다려보라고 하더니 서랍에서 벨그레이비아 열쇠를 찾았다. "어쩌면, 혹시 모르잖아."

나는 그녀가 서랍에서 찾은 뮈즐리 바, 생수, 세 장짜리 자기계발 오디오북 CD를 이미 들고 있었다. 이십일 일 만에 자기 용서의 비법을 터득할 수 있다는 내용이었다.

나는 열쇠가 필요 없다고 말했다. "패트릭이 거기 없으면 그냥 집으로 갈 거야. 안에 들어갈 이유가 없잖아."

"왜 없어. 화장실이나 뭐 그런 거 쓸 일이 있을지도 모르잖아."

그녀는 열쇠를 찾아서 내밀었다. 내가 받지 않으려 하자 내 손을 잡고 열쇠를 쥐여주려 했다.

"도대체 이게 뭐야?" 그녀가 내 엄지손가락을 잡고 물었다.

"헤브리디스."
"그래. 그렇겠지. 이거 제발 가방에 좀 넣어줄래?"
나는 그녀의 입을 막기 위해 열쇠를 받았다.

✝

패트릭은 거기에 없었다. 나는 이모네 집 앞 계단에서 문을 두드리고 기다렸지만 얼굴이 에이고 주머니에 넣은 손이 시렸다. 차로 돌아가 외투를 입고 한 시간 정도 앉아 있었다. 광장에는 인적이 없었다. 아무도 지나다니지 않았다. 패트릭이 떠난 지 육 주밖에 안 됐지만 며칠 만에 시간은 비현실적인 분위기를 풍기기 시작했고 내 외로움이 너무나 전면적으로 발전해—이렇게 차 안에 앉아 있는 동안에도—그 외로움이 상황의 존재에 이의를 제기하는 것처럼 느껴졌다.

다시 한 시간이 지났다. 여전히 오가는 사람이 없었다. 정신이 몽롱해지기 시작했다. 추위밖에 느껴지지 않았다. '차 안에서 저체온증'을 인터넷에 검색해보려 했지만 손가락으로 자판을 누르려는 사이 휴대전화가 꺼져서 나는 안으로 들어가야겠다고 혼자 중얼거렸다. 패트릭이 없으면 그의 소지품만이라도 봐야겠다는 건 충동이었다. 혼자 지낸 몇 주의 시간이 차 안에서 보낸 두 시간 동안 창밖으로 어둠과 인적의 부재 말고는 아무것도 보이지 않는 것으로 정점을 찍자, 패트릭조차 현실이 아닌 것처럼 느껴졌다.

✛

집안은 엉망진창이었다. 나는 잉그리드의 열쇠를 손에 쥔 채 현관에 서서 불안을 달랬다.

개인 소지품은 밖에 꺼내놓지 않는 것이 이모의 원칙인데, 제서민의 물건이 온 사방에 널브러져 있었다. 현관 모서리마다 벗어던진 신발이 있었고, 복도 이 끝에서 저 끝까지 옷이 무더기로 쌓여 있었다. 나는 외투를 벗고 거실로 들어갔다. 호두나무 탁자에 와인병과 잔 두 개가 일직선으로 놓여 있었는데, 빈 잔 바닥에는 갈색 찌꺼기만 남았다.

어느 해 크리스마스에 술 취한 어머니가 이모가 죽으면 유령이 돼서 거실로 돌아와 "상판에 물자국 남잖아! 상판에 물자국!"이라고 외치면서 컵받침을 둥실둥실 옮겨 우리를 공포에 떨게 할 거라고 말했었다. 나는 그쪽으로 가서 주방에 치워다 놓으려고 탁자의 유리잔을 집어들었고 거실을 돌아다니며 다른 물건들도 주웠다. 맨 마지막에 주운 건 휴대전화 충전기와 분홍색 플라스틱병에 든 네일리무버였다. 광택제로 칠한 어머니의 피아노 뚜껑에 클렌징 용품을 올려놓다니, 내 사촌의 본성이 총체적으로 드러나는 대목이었다. 나는 나가고 싶었다. 하지만 거실이나 주방 계단으로 가며 주운 물건 중에 패트릭

것은 없었다. 나는 수거한 물건을 주방 입구에 쌓아놓고 다시 중앙 계단으로 갔다.

그의 캐리어와 집을 나간 뒤에 산 게 분명한 물건들을 담은 상자가 올리버의 방 앞에 쌓여 있었다. 상자를 테이프로 닫고 번호를 적어놓았는데, 번호마다 뭐가 들었는지 정리해놓은 스프레드시트가 있을 것이었다. 상자를 열어보지는 않았다. 숫자가 손글씨로 적혀 있었다. 그것으로 충분했다.

계단으로 돌아가는 길에 욕실을 쓰려고 제서민의 방에 들어갔다. 침대 옆 테이블을 보니 물잔과 금속 부분에 금발 머리카락이 낀 보라색 고무줄 옆에 패트릭의 시계가 있었다. 나는 테이블로 다가가 시계를 집어들었다. 속이 울렁거렸지만, 시계가 거기 있어서는 아니었다. 시계에서 느껴진 친밀감, 손에 들고 시계를 뒤집었을 때 느껴진 무게감, 그리고 그것이 불러일으킨 추억 때문이었다. 그가 어떤 식으로 그 시계를 찼는지, 그 시계를 찬 모습을 언제 처음 보았는지. 나는 그런 추억을 곱씹을 자격이 없다는 기분이 들었다. 패트릭은 내 남자가 아니었다. 나는 시계를 내려놓고 욕실로 갔다.

거울 앞에서 화장지로 얼굴을 닦는데, 그가 내 조카를 받았던 바닥이 거울에 비쳐 보였다. 변기 옆 휴지통은 제서민의 화장용품 쓰레기로 넘쳐흘렀다. 나는 휴지통 앞으로 가서 화장지를 그 위로 던졌다. 화장지가 알약 모양의 은박지 위에 떨어졌다. 그것도 내가 한 번도 걱정한 적 없는 일이었다. 패트릭이 아내가 아닌 다른 여자를 위해 사후피임약을 사러 나가는 것.

차를 몰고 런던을 떠나던 도중에, 급히 나오느라 외투를 깜빡한 게 생각났고, 계속 달리는 동안 현관문을 닫았는지 점점 자신이 없어졌다.

+

그다음주는 짐을 싸느라 집안을 돌아다니며 상자를 채웠다. 만약 상자마다 라벨을 붙였다면 이렇게 적었을 것이다. 서랍째 쏟아서 담은 식사 도구. 정어리 통조림/출생증명서. 쿠션, 헤어드라이어, 이불 커버로 싼 그레이비 그릇.

나는 비어가는 식료품 저장고에서 꺼낸 파란색 게토레이와 워터비스킷을 먹고 외출복을 입은 채 소파에서 잠을 청했다.

내가 떠난 날은 눈이 내렸다. 아침에 남자 둘이 트럭을 몰고 와서 트럭 옆구리에 적힌 내용처럼 이사와 보관에 관한 내 요구사항을 전부 맞춰줬다. 그들은 내가 침실 정리를 마저 하는 사이 짐을 싣기 시작했다. 패트릭은 모든 걸 남겨둔 채 캐리어 하나만 달랑 들고 떠났다.

그의 옷장과 서랍장의 짐을 싸고 협탁 서랍을 열었다. 맨 위에 그가 일 년 전 크리스마스에 우리 아버지에게 선물받은 책이 놓여 있었다. 실제 시집도 아니고 시에 대해 다룬 책이었음에도 패트릭은 꼭 읽겠다고 했다. 나는 그 책을 들고선 메모 카드를 꽂아둔 페이지를 펼쳤다. 밖으로 삐져나온 카드 모서리 부분이 구부러지고 부들부들해져 있었다.

그는 이런 말을 준비했었다. "제 아내는 나중에 분명 저를 타박하며 다들 공짜 술을 마실 수 있으니까 온 거라고 우기겠지만, 저는 우리 모두가 대단하고 아름다우며 사람을 미치게 만드는 이 여자에 대한 사랑으로 여기 모였다고 생각합니다— 제 눈에는 많아야 서른아홉 살 하고 십이 개월로 보이는 이 사람을 위해서요." 또 이런 말도 하려고 했었다. "저로서는 애석한 일입니다만, 다들 아시다시피 제 평생 욕심을 낸 것이 하나 있다면 마사뿐입니다……" 더는 읽을 수가 없었다. 나는 카드를 다시 끼워 책을 서랍에 넣은 뒤 안의 내용물을 그대로 둔 채 협탁 전체에 테이프를 둘렀다. 남자들이 문 앞으로 오자 나는 다 끝났다고, 이제 전부 들고 나가도 된다고 말했다.

그들이 떠난 후, 나는 런던 어디에 있는 공유창고라며 그들이 주고 간 주소를 들고 집안을 한 바퀴 돌아보았다. 나는 걸레받이의 움푹 들어간 곳, 문의 깨진 부분, 이전 세입자가 남긴 자국을 없애려고 페인트칠을 시도한 거실 벽이 어디인지 전부 알았다. 패트릭이 페인트를 잘못 사오는 바람에 지금도 그 부분만 광택이 없는 거대한 우주에서 점점이 반짝이는 태양계처럼 도드라졌다. 회갈색 카펫은 우리 가구의 분위기를 잘 견뎠고, 용도를 끝내 알아내지 못한 비규격 콘센트 위에는 먼지가 회색 펠트 조각처럼 내려앉았다. 칠 년 동안 고급주택은 나만 느낄 수 있는 초자연적인 적의 같은 걸 내뿜었다. 그런데 마지막 순간에 어쩐 일인지 내 집 같은 인상을 풍겼다. 나는 골방을 보러 이층으로 다시 올라갔다.

조그만 창 밖으로 헐벗은 플라타너스 나뭇가지에 눈이 쌓이고 있었다. 창문을 열어 고정해두고 문 앞으로 다시 돌아가 잠깐 서 있었다. 바람에 날려 들어온 조그만 눈송이가 바닥으로 떨어져 카펫에 녹아들었다.

✦

부동산중개인이 집안에 들어와 패트릭과 나보다 젊은 커플과 함께 일층 주방에 있었다. 그는 고급 가전제품 어쩌고 하며 설명하는 중이었다. 나는 아무도 모르게 그 앞을 지나며 안을 흘긋 들여다보았는데, 아내가 오븐을 열고 코를 찡그리며 말했다. "자기야, 이것 좀 봐." 나는 등뒤로 문을 닫고 열쇠를 우편함에 넣은 뒤 차를 타고 떠났다.

✦

고급단지 입구를 지나 키가 큰 산울타리가 끊기는 지점에 차를 댔다. 그 사이를 지나 여러 개의 주말농장으로 나뉜 넓은 밭으로 나왔다. 아무도 없었고, 맨땅은 흉물스러운데다 축축했다. 왜 차를 대고 여기로 들어왔는지 모르겠다. 전에는 이곳에 혼자 와본 적이 없었다. 패트릭이 없으니 우리 텃밭을 찾을 수가 없어 맞바람이 불면 눈물을 쏟고 뒤에서 바람이 불면 날리는 머리카락에 얼굴이 휘감긴 채 텃밭 사이 길을 이리저리 달리는 수밖에 없었다.

마침내 우리 헛간이 보이자 남의 땅을 밟고 우리 땅으로 건너갔다―네모반듯한 모양의 시커먼 진흙땅, 그리고 패트릭이 파놓은 고랑에 고인 물에 가라앉은 주황색 낙엽이 있었다. 그것 외에 패트릭의 노동을 보여줄 만한 건 비를 맞고 땅에 바짝 엎드린 오래된 감자 덩굴뿐이었다. 그가 혼자서, 아니면 의자에 앉아 발로 삽을 밀어넣고 잡초와 시든 작물을 뽑는 그를 구경하던 나와 함께 여기서 보낸 시간을 겨울이 다 지워버렸다.

창고 문은 걸쇠가 풀려서 바람이 불 때마다 벽을 때렸다. 그의 도구와 그가 내게 사준 의자는 사람들이 가져가버렸다. 옮길 수 없어서 내버려둔 쓰러진 나무만 남겨두었다.

나는 그 위에 앉으려다 추억에 이끌려 그 앞 흙바닥에 무릎을 꿇고 앉았다. 두 팔로 나무를 감싸고 고개를 묻은 채 젖은 나무 냄새를 맡는데 패트릭의 말소리가 들렸다. 몇 주나 됐어? 며칠 시간을 줄 수 있어? 내가 말했다. 아무 이유 없이 기다리진 않을 거야, 패트릭, 이따 집에서 봐.

너무 추워서 곧 일어나야 했다. 하지만 차마 떠날 수가 없었다. 나는 전에 임신했었다. 바로 여기서 임신했으니 비바람에 내어줄 이 네모반듯한 모양의 시커먼 진흙밭이 내게는 신성한 장소였다. 그런데 우리 것을 아무나 가져가도록 방치하고 어차 피 어느 누구의 것도 아니라고 생각했다니―이제 이곳에는 죽 은 통나무 말고 아무것도 없었다. 나는 잔가지를 하나 집어서 땅바닥에 꽂고 바람에 맞서 몸을 웅크린 채 차를 세워놓은 곳 으로 돌아왔다.

차문을 닫자마자 사방이 고요해졌고, 고급주택에 처음 오던 길에 패트릭이 조만간 상추만은 완전히 자급자족할 수 있을 거 라고 했던 말이 생각났다. 나는 웃음을 터뜨렸지만 계속 눈물 이 흘렀다. 옥스퍼드에서 보낸 첫여름은 짧게나마 그의 말대로 됐다.

+

두 번의 짧은 결혼생활을 제하면 열 살 때부터 줄곧 골드호 크 로드에서 살았음에도 1.5킬로미터쯤 더 갔을 때 내비게이 션에 주소를 입력했다. 고속도로에 진입하자 안내하는 여자가 87킬로미터 더 가서 왼쪽 출구로 나가라고 했고, 내가 거길 놓 치자 최대한 빨리 유턴하라고 했다.

부모님의 집 현관문이 빼꼼 열려 있었다. 안으로 들어가니 잉그리드가 아버지 서재 소파에 앉아 있었다. 팔걸이나 벽에 다리를 올리고 누운 게 아니라 바닥에 발을 내려놓고서. 그녀는 서재 한가운데 서서 책을 성가집처럼 펼쳐들고 뭔가를 읽을 준비를 하는 아버지에게 시선을 고정하고 있었다. 어머니도 조그만 깃털 먼지떨이—그런 종류의 물건은 그 집에서 한 번도 본 적 없었다—를 벽난로 선반에 놓인 어떤 것 위로 치켜들고 함께 있었다.

무대에서 커튼이 열리길 기다리다가 반응이 너무 느려서 연기를 시작하기 직전의 모습—자연주의를 표방한 포즈로 얼어붙어 있는 것—을 관객에게 보이고 만 배우들 같다는 생각이 들었다.

 어머니는 먼지떨이를 흔들기 시작하고, 아버지는 문장 중간부터 읽기 시작하고, 여동생 역할을 맡은 배우는 귀담아듣는 척 몸을 앞으로 기울인다. 제4의벽* 맞은편에 있는 사람들이 보기에 그녀는 휴대전화를 꺼내는 게 확실하다. 또 한 명의 배우—분명 상황을 복잡하게 만드는 인물이다—가 가방을 잔뜩 들고 등장하자 아버지가 고개를 들며 읽던 걸 멈춘다. 아버지는 그녀에게 자리를 권하고, 어머니는 커피 어쩌고 하며 나가고, 아버지는 운전은 괜찮았는지 묻고 나서 이렇게 말한다. "내가 어디까지 읽었더라? 그래, 여기네" 그러고는 다시 읽기 시작한다. 자매 중 한쪽은 열심히 듣는 척하는 걸 그만두고 대놓고 휴대전화를 들여다본다.

 다른 한쪽은 가방을 든 채 그 자리에 서서 귀를 기울이며 관객들이 그녀의 이야기를 궁금해할 시간을 준다. 그녀가 여기 온 이유는 무엇이고 뭘 원하는지, 그녀 앞에 어떤 장애물이 있으며 앞으로 구십 분 동안 그것이 어떻게 해결될지. 막간 휴식은 있는지. 주차요금징수기를 카드로 계산할 수도 있는지.

 "엄청난 계시는 한 번도 찾아온 적 없을지 몰랐다. 그러나 대신 일상의 소소한 기적, 번뜩임, 어둠 속에서 불현듯 켜진 성냥불이 있었다. 그중 하나가 이것이었다."** 그는 읽기를 마친

---

 * 연극에서 무대와 객석 사이에 있다고 가정하는 가상의 벽.
 ** 버지니아 울프의 『등대로』에 나오는 문장이다.

다. "명문이지 않니, 얘들아? 누가 쓴 글이냐면—"

"버지니아 울프요."

잉그리드는 휴대전화에 시선을 고정한 채 대답했지만, 아버지가 캐물을 것을 예상하고 고개를 들었다. "인스타그램에서 봤어요."

그가 물었다. "인스타그램이 뭐냐?"

"이거요." 그녀가 휴대전화 화면을 엄지손가락으로 누르고 내밀자 아버지는 전화기를 건네받더니 오른쪽 손가락을 동원해 어설프게 스크롤을 올리는 흉내를 내고 손이 마비된 것처럼 떨면서 손목으로 화면을 넘겼다. "거기에는 어떤 헛소리도 올릴 수 있어요. 심지어 시도. 그럼 그걸 좋아하는 사람이 있고요. 한 손가락으로요, 아빠. 아래에서 위로."

아버지는 인스타그램 사용법을 숙지하고 몇 분 뒤 @author_quotes_daily가 지혜의 보고가 될 거라 선포하더니 가입비가 얼마인지 물었다. 잉그리드는 안테나 없는 휴대전화만 사면 된다고 대답하고, 소매 상거래라는 말에 아버지가 반신반의하는 표정을 짓자 자기가 온라인으로 주문해주겠다고 했다.

나는 짐을 풀어야겠다고 말했다. 잉그리드가 도와주겠다며 소파에서 일어났다.

서재에서 나온 나는 도와주지 않아도 된다고 말했다.

"도와주겠다는 건 앉아서 언니가 짐 푸는 걸 구경하겠다는 말이야."

그녀는 계단 쪽으로 가는 나를 따라왔다.

"애들은 어디 있어?"

"머리를 제대로 잘라주려고 해미시가 데리고 나갔어. 내가 할 수 있을 줄 알았는데 알고 보니 제법 어렵더라고." 첫번째 계단의 절반도 다 오르기 전에 그녀는 숨을 헐떡였고, 두번째 계단을 올라갈 때는 잠깐씩 몇 번을 쉬어야 했다. "엄마의 가위라는 이름으로 미용실을 열려고 했어―그런데―정신 상태에 따라서―다른 뜻으로―읽힐 수도―잠깐 앉아야겠다―있겠더라고."

내 방문 앞에 다다르자 잉그리드는 자기가 열어줄 테니 옆으로 비키라고 했다. 안을 들여다보더니 곧장 뒷걸음치며 나왔다. "내 방을 쓰면 어떨까?" 내 방은, 나중에 우리가 물어봤을 때 어머니가 설명해주기로는 "아직 개념적으로 완성되지 않은" 조각품을 보관하는 용도로 강제 동원되고 있었다.

우리는 옆방으로 갔다. 나는 텅 빈 잉그리드의 옷장 바닥에 가방을 쑤셔넣고 자작나무 탁자, 갈색 소파와 한 세트이고 청소년 시절에 피운 담배 자국이 남아 있는 토퍼 위로 올라가 그녀와 함께 앉았다.

그녀는 각각의 자국이 생긴 상황, 자기 방, 벽에 한 낙서에 대해 잠시 설명했다. 낙서는 대부분 남아 있었는데, 그녀가 커튼을 들추고 보여준 **엄마 미워**도 그중 하나였다. 그런 다음 '잠시 떠남'의 시간이 찾아왔을 때마다 내가 들어와서 자기를 데리고 나갔던 기억을 떠올렸다. 그녀는 하릴없이 내 손을 잡았다가 문신을 보고는 그렇게 하면 지워지기라도 할 것처럼 엄지손가락으로 문질렀다. "이거 한 거 후회한 적 있어?"

"응."

"언제?"

"눈에 보일 때마다."

"내가 잔소리를 늘어놓을 수도 있지만―" 그녀는 자기 손목을 뒤집어 아주 짧은 선 하나를 보여줬다. 아무튼, 그녀가 말했다. "이제 뭐하면서 지낼 거야? 계획은 있어? 왜냐하면 언니는―" 리스트를 줄줄이 늘어놓으려던 말투 같았는데, 준비 차원에서 들이마신 숨을 다시 내뱉기만 할 뿐이었다. 그녀는 미안해하는 표정을 지었다.

"알아, 걱정 마."

"내가 생각해볼게."

나는 괜찮다고 말했다. "네 일도 아니잖아. 아무튼 나도 생각한 게 있어―딱히 거창한 계획은 아니지만. 그보다는"―나는 잠깐 말을 멈추었다―"나 같은 여자는 어떤 삶을 살 수 있는지 알아보려고. 그러니까―"

"나이 운운하지는 마."

"―나랑 대충 비슷한 시기에 태어났고 싱글이고 아이가 없고 딱히 하고 싶은 일도 없고 이력서는," 나는 "개떡같고"라고 말하려다 그녀가 너무 걱정하는 표정을 지어서 대신 이렇게 말했다. "일관성이 없는 여자 말이야."

"하지만 꼭 비참하게 살아야 하는 건 아니야. 무의식적으로 지레짐작해서―"

나는 말했다. "안 그래. 비참하게 살 생각은 없어. 다만 동물도, 누굴 돕는 것도 좋아하지 않는 사람에게 어떤 대안이 있는지 모를 뿐이지. 여자들이 마땅히 원하는 것들, 아이, 남편, 친구, 집―"

"―잘나가는 온라인 사업체."

"잘나가는 온라인 사업체, 부러움, 성공, 그런 것을 바라며 살아왔는데 이루지 못했다면 대신 뭘 바라야 할까? 나는 아이 말고 다른 걸 원하는 방법도 몰라. 다른 건 생각나지도 않아서 갖고 싶다는 마음을 먹을 수도 없어."

아니, 할 수 있어. 잉그리드가 말했다. "그런 걸 이룬 여자들도 다시 놓치기 마련이야. 남편은 죽고, 아이들은 커서 부모 마음에 안 드는 배우자와 결혼하고 부모 돈으로 딴 로스쿨 졸업장을 가지고 온라인 사업을 시작하잖아. 모든 건 결국 사라지기 마련이고 여자들이 항상 마지막까지 버티게 되어 있으니 원하는 다른 뭔가를 만들어내야 해."

"뭘 창조해내면서까지 그러고 싶지는 않아."

"모든 게 창조야. 삶이 창조고. 누가 뭘 하고 있다 싶으면 죄다 자기들이 만들어낸 거야. 빌어먹을, 나도 스윈던을 창조했고, 스스로 거기에서 살고 싶은 생각이 들게 만들었고, 이제는 거기서 살고 싶어."

"진짜로?"

"뭐, 스윈던에서 안 살고 싶지는 않아."

"어떻게 그렇게 됐어?"

"몰라." 그녀는 말했다. "그냥 집중했어―아니면 실질적인 일을 하면서 재밌는 척했어. 정말로 재밌어지거나 예전엔 뭘 좋아했는지 기억나지 않을 때까지."

나는 입술을 깨물었고, 그녀는 말을 이었다. "예를 들어 옷 정리를 하거나 한심한 요가를 하다보면 바라는 게 뭔지 떠오르거나 생각해내게 될 거야. 언니는 워낙 똑똑하잖아. 내가 아는 사람 중에 제일 창의적이야." 내가 눈을 부라리자 그녀가 나를 딱 쳤다. "내 말 맞아. 이제 집에 가봐야겠다. 나 좀 일으켜줄래?"

내가 일으켜주자 그녀는 자기 방 한가운데 서서 잠깐 내 손을 잡고 있다가 말했다. "일상의 소소한 기적, 번뜩임, 어쩌고 저쩌고, 울프의 성냥. 그거 해. 버지니아가 말한 거."

나는 잉그리드와 함께 일층으로 내려가서 그녀가 시키는 대로 실질적인 일을 하되 감사 일기는 쓰지 않겠다고 약속했다. 그녀가 감사 일기를 보면 식겁할 것 같다고 했기 때문이다.

"아니면 비전보드* 같은 것도. 마흔 살 넘은 케이트 모스가

____

* 주로 칠판 모양의 종이에 이루고 싶은 목표를 정리해 시각적으로 동기를 부여받는다.

호화 요트를 타고 있는 사진이나 붙여놓는다면 모를까."

"비키니를 흐트러지게 입고."

"물론이지."

"사랑해, 잉그리드."

알아, 그녀는 말하고 집으로 갔다.

＋

아버지는 서재 불을 켜놓고 책을 펼쳐 책상에 엎어놓은 채 나갔다. 나는 서재로 들어가 책을 집었지만, 아버지가 읽었던 부분을 찾을 수 없었다. 그 책을 책꽂이의 비좁은 틈에 끼워 넣으려고 끙끙대는데, 아버지가 전에—내가 이 방에서 여름을 보냈을 때—했던 말이 생각났다. "벽 하나에 삶의 전부가 있단다. 현실의 삶이건 허구의 삶이건 모두."

나는 책장 앞에 계속 서서 수많은 책등을 읽다가 한 권씩 꺼내 왼팔에 쌓기 시작했다. 나의 선택 기준은 세 가지였다. 자기 삶을 창조한 여자 아니면 적당히 감성적이거나 우울한 남자가 쓴 책, 그리고 내가 읽었다고 거짓말한 책. 내가 그런 고역을 견뎌야 할 만한 짓은 저지르지 않았기에 프루스트는 예외였다. 제목이 그럴듯하고 의자에 올라가지 않아도 꺼낼 수 있는 책.

다 오래된 책이었다. 표지를 만지자 손가락에 분필이 묻는 느낌이었고, 책을 넘겨보니 어렸을 때 중고서점에서 아버지가 볼일을 마치길 기다리며 느꼈던 지루한 냄새가 풍겼다. 하지만 그 책들이 내게 어떻게 살면 되고 무엇을 원하는지 알려주고 감사 일기를 면하게 해줄 터였다. 그게 내가 생각할 수 있는 유일한 것이었다.

울프부터 시작해 그녀의 전작을 하루종일 읽었다. 부모님의 방에서, 너무 오랫동안 책만 읽다가 미쳐버릴까봐 걱정되기 시작하고 그 생각마저 울프의 언어로 이뤄질 때면 가끔 밖으로 나가 다른 장소에서. 밤에는 잠자기 직전까지 책을 읽었고, 책 속에서 누군가가 뭘 원한다고 하면 내가 어디 있든 그 내용을 적어놓았다. 울프의 책을 모두 읽고 나자 잉그리드의 서랍장 위에 놓아둔 병 속에 쪽지가 수북히 모였다. 하지만 다들 하나같이 어떤 사람, 가족, 집, 돈, 혼자가 아닌 것을 원했다. 그것이 모두가 원하는 거였다.

달리기에 도전해봤다. 보이는 것만큼 끔찍했다. 부모님 집에서 1킬로미터 거리인 웨스트필드에서 포기하고 물을 사러 들어갔다. 월요일 오전 아홉시 직후인데다 나는 운동복을 입은 사십대 여자였기에 알맞은 데를 찾느라 일층을 돌아다녀도 다른 사람의 주의를 끌지 않았다.

스미스 마트가 있었다. 정문에서 냉장고까지 가려면 위에 '선물/영감/각종 플래너' 팻말이 달린 통로를 지나는 수밖에 없었는데, 특이하게도 감사 일기만 줄줄이 진열돼 있었다. 나는 제일 흉측한 걸 하나 사서 동생에게 보내려고 걸음을 멈추고 들여다보았다. 민트색, 번들거리는 연보라색, 버터색 표지에 수많은 개별 지시 사항이 적혀 있었지만—살고 사랑하고 웃고 빛나고 번성하고 숨을 쉬어라—종합해서 판단해보니 인류 최고의 명령은 꿈을 좇으라는 것인 듯했다.

나는 선반에 놓인 다른 제품들보다 장수가 두 배 많아 두툼한 일기장을 골랐다. 표지에 '그냥 해봐'라고 적혀 있었기 때문이다. 걱정 없이 힘을 북돋워주는 말처럼 느껴져야 맞는데, 느낌표가 없으니 지치고 체념한 투로 들렸다. '그냥 해봐. 너한테 그 얘기를 듣는 것도 다들 지긋지긋해하고 있어. 네 꿈을 좇아. 밑져야 본전이잖아.'

운이 좋으시네요, 계산대 직원이 말했다. "일기장을 사는 손님에게 사은품으로 펜을 드리고 있거든요." 그녀는 이런 곳에서 일하기에 나이가 많아서 계산대 아래에서 상자를 꺼내느라 몸을 숙이는 것만으로도 헉헉댔다. "마음에 드는 걸로 고르세요." 그 볼펜에도 영감을 주는 문구가 적혀 있었다. 나는 제3세대 페미니즘에서 오용한 구절이 적힌 볼펜을 고르고 고맙다고 인사한 뒤 인공적인 빵냄새를 뿜어내는 쇼핑몰 중앙의 카페 매점으로 갔다.

토스트를 주문했다. 만드는 데 시간이 오래 걸려서 인스타그램 피드를 다 보았는데도 나오지 않았다. 인스타그램에서 마지막으로 본 포스팅은 @author_quotes_daily가 올린 F. 스콧 피츠제럴드의 사진이었다. 아래에 이렇게 적혀 있었다. "대개 사람들이 부끄럽게 여기는 것이 좋은 이야기가 된다."*

그때까지도 토스트는 나오지 않았다. 나는 핸드백에서 잉그리드에게 줄 일기장을 꺼내 첫 장에 그 문구를 적은 다음, 보는 사람이 있나 싶어 어깨 너머를 흘끗 돌아보았다. 하지만 주중 오전에 쇼핑센터 빵집에 혼자 앉아서 러닝복과 감사 일기로 양쪽 영역에서 자신을 개선하려는 의지를 증명하는 여자에게 뭐라고 나무랄 사람은 나밖에 없었다. 나는 자세를 고쳐 앉았다. 아마 중간쯤 페이지로 넘어간 걸 후회하는 마음에서 나온 행동이었을 것인데, 어디부터 시작하면 좋을지 몰랐기 때문이었다.

---

*F. 스콧 피츠제럴드의 미완성 소설 『마지막 거물의 사랑』에서 인용한 문장이다.

그래서 그냥 시작했다. '그냥 해봐. 정말이지 아무도 신경쓰지
않아.'

3월 첫 주였다. 맨발로 부모님 집의 뒷문 계단에 앉아 콘크리트 틈새에서 자란 잡초를 뜯고, 서늘한 태양이 비추자 내 차가 얼마나 샛노래 보이는지 눈에 담으며 잉그리드의 첫째 아이와 통화를 하고 있었다. 아이들이 다시 내게 전화를 하기 시작했다.

아이는 읽고 있는 이야기책을 인정사정없이 자세하게, 간간이 뭘 잔뜩 입에 물고서 설명했다.

나는 아이에게 뭘 먹고 있느냐고 물었다.

"포도랑 놈빵이요."

잉그리드가 아이에게 전화기를 달라고 하는 소리가 들렸다.

"롤빵을 말하는 거야. 미안, 세상에. 저런 책이 칠백만 권이야. 어디 열악한 공장에 애들을 가둬놓고 쓰도록 하는 게 분명해. 어떻게 지내?"

나는 어떤 일을 하는지 말했다. 여학교의 학생 지도 및 진로 상담사. 나는 그 일자리를 제안받았을 때 아이로니컬하다고 느꼈지만 잉그리드는 아니었다. "언니는 그야말로 온갖 일을 다 해봤잖아." 젠장, 그녀가 말했다. 이제 그만 끊어야겠다고. "누가 문으로 장난을 치고 있어."

전화를 끊었을 때 패트릭이 보낸 문자가 보였다. 그가 떠난 뒤로는 서로 연락한 적이 없었다.

이렇게 적혀 있었다. "안녕, 마사. 내일 집으로 다시 들어가서 가구 등등이 필요해. 다 어디 있어?"

나는 잠깐 망설이며, 한때 남편이었던 사람이 '안녕'과 내 이름으로 시작하는 문자를 보냈을 때 느끼는 새롭고 엄청난 고통을 이해해보려 애썼다. 나는 눈과 코밑을 비비고 나서 내일 얘기해도 되겠느냐고 답을 보냈다.

그는 안 된다고 했다. 일해야 한다면서.

나는 공유창고 주소를 입력하며, 그날이 우리 결혼기념일인 걸 패트릭이 아는지 궁금했다. 그런 다음 문자를 보내며 결혼생활을 포기하면 더는 결혼기념일이 아닌 게 되는지 궁금했다.

패트릭이 두 시간 뒤에 거기서 만날 수 있느냐고 답장을 보내왔다. 그러고 싶지 않은 마음이 너무 강렬해서, 알았다고 답장을 보낸 뒤 몸을 일으켜 안으로 들어가는 것조차 힘에 부쳤다.

패트릭은 늦을 것 같다고 했다. 나는 이미 도착해 어두컴컴하고 황량해서 종말 이후처럼 느껴지는 통로 맨 끝 창고 앞에서 그를 기다리다 문자를 받았다.

한 시간은 더 걸릴 것 같다고 했다—미안하다며 트럭과 북부환상도로로 어쩌고라고 했다. 볼일이 있으면 가도 된다고. 나는 괜찮다고 한 뒤 가방에서 일기장을 꺼냈다. 얼룩이 지고 너덜너덜해진데다 젖으면 난로에 말리기를 수없이 반복해서 이제는 말도 안 되게 뚱뚱해졌다.

바닥에 앉아 한참 글을 쓰고 페이지를 넘겼을 때 맨 마지막 장이라는 걸 알아차렸다. 어떤 식으로 마무리하면 좋을지 알 수가 없었다. 몇 분 동안 고민했지만 적당한 마무리가 떠오르지 않아서 처음으로 돌아가 읽어보기 시작했다. 그 일기에서 뭘 발견하든—자아도취, 진부한 표현, 이런저런 것에 대한 묘사—밖으로 들고 나가 태워버릴 게 뻔했기에 그때까지 읽어본 적이 없었다.

예상과 달리 일기에서는 부끄러움과 희망과 상심, 죄책감과 사랑, 슬픔과 기쁨, 주방, 자매와 어머니, 기쁨, 공포, 비, 크리스마스, 마당, 섹스와 잠과 존재와 부재, 파티가 보였다. 패트릭의 선함이 보였다. 놀라울 정도로 호감이 가지 않는 내 모습과 관심을 갈구하는 구두점이 보였다.

내가 가진 것이 무엇인지 이제 보였다. 사람들이 책, 집, 돈, 혼자가 아닌 것에서 원하는 모든 것은 내게 없는 한 가지의 그림자 속에 있었다. 남들 앞에 나를 소개할 글을 쓰고, 나를 위해 이런저런 것들을 포기하고, 내가 울거나 정신을 놓았을 때 몇 시간씩 침대 옆에서 내 곁을 지키고, 나에 대한 마음은 변한 적이 없다며 내가 자기에게 거짓말한다는 걸 안 뒤에도 나를 떠나지 않고, 내가 받아 마땅한 만큼만 상처를 주고, 차에 엔진 오일을 넣어주고, 내가 떠나라고 하지 않는 한 절대 떠나지 않았을 그 사람.

그게 내 마지막 깨달음은 아니었다. 마지막 장에 다다랐을 즈음 그를 되찾고 싶은 마음이 간절해졌다는 사실도 아니었다. 내가 그를 잃은 이유가 사소하고 끔찍하다는 사실이었다. 내 병 때문이 아니었다. 내가 한 말이나 행동 때문이 아니었다. 나는 그 마지막 깨달음을 적고 일기장을 덮었다. 우리의 결혼생활이 끝난 이유가 한 줄도 되지 않아서 여백이 많이 남았지만 그대로 마무리지었다.

통로 끝에서 엘리베이터 문이 열렸다.

나는 바닥에서 일어나 일기를 가방에 넣었다.

패트릭이 나를 향해 너무 천천히 걸어왔다. 아니면 거기서 여기까지가 너무 멀어서 그가 중간까지 오기도 전에 내가 서 있는 법을 기억하지 못하게 된 것일 수도 있었다. 내 존재의 모든 면을 아는 사람, 사랑하고 미워하고 몇 달 동안 보지 못한 사람이 마지막 순간까지 눈을 피하며 다가오다가 서로 만난 적이 있는지, 만난 적이 있다 하더라도 언제였는지 가물가물한 것처럼 미소 지으면 손을 어떻게 해야 하는 걸까?

✦

우리의 대화는 이 분 만에 끝났다. 미안해와 안녕과 고마워와 불필요한 질문과 심지어 그보다 더 불필요한 자물쇠와 그걸 여는 방법에 대한 설명이 뒤범벅되었다. 농담 같았다. 누가 더 오랫동안 다른 사람인 척하나 게임. 우리 둘 다 항복하지 않았기에 대화는 수많은 알았어, 좋아로 끝이 났다. 패트릭이 열쇠를 챙기자 나는 자리를 떴다.

나는 멀리 있는 집까지 두 정거장밖에 남지 않았을 때야 가
방의 무게가 이상하다는 걸 알아차렸다. 어깨에 멘 가방이 텅
빈 것처럼 느껴지는데도 그게 거기 들어 있을 수도 있다는 듯
안을 들여다보았다. 내 옆자리에도 없었다. 바닥에 떨어지지도
않았다. 나는 난리를 쳤다. 다음 정거장에서 열차가 완전히 정
차하지도 않았는데 문을 비틀어 열려 하고, 승강장의 빼곡한
인파를 헤치며 반대편에서 막 출발하려는 열차에 올라타려 했
다. 정말 많은 승객이 타고 있었는데, 그 수가 그 절반만 됐어
도 객실은 꽉 찼을 것이었다. 한 남자가 나를 보며 고개를 저었
다. 그래도 나는 아랑곳하지 않았다.

되돌아가는 동안 터널 안에서 계속 발이 묶였다―나는 그러

면 열차가 더 빨리 달리기라도 할 것처럼 계속 서 있었다. 역과 공유창고 사이 인도에 일기장이 떨어져 지나가던 행인이 주워서 이름이 있나 안을 들춰보지만, 적혀 있지 않자 그대로 들고 가다가 처음 보이는 휴지통에 던져버리는 광경을 상상했다. 아니면 집으로 가져가던가. 그게 더 나빴다—내 유일한 소유물처럼 느껴졌던 물건을 포장 음식과 처리해야 하는 우편물 더미와 함께 주방에 방치했다가, 텔레비전 광고가 나오는 동안 심드렁한 남편에게 "재미있는 부분 하나 더"라며 읽어주는 것이다.

┼

마침내 역에 도착하자 역무원이 일기장 같은 분실물은 신고된 적 없지만 우산이 필요하면 하나 골라서 가져가도 된다고 했다. 나는 밖으로 나가서 한 시간 반 전에 건넜던 길을 다시 건넌 뒤 공유창고까지 왔던 길을 되짚어갔지만 그 끝에 다다르도록 여전히 빈손이었다.

내가 들어서자 직원이 다시 왔느냐며, 아무리 와도 질리지 않는 모양이라고 했다. 그는 아까처럼 깍지 낀 손으로 뒤통수를 받치고 책상에 앉아, 다각도에서 찍은 텅 빈 통로 외에 더 볼 게 있기라도 한 것처럼 CCTV 화면을 들여다보고 있었다. 내가 바보 같은 그의 출입 명부에 다시 이름을 적고 엘리베이터에 올라타는데, 그가 말하는 소리가 들렸다. "남자친구 아직 거기 있어요. 한꺼번에 그렇게 다 끄집어내면 후회할 텐데."

✦

패트릭이 하나씩 통로로 모조리 끄집어낸 우리 가구가 우연히 어떤 방을 재현했다. 안락의자, 텔레비전, 키 큰 스탠드. 그는 우리 소파에 앉아 있었다. 팔걸이에 팔꿈치를 얹고 뭔가를 읽고 있었다.

그는 흘끗 올려다보고 나인 걸 확인하더니 이제 막 귀가한 사람을 맞이하듯 왔어, 하고는 다시 읽던 일기장으로 시선을 돌렸다. 이제 와 돌려달라고 해봐야 소용없었다. 처음부터 읽었다면 이제 거의 다 보았을 것이다. 나는 소파 반대편 끝에 앉아서 기다렸다.

패트릭이 페이지를 넘겼다. 다른 사람이었다면—만약 조너선이었다면 내 앞에서 내 일기를 읽는 것이 좀처럼 보기 드물고 기발한 잔인함의 표출이었을 것이다. 조너선이었다면 너무 몰입해서 방해받고 싶지 않은 척했을 것이다—내가 말을 걸려고 하면 한 손가락을 들었을 테고, 한 페이지를 읽는 동안 슬퍼하다가 재미있어하다가 흥미로워하다가 조금 놀라워하다가 엄청 충격받았다는 식으로 표정을 바꿔가며 나의 묘사에 가끔 한 번씩 코멘트를 달았을 것이다.

하지만 이 사람은 패트릭이었다. 그는 집중하고 있었다. 진지한 표정이었고 반응도 미미했다. 살짝 미간을 찌푸리거나 가끔 희미하게 미소를 지을 뿐이었다. 그는 다 읽을 때까지 아무 말도 없다가 딱 한 마디를 했다. "뭐라고 쓴 건지 모르겠네. 나는 한 번도, 그다음에 뭐야?"

"아." 나는 마지막에 쓴 문장을 거꾸로 보며 읽었다. "나는 한 번도 그가 어떤 마음인지 물은 적이 없었다."

그가 물었다. "――에 대해서?"

"아니, 전부 다. 우리 결혼생활, 내 남편인 것. 그 어떤 것에 대해서도 당신이 어떤 마음인지 물어본 적이 없었어."

"그렇군." 그는 일기장을 덮었다.

"내가 지금 가장 부끄러운 점이 그것 같아." 나는 일어나서 일기장을 달라고 손을 내밀었다. "다른 후보도 많지만."

패트릭은 일어나지 않고 그대로 앉은 채 잠깐 뒤통수를 긁적였다. 나는 기다렸다. 그는 일기장을 돌려주지 않았다. "알고 싶어?"

나는 아니라고 하고 억지로 다시 앉았다. "알고 싶지 않아." 나는 그 정도로 용감하지 않았다. "당신은 어떤 마음이었어, 패트릭?" 나는 가방을 어깨에 메고 있었다. 내려놓지 않았다.

그는 말했다. "빌어먹게 끔찍했지."

잉그리드가 툭하면 빌어먹을 자동차 경보음, 빌어먹을 식료품 저장고의 나방, 브래지어 안에 들어간 빌어먹을 진짜 건포도라고 했기에 딱히 놀라지는 않았다. 하지만 같이 사는 동안 패트릭이 욕하는 건 한 번도 들어본 적이 없어서 그가 내뱉은 그 단어의 세기와 폭력성에 흠칫했다.

그는 미안하다고 했다.

"아냐. 내가 미안해. 계속 얘기해봐. 알고 싶어."

"이미 알잖아. 당신 어머니한테 전부 들었으니까." 그는 일기장을 옆에 내려놓았다. "항상 당신이 중심이었지. 당신이 환자였다는 건 나도 알지만, 당신의 모든 고통을 받아들이고 옆에 있다는 이유만으로 퍼붓는 분노를 고스란히 받아내야 했던 사람은 나였어. 그게 모든 걸 덮어버렸어. 나의 삶이 전부 당신의 슬픔에 잠겨버린 느낌이야. 나도 노력했어, 마사. 정말 노력했지만, 내가 뭘 하든 그건 중요하지 않았어. 당신이 적극적으로 비참한 삶을 추구하면서 그걸 계속 응원해주길 바라는 것처럼 보일 때가 많았어. 가끔은 지배인이 우울한 분위기를 풍기는지, 카펫이 전에 당신이 겪은 안 좋은 일을 연상시키는지 아닌지 신경쓰지 않고 그냥 맛있는 식당에 가고 싶을 때도 있었어. 가끔은 우리가 그냥 평범한 부부이길 바란 때도 있었고."

그는 그다음에 떠오른 생각을 어떤 식으로 표현하면 좋을지 고민하는 표정으로 잠깐 말을 멈추었다가 다시 이었다. "당신은 나한테 물건을 던졌지."

나는 시선을 떨구었다. 제삼자의 관점에서 나를 인식하며 생각했다. 나는 고개를 숙이고 있어. 부끄러워서 고개를 차마 못 들고 있어.

"그때 심정은 말로 표현할 수가 없어, 마사. 정말이야. 그런데 당신은 내가 그냥 감당하길 바랐지. 대화하고 싶다고 입버릇처럼 말했지만 진심이 아니었어. 당신은 내가 내 감정을 그때마다 바로 말하지 않고 느껴지는 모든 감정을 설명하지 않으니까 아무것도 느끼지 않는 거라고 결론을 내렸어. 나더러 백지라고 했던 거 기억나? 남편이 있어야 할 자리에 남은 윤곽선에 불과하다고 했던 거."

나는 기억나지 않는다고 했다. 하지만 실은 기억했다. 어느 백화점에서였다. 매트리스를 사러 나선 길이었다. 나는 계속 그의 의견을 물었다. 그가 계속 이거나 저거나 상관없다고 하자 나는 백화점을 뛰쳐나가 몇 시간 동안 연락을 끊었고, 그러다 집에 가보니 그는 내 행방을 알 만한 사람에게 모조리 연락을 돌린 뒤였다. "사실 기억해. 미안. 진심이야. 미안해."

"당신은 내가 수동적이고 아무것도 바라는 게 없다고 계속 비난했지만, 나는 아무것도 바랄 수 없는 입장이었어. 우리는 그런 관계였으니까. 뭐든 주어지는 대로 받아들여야 평화를 유지할 수 있었으니까. 게다가"—패트릭은 목덜미를 더듬더니 통증의 근원지를 찾은 것 같은 표정을 지으며 손끝으로 근육을 눌렀다—"나와 알고 지낸 세월이 하루이틀도 아니면서 내가 당신을 떠나자마자 당신 사촌이랑 잤다고 생각했지."

"아니야, 나는—" 맞는 말이었다.

"제서민이 만나는 로리들 중 한 명 거야. 나랑 같은 시계를 차더라고. 하지만 당신은 다르게 해석할 여지가 있거나 당신 짐작이 틀렸을 수도 있다는 의심조차 하지 않았지. 나를 그런 인간으로 생각한다면 무슨 의미가 있겠냐마는."

나는 정말 미안하다고 했다. "나는 지구상에서 제일 못된 인간이야."

"아니, 그렇지 않아." 패트릭은 주먹 쥔 손을 내리며 소파 팔걸이를 탁 쳤다. "그렇다고 지구상에서 제일 선한 인간도 아니지. 당신은 사실 그렇게 생각하겠지만. 당신은 남들이랑 똑같은 인간이야. 하지만 당신 입장에서는 그게 더 힘들지? 차라리 이쪽 아니면 저쪽인 게 낫지. 당신이 평범한 인간일 거라는 생각은 감당할 수가 없잖아."

나는 반박하지 않았다. 그저 빌어먹게 끔찍했겠다고, 미안하다고 했다.

"가끔 그랬어." 그는 한숨을 쉬고 다시 일기장을 들어서 아무 페이지나 펼쳤다. "대부분은 훌륭했어. 당신 덕분에 정말 행복했어, 마사. 당신은 전혀 모르겠지만. 얼마나 좋았는지 전혀 모를 테지만. 그게 제일 힘들었어. 당신이 좋았던 모든 부분을 깨닫지 못했다는 거. 그걸 보지 못했다는 거."

나는 패트릭에게 이제는 보인다고 말했다.

"알아."

나는 그가 다시 일기장으로 돌아가 어느 페이지를 찾아서 말 없이 잠깐 눈으로 훑다가 소리 내 읽기 시작하는 모습을 지켜보았다. "우리 결혼식 직후 참석한 어느 결혼식에서 나는 패트릭을 따라 피로연장을 빼곡히 메운 하객을 헤치고 혼자 서 있는 여자에게로 다가갔다."

내 한쪽 귀를 만져보니 뜨끈뜨끈했다.

"패트릭은 오 분마다 한 번씩 그 여자 쪽을 보며 슬퍼하지 말고, 그냥 가서 모자가 예쁘다는 칭찬을 건네보라고 했다."

패트릭이 고개를 들었다. "내가 그랬어?"

"응."

"기억이 안 나네. 내가 기억하는 건—" 그는 희미하게 미소를 지었다. "—그때 당신을 보면서 무슨 생각을 했느냐면, 아니, 애피타이저를 한입에 못 넣는 여자를 보고 누가 그렇게 신경을 쓰겠어. 하지만 당신은 안절부절못했지. 육체적인 고통에 시달리는 것처럼 보일 만큼. 그 여자가 괜찮아질 때까지 그냥 말을 하고 하고 또 했잖아. 나는 그게, 그런 모습이—" 그는 말끝을 흐리고 일기를 다른 페이지로 넘기며 말했다. "이거 훌륭하다. 진짜로, 마사."

나는 만나자고 문자를 보냈을 때 오늘이 우리 결혼기념일인 걸 알았느냐고 물었다.

"응, 미안. 일부러 그런 건 아니야. 남은 일을 처리해야 했어."

나는 말했다. "아무튼 이제 그만 가야겠다." 그가 일기를 건넸다.

우리 둘 다 자리에서 일어났다.

"그래, 그럼."

"응, 그래."

잘 가, 나는 말했다. 한 세계의 끝을 담기에는 너무 평범한 단어였지만, 그래도 대안이 없었다. 나는 엘리베이터 쪽으로 걸음을 옮기기 시작했다.

마사, 잠깐만, 패트릭이 말했다.

"응?"

"당신 말이 맞았어. 나도 뭔가 잘못됐다는 걸 알았어. 처음부터는 아니고 몇 년 전부터." 그의 안색이 갑자기 창백해졌다. "문제는 당신이 아니라는 걸, 뭔가 잘못됐다는 걸 알았어. 하지만 계속 그냥 넘기려고 했어. 그 과정을 감당할 수 없을 것 같았거든. 아니면 손쓸 수 없는 문제로 밝혀져서 모든 게 끝날까봐 겁이 난 거겠지. 그리고 가끔은, 그것도 당신 말이 맞았는데, 남들이 나를 이렇게 훌륭한 남편이라고 생각하든 말든 상관없었어. 쓸모없는 인간처럼 느껴질 때가 대부분이었으니까. 하지만—" 패트릭이 잠시 뜸을 들이다가 순전한 괴로움을 담아서 다시 말했다. "하지만 내가 가장 부끄럽게 여기는 일은 당신에게 아이를 낳으면 안 된다고 했던 거야. 그건 진심이 아니야. 너무 화가 나서 그랬어." 그게 그가 생각해낼 수 있는 가장 못된 말이었던 것이다.

나는 그에게 그만하라고 했지만 그는 계속했다. "당신에게 용서해달라고 할 수는 없겠지. 사과한다고 될 일이 아니니까.

그냥 내가 무슨 짓을 저질렀는지 자각하고 있다는 사실을 알려주고 싶어. 또 우리 둘 다 결국 무슨 짓을 저질렀든 간에 그걸 잊지 않고 다시 살아가야 한다는 걸, 내가 아내에게 일부러 잔인하게 굴었다는 사실도 알고 있어."

다른 통로에서 소음이 들렸다. 뭔가가 철제 바닥에 떨어지고 누군가가 소리를 질렀다. 그 반향이 잦아들자 나는 말했다. "딸을 낳고 싶었다고 당신한테 얘기했어야 하는데. 바로 그때. 그때 당신한테 얘기했어야 하는데."

"딸이었다는 걸 어떻게 알아?"

"그냥 알아."

"낳았다면 이름을 뭐라고 지었을 것 같아?"

나는 말했다. "모르겠네."

하지만 그 아이의 이름이 일기에 수도 없이 적혀 있었다.

패트릭이 그 이름을 말했다. 그래, 잘 어울렸겠다, 그가 말했다.

나는 천장을 올려다보며 그 아이만을 위한 우물이라도 있는 것처럼 흐르는 눈물을 닦으려고 두 손을 들어 얼굴을 감쌌다. 그 우물은 아무리 봐도 바닥이 없었다. "내가 가증스럽겠다."

"아니야." 패트릭이 말했다. "당신은 그래야 한다고 생각했잖아. 그 아이를 낳고 싶은 마음이 간절했지만, 그게 아이에게 최선이라고 생각했잖아. 내가—" 미안해, 이런 말을 해선 안 되겠지만, 이라며 그가 말을 이었다. "—하지만 당신이 아이를 낳았어야 한다고 생각하는 이유가 바로 그것 때문이야. 당신보다 아이를 우선시했잖아. 그게 엄마들이고. 그렇지 않아?" 물론 나야 잘 모르지만, 그가 말했다.

나는 계속 서 있을 수가 없었다. 패트릭이 옆으로 비켜서자 나는 소파 쪽으로 다시 갔다. 그러자 그는 내 옆에 앉았고, 내가 그의 무릎을 베고 누워도 가만있었다. 그가 한쪽 팔을 내 위에 얹자 묵직하게 느껴졌고, 나는 저 밑바닥에서 솟아오른 눈물을 흘리고 흘리고 또 흘렸다. 그러다 마침내 다시 일어나 앉아서 보니 그의 눈에도 눈물이 고여 있었다―일곱 살 때 아버지가 자기를 기숙학교에 넣고 악수하며 잘 지내라고 하고는 뒤따라 달려오는 일곱 살짜리 아들을 등진 채 교문 밖으로 차를 몰고 떠나버렸던 첫날 이후로 울어본 적이 없다고 했던 패트릭이었다. 나는 옷소매를 당겨 그의 얼굴과 내 얼굴을 차례로 닦았다. 무슨 말을 하면 좋을지 생각나지 않았다. 결국은 그냥.

"우리 정말 청승이다."

나는 진지하게 한 말이었다. 그래서 그에게 왜 웃느냐고 물었다.

그는 웃지 않았다고 했다. "당신이 정말 남들이랑 달라서. 그뿐이야."

"당신도 마찬가지야, 패트릭."

이윽고 모든 게 끝나자 우리는 자리에서 일어나 다시 작별인사를 했다. 이번에는 좀 달랐다. 온 세상이 그 안에 담겨 있었다.

내가 통로를 따라 어느 정도 멀어졌을 때 패트릭이 외쳤다.
"얘기 재미있었어, 마사. 글 잘 썼더라."

오케이, 나는 뒤를 흘끗 돌아보며 말했다.

"누가―영화로 만들어야 할 텐데."

다른 통로에서 다시 무슨 소리가 들리자 나는 몸을 돌려 뒷걸음치며 외쳤다. "영화에서는 대단원의 무대가―마지막 헤어지는 장면의 배경이 이지스토어 브렌트 크로스여선 안 된다고 생각해."

패트릭이 말했다. "당신은 아마―" 나는 홱 돌아서서 엘리베이터 쪽으로 달렸다. 그 뒷얘기는 듣고 싶지 않았다.

+

책상 앞에 앉아 있던 직원이 다시 돌아가느냐고 물었다. 나중에 또 올 거냐고. 나는 그를 무시하고 문을 밀었다. 건물 밖이 너무 환해 나서면서 손으로 눈을 가렸다.

+

승강장에서 가방을 무릎에 얹고 휴대전화를 손에 쥔 채 다음 열차를 기다렸다. 내가 만약 우주가 징조와 기적과 소셜 미디어를 통해 인간과 소통한다고 믿었다면, 인스타그램을 열었을 때 내 피드에 일 분 전 올라온 첫번째 게시글이 @author_quotes_daily를 통해 전달된, 나만을 위한 초자연적 메시지라고 생각했을 것이다.

터널 속에 전조등이 나타났다. 나는 화면을 스크린숏으로 저장했다—열차에 타면 일기장의 마지막 장 여백을 모두 채울 수 있을 만큼 큼지막하게 옮겨 적을 작정이었다. 하지만 정차한 열차에 올라타니 빈자리가 없었다. 나는 끝내 그 문구를 옮겨 적지 못했다. 출처도 기억나지 않는다. 하지만 음악의 한 구절처럼, 자꾸만 생각나는 시의 한 행처럼 머릿속에서 계속 반복된다. "절망하는 건 이제 끝났다."*

끝났다, 끝났다, 절망하는 건 이제 끝났다.

---

* 맥스 포터의 『슬픔은 날개 달린 것』에 나오는 문장이다.

어젯밤 잉그리드가 추천한 영화를 보는데 패트릭이 들어왔다. 애초에 개떡 같았던 작품을 개떡같이 리메이크한 영화라 나는 꺼도 된다고 말했다.

그는 자리에 앉아 실화를 바탕으로 만든 작품이니 나중에 올라오는 자막 때문에라도 끝까지 보라고 했다. 어쩌고저쩌고는 여든세 살에 사망했다. 그림은 끝까지 발견되지 않았다.

그가 말했다. "네가 제일 좋아하는 부분은 결말이잖아. 그리고 나는 너무 피곤해서 말할 기운도 없어." 나는 말을 걸기 시작했다. "진짜야, 마사. 너무 피곤해서 말할 기운도 없다니까." 그가 말하고는 눈을 감았다.

이건 이렇게 끝이 난다.

몇 주 전 나는 아버지를 모시고 메릴본에 있는 한 서점의 쇼
윈도를 보러 갔다. 아버지는 한참 연석에 서서 눈앞의 광경을
이해하지 못하는 사람 같은 표정으로 쇼윈도를 바라보았다.

아버지는 인스타그램 시인 퍼거스 러셀이다. 팔로어가 백만
명이다.

쇼윈도를 독차지한 책은 아버지가 가장 사랑하는 작품을 모
은 시선집이다. 어머니는 초기 서평을 읽고 말했다. "퍼거스,
드디어 정관사를 획득했네." 아버지는 이제 '출간 예정'이라는
꼬리표를 뗄 수 있게 됐다고 말했다. "오십일 년 동안 출간 예
정이었던 시선집이 출간됐으니까."

서점 앞에 서 있는 동안 내리기 시작한 비가 점점 거세졌지
만 아버지는 그런 줄도 모르는 눈치였다. 배수로에서 넘친 빗
물이 아버지의 구두를 적시자 나는 아버지를 데리고 안으로 들
어가 서점 점장을 찾았다.

두 사람이 서로 악수를 나눈 뒤 아버지는 시집 몇 권에 사인
을 해도 되겠느냐고, 원치 않으면 사양해도 된다고 했다. 퍼거

스 러셀 본인이 맞는지 의심스러우면 운전면허증을 보여주겠다고도 했다. 점장은 펜을 찾느라 주머니를 더듬으며 그럴 필요 없다고, 뒤표지에 저자의 사진이 있다고 했다. 어른을 위한 컬러링북 시장이 바닥을 친 뒤로 이렇게 무서운 속도로 팔려나가는 책은 처음이라고 했다.

출간되고 일주일이 지났을 때 아버지의 담당 편집자가 전화해 말하길, 초기 집계에 따르면 첫날 334부가 팔렸는데—시집 시장에서는 전무후무한 기록이었다—그것도 런던 중심부의 서점만 집계한 거라고 했다.

이모가 벨그레이비아에서 아버지를 위해 저녁식사 자리를 마련했다. 모두 돌아왔다. 패트릭과 내가 갈라선 이래 처음으로 다 같이 한자리에 모였다. 우리 가족은 우리를 이제 막 약혼한 연인처럼 대했다. 잉그리드는 이런 기회를 최대한 활용해 피터 존스 백화점에 원하는 결혼 선물 목록을 등록해놔야 한다고 했다.

다른 사람들이 자리에 앉는 동안 이모가 내게 이모부의 서재에 가서 뭘 좀 가져오라고 했다. 이모부의 책상 뒤편에 있는 거대한 장식장 문이 열려 있었다. 그 안에 아버지의 책이 수십 권 쌓여 있었는데, 포장을 뜯은 것도 있고 비닐 커버가 씌워진 그대로 런던 중심부 서점의 종이봉투에 담긴 것도 있었다. 나는 다른 벽장도 열어봤다. 같은 책이 가득했다. 나는 조용히 문을 닫고, 아는 사람만 아는 방식으로 아버지를 놀리겠답시고 책을

334부나 사놓은 이모부를 경멸하며 서재에서 나왔다.

다시 식당으로 돌아가자 이모부가 접시에 그레이비를 헤프게 담았다며 올리버를 나무라고 있었다. 그 소리를 듣는데, 샤워 비누가 이론상의 구조물로 전락할 만큼 돈 쓰는 걸 질색하는 이모부가 '꼴불견'을 몰고 이 서점 저 서점 돌아다니며 아버지의 시집을 싹쓸이한 건 따뜻한 마음씨에서 비롯한 행동일 거라는 생각이 들었다. 내가 이모부의 등뒤로 다가가는 사이 이모부는 다른 편에 앉은 아버지 쪽으로 고개를 돌리고 자기는 운이 맞지 않는 작품은 시로 간주하지 않으니 이번만은 할인을 하더라도 신경쓰지 않겠다고 했다. 나는 이모부의 어깨를 토닥였다. 이모부는 모르는 척했다.

나는 함구하고 있다가 나중에 패트릭에게만 서재에서 본 걸 말했다. 시집이 수천 권씩 팔려나가기 시작했으니 이제는 오로지 이모부 덕분이라고 할 수는 없었다.

아버지가 쇼윈도와 전면 테이블에 쌓여 있는 책에 모두 사인하는 데 삼십 분이 걸렸다. 점장은 표지에 '초판 한정 저자 사인본' 스티커를 붙여 다시 진열한 뒤 사진을 찍으려고 휴대전화를 꺼냈다. 그가 구도를 잡는 동안 아버지가 옆으로 다가갔다. 점장이 아버지에게 뒤로 물러나라고 신호를 보냈다. "아, 네, 그렇죠." 아버지가 말했다. "나도 같이 찍어줘요." 그러고는 멋쩍어하며 덧붙였다. "딸하고도 한 장 찍어주시겠어요?"

나중에 우리는 아버지의 우산을 같이 쓰고 메릴본 하이 스트리트를 따라 옥스퍼드 스트리트 쪽으로 걸었다. 아버지가 하고 싶은 게 있느냐고 묻기에 없다고 대답하자, 아버지는 그렇다면 아이스크림을 사주겠다고 했다. 밖에서 아이스크림을 먹는 성인을 보면 항상 이유를 알 수 없는 슬픔이 차올랐는데, 지금도 여전해서 나는 안에서 사주면 먹겠다고 했다.

조금 더 걸어가자 카페가 나왔다. 우리는 창가 자리에 앉았다. 웨이터가 와서 금속 그릇에 담긴 젤라토를 우리 앞에 놓고 갔다. "너희가 어렸을 때는 내가 돈이 없어서 이런 아이스크림도 못 사줬다." 아버지가 말하고는 서점에 진열된 자기 책을 본 심정으로 화제를 돌렸다. 내가 아무 대답도 하지 못했기 때문이다.

끝으로 아버지가 말했다. "당연히 다음은 네 차례일 거다. 네 책이 서점 쇼윈도에 진열될 거야."

내 아이스크림은 녹아서 숟가락으로 떴더니 뚝뚝 떨어졌다. 나는 탁자에 생긴 아이스크림 웅덩이를 손가락으로 헤집어 길을 만들며 말했다. "마사 러셀 프리얼의 유쾌한 음식 칼럼 모음집이요?"

아버지는 나에게 아주 재미있지만 방향이 잘못됐다고 했다.

"왜 엄마랑 헤어지지 않았어요?" 작정하고 물어본 건 아니었다. 아버지가 사인하는 동안 옆에 서서 시를 다시 읽다가 궁금해진 것이었다. 모든 작품의 주제가 어머니였다. 행마다 녹아 있는 어머니에 대한 애정이 어떻게 결혼생활 내내 유지될 수 있었는지 이해가 되지 않았다. 아버지를 질식시켰던 어머니. 잠시 떠남. "아니다." 내가 말했다. "왜 항상 돌아오셨어요?"

아버지는 살짝 어깨를 으쓱했다. "안타깝게도 네 엄마를 사랑했거든."

우리는 밖으로 나와 헤어졌다. 아버지는 다른 방향으로 간다며 내게 우산을 쥐여줬다. 우산을 펼치는 순간 고장나서 이리저리 뒤엉켜 구부러진 우산살을 쓰레기통에 욱여넣는데, 내가 서 있는 곳에서 몇 미터 떨어진 가게에서 로버트가 걸어나왔다. 한 손에 쥔 신문을 머리 위로 들고 반대편에 서 있는 택시를 향해 건널목을 질주했다.

그는 차문을 열려다 나를 보더니, 도로 저편에서 손을 흔들려다가 만 여자가 누군지 금세 알아차릴 수 있을 거라는 생각이 든 사람처럼 잠깐 멈칫했다. 그는 손에 든 신문으로 다정한 제스처를 보인 뒤 택시에 올라탔다. 그가 나를 알아보았는지, 내가 만전을 기한 걸 알아차렸는지는 잘 모르겠다.

택시가 출발하고 나는 계속 걸었다. 노스토스, 알고스. 첫번째 상담 이후로는 그의 병원을 다시 찾지 않았다. 몇 달 동안 수십 번 예약했다가 매번 전날에 취소했다. 마지막으로 전화했을 때는 접수 담당자가 직전 취소 수수료가 너무 많이 쌓였다며, 좀처럼 없는 일이라 전부 납부하기 전에는 예약을 잡아줄 수 없다고 했다.

나는 요즘도 가끔 그가 보고 싶지만 딱히 할말이 없으니 만나러 갈 일은 없을 것이다. 게다가 '마사의 충동 지출' 잔고에 540파운드 50펜스가 있을 리 만무하다—있다고 해도, 인간 심리 전문가인 그라면 내 몸짓을 보고 유튜브에 올라온 그의 2017년 세계정신과협회 프레젠테이션 동영상 조회수 820회 중에 59회가 나라는 걸 알아차리지 않을까 걱정된다.

그의 발표 주제가 ――이었다. 콘퍼런스는 우리가 만난 직후에 열렸다. 처음 그 동영상을 발견했을 때는 내 짐작이 맞길 바랐지만 지금은 그냥 궁금하다. 그가 '환자 M'으로 지칭하겠다고 했던, 전형적인 증상을 보이고 자기 주관이 뚜렷했던 젊은 여자가 나였는지.

✛

잉그리드는 아이를 낳았다. 예정일보다 이 주가 늦어져 덩치가 어마어마한 아이가 거꾸로 태어났다. 아이가 태어난 날 오후, 나는 패트릭과 부모님과 함께 그녀를 보러 갔다. 그녀는 의사가 소 잃고 외양간 고치는 격으로 변기 뚫어뻥처럼 생긴 것으로 빌어먹을 회음부 절개를 했다고 말했다. 아무래도 제대로 꿰매지 않은 것 같다고, 그래서 그때부터 지금까지 '망가진 외양간'이라고 부르는 그 부분에 대해 신경을 *끄기*로 마음먹었다고.

우리가 도착했을 때 이모는 벌써 와 있었다—이모 혼자였는데, 이모부가 무료 주차장을 찾으러 원정에 나섰지만 아무래도 돌아올 가능성이 없는 것 같다고 했다. 이모는 세면대 앞에 서서 청포도를 담아온 봉지를 헹구며 잉그리드가 하는 말은 못 들은 척했다. 잠시 후 해미시가 패트릭에게 요즘도 초음파로 아이의 성별을 잘못 알아내는 경우가 많냐고 물었다. 잉그리드가 모두에게 아들이라고 했던 것이다. 패트릭은 거의 없다고, 여러 번 검사를 받을 경우는 더더욱 틀릴 수 없다고 했다.

"검사를 여러 번 받지는 않았어." 브래지어 끈을 조절하고 싶은 듯 만지작거리던 그녀가 고개를 들고 말했다. "남자애 셋을 데리고 갔다가 장비를 망가뜨리면 큰일이잖아."

패트릭이 말했다. "아무리 그래도―"

"그리고 병원에서 또 아들이라고 하지도 않았어." 잉그리드가 말했다. "안 물어봤어. 그냥 나 혼자 넘겨짚은 거야."

해미시는 별다른 반응 없이 그냥 아, 하고 말했다. 그런 다음 우리를 다시 한자리에 불러모으며 말했다. "어찌됐건 이렇게 다 모였으니 아이 이름을 정해야겠어요."

잉그리드는 큼지막한 포도송이를 잘게 잘라 집에서 가져온 무늬가 있는 유리 그릇에 담는 이모를 돌아보았다. "나는 위니라고 짓고 싶어요." 그러고는 해미시에게 물었다. "어때?"

그는 이름에 성을 붙여서 읊었다. 어머니는 아기침대 옆에서 담요의 접힌 부분을 잘 펴고 있었다. 해미시가 물었다. "어떻게 생각하세요, 어머님?"

어머니는 완벽하다고 했다. "사는 동안 위니는 많을수록 좋지."

나는 이모를 흘끗 보았다. 이모는 소매에서 휴지를 꺼내 병실을 등지고 몰래 눈가를 훔쳤다.

"솔직히," 잉그리드가 말했다. "위니 마사는 좀 이상해. 가운데 이름은 생략할래." 그러고는 내게 말했다. "그래도 언니를 사랑해."

✝

나는 이모에게 꽃병에 대해 사과했다. 어머니의 편지를 읽고 내 잘못을 분류한 다음 가장 사소한 것, 혹은 비교적 사소한 것부터 바로잡기로 마음먹었을 때 가장 먼저 이모에게 전화했다. 집으로 찾아가겠다고 한 날 이모를 따라 마당으로 나가니 테이블에 애프터눈 티가 차려져 있었다.

크리스마스에 내가 현관에서 꽃병을 받지 않겠다고 하자 이모는 울 것 같은 표정을 지었음에도 그날의 사건이 전혀 기억나지 않는다며 내 팔을 토닥였다. 그래도 나는 용서를 구했다.

"잊어버리면 용서한 거라잖니. 누가 한 말인지, 어디에서 읽었는지 모르겠지만 내게 좌우명이 있으면 그것일 거야. 잊어버리면 용서한 거다."

나는 이모에게 F. 스콧 피츠제럴드가 한 말이라고 알려줬다.*

@author_quotes_daily의 큐레이터는 열심이었다.

이모가 비스킷을 권하며 연휴에 무슨 계획이 있느냐고 물었다.

"우리 어머니를 무슨 수로 그렇게 오랫동안 참아주셨어요?"

아, 그러게, 이모가 말했다. "우리 어머니가 돌아가시기 전에 네 엄마가 어떤 동생이었는지 잊지 않았기 때문이고, 또 내가 네 엄마를 엄청 사랑했기 때문이었던 것 같아."

"엄마를 포기하고 싶었던 적은 없었어요?"

"매일 그랬을 거야. 하지만 잊어버리게 된단다, 마사. 그때 나는 성인이고 네 엄마는 어린애였잖니. 나는 그애가 어떤 애인지 알았어. 그러니까, 우리 어머니가 돌아가시지 않았거나 우리가 전혀 다른 어머니 밑에서 자랐다면 어떤 사람이 됐을지 말이야. 나는 최선을 다했다고 말하고 싶다만 어머니를 대신하기엔 부족했겠지."

나는 이모가 주는 차를 한 잔 더 받았다. 차를 따르는 이모를 지켜보며 얼마나 힘들었을지 상상도 안 된다고 말했다. 뭐, 됐다, 이모가 말했고, 나는 나중에 더 물어보기로 마음먹었지만 당장은 아니었다. 그 두 단어를 말하는 이모의 말투가 마당의 테이블에서 애프터눈 티를 마시는 우리 둘 다 감당할 수 없을 정도로 슬펐다.

---

* 에세이 「무너져내리다」에서 인용한 문장이다.

"잊어버리면 용서한 거다." 무슨 이유인지 몰라도 이모가 이 말을 반복했다.

나도 그 말을 따라 했다. "잊어버리면 용서한 거다."

"맞아. 어렵지만 불가능하지는 않지. 마사, 네가 안 먹으면 이 마지막 비스킷은 내가 먹어야겠다."

✦

빌어먹을 9세 이하 자녀가 네 명이 되었지만 잉그리드는 여전히 잉그리드다. 위니가 태어난 뒤로 그녀가 보낸 모든 문자에는 '슬픈 월 페럴'이라는 GIF 파일이 첨부되어 있다. 그가 진동을 최고 강도로 설정한 가죽 리클라이너에 앉아 와인을 마시려다가 잔에서 와인이 튀어 턱을 타고 흐르자 우는 영상이다. 자기 처지를 비유한 것이다. 언제 봐도 웃기다.

✦

올리버가 제서민, 그녀와 결혼을 앞둔 로리와 함께 도착해 패트릭과 나는 병원에서 나왔다. 니컬러스는 미국의 특수 농장에서 일하고 있었다.

부모님은 우리가 골드호크 로드로 같이 가서 저녁을 먹었으면 했다. 집에 도착하자 어머니가 식전에 보여줄 게 있다며 나더러 작업실로 가자고 했다.

나는 말했다. "들어가도 돼요? 어디 불이 나지도 않았는데."

어머니는 놀리지 말라는 뜻으로 손을 휙 흔들더니 마당을 가로질러 가 문을 붙잡고 서서 내게 들어가라고 했다. 거의 평생 동안 적극적으로 출입을 거부당했던 곳에 들어가려니 기분이 묘했다. 나는 구석에 놓인 나무상자에 앉았다. 그 위에는 뭔지 모를 하얀색 덩어리가 딱딱하게 굳어 있었다.

작업실 한복판에 꼭짓점이 천장에 닿는 어떤 물체가 지저분한 시트로 덮인 채 놓여 있었다. 어머니가 다가가 그 옆에 서더니 불안해하는 사람처럼 팔짱을 끼고 손으로 팔꿈치를 감쌌다.

어머니는 기침을 하고 말했다. "마사. 너랑 네 동생이 나를 재활용의 귀재라고 놀리는 건 알지만, 그 오랜 세월 동안 내가 해왔던 건 쓰레기를 뭔가 아름답고, 전보다 훨씬 튼튼한 물건으로 변신시키는 작업이었어." 어머니는 몸을 돌려서 시트를 잡아당겼다. "좋아하지 않아도 돼."

내 폐가 딱딱하게 굳었다. 철사를 철창처럼 엮고 오래된 전화기 부품처럼 보이는 것으로 만든, 속이 빈 인물상이었다. 어머니는 구리를 녹여 머리와 어깨에 부었다. 그것이 흉곽으로 떨어지며 빈 공간에 대롱대롱 매달린 심장 위로 흘러 불빛에 희미하게 반짝거렸다. 어머니는 아름답고 전보다 튼튼한, 250센티미터 높이의 나를 만들었다. 나는 어머니에게 이 비유가 마음에 든다고 말했다. 그리고 작업실을 나가기 전에 어머니의 말이 맞았다고 했다―전화로, 편지로 했던 말들. 나는 성인이 된 뒤로 날마다 사랑받았다. 견딜 수 없는 고통에 시달렸지만 사랑받지 못한 적은 없었다. 외로웠지만 혼자인 적은 없었고, 내가 저지른 용서받지 못할 짓들을 용서받았다.

내게 일어난 일을 용서했다고 말하지는 못하겠다―용서하지 않아서가 아니다. 잉그리드의 말처럼 누군가를 용서했다는 말이 너무 재수없게 들리기 때문이다.

+

어머니의 작품은 너무 커서 집안에 둘 수 없다. 아무래도 테이트미술관에서 간을 보고 있는 것 같다.

+

패트릭과 나는 같이 살지 않는다.

우리 가구로 에워싸인 통로에서 서로에게 작별을 고한 날, 패트릭이 골드호크 로드로 찾아왔고 우리는 집 앞에 서서 대화를 나누었다. 그는 내가 다시 집으로 들어오면 좋겠다고 했다.

나는 그가 안아주리라 기대하며 앞으로 달려갔지만 그는 가만히 있었고, 나는 팔을 거두었다.

그는 미안하다고 했다. "진심이야. 그리고 나는 다른 데서 살게."

나는 그렇다면 무슨 뜻에서 그런 제안을 한 거냐고, 나를 세입자로 들이고 싶은 거냐고 물었다.

"아니야, 마사. 그냥 우리가 이럴 거면 신중해야 하지 않을까 싶어서 그래. 서로의 인생을 망가뜨린 두 사람이 같은 실수를 반복하면 안 되잖아. 하지만 이런 시도를 하는 동안, 그러니까—"

"잘해보려고 한다는 표현은 제발 쓰지 마."

"알았어. 우리가 어떤 시도를 하든 간에 그동안 네가 부모님이랑 같이 살 수밖에 없는 건 싫거든."

나는 그에게 참 특이한 발상이라고 말했다. "하지만 알았어."

나는 안으로 들어가 짐을 챙겨 나왔고, 패트릭이 아파트까지 태워다줬다.

이모가 벨그레이비아에서 지내라고 했지만 그는 원룸을 빌렸다. 분위기가 칙칙하지 않고 두 블록 거리의 클래펌에 있는 이곳에서 그는 대부분의 시간을 보낸다. 우리는 이런저런 대화를 나눈다. 식기세척기 문의 경첩을 고칠 수 있는지, 서로의 인생을 망가뜨린 두 사람이 어떻게 재결합할 수 있는지에 대해서.

남편과 잠시 헤어졌다가 재결합했다고 하면 사람들은 고개를 갸우뚱하며 말한다. "마음 깊은 곳에서는 그를 사랑하지 않은 적이 없었나보네요." 하지만 아니었다. 아니었다는 걸 나는 안다. 그래도 그렇다고, 그 말이 정답이라고 해버리는 편이 훨씬 수월하다. 더는 사랑하지 않았어도 처음부터 다시 시작할 수 있다고, 같은 사람을 두 번 사랑할 수 있다고 설명하려면 품이 너무 많이 든다.

+

개떡같은 리메이크 영화가 끝나자 잠들었던 패트릭이 일어나 신발을 찾기 시작했다. 나는 그를 붙들고 싶었다. 그래서 물었다. "〈베이크 오프〉 같이 볼래?"

우리는 '베이크드 알래스카' 편을 같이 보았다. 그는 처음 본다고 했다.

방송이 끝나고 나는 잉그리드가 아직도 문제의 참가자가 베이크드 알래스카를 냉장고에서 일부러 꺼내놓았다고 생각한다고 말했다. 패트릭은 그럴 리 없다고 했다. "극도의 긴장감 때문에 그냥 실수한 거겠지." 나는 그를 보며 미소 지었다—하루 종일 집중치료실에서 근무할 수도 있는 사람이 디저트 만들기 대회 참가자에게 극도의 긴장감을 느낀다고 표현하다니. 그가 내 생각을 물었다. 나는 중립이었지만, 이제 보니 어느 누구의 잘못도 아닌 걸 알겠다고 했다.

우리는 현관에서 작별인사를 나누었다. 그는 내 정수리에 입을 맞추고 내일 다시 오겠다고 했다. 나는 자러 들어갔다. 생각해보면 아직도 묘하다. 견딜 수 없는 날들도 있다. 그가 달라진 게 아무것도 없는 것 같다고 말하는 날, 우리 둘 다 잃은 게 너무 많아서 복구할 수 없을 거라고 느껴지는 날. 하지만 패트릭의 표현을 빌리자면 우리는—그럴 자격이 없지만—연장전을 뛰는 중이고, 그래서 감사하다. 그는 원룸을 올림피아호텔이라고 부르기 시작했다.

아이는 없다. 플로라 프리얼은 없다. 나는 마흔한 살이다. 영원히 아이가 생기지 않을지 모르지만 나는 희망을 품고 있고, 어느 쪽이 됐건 패트릭은 항상 그 자리에 있을 것이다.

Sorrow
and
Bliss

감사의 글

캐서린. 그리고 제임스. 리비, 벨린다와 하퍼콜린스의 직원들과 외주 작업자들. 세리, 클레어와 벤. 피오나, 앤지, 케이트, 휩셔 가족, 로럴, 그리고 빅토리아. 클레먼타인과 비어트릭스. 앤드루. 모두 감사드립니다.

그리고 어린 시절 한 번도 빠짐없이 나의 크리스마스가 되어준 제니 이모께도.

옮긴이 **이은선**
연세대학교 중어중문학과와 같은 학교 국제대학원 동아시아학과를 졸업했다. 출판사 편집자와 저작권 담당자를 거쳐 전문 번역가로 활동중이다. 옮긴 책으로 『더 체스트넛맨』『고아 열차』『주황은 고통, 파랑은 광기』『딸에게 보내는 편지』『사라의 열쇠』『키르케』『홀리』『미스터 메르세데스』『아래층에 부커상 수상자가 산다』『그레이스』『도둑 신부』『카디프, 바이 더 시』『중요한 건 살인』『맥파이 살인 사건』『할머니가 미안하다고 전해달랬어요』『베어타운』『블루 아워』 등이 있다.

문학동네 세계문학
슬픔과 기쁨

초판 인쇄 2026년 3월 24일 | 초판 발행 2026년 4월 3일

지은이 멕 메이슨 | 옮긴이 이은선
책임편집 백지선 | 편집 류현영 황문정
디자인 김유진 이원경 | 저작권 박지영 형소진 주은수 오서영 조경은
마케팅 정민호 서지화 박치우 한민아 왕지경 이민경 정유진 김예진 김혜원 정경주 이서진
브랜딩 함유지 이송이 박민재 김하연 신은서 이준희
미디어콘텐츠 함근아 김은솔 박다솔
제작 강신은 김동욱 이순호 | 제작처 천광인쇄사

펴낸곳 (주)문학동네 | 펴낸이 김소영
출판등록 1993년 10월 22일 제2003-000045호
주소 10881 경기도 파주시 회동길 210
전자우편 editor@munhak.com | 대표전화 031) 955-8888 | 팩스 031) 955-8855
문학동네카페 http://cafe.naver.com/mhdn
인스타그램 @munhakdongne | 트위터 @munhakdongne
북클럽문학동네 http://bookclubmunhak.com

ISBN 979-11-416-1592-5 03840

잘못된 책은 구입하신 서점에서 교환해드립니다.
기타 교환 문의 031) 955-2661, 3580

www.munhak.com